KNAUR

KÄSTNER & KÄSTNER

TATORT HAFEN
TOD AN DEN LANDUNGS BRÜCKEN

KRIMINALROMAN

KNAUR

Besuchen Sie uns im Internet:
www.knaur.de

Aus Verantwortung für die Umwelt hat sich die Verlagsgruppe Droemer Knaur zu einer nachhaltigen Buchproduktion verpflichtet. Der bewusste Umgang mit unseren Ressourcen, der Schutz unseres Klimas und der Natur gehören zu unseren obersten Unternehmenszielen. Gemeinsam mit unseren Partnern und Lieferanten setzen wir uns für eine klimaneutrale Buchproduktion ein, die den Erwerb von Klimazertifikaten zur Kompensation des CO_2-Ausstoßes einschließt. Weitere Informationen finden Sie unter: www.klimaneutralerverlag.de

FSC www.fsc.org
MIX
Papier | Fördert gute Waldnutzung
FSC® C083411

Originalausgabe Februar 2024

Ein Imprint der Verlagsgruppe
Droemer Knaur GmbH & Co. KG, München

Redaktion: Dr. Ulrike Brandt-Schwarze
Covergestaltung: semper smile, München
Coverabbildung: semper smile unter Verwendung verschiedener Motive von Getty Images und Shutterstock.com
Illustration Anker: veronchick_84 / Shutterstock.com
Satz: Adobe InDesign im Verlag
Druck und Bindung: CPI books GmbH, Leck
ISBN 978-3-426-53066-5

2 4 5 3 1

PROLOG

Er lag auf dem Rücken wie ein aufgeklapptes Buch, das jemand achtlos zurückgelassen hatte.

Die Arme von sich gestreckt und außerstande, sich auf die Seite zu drehen. Ein Bein aufzustellen, war unmöglich, denn seine Gliedmaßen gehorchten ihm nicht mehr. Ein dumpfes Pochen hämmerte in seinem Kopf, und er hätte sich gerne an die Stirn gegriffen, um nachzusehen, ob er blutete. Aber seine von der harten Arbeit raue Hand ruhte nutzlos und schlaff auf dem Schiffsboden.

Seine Augen hatten Mühe, das Innere der Kajüte zu fokussieren, und das kam nicht von dem dichten Nebel, der Hamburg seit dem Nachmittag genauso gnadenlos überschwemmte wie das schmerzhafte Dröhnen seinen Kopf. Die Nebelschwaden dämpften alle Geräusche, und eine beinahe magische Stille lag über dem sonst so pulsierenden Hafen. Sein Geruchssinn schien noch tadellos in Ordnung. Deutlich nahm er die öl- und dieselgeschwängerte Luft wahr, die aus dem Schiffsinneren drang.

Und wenn seine Verletzung womöglich tödlich war?

Seine Antwort fiel ebenso kurz wie schockierend aus: Der Streit war eskaliert. Der Schlag hatte ihn bewegungsunfähig zu Boden geschickt. Er war allein, und keine Menschenseele würde ihn finden. Ja, so konnte sich Sterben anfühlen. Mitten im Hamburger Hafen, an einem nebligen Nachmittag im Oktober.

Nur über seine Leiche!

Fast hätte er gelacht, aber das Pochen im Kopf wandelte sich zu schmerzhaften Stichen, ließ nicht nach, und so reichte es nur für ein schmales Lächeln. Er dämmerte einen Moment in der Dunkelheit vor sich hin, bevor er einen klaren Gedanken fassen konnte.

Liegen zu bleiben und zu sterben, war keine Option. Er hatte sein ganzes Leben lang gekämpft und würde jetzt nicht damit aufhören. Er musste versuchen, sich aufzurichten … Da! Waren das Schritte auf dem Bodenblech der Barkasse?

Er zwang die müden Augen auf. Gab es da nicht eine Bewegung hinter dem Seitenfenster? Er starrte ins Grau.

»Hilfe!«, schrie er.

Erstaunt bemerkte er, dass kein Ton aus seinem Mund kam.

Es hieß doch, das ganze Leben würde an einem vorbeiziehen, bevor man starb. Das stimmte nicht. Er dachte nur daran, dass sein Appell nicht genug gewesen war und seine Erklärung nur ein dreckiges Lachen ausgelöst hatte. Selbst sein Betteln um Verständnis war ungehört verhallt. Er war gescheitert. Er hatte den Hieb auf den Kopf nicht kommen sehen und war unvorbereitet davon getroffen worden.

Hätte er doch nur schneller reagiert! Selbst zugeschlagen, als es noch möglich war. Aber er hatte ja nicht geahnt … Das spielte jetzt auch keine Rolle mehr. Er schob den Gedanken zurück zu den anderen. Zu denen, die er nie zu Ende gedacht hatte. Alles hübsch in die hinterste Schublade seines Gehirns. Weit genug weg, damit er nicht daran rütteln konnte.

Lieber Gott, hilf mir, flehte er im Stillen. Schick jemanden, der mich findet. Bitte!

Es funktionierte nicht. Weil er nicht an Gott glaubte und weil er im hintersten Winkel seiner Barkasse zusammengebrochen war. Weil Hamburg im Nebel ertrank, weil kein Schiff mehr im Hafen unterwegs war und weil keiner wusste, dass er hier lag. Dabei musste das Licht aus der Kajüte wie eine Insel der Wärme in dem feuchten Grau aussehen. Aber wenn niemand da war, den es anlocken konnte?

Immerhin spürte er die Feuchtigkeit durch seine Kleidung dringen, den kalten Boden unter sich und die schaukelnden Bewegungen seiner Barkasse. Seiner geliebten *Rike*. Sie hatte ihm treue Dienste erwiesen, und er hatte sie stets sicher durch den Hafen manövriert.

Sein Atem wurde flacher, seine Kräfte schwanden, doch er spürte eine seltsame Gelassenheit. Er hörte ein Nebelhorn tuten, und ein Schauer durchfuhr ihn. Alles wird gut, dachte er. Jedes Wetter klarte auf. Immer.

Und plötzlich sah er einen hellen, warmen Lichtschimmer. Das musste die Sonne hinter dem Nebel sein, sie schien ja auch hinter den Wolken.

Sie blinzelte ihm durch die Nebelschwaden zu – und zauberte ihm ein letztes Lächeln ins Gesicht.

KAPITEL 1

Die schweren Nebelschleier des Oktoberabends verschluckten alle Kontraste der HafenCity. Tom fuhr langsam durch die leeren Straßen. Das Zwielicht tauchte die Speicherstadt in eine gespenstische Stimmung, und er genoss die Fahrt zum Nachtdienst. Er hatte in einem Zeitungsartikel gelesen, dass viele Menschen den Übergang vom Tag zur Nacht nicht ertrugen oder Probleme mit Veränderungen hatten. Für ihn galt das nicht. Ihn faszinierten sowohl Umbrüche im Leben als auch die Dunstschleier, die den runden Mond hinter einem Trauerflor versteckten und heute eine düstere Kulisse für die nächtliche Streifenfahrt auf dem Boot bilden würden.

Er freute sich auf die Abwechslung des zwölfstündigen Nachtdienstes. Nachts war der Hafen weniger schrill und ächzend. Es fuhren nur vereinzelt Lkws, die Krane quietschten dumpf auf den Schienen, das Wasser schwappte leise vor sich hin, die Telefone standen still, und in den Fenstern der Firmen brannte kein Licht mehr. Ruhe war eingekehrt.

Tom rollte auf den Parkplatz des WSPK 2 in Steinwerder. Das Wasserschutzpolizeikommissariat 2 am Travehafen, ein langer Flachbau, lag mitten im Hochwassergebiet und war auf Pfählen gebaut, um vor Hochwasser und Sturmflut geschützt zu sein. Auf der Rückseite hatte die Wache direkten Wasserzugang, und dort lagen ihre Boote.

Er erklomm die Stahltreppe zur Dienststelle mit einiger Verspätung. Über dem Wachtresen lehnte ein Kollege der vorherigen Schicht und hängte einen Autoschlüssel zurück an die Leiste. Mit einem Blick sah Tom, dass sich alle Streifenwagen und die beiden Boote am Stützpunkt befanden.

»Du bist überfällig!«, meckerte der Wachhabende und schob seine Brille höher, die ihm auf die Nasenspitze gerutscht war. »Dein Vorgänger hat längst Feierabend … Ich mach die Übergabe.«

»Ich zieh mich schnell um, dann geht's los.« Tom klopfte auf den Tresen und eilte in sein Büro.

Er hatte die Verspätung, mit der er zu Hause losgefahren war, nicht aufholen können. Er hatte Lisa so lange im Arm gehalten, wie sie brauchte, um ihn gehen zu lassen. Natürlich hatte er gehört, wie ihre Stimme bebte, und das Zittern ihres Körpers wahrgenommen. Er hatte mit sich gerungen. Die Entscheidung war ihm schwergefallen, aber die Personaldecke war so dünn, dass er es sich als Dienstgruppenleiter nicht leisten konnte, ohne triftigen Grund zu Hause zu bleiben. Lisa war ein solcher Grund, aber sie war stärker, als sie glaubte, und die inneren Dämonen wichen nicht, nur weil er neben ihr auf dem Sofa saß.

»Mach es dir kuschelig, und ich rufe dich an, wenn du zu Abend gegessen hast, um dir Gute Nacht zu sagen.« Er hatte sie sanft von sich geschoben.

»Wenn nur dieser Nebel nicht wäre«, hatte sie geflüstert. »Er begräbt mich in seinem Grau.«

Er seufzte und streifte die Schutzweste über das T-Shirt, knöpfte das weiße Hemd darüber und steckte sich sein Notizbuch in die Hemdtasche. Dann griff er nach der Lederjacke und dem Becher, der auf dem Schreibtisch stand. Pfeifend spurtete er einen Stock höher in die Waffenkammer, um seine Heckler & Koch P2000 aus dem Schließfach mit der Nummer sechs zu holen. Erst mit der Waffe im Holster und einem Becher Kaffee in der Hand war er einsatzbereit.

Er eilte zurück an den Wachtresen und schenkte sich aus der Kaffeekanne ein. Nach dem gemeinsamen Abendessen mit den Kollegen gegen neun Uhr trank er nur noch Mineralwasser. Er wünschte, er könnte auch von der Schokolade lassen, aber ein bis zwei Tafeln pro Nachtschicht waren es immer. Er konnte nichts für seine Leidenschaften. Der Hafen, die Elbe, das Meer, Boote, Schokolade …

»War was Wichtiges?«

»Wagen 52/1 ist drin, die Einsatzzentrale hat nichts für uns – der Michel-Sprecher schweigt«, sagte der Wachhabende. »Die sind mit der Einsatzlage am Fußballstadion beschäftigt.«

Tom nickte. An diesem Abend trat der HSV gegen seinen Erzrivalen Hansa Rostock an. Ein Hochrisikospiel, das alle Einsatzkräfte vor dem Volksparkstadion und auf dem Kiez forderte, da die Hansa-Ultras nach dem Spiel sicher noch die direkte Auseinandersetzung mit den gegnerischen Fans auf der sündigen Meile suchten.

»Wagen 52/2 ist zurück von der Grenzkontrolle am Containerterminal Tollerort, die MSC *Adelaide* hat Teile ihrer Besatzung gewechselt, und wir haben die Pässe der neuen Crew gestempelt. Das Boot fährt nach dem Essen auf Streife«, schloss er seinen Bericht und schlug das Übergabebuch mit einem Knall zu. »Der Schiffsführer für die WS 23 hat sich krankgemeldet. Mit Ansage, wenn du mich fragst. Er wollte sein Wochenende verlängern, und wir haben ihm nicht freigegeben. Schwups … hat er sich verkühlt, der arme Junge.«

Tom grinste. Sein Kollege ließ keinen Zweifel aufkommen, was er von dem neuen Schiffsführer hielt. Er war eingestellt worden, um das Boot zu fahren und die Schicht zu entlasten, meldete sich aber auffallend häufig ab.

»Noch weitere Krankmeldungen?«

Der Wachhabende schüttelte den Kopf.

»Habt ihr auf der *Adelaide* die Schiffszeugnisse kontrolliert?«

»Na logo, die waren alle gültig.«

Tom nickte zufrieden. »Ich fahre das Streifenboot. Den Nebel lasse ich mir nicht entgehen!« Er schlängelte sich um den Wachtresen herum und griff sich die Bootsschlüssel von der Leiste. »Wie hast du eingeteilt?«

»Volker und Rüdiger besetzen den 52/1. Die beiden Grünschnäbel den 52/2, und wenn du willst, verstärkst du Gunnar und Quetsche auf dem Streifenboot. Passt.«

Tom nickte. »Wer kocht?«

Da im Hafen die letzten Kantinen wie der *Heiße Reifen* dichtgemacht hatten und auch die Kaffeeklappen mittags schlossen, bereitete sich jede Schicht ihr Abendessen selbst zu, und diese gemeinsame Zeit war allen heilig. Auch Tom liebte dieses alte Ritual der Seefahrt.

Der Kollege ließ seine Augenbrauen hüpfen und leckte sich die Lippen. »Volker hat seine neue Flamme gebeten, etwas für die Schicht vorzukochen. Er hat drei Töpfe mit Chili con Carne mitgebracht. Das wird ein Festschmaus!«

»Davon hattest du ja schon einige, oder?« Tom zeigte mit dem Becher auf die Wampe seines Kollegen und war froh, dass er trotz seiner Vorliebe für Mandelschokolade so schlank war. Er schickte einen stillen Dank an die Gene seines Vaters, dem er seinen athletischen Körperbau zu verdanken hatte.

Sein Gegenüber grinste. »Jo! Alles selbst bezahlt.«

»Ich mache eine kurze Streifenfahrt vor dem Abendessen. Gunnar und Quetsche sollen direkt zum Anleger runterkommen.«

»Bei der Waschküche?«

»Gerade deswegen!«

Auf der Rückseite der Wache dümpelte das Streifenboot am Steg. Es roch metallisch nach den Kranen des Schrottumschlags an einer nahe gelegenen Pier. Tom zog den Stecker des Landanschlusses, der das Boot mit Strom versorgte, bevor er an Bord sprang. Er verharrte einen Moment am Ruder und atmete den Duft der Elbe ein, ehe er den Zündschlüssel drehte. Er liebte alle Bootstypen, die so verschieden waren wie die Fische in der Elbe: die leichten und die schweren Streifenboote, die Alsterboote, die Katastrophenschutzboote aus Alu oder die ultraschnellen Schlauchboote. Er fuhr sie alle mit Begeisterung. Heute nahm er das leichte Streifenboot, mit dem er nicht nur in die finsteren Hafenecken kam, sondern aufgrund des geringen Tiefgangs auch in die meisten Kanäle und Fleete der Hamburger Speicherstadt.

Der Motor sprang sofort an und tuckerte vor sich hin. Tom kannte sein Baby so genau, dass er jeden falschen Ton gehört hätte. Er schaltete erst die Positionslampen ein, dann den Polizei- und Seefunk. Anschließend drückte er die Statustaste eins auf dem Polizeifunkgerät und war damit für den Michel-Sprecher als einsatzbereit an Bord des Schiffes gemeldet. Alle Kanäle blieben still.

»Moin«, rief Gunnar ihm entgegen, als er an Deck sprang. Dicht dahinter folgte Tilo Andersen, den sie, wegen seines eisenharten Händedrucks und seiner perfektionierten Zug- und Drucktechnik, die jeden renitenten Straftäter zum Aufgeben zwang, *Quetsche* nannten.

Toms Crew für diese Nacht.

»Moin.« Er nickte ihnen kurz zu. »Schmeißt los.«

Gunnar gab dem Boot einen Stoß, und es bewegte sich langsam vom Anleger weg. Durch den wabernden Nebel war das Schwappen des Wassers kaum zu hören. Sie glitten durch den Roßhafen in die Dunkelheit, und Tom schaltete vorsichtshalber das Radargerät ein.

Im Vorhafen ließen sie steuerbord das schemenhaft zu erkennende Kreuzfahrtterminal Steinwerder liegen und passierten backbord das Containerterminal Tollerort. Ein Schiffsriese lag an der Pier, und die Greifer der Containerbrücken löschten einen der farbigen Container nach dem anderen – das würden sie die ganze Nacht hindurch tun. Der Nebel dämpfte das leise Surren der Greifer, das Quietschen der Containerbrücken und das Rumpeln der Stahlkisten, die auf einen Lkw abgesetzt wurden.

Tom atmete tief ein – gab es Faszinierenderes als den Duft des Wassers, ein wenig Schiffsdiesel und die leisen Töne des Hamburger Hafens bei Nacht? Kein Nebel des Grauens, nur kondensierte Wassertropfen in der Luft, die sich mit einem kühlen Schleier auf sein Gesicht legten. Der Schrei einer Möwe tönte durch den Nebel. Tom seufzte – wie konnte er Lisa die Schönheit der Natur näherbringen, damit sie sich nicht länger so einigelte? Sie verlor langsam ihre Fröhlichkeit.

»Elbe 23 für Michel«, tönte plötzlich die verzerrte Stimme des Michel-Sprechers der Einsatzzentrale aus dem Funkgerät. »Leblose Person auf Hafenbarkasse an den Landungsbrücken. Rettungswagen und Notarzt sind ausgerückt.«

Quetsche runzelte die Brauen und sah Tom fragend an.

Er nickte und erhöhte die Fahrt, warf einen Blick auf das Radar, da er draußen kaum noch Umrisse erkannte. Sie würden nicht lange brauchen, die Norderelbe lag direkt vor ihnen.

»Michel. Hast du für uns einen Barkassennamen?«, sprach Quetsche ins Funkgerät.

»Fehlanzeige, aber soll Brücke 4 sein.«

»Michel, Dienstgruppenleiter ist an Bord!«

»Verstanden.«

Tom hielt sich steuerbord und glitt an der ehrwürdigen Schiffswerft Blume & Lorrenzen vorbei direkt auf die Landungsbrücken zu.

Gunnar langte nach dem Fernglas. »Man sieht die Hand vor Augen nicht.«

Das Dunkel erstreckte sich nahtlos vom Wasser in den Himmel. Kein Unterschied war zu erkennen, doch Tom gefiel der Auftakt in die Nachtschicht, auch wenn es sich vermutlich nur um einen Betrunkenen handelte, der seinen Rausch an Bord einer Rundfahrtbarkasse ausschlief. Routinearbeit war gut, aber er brauchte mal wieder ein richtiges Abenteuer.

»Blaulicht an«, informierte er die beiden Kollegen. Das war für andere Bootsführer das Zeichen, unbedingt auf Abstand zu bleiben und den Weg freizugeben. Da sie nicht weit von den Landungsbrücken entfernt unterwegs waren, näherten sie sich bereits der ersten Brücke und erkannten schemenhaft ein paar letzte Touristen auf dem Ponton, die auf die Abfahrt zur Lichterrundfahrt warteten. Tom fragte sich insgeheim, ob die bei dem Nebel überhaupt stattfinden würde.

Die über sechshundert Meter lange, schwimmende Pontonanlage an der Wasserkante von St. Pauli war mit neun Zugängen über Treppen oder Rampen zur höher gelegenen Straße verbunden und eine der beliebtesten Touristenattraktionen Hamburgs. Egal, wie der Wasserstand der Elbe war, die Landungsbrückenpontons passten sich an und ermöglichten den Fahrgästen das unkomplizierte Besteigen der verschiedenen Barkassen und Fähren. Das war bei einem maximalen Unterschied der Wasserhöhe von drei Metern siebzig auch nötig. Eine geniale Konstruktion, um den Tidenhub abzufangen.

Tom verlangsamte die Fahrt und steuerte dicht den Schwimmanleger entlang.

»Da!« Quetsche zeigte voraus nach backbord. »Der Rettungswagen!«

Oben an der Straße konnte Tom durch den Nebel das rotierende Blaulicht sehen. Die Vorderseite der Pier war an dieser Stelle frei von Menschen und Fahrzeugen. Hier war kein Ausflugsdampfer mit Gästen an Bord vertäut. Wo war der Notfall?

An der Innenseite des Pontons lagen einige Barkassen. Dorthin eilten die Rettungssanitäter mit ihren schweren Rucksäcken.

»Jemand winkt«, sagte Tom, als er die Umrisse eines Mannes ausmachte. Er legte das Boot problemlos an. »Gunnar, du übernimmst. Pass auf die Leinen auf. Quetsche, wir schauen uns das näher an.«

Tom zog den Reißverschluss seiner Lederjacke hoch, nahm die Taschenlampe vom Steuerpult und folgte Quetsche auf den Ponton.

Das Boot mit dem Namen *Rike* dümpelte fest vertäut an der Rückseite der Ladungsbrückenpontons in Höhe der Brücke 4. Gedämpftes Licht brannte im vorderen Teil der Rundfahrtbarkasse. Ein Mann tippelte davor von einem Fuß auf den anderen. Im Inneren sah Tom durch das Kajütenfenster zwei Sanitäter und den Notarzt.

»Haben Sie die Polizei alarmiert?«

Der vierschrötige Mann, der schätzungsweise Anfang sechzig war, zuckte zusammen, als habe er Tom nicht kommen hören, dabei hatte er ihm zugewunken. Ihm liefen Tränen über die Wangen.

»Er liegt da drin. Ich hab ihn gesucht, das Licht gesehen und wollte fragen, ob er ein Bier mit mir trinkt.«

»*Wer* liegt da?«

»Die Augen, sie haben mich angesehen … und … er hat fast gelächelt! Dominic. Dominic Lutteroth. Ihm gehört die *Rike.*«

Tom runzelte die Stirn. In seinem Kopf klingelte etwas. Wo hatte er den Namen Lutteroth schon gehört?

Er sah sich um. Außer ihnen war an diesem Ende der Landungsbrücken niemand auszumachen. Die anderen Barkassen lagen dunkel und verlassen da.

»Mein Kollege nimmt Ihre Personalien auf. Ich schaue schnell nach dem Verletzten.«

»Er ist tot!«

»Wie heißen Sie?«

»Hans Kruger, ich bin auch Skipper.«

Der Alte bebte am ganzen Körper. Tom legte ihm beruhigend die Hand auf den Arm. »Der Notarzt ist da, er kümmert sich um

Ihren Freund. Warten Sie bitte hier.« Er nickte Quersche zu und wandte sich zur Barkasse. Während der wenigen Schritte bis zum Ruderhaus tönte seine innere Stimme unüberhörbar, dass es hier um mehr ging als um einen Betrunkenen oder einen Verletzten. Ein Blick nach vorn in den Fahrstand der Hafenbarkasse gab ihm recht. Die Sanitäter packten ihre Rucksäcke gar nicht erst aus.

»Der Mann ist tot«, erklärte der Notarzt. »Es haben sich bereits Totenflecken gebildet, und der Rigor mortis ist fortgeschritten. Das war kein natürlicher Tod, er hat einen eingeschlagenen Schädel. Das ist eine Sache für die Kripo.«

»Okay, ich veranlasse alles Weitere, bleibt bitte noch da, bis das LKA eintrifft!«

Tom hatte Mühe, sich von dem toten Schiffsführer abzuwenden, der ihn mit geöffneten Augen ansah und tatsächlich beinahe anlächelte. Der bullige Mann lag auf dem Rücken. Er trug einen dunkelblauen Troyer, darunter lugte am Hals ein blau-weiß gestreiftes T-Shirt hervor. An seiner linken Kopfseite klebte direkt unterhalb der Strickmütze Blut. Tom hatte in seinem Polizistenleben schon einige Leichen gesehen, aber der Anblick dieses Seemannes beunruhigte ihn. Der Mann lächelte nicht wirklich, aber er wirkte, als ob er im Moment des Todes an etwas Schönes gedacht hätte. Tom wünschte es ihm.

»Warte!« Er hielt einen der Sanitäter auf, der seinen Rucksack schulterte. »Ich komme wegen der Spuren nicht rein, liest du mir bitte mal vor, was auf der Plakette steht? Da rechts auf dem Schaltpult. Siehst du?« Er lehnte sich an den Türrahmen und zog sich Einmalhandschuhe über.

»Eigner: Dominic Lutteroth. Meinst du das?«

Tom nickte. »Ein letzter Gefallen. Schau mal nach, ob in der Jacke, die da rechts hängt, ein Portemonnaie oder eine Brieftasche steckt.«

Nach kurzem Griff erst in die eine, dann die andere Seitentasche förderte der Mann ein Lederetui zutage und reichte es Tom.

Tom fand einen Führerschein und sah sich das Foto an. Es handelte sich bei dem Toten zweifelsfrei um den Schiffsführer, den fünfundvierzigjährigen Dominic Lutteroth. Der schlotternde Mann auf der Pier hatte recht gehabt. Sein Kumpel war tot und würde nie wieder ein Feierabendbier mit ihm trinken.

Tom griff nach seinem Handy, um den Lagedienst der Polizei zu informieren. Er brauchte einen weiteren Streifenwagen für die Absperrung, das LKA und die Spurensicherung. Streng genommen hatte er keine Zeit für den Zeugen, und doch drängte alles in ihm, Kruger von hier wegzuschaffen und zu befragen, bevor der die ganze Tragweite seiner Entdeckung begriff. Das war allerdings Aufgabe des LKA, und er fing sich vermutlich einen Rüffel ein, aber der alte Barkassenführer hatte auf eine Art und Weise gezittert, wie er sie von Lisa kannte, wenn sie innerlich kämpfte, und das lag nicht am Schock oder an den Temperaturen.

Was also verbarg der Mann?

KAPITEL 2

Kriminalhauptkommissarin Jonna Jacobi musterte die Hände des Asiaten, der ihr im Vernehmungszimmer gegenübersaß. Sie waren kurz und schmal, beinahe Kinderhände.

»Ich habe mich gewehrt!«

Der Mann wischte mit zitternden Fingern langsam über die graue Tischplatte, als könne er damit die Gedanken vertreiben, die ihn marterten.

»Ich hätte schon viel eher handeln müssen. Ich habe das Messer geworfen«, fuhr der Mann fort.

»Auf Ihren Kollegen?«

»Nein.«

»Nein?«, Jonna hob fragend eine Augenbraue.

»Nicht *auf* ihn. In seine Richtung.«

»Welches Messer?«

Der Asiate sah kurz auf. Dann senkte er wieder den Kopf, bis sein Kinn beinahe die Brust berührte.

»Das Santoku. Er hat mir gestern mein bestes Wasabi-Yanagiba-Messer gestohlen. Seit Jahren schikaniert er mich.« Er ließ die Hände von der Tischkante in den Schoß gleiten und knetete sie. »Ich konnte mir das nicht länger gefallen lassen!«

Da war es. Das Geständnis. Jonna wartete auf das Gefühl der Erleichterung, doch stattdessen drückte trockenharte Desillusionierung auf ihren Brustkorb. Wieder einmal überkam sie die tiefe Müdigkeit der jahrzehntelangen Arbeit in der Mordkommission. Die unzähligen Geständnisse, die sie im Laufe ihrer Karriere gehört hatte. Die vielen Male, die das Schicksal eine Wendung für die Betroffenen bereithielt, die sie nie und nimmer für möglich gehalten hatten und die ihr bisheriges Leben für immer veränderte. Ihr gefiel der Sushi-Koch aus dem *Hotel Adlus*, der Asiate mit der sanften Stimme und den Kinderhänden, der ihr im Vernehmungsraum im dritten Stock des Polizeipräsidiums gegenübersaß. Ihm das Geständnis entlockt zu haben, war traurig und hinterließ einen schalen Beigeschmack, denn Jonna sah in ihm auch ein Opfer. Ein geschundener Mann, der den ständigen Mobbingattacken und Anfeindungen seines Chefs ausgesetzt gewesen war und dem offenbar wenig entgegenzusetzen hatte.

Das war eine Erklärung, aber keine Entschuldigung, und Jonnas Vorgesetzte hatte Ergebnisse gefordert. *Nehmen Sie den Mann auseinander*, hatte sie gesagt, *ich will wissen, ob er dem Souschef das Messer in den Hals gerammt hat.* Wie sich das anhörte! Als hätten sich die beiden Kontrahenten Auge in Auge gegenübergestanden. Nein, dem Sushi-Koch waren die Sicherungen durchgebrannt, als sein ewiger Widersacher ihm sein bestes Messer entwendet und ihn wie so häufig drangsaliert hatte. An diesem Tag war es das eine Mal zu viel gewesen. Der Sushi-Meister hatte sich umgedreht und ein Messer in Richtung des vier Meter entfernt stehenden Souschefs geschleudert.

Leider hatte er getroffen. In den Hals, direkt in eine Arterie. Der Souschef war im Operationssaal des Krankenhauses verstorben.

Der Asiate sah sie unvermittelt so eindringlich an, als ob er in ihren Augen etwas erkannte, von dem Jonna selbst noch nichts ahnte. Dann legte sich ein Schleier der Traurigkeit über seinen Blick.

»Laotse sagt: Das Weiche siegt über das Harte, und das Schwache triumphiert über das Starke.« Er wischte mit einer Hand über die Tischplatte. »Was passiert jetzt mit mir?«

Jonna seufzte, drückte ihren Rücken durch und schob ein paar Blätter in die Akte zurück. Der Mann war mit Anfang dreißig am Ende seines Weges angekommen. Seine Karriere als Koch vorbei.

Möglicherweise verlor er seine Familie. Ganz sicher seine Freiheit.

»Die Staatsanwaltschaft wird Sie anklagen …«

Die Schultern des Asiaten zuckten. Weinte er?

»Nehmen Sie sich einen Anwalt. Vielleicht können wir etwas für Sie tun. Ihre Vorgeschichte …«

Jemand riss die Tür zum Vernehmungsraum auf.

Jonnas Kopf fuhr herum. Oh, bitte nicht. Ihre Chefin, Kriminaloberrätin Heide Meyfahrt, stand im Türrahmen wie eine Rachegöttin, und ihr Blick prügelte Jonna aus dem Vernehmungszimmer.

Sie griff nach der Akte und ihrer Brille, stoppte die Tonbandaufnahme, schob den Stuhl zurück und verließ mit einem kurzen Nicken in Richtung des Sushi-Kochs den Raum.

»Vielleicht können wir etwas für Sie tun …«, zischte Meyfahrt ihr zu, als sie sich an ihr vorbeidrückte. »Ich hör wohl nicht richtig?«

Sie wies einen Kollegen an, den Asiaten zum Erkennungsdienst zu bringen.

»Kümmern Sie sich sofort um den Haftbefehl, und in zehn Minuten ist Abschlussbesprechung.«

Nur die Meyfahrt hatte in ihrer selbstgerechten Art zusätzlich zur Morgenbesprechung noch eine Abendrunde für die Mordkommission eingeführt – damit ja niemand zu früh in den Dienstschluss verschwand. Als ob sie nicht alle ohnehin Überstunden vor sich herschoben wie ein Pflug die Schneemassen nach einem Lawinenabgang.

Bestimmt würde sie verlangen, dass Jonna die Akte für die Staatsanwaltschaft noch heute Abend fertigstellte. Eine weitere Nacht mit wenig Schlaf. Sie würde es ohne Murren erledigen, denn sie erwartete sowieso nur eine verwaiste Wohnung mit leerem Kühlschrank.

Meyfahrt liebte diese Rund-um-die Uhr-Arbeit ihrer Mitarbeiter und gab nur selten ein Lob von sich. Jonna missfiel der Führungsstil der Xanthippe, wie sie alle hinter vorgehaltener Hand nannten. Als Kriminaloberrätin war sie auf dem Sprungbrett zur Kriminaldirektorin und damit verdammt einflussreich innerhalb der Polizei. Wenngleich nicht unumstritten. Leider hatte sie in der vorherigen Abteilung entscheidende Erfolge erzielt und sich auf die Fahnen geschrieben, die Aufklärungsquote der Mordkommission weiter in die Höhe zu treiben. Dass Jonnas Erfolgsquote beeindruckend war, schien sie am meisten zu stören und eher als Konkurrenz zu empfinden. Es kam Jonna vor, als wolle die Meyfahrt alle Erfolge auf ihr eigenes Konto verbuchen. Jonna hatte sich die letzten Jahre nach der Scheidung in die Arbeit vergraben. Jetzt war sie sechsundfünfzig und bemerkte nicht nur, dass sie es langsam müde wurde, Tag und Nacht Kriminelle zu jagen, sondern auch ihr Privatleben arg vernachlässigt hatte. Heide Meyfahrt hingegen war karrieregeil und gehörte zu den Verfechtern digitaler Ermittlungsmethoden. Klar, durften einen die Straftäter nicht abhängen, aber Jonna war eher oldschool und kam damit bestens an ihr Ziel. So oder so brauchte sie eine Strategie, um die Meyfahrt abperlen zu lassen und ihr Privatleben auf Vordermann zu bringen.

Die Chefin knallte die Tür zum Vernehmungsraum zu.

Ihre nie enden wollende Energie potenzierte ihre Garstigkeit. Warum glaubten manche Frauen in der Polizei, sie müssten tougher sein als die härtesten Männer? Solidarität unter weiblichem Führungspersonal? Fehlanzeige.

Glücklicherweise begegnete Jonna auf dem Weg vom Vernehmungszimmer in ihr Büro niemandem und ließ ihren Gedanken freien Lauf.

Ob jemand die Familie des Asiaten über dessen Tat informiert hatte? Hatte die Geschäftsführung des Hotels sie angerufen? Seine Kollegen?

Ein Krankenhaus-Seelsorger betreute die Familienmitglieder des Verstorbenen. Ihr Kollege Daan Van der Waal hatte die Ehefrau in die Klinik gebracht, als das Opfer im OP noch um sein Leben kämpfte.

Und wer kümmerte sich um die Angehörigen des Täters? Waren die nicht auch Betroffene eines unüberlegten Augenblicks dieses Kochs? Der stille Asiate, der …

»Hey, pass doch auf! Träumst du?«

Jonna stoppte abrupt. Fast wäre sie mit Daan Van der Waal zusammengestoßen, der einen randvollen Becher mit Kaffee in der Hand balancierte.

»Wie ist es gelaufen?«, fragte er und blies über den dampfenden Kaffee.

Sie schüttelte den Kopf. »Er hat ein Geständnis abgelegt.«

»Siehst trotzdem unglücklich aus.« Van der Waals schiefer Schneidezahn verlieh seinem Lächeln eine zusätzliche charmante Note. Der Holländer der Truppe hatte nicht nur stets gute Laune, sondern war ihr in den letzten Jahren als ein ausgefuchster Ermittler und loyaler Kollege ans Herz gewachsen.

»Sein Chef hat ihn so lange gedemütigt und in die Ecke gedrängt, bis er … er wollte nur ein bisschen Anerkennung. Ist das zu viel verlangt?«

Van der Waal seufzte. »Das kommt mir irgendwie bekannt vor … bis gleich.« Er schlenderte über den Flur Richtung Konferenzraum.

Jonna warf die Akte auf ihren Schreibtisch und ließ sich auf den Drehstuhl plumpsen. Draußen herrschte dichter Nebel, kein Wetter, um sich bei einem Spaziergang den Kopf freipusten zu lassen. Sie konnte den Zuführbericht für den Haftrichter genauso gut gleich schreiben, damit der den Haftbefehl erließ und dann … eine Pizza vom Lieferdienst. Doch zuerst galt es, die Abschlussbesprechung hinter sich zu bringen.

Es klopfte an den Türrahmen. Emma, die neue Hospitantin vom Jugendschutz, die wahnsinnig gerne in die Mordkommission wechseln wollte, winkte ihr zu.

»Kommst du?«

Jonna brachte sie auf dem Weg zum Konferenzraum auf den neuesten Stand. Kurz kam ihr der Gedanke, Emma bei dem Bericht um Hilfe zu bitten, aber vermutlich hatte die eine bessere Verwendung für ihren Abend. Im Besprechungsraum starrten die versammelten Kollegen missmutig vor sich hin. Alle sehnten sich in den Feierabend und warteten maulfaul auf die Xanthippe.

In diesem Moment wirbelte sie herein.

Im Eiltempo besprachen sie die aktuellen Tagesgeschehnisse. Wie immer war Meyfahrt ungenießbar. Nicht einmal das Geständnis des Kochs fand lobende Erwähnung. Schließlich waren zum Tatzeitpunkt keine Zeugen anwesend, und nur durch das Eingeständnis des Verdächtigen konnten sie den Fall abschließen. Die Schwingungen im Raum erreichten ihren emotionalen Tiefpunkt.

»Die Tränen der Täter dürfen Sie nicht erweichen. Bleiben Sie distanziert und professionell!«

Jonna biss die Zähne zusammen. Nur nicht provozieren lassen. Mangelnde Professionalität konnte ihr nun wirklich niemand unterstellen.

In diesem Moment schwang die Tür zum Besprechungsraum quietschend auf, und ein Kollege vom Kriminaldauerdienst steckte den Kopf herein.

»Ah, hier seid ihr. Leichensache an den Landungsbrücken. Ein Barkassenbetreiber. Die Wasserschutz hat alarmiert und Fremdverschulden angegeben.« Er zuckte mit den Schultern. »Wir haben Personalnotstand. Drei Leute sind im Urlaub, zwei krank, drei Einsätze parallel, und nix geht mehr.«

Ein Stöhnen wogte durch die Runde. Wessen Feierabend rückte in weite Ferne?

Ich war das letzte Mal dran, ich habe heute ein Geständnis rausgeholt, ich bin es nicht, schoss es Jonna durch den Kopf. Ich schließe die Akte des Asiaten, kuschele mich aufs Sofa, lese ein Buch und plane meine Zukunft.

Alle Blicke wanderten zur Xanthippe.

»Jacobi! Sie!«

Na klar, wer sonst? Die Meyfahrt handelte getreu dem Motto: Sie sind eine Frau, ich werde Sie knechten, und außerdem sind Sie die einzige Mordbereitschaftsleiterin. Dass sie die beiden anderen MK-Leiter erst vor Kurzem weggebissen hatte, weil diese sich offen kritisch über sie geäußert hatten, spielte keine Rolle.

Van der Waal warf ihr einen fragenden Blick zu. Sie verzog entschuldigend den Mund, sie brauchte ihn, und so fand auch Daans Feierabend ein jähes Ende.

Meyfahrt wartete auf ihren Protest.

Jonna bemühte sich um einen neutralen Gesichtsausdruck. Sie würde der Xanthippe keine Angriffsfläche bieten. Dann nickte sie und dachte an den Sushi-Koch. Die Erkenntnis ließ sie innerlich beben: Keine Geduld war unendlich!

Wann würde ihr der Geduldsfaden reißen?

KAPITEL 3

Tom stand auf dem Ponton in Höhe von Brücke 4 und wartete auf die Kollegen des LKA.

Gunnar, Quetsche und die beiden anderen Wasserschutzpolizisten von ihrer Außenstelle an den Landungsbrücken hatten inzwischen die gesamten Brückenzugänge 2 bis 6 mit Flatterband abgesperrt und allzu nähebedürftige Touristen zurückgedrängt. Nicht, dass bei diesem Wetter viele Menschen unterwegs waren, aber wie immer zog das Unglück eine Reihe von Schaulustigen an. Sie standen in Trauben an der Absperrung und versuchten mit ihren Handys, Videoaufnahmen durch den Nebel zu machen. Ein sinnloses Unterfangen. Auch ein paar Pressevertreter hatten irgendwie erfahren, dass es einen Todesfall im Hafen gab, stellten überflüssige Fragen, und ihre Fotografen warteten auf die Ankunft des Bestatters, um den Abtransport der Leiche im Zinksarg zu dokumentieren. Die immer gleiche Ansammlung von Neugierigen an Tatorten. Tom hielt Ausschau nach jemandem, der nicht in dieses Raster passte, aber er hatte auch keine bessere Sicht als diejenigen auf der anderen Seite der Absperrung. Er entdeckte nichts Auffälliges.

Er seufzte und versuchte, nicht an den Zeugen zu denken, sondern sich auf das Wasser zu konzentrieren. Das Schwappen der Elbe an den Anleger beruhigte ihn. Auf den Fluss war Verlass – seine Wogen glättete auch kein noch so dichter Nebel.

Irgendwann hielt er das Warten auf das LKA nicht mehr aus. Er brachte den Zeugen an Bord des Streifenbootes, obwohl er wusste, dass er damit seine Kompetenzen überschritt, und platzierte ihn im hinteren Teil auf der Eckbank an den Tisch. Der Mann hatte weder seine Jacke ausgezogen noch die Strickmütze vom Kopf genommen. Der Motor des Bootes war aus, und nur die Stimmen aus dem Polizei- und Seefunk waren undeutlich durch die Schiebetür zum Fahrstand zu hören.

»Herr Kruger?«

»Haben Sie was zu trinken? Ich brauch was Starkes!«

Tom schüttelte bedauernd den Kopf. Der Mann zitterte weniger, aber so deutlich, dass Tom Mitleid empfand. »Sie waren mit Herrn Lutteroth befreundet?« Eher eine sanft ausgesprochene Einladung als eine Frage.

»Wir kennen uns, seit Dominic vor fünfzehn Jahren im Hafen auftauchte. Er hatte tausend Jobs hinter sich und heuerte neu auf der Barkasse an. Er hat das Geschäft von der Pike auf gelernt, und als der alte Besitzer verkaufen wollte, machte Dominic ihm ein Angebot und hat die zwei Barkassen übernommen. Er war fleißig und hat den Hafen geliebt, hat die Fahrgäste mit seinen Döntjes amüsiert.« Die Stimme des Mannes brach. »Wir sind sozusagen Geschäftspartner.«

»Was bedeutet das?«

»Wir teilen uns ein Hafenbüro, helfen uns gegenseitig aus, fahren aber auf eigene Rechnung, haben keine gemeinsame Firma oder so …«

Kruger wischte sich mit seiner schwieligen Hand immer wieder durch den grauen Fünftagebart, als tröste ihn die Berührung.

Beide schwiegen für einen Moment, und Tom ließ sich durch den Kopf gehen, was er gehört hatte. Durch das auflaufende Wasser schaukelte das Boot und zerrte an den Leinen.

»Dominic war ein sehr guter Skipper«, brach es aus Kruger hervor.

Tom wusste, worauf Kruger hinauswollte. Es gab im Hafen unterschiedliche Schiffsführer. Einige waren früher zur See gefahren und eingefleischte Seebären, andere hatten sich ein paar Grundkenntnisse angeeignet und glaubten, sie könnten das Feld von hinten aufrollen. Die Barkassenbetreiber waren allesamt Konkurrenten.

»Können Sie sich irgendeinen Reim darauf machen, was an Bord der *Rike* passiert ist?« Für einen Moment war sich Tom nicht sicher, ob Kruger ihm antwortete oder hustete, so brüchig klang dessen Stimme.

»Elendszeiten.« Er schüttelte den Kopf. »Die Touristen bleiben wegen dieser Scheiß-Pandemie weg. Nix mehr mit Bordpartys oder Firmenfeiern, zwei Jahre kein Hafengeburtstag.« Er rieb sich mit seiner tellergroßen Hand über die Augen. »Unsere Boote sind zwar etwas lütter als die anderen, aber wir haben immerhin Platz für fünfzig Personen. Dominic hat sich richtig reingehängt, um über die Runden zu kommen. Trotzdem musste er zwei seiner Mitarbeiter entlassen. Jetzt hat er nur noch einen Matrosen und eine Barkasse laufen. Die andere fährt er im Moment nicht mehr. Die dicken Pötte mit dem lecker Fresschen an Bord nehmen uns nicht nur die Fahrgäste weg!« Die Abscheu tropfte von jedem seiner Worte. »Die staatlichen Coronahilfen haben kaum die Fixkosten gedeckt. Als es wieder anfing mit den Hafentouren, mussten alle Touristen Masken tragen, weil auf Schiffen nicht zwischen drinnen und draußen unterschieden wird. Es kommen immer weniger Menschen … Wir sind finanziell so klamm, dass es keinen Spaß mehr macht. Aber wat mutt, dat mutt!«

Kruger sah arg mitgenommen aus, ob wegen Lutteroths Tod oder der finanziellen Misere oder beidem, wusste Tom nicht.

»Wer profitiert denn von Lutteroths Tod?«

Kruger zuckte mit den Schultern. »Keinen Schimmer.«

Viel weiter war er nicht gekommen und hatte den verstörten Mann sitzen lassen, um wieder auf die Pier zu treten. Alles war ruhig, niemand versuchte, durch die Absperrung zu gelangen, oder war anderweitig auffällig geworden.

Der Wachhabende am WSPK 2 hatte sich ins System des Einwohnermeldeamtes eingeloggt und Tom informiert, dass der Tote eine Ehefrau und eine dreijährige Tochter hatte. Er hatte gefragt, ob er einen Wagen hinschicken solle, die Frau wohne ganz in der Nähe. Das hatte Tom abgelehnt. Er wartete noch immer auf das LKA. Die entschieden, wer wann den Angehörigen die Todesnachricht überbrachte. Er dachte daran, dass nicht weit von hier eine Frau ihr Kind in den Schlaf sang und nicht ahnte, dass ihr bisheriges Leben für immer vorbei war, dass ihr Mann nicht mehr atmete, dass sie an einem nebligen Oktoberabend Witwe geworden war. Er beneidete die Kollegen nicht, die gezwungen waren, die Worte auszusprechen.

In diesem Moment sah er zwei zivile Fahrzeuge mit Blaulicht an der Brücke 4 halten. Er streckte den Rücken durch und beschloss, die Karten gleich auf den Tisch zu legen.

Eine schlanke Frau mit schulterlangen weiß-grauen Haaren und ein Mann, ungefähr in seinem Alter, kamen auf ihn zu. Sie sahen in Jeans und Outdoorjacken aus wie x-beliebige Touristen, und doch identifizierte er den schlaksigen Mann sofort an seinem Schritt als Bulle. Der Bauer erkennt seine Schweine eben am Gang, dachte er.

Ihm gefiel die respektvolle Geste, mit der die Frau ihre Dienstmarke zückte und ihm ungefragt hinhielt, als sie vor ihm standen.

»'n Abend. Jonna Jacobi und Daan Van der Waal von der Mordkommission. Du bist der Dienstgruppenleiter?«

Tom nickte, wies auf die Barkasse und berichtete alles, was es bisher an Fakten gab. »Der Notarzt wartet im Rettungswagen, und den befreundeten Barkassenführer, der den Toten gefunden hat, habe ich auf unser Streifenboot gebracht.«

»Ist er irgendjemandem begegnet? Hat sich jemand auffällig benommen?«, fragte die Kollegin.

Tom mochte ihre sanfte Stimme. Sie klang behutsam, und doch ahnte er, sie zu belügen oder ihr nicht zu antworten, wäre keine

Option. Sie war sicher knallhart, wenn es darauf ankam. Das machte es ihm nicht leichter, von seinem Alleingang zu berichten. Er zögerte eine Sekunde zu lange, denn Van der Waal feuerte die nächste Frage ab, ohne seine Antwort abzuwarten.

»Kann man so mir nichts, dir nichts auf das Schiff raufspazieren?«

Er sah sich ratlos um.

Tom folgte dem Blick. »Wenn man sich traut.«

Die beiden Kollegen vom LKA schienen über seine Worte nachzudenken, als wägten sie das Fazit seiner Bemerkung sorgsam ab. Van der Waal sah Tom aus seinen tief liegenden Augen an, als ob die Antwort in seinem Gesicht geschrieben stünde. »Ich hole die Einsatzkoffer und spreche mit dem Notarzt«, sagte er dann und verschwand im Nebel.

Die Frau drehte sich zu Tom um und steckte die Hände in die Jackentaschen. »Ist ein bisschen gespenstisch, wenn man das Wasser hört, aber nicht sieht. Warum will man da eine Hafenrundfahrt machen?«

Tom zuckte mit den Schultern.

»Na, dann los. Ich möchte mit dem Zeugen sprechen, der den Toten gefunden hat.« Sie zog ein Paar Einweghandschuhe aus ihrer Jackentasche. »Kümmert ihr euch bitte noch etwas um ihn? Ich muss mir erst den Tatort und die Leiche ansehen.«

»Mir nach!« Tom eilte voraus, um ihr den Weg auf die Barkasse zu zeigen. Die *Rike* war eine kleine Hamburger Hafenbarkasse: ein offenes Motorschiff von fünfzehn Metern Länge und einem Deckshaus im vorderen Bereich des Rumpfes. Sie schritten zwischen den Sitzreihen mit den Holzbänken entlang und blieben vor dem Ruderhaus stehen. Schummeriges Licht drang von dort in die leere Passagierkabine, und eine solche Ruhe hüllte sie ein, als ob sie sich unter Wasser befänden. Es wirkte surreal, denn sie blickten aus der Kabine heraus auf die Beine des Toten und wussten, dass dieser friedlichen Stille ein gewalttätiger Moment vorausgegangen war.

»Da, im Ruderhaus.« Tom zeigte auf die geöffnete Tür und das hölzerne Steuerrad. Er beobachtete, wie die Mordermittlerin sich in aller Ruhe umsah. Ähnlich wie er vor Kurzem vermied sie es, dem Toten zu nahe zu kommen. Gott sei Dank roch es mehr nach Öl als nach Leiche.

»Van der Waal kommt gleich mit den Schutzanzügen. Er ist wirklich Holländer.« Sie lächelte ihn an.

Woher hatte sie gewusst, dass Tom genau diese Frage im Kopf herumspukte. Van der Waal sprach Deutsch ohne jeden Akzent, und der Name sagte heutzutage gar nichts aus.

Sie richtete sich auf und wies mit der Hand vage über das Wasser. »Du kennst dich bestimmt bestens aus … im Hafen?«

»Fünfundsiebzig Quadratkilometer. Das Herz Hamburgs ist groß. Das sind mehr als zehntausend Fußballfelder, da sollte man Bescheid wissen«, antwortete er lakonisch und wartete ab. Worauf wollte sie hinaus?

»Wonach sieht das für dich aus?«

Sie sah ihn auffordernd an, und Tom suchte nach Worten, so überrascht war er, dass sie seine Meinung interessierte.

»Der Täter … er hat sich ausgekannt.«

»Erschlagen oder gestürzt?«

Tom dachte an die Augen des Toten, und wie er auf dem Rücken lag. Er runzelte die Stirn. »Erschlagen! Von einem Kerl. Lutteroth ist eine Kante, groß, muskulös … das war keine zufällige Begegnung.«

Sie lächelte. »Tom, ja? Also, Tom, wann hast du mit dem Zeugen gesprochen?«

Tom spürte, dass er rot wurde, und sein Herzschlag beschleunigte sich. Er hatte zu lange gezögert, und sie hatte ihn durchschaut. Mist.

»Er ist ein alter Skipper, weißt du, er übernimmt Verantwortung. Wenn er zu viel Zeit zum Nachdenken hat … wer weiß, welche Details er für sich behält.« Ein müder Versuch, sich zu erklären.

»Ihr Hafenleute … ihr seid ein ganz besonderes Völkchen, oder?«

Tom unterdrückte ein Grinsen, denn das erschien ihm unpassend. »Wir haben so unsere Eigenheiten und Traditionen … es ist eine alte Welt.«

»Dann erzähl mal!«

War sie sauer? Tom entdeckte in ihrer Mimik nichts, was darauf hindeutete. Er nickte und begann, von seiner Befragung zu berichten.

Er hielt inne, als er aus den Augenwinkeln jemanden sah, der sich unter der Absperrung duckte. Es war Van der Waal mit zwei silbernen Koffern in den Händen.

»Gibt es Angehörige?«, fragte Van der Waal.

Er sieht müde aus, strahlt aber etwas Aufgeregtes aus, dachte Tom, als ob er einen anstrengenden Tag hinter sich hätte und sich doch auf das neue Rätsel freute. Der Holländer war ihm wirklich sympathisch.

»Im Einwohnerzentralregister ist eine Ehefrau mit dreijähriger Tochter gemeldet«, fuhr Tom fort. »Schanzenweg 10. Man kann es von hier aus fast sehen.« Er wies mit der Hand auf die gegenüberliegende Uferseite. »Jedenfalls, wenn kein Nebel ist. Sollen die Kollegen hinfahren und die Todesnachricht überbringen?«

Erstmals schlug die Mordermittlerin einen harten Tonfall an: »Sie wohnt im Hafen?«

»In Steinwerder. Direkt am anderen Ausgang des Alten Elbtunnels. Da stehen zwei Wohnblöcke.«

»Das übernehmen wir!« Sie ließ keinen Zweifel an ihrer Entscheidung. »Daan, du fährst. Am besten mit Charlotte Severin. Ich versuche, sie zu erreichen. Mich interessieren die spontanen Reaktionen der Ehefrau und ihre ungeplanten Antworten. Charly hilft dir.«

Tom runzelte die Stirn. »Charly? Die mit der Narbe im Gesicht? Aus unserer Opferschutzabteilung?«

»Kennst du sie?«

»Nicht wirklich. Ich bin ihr einmal begegnet und war beeindruckt. Also nicht von ihrer …« Er malte mit dem Zeigefinger eine Linie von der Wange zum Kinn. »… sondern von ihrer Art, mit dem Betroffenen zu sprechen.« Er zögerte. »Sie war irgendwie … hypnotisierend!«

»Interessante Wortwahl. Das Dingsda«, sie imitierte seine Geste, »ist eine Narbe, die sie von einer Messerattacke übrig behalten hat, und Charly – sie ist die Beste.«

Tom erstarrte. Das Schwärmen für die Kollegin vom Polizeilichen Opferschutz löste eine ganz andere Assoziation bei ihm aus. Die Beste … er hatte vergessen, Lisa anzurufen!

KAPITEL 4

Charlotte stellte die Auflaufform mit der übrig gebliebenen Lasagne in den Kühlschrank. Sie war furchtbar enttäuscht vom Verlauf des Abends und überlegte, was die Stimmung zerstört hatte.

Am Nachmittag hatte sich ihre Tochter noch gefreut, dass Charlotte für sie beide eine vegane Gemüselasagne zubereitet und damit der seit wenigen Wochen angesagten Ernährungsform Nathalies Rechnung getragen hatte. Am Abend war es ihr dann plötzlich peinlich, mit ihrer Mutter am gedeckten Tisch zu sitzen. Nathalie hatte kaum ein Wort gesprochen und in ihrem Lieblingsessen gestochert. Diese Stimmungsumbrüche häuften sich, und Nathalie entwickelte sich mit ihren dreizehn Jahren zu einem Pubertätspanzer auf zwei Beinen. Kein Wort war aus ihr herauszubekommen, welche Laus ihr über die Leber gelaufen war, außer dass Charlotte mit ihrer Fragerei nerve. Damit hatte sie ja vielleicht recht, aber warum erzählte sie nicht, was sie beschäftigte? Dann hätte Charlotte Anteil nehmen, trösten können. War es ein Fehler, Kerzen anzuzünden und Leinenservietten auf den Holztisch zu decken? Vermutlich sah es für die Jugendliche mehr nach einem piekfeinen Date als nach Abendbrot mit der Mutter aus. Definitiv ein Fehler. Schon wieder einer …

Charlottes Handy klingelte, und als sie danach griff und aufs Display schaute, sprang Nathalie mit einem übertriebenen Stöhnen auf, lief in ihr Zimmer und knallte die Tür zu.

Pubertät mochte ja nötig sein, um sich von der Kindheit zu verabschieden, aber sie war eine Zumutung für die Jugendlichen und ihre Eltern.

Die Nummer im Display gehörte der Mordbereitschaft, und sie nahm das Gespräch an.

»Jonna hier«, drang eine melodiöse Stimme durch das Telefon. »Charly, ich brauche deine Unterstützung. Wir müssen eine Todesnachricht überbringen. Ich würde dich nicht zu so später Stunde bitten, wenn es nicht wirklich wichtig wäre.«

Charlotte war hin- und hergerissen. Sie half Jonna gerne, aber diese nächtlichen Einsätze mussten aufhören. Kein Wunder, dass Nathalie sich immer mehr einigelte, wenn Charlotte sie so oft im Stich ließ. Sie hatte erst vor Kurzem ihre Wochenarbeitszeit im Polizeidienst von zwanzig auf dreißig Stunden erhöht und ahnte, dass dies zu früh gewesen war. Andererseits klang Jonna, als sei sie unter Druck und wäre auf ihre Hilfe angewiesen.

»Was ist passiert?«

»An den Landungsbrücken liegt ein Barkassenführer mit schwerer Kopfverletzung tot auf seinem Boot. Es sieht danach aus, als habe ihm jemand den Schädel eingeschlagen. Er hinterlässt eine Ehefrau und eine dreijährige Tochter.«

Jonna wusste genau, dass Charly nicht Nein sagen konnte, wenn ein Kind involviert war. Die Mutter wäre unter Umständen nicht mehr in der Lage, sich um die Kleine zu kümmern, wenn sie vom gewaltsamen Tod ihres Mannes erfuhr.

Charlotte hatte in den letzten Jahren, seit sie für den polizeilichen Opferschutz arbeitete, schon einige gemeinsame Einsätze mit Jonna, deren rasche Auffassungsgabe sie tief beeindruckte, durchgestanden. Jonna war trotz der Jahrzehnte in der Mordkommission nicht zynisch oder abgestumpft, sondern voller Neugier, empathisch und fröhlich – vermutlich das größte Kompliment, das man einer altgedienten Ermittlerin machen konnte. Wäre Jonna nicht zwanzig Jahre älter als Charlotte gewesen, hätten sie Freundinnen werden können. Manchmal beneidete sie Jonna darum, in ein paar Jahren in Pension gehen zu können.

Was für ein Luxus, jeden Tag frei zu entscheiden, mit welchen Aktivitäten man den Tag verbringen wollte. So viele Ideen und Hobbys Charlotte da einfielen, so wenig davon hatte Jonna. Soweit Charlotte wusste, lebte Jonna nur für ihre Arbeit.

Charlotte sagte den Einsatz zu. Und ahnte in der gleichen Sekunde, dass dies in den Augen ihrer Tochter der nächste Fehler war. Aber Nathalie war heute eh nichts recht zu machen. Sie seufzte.

»Wir müssen uns beeilen. Ich schicke dir einen Streifenwagen vorbei, der dich mit Sonderrechten zur Wohnanschrift fährt. Sie wohnt in Steinwerder, direkt im Hafen. Dort triffst du auf meinen Kollegen Daan Van der Waal, erinnerst du dich? Wir haben dringende Ermittlungsfragen, und die Frau braucht deine Betreuung. Geht das?«

Charlotte willigte ein. Ermittlungsfragen. Klar. Betreuung. Hoffentlich. Das war im besten Fall alles gleichzeitig möglich. Aber woher sollte sie das in diesem Moment wissen? Sie hatte die Frau noch nicht einmal gesehen. Es war genauso denkbar, dass sie eine Unterstützung durch Charly ablehnte. Und dann?

»Versuchen wir es.« Sie legte das Handy langsam auf den Tisch. Ob es an dem verdammten Nebel lag, dass heute alles schieflief?

Sie klopfte an die Tür ihrer Tochter. Keine Antwort. »Nat, Liebes, ich muss in einen Einsatz. Kommst du klar? Du könntest eine Freundin für heute Nacht einladen?«

Aus Nathalies Zimmer drang ein übertrieben lauter Seufzer.

»Ach ja, musst du mal wieder die Welt retten? Lässt du deine Familie im Stich? Du bist wirklich eine Schl…«

Charlotte lehnte sich mit dem Kopf gegen die geschlossene Tür. Was meinte sie damit? Woher kam plötzlich dieser absurde Vorwurf? Hatte sie etwa *Schlampe* sagen wollen? Nein, das war unmöglich. Ganz und gar abwegig!

Sie drückte die Türklinke und wich erstaunt zurück. Die Tür war verschlossen. Das hatte es noch nie gegeben. Charlotte respektierte die Privatsphäre ihrer Tochter, und es war nicht nötig, sich gegenseitig auszuschließen. »Nat, komm schon, warum hast du abgeschlossen? Was soll das? Du bist mir nicht egal. Wie kommst du darauf?«

Keine Antwort.

»Ich helfe, einer Familie eine Todesnachricht zu überbringen.« Sie versuchte, ihren Ärger hinunterzuschlucken. »Soll ich anrufen, wenn es spät wird?«

Keine Antwort war auch eine Antwort.

»Die Polizei holt mich ab. Ruf an, wenn irgendwas ist. Ich bin immer auf dem Handy erreichbar.«

Seufzend lehnte sie sich mit dem Rücken an die Wand.

Sie hatte es vermasselt … mal wieder.

KAPITEL 5

Der Finger von Daan Van der Waal schwebte über der Türklingel. Es war diese Sekunde, die das Leben in ein Vorher und ein Nachher teilte.

Er wandte sich vom Klingelschild ab und suchte Charlottes Blick.

Dieses Zögern und seine fragende Miene erzählten ihr seine Geschichte: Es war nicht sein erstes Mal. Er hatte schon Todesnachrichten überbracht. Er hatte in die vor Schmerz flackernden Augen der Angehörigen gesehen und war in Schweiß gebadet gewesen, als die Schreie der Kinder sich auf ewig in sein Gedächtnis gruben.

Sie lächelte ihm kaum merklich zu. Wenn er die Klingel drückte, gab es kein Zurück mehr.

Er wusste das.

Sie wusste das.

Der junge Kollege der Schutzpolizei, der sie begleitete und einen Schritt hinter ihnen stand, wusste es noch nicht.

Er würde es heute Nacht lernen.

Der schwerste Moment bei der Überbringung einer Todesnachricht waren die Sekunden, in denen die Welt im Inneren des Hauses in Ordnung war und die sie pulverisierten, wenn die Tür sich öffnete.

Zwei Schutzpolizisten hatten Charlotte zu Hause abgeholt und mit Blaulicht und Martinshorn von Winterhude zur Wohnanschrift von Isabell Lutteroth gebracht. Die Fahrt über die Elbbrücken und durch den Hafen zum Schanzenweg hatte einige Zeit in Anspruch genommen, sodass der Kollege von der Mordkommission bereits auf sie wartete. Er stieg zu ihnen in den Streifenwagen, um das weitere Vorgehen zu besprechen, und der jüngere der beiden Uniformierten bat darum, dabei sein zu dürfen. Er hatte noch nie eine Todesnachricht überbracht und wollte es lernen. Van der Waal hatte kurz gezögert und dann eingewilligt, da er hoffte, dass Isabell Lutteroth einem uniformierten Beamten eher die Tür öffnen würde als zwei unbekannten Erwachsenen in Zivil.

Charlotte holte tief Luft. »Wenn jemand die Tür aufmacht, müssen wir rein«, erklärte sie dem ahnungslosen Kollegen schräg hinter ihr. »Zur Not nutzt du deine Autorität.«

»Ist das nicht unhöflich?«, fragte er.

Charlotte hätte lieber geschwiegen, aber es verschaffte Van der Waal an der Klingel eine letzte, dringend benötigte Verschnaufpause. »Wenn wir die Nachricht an der Tür überbringen und die womöglich zugeschlagen wird, stehen wir hilflos draußen und wissen nicht, was drinnen passiert. Was ist, wenn der Betroffene kollabiert?« Sie sah ihn fragend an.

»Haben Sie das schon oft gemacht?«

Charlotte nickte und senkte den Blick, um das Gespräch zu beenden. Er siezte sie, obwohl sich sonst die Einsatzkräfte duzten. Er wollte nichts falsch machen und wusste nur, dass sie als Kripobeamtin vom polizeilichen Opferschutz kam und die Mordkommission unterstützte.

Van der Waal drückte die Klingel. Ein schriller Ton zerriss die Stille.

Die Rasenfläche zwischen den beiden Wohnblöcken war, soweit man das in der nebligen Dunkelheit beurteilen konnte, gepflegt, und die Beete waren üppig bepflanzt. Niemand käme auf die Idee, dass in dieser zurückgezogenen Gegend der plötzliche und gewaltsame Tod einziehen könnte. Charlotte wusste, dass die beiden zweistöckigen Wohnblöcke die letzten Wohnhäuser in diesem Hafenteil waren. Die ehemaligen Arbeiterwohnhäuser gehörten zu Hamburgs Kulturdenkmälern.

Van der Waal hob die Hand, um ein zweites Mal zu klingeln.

Wieder ertönte der Klingelton, und Charlottes Herz raste. Egal, wie oft sie vor einer Tür gestanden und auf das Öffnen gewartet hatte, um demjenigen die schlimmste Nachricht seines Lebens zu überbringen – leichter war es nie geworden. Ihr Herz klopfte ihr jedes Mal bis zum Hals. Erst mit den Reaktionen der Betroffenen fühlte sie sich sicherer. Wenn sie erspürte, was ihr Gegenüber brauchte, kam die innere Ruhe zurück. Vorher war sie zur Hilflosigkeit und zum Warten verdammt.

Der Türsummer ertönte. Van der Waal drückte dagegen und drängte ins Treppenhaus. Aus dem ersten Stock erklang eine Stimme, die Dominic lautstark aufforderte, endlich mal an seinen Schlüssel zu denken. Ein paar Momente später riss eine Frau die Wohnungstür auf. Sie war jünger, als Charlotte erwartet hatte, Mitte oder Ende zwanzig. Offenbar kam sie aus der Küche, denn sie trocknete sich die Hände an einem Geschirrhandtuch ab. Ihr Lächeln fiel innerhalb eines Wimpernschlags in sich zusammen.

»Ja?«, fragte sie.

Sie klang misstrauisch.

»Frau Lutteroth? Isabell Lutteroth?« Van der Waals Stimme war tief und fest.

Die Frau wurde blass. »Ja?«

Sie hob das Geschirrhandtuch wie zur Abwehr. Sie ahnte, dass sie nicht vor ihrer Tür standen, um sie wegen Falschparkens zu ermahnen.

»Kriminalpolizei. Wir möchten Sie sprechen. Dürfen wir reinkommen?« Er trat einen Schritt vor.

Isabell Lutteroth zögerte. »Es passt gerade nicht, ich räume die Küche auf.« Sie sah aus, als überlege sie, wie sich das Unheil abwenden ließe, dann trat sie doch zurück und öffnete die Tür. »Mein Mann ist noch bei der Arbeit, worum geht es denn?«

Sie standen in dem schmalen Flur der Wohnung. Charlotte schloss die Tür.

»Frau Lutteroth, es tut uns leid, Ihnen mitteilen zu müssen, dass Ihr Mann tot aufgefunden wurde.«

Wie verabredet, sprach Van der Waal diesen einen brutalen Satz aus und wartete die Reaktion der Ehefrau ab. Die nachfolgende Stille schmerzte unerträglich.

Ein natürlicher Impuls drängte einen, Erklärungen abzugeben, auf der Suche nach tröstenden Worten. Getrieben von dem Wunsch, es für die Frau erträglicher zu machen. Weiterzusprechen, um die drückende Stille zu übertönen, die einem die Luft zum Atmen nahm. Aber es gab keinen Trost für eine Frau, deren Ehemann und Vater ihrer Tochter brutal erschlagen worden war. Diese Ehefrau brauchte Zeit, um zu verstehen, was Van der Waal ihr gesagt hatte. Das Undenkbare. Das Unfassbare. Der eine Satz, der ihr Leben für immer veränderte. Trost? Unmöglich.

Isabell Lutteroth fixierte sie. Einen nach dem anderen. Suchte in ihren Augen die Bestätigung, dass der Kripomann sich einen üblen Scherz mit ihr erlaubt hatte. Der junge Kommissar starrte verlegen zu Boden. Charlotte hielt dem Blick der Frau stand und nickte. Es stimmte. Leider. Kein Irrtum möglich, sagte sie, ohne ein Wort zu sprechen.

»Ist das ein hässlicher Scherz? Mein Mann ist Barkassenkapitän im Hafen. Er arbeitet. Ich rufe ihn an, dann sehen Sie, dass Sie sich irren!« Sie sah sich hektisch um, als erinnere sie sich nicht, wo sie ihr Handy hingelegt hatte.

»Wo ist Ihre Tochter?«, fragte Charlotte und sah sich um. »Schläft sie?«

Alle Farbe wich schlagartig aus Isabell Lutteroths Gesicht, sodass Van der Waal nach ihrem Arm griff. »Setzen wir uns.«

Sie schüttelte die Hand ab. »Ich will mich nicht setzen. Verlassen Sie die Wohnung! Und lassen Sie ja meine Tochter in Ruhe!«

Ihre Stimme versagte, das Geschirrhandtuch fiel ihr aus der Hand. Sie stützte sich an der Wand ab und glitt langsam an ihr herunter. Die Nachricht von Tod ihres Mannes war angekommen und raubte ihr alle Kräfte.

Charlotte hockte sich zu ihr, ohne sie zu berühren.

»Mein Name ist Charlotte Severin. Ich bin vom Opferschutz der Polizei.« Sie stockte für einen Augenblick. »Wo ist Ihre Tochter? Nicht, dass sie uns sprechen hört.«

Der gequälte Blick der Frau bohrte sich in ihren. »Sie schläft.« Sie zeigte vage in die Tiefe der Wohnung.

Charlotte nickte. Dann ließen sie die Kleine schlafen und unterstützten die Frau. Später würde sie mit Isabell Lutteroth besprechen, wie man der dreijährigen Tochter den Tod ihres Vaters kindgerecht erklärte.

»Sind Sie sicher, dass es Dominic ist?«

Van der Waal antwortete: »Ihr Mann hatte ein Portemonnaie mit seinem Ausweis dabei. Es besteht leider kein Zweifel.«

Sie hob wimmernd die Fäuste an den Mund. »Was ist denn nur passiert?«

»Kommen Sie, setzen wir uns ins Wohnzimmer.«

Sie rappelte sich mühsam auf. Dieses Mal ließ sie sich von Van der Waal stützen. Der Schutzpolizist stand steif hinter ihm. Er hob das Geschirrhandtuch vom Boden auf, legte es mit langsamen Bewegungen zusammen und platzierte es vorsichtig auf der Kommode im Flur. Charlotte sah ihm an, wie tief ihn die Reaktion der Frau berührte. Er hatte genug Leid für sein erstes Mal gesehen. Sie gab ihm mit einem Blick zu verstehen, dass er das Haus verlassen und zum Streifenwagen zurückgehen konnte. Sie selbst würde so lange bleiben, bis diese Frau den ersten Schock überstanden hatte und Freunde oder Verwandte zusammenhielten, was die Reste ihres Lebens waren.

Charlotte setzte sich auf das Sofa, auf dem Isabell Lutteroth schluchzte. Van der Waal nahm gegenüber in einem Sessel Platz. Sie warteten schweigend und ließen die Frau die ersten Tränen vergießen.

Isabell Lutteroths makelloses Gesicht war von blonden Locken umrahmt. Die Haare sind gefärbt, dachte Charlotte. Welche blonde Frau hat schon Naturlocken? Sie war aufwendig geschminkt, auch wenn ihre Tränen die Wimperntusche verschmierten. Rote Flecken am Hals zeugten von ihrer inneren Anspannung. Jugend und Schönheit standen im Kampf mit psychischer Belastung und Auflösung.

Irgendwann hob die junge Witwe den Kopf, und Charlotte nutzte die Gelegenheit: »Gibt es jemanden, den Sie gerne bei sich hätten?«, fragte sie und reichte ihr ein Paket Papiertaschentücher.

Isabell Lutteroth zuckte ratlos mit den Schultern. »Meine Eltern sind vor sechs Jahren bei einem Verkehrsunfall gestorben, und Dominic hat auch keine Verwandten mehr.« Sie saß erstarrt in dem spärlich beleuchteten Wohnzimmer, das vor Trauer und Not zu schrumpfen schien. »Was ist denn passiert? Sein Herz?«

Van der Waal wartete einen Moment, dann antwortete er sanft: »Mein Name ist Van der Waal. Ich bin vom Landeskriminalamt. Ihr Mann hat eine schwere Kopfverletzung. Ich muss Ihnen ein paar Fragen stellen, damit wir herausfinden, was mit ihm geschehen ist.«

»Kopfverletzung?« Sie nahm ein Taschentuch und knüllte es zusammen. »Mein Mann prügelt sich doch nicht. Ein Unfall?«

Er nickte verstehend. »Hatte Ihr Mann Probleme in letzter Zeit, hatte er Streit mit jemandem?«

Sie starrte Van der Waal an, setzte dann zum Sprechen an und brachte doch kein Wort heraus. Van der Waal wartete geduldig. Es hätte nichts gebracht, eine Frage nach der anderen abzufeuern. Sie hatten keine Ahnung davon, was im Inneren der Frau vorging, welche Sorgen sie umtrieben oder ob sie in diesem Moment überhaupt einen klaren Gedanken fassen konnte.

»Da ist Konkurrenz im Hafen, aber das tut man doch niemandem an«, flüsterte sie.

»Wann hat Ihr Mann heute die Wohnung verlassen? War irgendetwas anders als sonst?« Er rückte ein Stück im Sessel vor, als wolle er sie anspornen, sich an etwas zu erinnern.

»Wir haben gefrühstückt, und dann ist er los. Wie immer.« Sie schnäuzte sich ins Taschentuch.

»Haben Sie ihn danach noch mal gesehen?«

»Wir haben mittags telefoniert. Er war unentschlossen, ob er abends eine Tour fahren wollte, es war dichter Nebel vorhergesagt.« Sie hielt inne und platzte dann heraus: »Ich will meinen Mann sehen. Sofort. Vielleicht irren Sie sich ja doch!«

»Es tut mir leid, das ist im Moment nicht möglich. Er wird in die Rechtsmedizin gebracht und dort weiter untersucht.« Van der Waal ließ ihr wieder Zeit, diese Information zu verarbeiten, bevor er weitersprach. »Das ist leider auch der Grund, warum Sie im Augenblick nicht von ihm Abschied nehmen können. Die Staatsanwaltschaft verbietet es.«

»Ich brauche eine Erlaubnis, um meinen Mann zu sehen?«, fragte sie mit schriller Stimme.

»Die Staatsanwaltschaft hat die Leiche Ihres Mannes beschlagnahmt, es tut mir leid.« Er rutschte wieder im Sessel zurück.

»Da hört sich doch alles auf! Er ist mein Ehemann, und Sie haben ihn *beschlagnahmt?* Was soll das denn!«

Charlotte mischte sich ein, bevor die beiden in Streit gerieten. Es war eine heikle Situation, denn natürlich wollte sich die Ehefrau nicht mit den juristischen Notwendigkeiten einer Todesermittlung befassen. Charlotte würde von Van der Waal klären lassen, ob die Witwe am nächsten Morgen von ihrem Mann Abschied nehmen durfte. Sie brauchte dieses letzte Bild von ihrem

Mann, um sicher zu sein, dass er wirklich tot war. »Meinen Sie, ich könnte ein Glas Wasser bekommen?«

Charlotte hoffte, dass die eingeübten Automatismen griffen und Isabell Lutteroth aufstand, um Getränke zu holen. Damit gewann sie vielleicht eine winzige Spur von Handlungsfähigkeit zurück. Die Nachricht, dass sie ihren Mann nicht sofort sehen durfte, würde in den Hintergrund rücken.

Es funktionierte nicht. Die Witwe blieb sitzen und starrte ins Leere.

»Ist Ihnen heute Morgen irgendetwas an Ihrem Mann aufgefallen? War er nervös oder ängstlich?«

Van der Waal hatte wieder ihre Aufmerksamkeit. Die junge Frau sah ihn lange an, überlegte, schüttelte dann den Kopf.

»Fühlte er sich verfolgt?«

»Wir waren ganz entspannt.«

»Ist in den letzten Tagen Ungewöhnliches passiert? Merkwürdige Anrufe oder Post?«

Sie schüttelte wieder den Kopf.

»Bitte, helfen Sie mir, den gewaltsamen Tod Ihres Mannes aufzuklären. Gibt es irgendetwas, was Sie mir sagen können?«

»Ich kann nicht denken, ich weiß es nicht. Ich weiß gar nichts mehr. Ich …«

Ein Schluchzen von der Tür ließ alle drei zusammenfahren.

Isabell Lutteroth keuchte vor Schreck auf. Ihre kleine Tochter hatte die Tür einen Spalt aufgedrückt und presste ein Kuscheltier an sich.

»Mami?«, piepste sie mit dünnem Stimmchen. »Wo ist Papa?«

KAPITEL 6

Nachdem Daan Van der Waal den Hafen verlassen hatte, um sich mit Charlotte zu treffen und der Witwe die Todesnachricht ihres Mannes zu überbringen, war die Kriminaltechnik mit zwei Kastenwagen an den Landungsbrücken eingetroffen. Die Mitarbeiter der Spurensicherung und Jonna hatten sich die weißen Tyvek-Schutzoveralls angezogen und arbeiteten an Bord der *Rike*. Die Kriminaltechniker robbten sich regelrecht an Dominic Lutteroth heran. Erst fertigten sie Fotoaufnahmen und Skizzen vom Tatort an, dann sammelten sie alles ein, was an Bord herumlag, und archivierten es in einzeln beschrifteten und nummerierten Plastikbeuteln. Sie hatten sich inzwischen bis zur Leiche vorgearbeitet und klebten den Leichnam akribisch ab, um mögliche Faserspuren zu sichern und DNA-Proben zu gewinnen. Ob und wann sich eine Spur einem Täter zuordnen ließ, blieb die große Preisfrage.

Es war bereits zehn Uhr abends, die letzten Touristen hatten die Landungsbrücken verlassen, da sich durch den dichten Nebel nichts erkennen ließ und die Nässe auf Dauer unangenehm war. Trotzdem musste Tom die Absperrung aufrechterhalten und die Fotografen, die auf den Abtransport der Leiche warteten, in Schach halten. Das Hamburger Bestattungsinstitut war auf dem Weg in den Hafen, um die Überführung des Leichnams in die Rechtsmedizin zu übernehmen. Tom hatte nie verstanden, warum dieses eine Foto mit dem Leichenwagen so wichtig für die Zeitungen war. Aber so war es eben.

Er wartete ungeduldig auf Jonna, damit sie mit Kruger sprach. Der Mann hockte immer noch an Bord des Streifenboots, und Quetsche hatte vom Fahrstand ein Auge auf ihn.

Tom kroch die feuchte Kälte in die Kleidung und ließ ihn frösteln. Er konnte genauso gut dort warten, statt sich hier die Beine in den Bauch zu stehen. Er sprang an Bord, und wohltuende Wärme empfing ihn im Ruderhaus.

»Kommt sie?«, fragte Quetsche.

Tom zuckte mit den Schultern, und in diesem Moment klingelte sein Handy. »Ich höre?« Es war sein Wachhabender.

»Wir haben einen Einsatz reinbekommen. Feuer bei der Blume-&-Lorrenzen-Werft. Wir brauchen dich!«

»Feuer? Wo genau?«

Quetsche hob fragend eine Augenbraue.

Der Wachhabende ergänzte, dass auf dem Mitarbeiterparkplatz des Unternehmens zwei Autos in Flammen stünden. Tom überlegte fieberhaft. Er wollte die Landungsbrücken nicht verlassen, bevor die Mordermittlerin mit Kruger gesprochen hatte. Er musste unbedingt dabei sein, wenn klarer wurde, was an Bord der *Rike* geschehen war. Andererseits lungerte er hier nur rum und wartete, während er woanders gebraucht wurde. Erst passierte nächtelang gar nichts und dann alles gleichzeitig. Verdammt!

Tom starrte durch die Scheibe in die Dunkelheit und entschied sich.

»Haben wir noch einen Wagen?«

»Der 52/2 sollte gerade eine Grenzkontrolle machen. Und der 52/1 ist bei dir an den Landungsbrücken.«

Tom konnte den 52/1 unmöglich aus der Absperrung abziehen. Er seufzte lautlos. »Stellt die Grenzkontrolle zurück, der 52/2 soll zu der Werft rausfahren und so schnell wie möglich ein Lagebild an mich durchgeben. Ich entscheide nach der ersten Lageeinschätzung, wann ich komme.«

Mit dem Auto durch den Alten Elbtunnel wäre er in drei Minuten dort, doch der Tunnel war dauerhaft für die Durchfahrt mit dem Auto gesperrt. Mist. Blieb nur das Boot. Er würde sich von Quetsche zum Fährkanal bringen lassen und am Fährterminal Steinwerder von Bord gehen. Von dort müsste er nur zu Fuß über die Straße und auf den Parkplatz. Ein Katzensprung.

»Was ist los?«, fragte Quetsche und verschränkte die Arme vor der Brust. Tom sah ihm an, dass seine Geduld sich dem Ende zuneigte.

»Autos in Brand auf dem Mitarbeiterparkplatz bei Blume & Lorrenzen. Die Feuerwehr ist raus. Der 52/2 gibt uns gleich einen Lagebericht, dann entscheide ich, ob wir nachziehen.«

Wo blieb die verdammte Mordermittlerin?

»Ist das dein Ernst? Das Boot wird hier nicht mehr gebraucht, wir könnten sofort rüber.«

Quetsche hatte recht, aber Tom musste diesen Einsatz erst zu Ende bringen.

Als ob sie seine Gedanken gehört hätte, kletterte Jonna Jacobi an Bord und zog ihren Overall aus. Auch ihr Handy summte. Sie schob sich eine Lesebrille vom Haar auf die Nase, und das blaue Bildschirmlicht bestrahlte ihr Gesicht in der Dunkelheit. Tom verzog den Mund. Hoffentlich wurde es kein langes Gespräch.

»Hey, kommst du voran? Klingt super, schick ihn mir aufs Handy. Tausend Dank für deine Hilfe.«

Tom hörte Jonnas Wertschätzung mehr aus der Stimme, denn aus ihren Worten. Sprach sie mit ihrem Mann?

»Das war Emma, sie hospitiert in der Mordkommission und verzichtet auf ihren Feierabend, um für mich einen Zuführbericht zu schreiben.«

Tom runzelte die Stirn.

Sie lachte. »Sei froh, dass du so was nicht aufsetzen musst. Mit dem Ding legst du dem Richter alle Haftgründe für einen Verdächtigen dar, damit er einen Haftbefehl ausstellt und dein Spitzenkandidat in Untersuchungshaft wandert.«

Sie stoppte und las auf dem Display. Offenbar war der Bericht gesandt worden.

Sie ahnte nicht, dass er sich nicht gefragt hatte, was ein Zuführbericht war, sondern ob sie tatsächlich mit einer Frau gesprochen hatte?

In diesem Moment kamen die Bestatter den Zugang zum Ponton herunter. Sie schoben keinen Sarg, sondern nur die Bahre mit dem Leichensack zwischen sich. Er seufzte. Die Pressemeute bekäme ihre Bilder.

Jonna lehnte sich über die Reling, wies die beiden kurz ein und deutete mit dem Finger auf die *Rike.*

Sie seufzte. »Dieses leichte Schaukeln beruhigt irgendwie, oder?« Sie sah Tom an. »Warum hatte ich noch nie mit der Wasserschutzpolizei zu tun?«

Er reagierte auf vermeintliche Komplimente hellhörig, da er wusste, dass viele Kripobeamte die Wasserschutzpolizisten abfällig »Entenpolizei« nannten. Dabei hatten die keine Ahnung, wovon sie sprachen. Keinen blassen Schimmer.

»Wie lange darf euer Boot noch hier liegen?«, fragte sie.

»Eigentlich, solange ihr uns braucht. Wir haben zwei Hafenstreifenboote an unserer Wache, und die Kollegen vom Revier 1 in Waltershof helfen, wenn wir mehr brauchen. Ansonsten fahren die Streifenwagen.« Den strafenden Blick von Quetsche ignorierte er. Er hatte die brennenden Autos bei der Werft nicht vergessen, aber das Feuer würde ja nicht gleich auf die Gebäude übergreifen, oder? Das regelte die Feuerwehr. Durch den verdammten Nebel konnte man von hier aus keine Rauchfahne sehen. Warum war ausgerechnet heute so ein Schietwetter?

Seine Gedanken rasten, und er hatte Jonnas Frage nicht mitbekommen, sah nur ihren fragenden Blick.

»Ich habe ein *Aber* gehört«, wiederholte sie.

»Es brennt bei Blume & Lorrenzen. Da fahren wir nach deiner Befragung hin.«

Vielleicht konnten sich in der Quantenmechanik Teilchen an zwei Orten gleichzeitig aufhalten. Tom jedenfalls konnte es nicht – musste er aber!

Sie verschränkte die Arme vor der Brust. Er schwieg. Sie nickte wissend.

Es war alles gesagt, also öffnete sie die Verbindungstür in die kleine Kabine. Kruger saß mit hängendem Kopf am Tisch. Jonna stellte sich vor, sprach ihm ihr Beileid aus und fragte ihn, ob er imstande sei, ihr ein paar Fragen zu beantworten. Er nickte, und sie setzte sich übereck zu ihm auf die Bank.

»Sie haben Dominic Lutteroth gefunden?«

»Wir teilen uns ein Büro«, er wies mit der Hand Richtung Ponton, »… und ich habe mich gewundert, dass er nicht reinkam. Ich wollte nachkieken, ob er auf der *Rike* ist.«

»Ist Ihnen irgendetwas Ungewöhnliches aufgefallen?«

»Ich habe das Licht in der Kajüte gesehen und bin an Bord.« Er schüttelte ungläubig den Kopf, als sei er nicht sicher, ob er träumte. »Ich hab ihn da liegen sehen. Ich dacht zuerst, der hätte 'nen Schwächeanfall oder so was. Aber die Augen … die Augen, die mich angestarrt haben. Die hatten kein Leben mehr in sich, nech?«

Tom sah Kruger an, dass er sich trotz des langen Wartens nicht beruhigt hatte und um Fassung rang.

»Haben Sie Herrn Lutteroth angefasst?«

Kruger machte eine fahrige Handbewegung, als wolle er zeigen, was er getan hatte. »Ich hab mein Handy geschnappt und die 112 angerufen. Die haben auf mich eingeredet, dass ich mit der Herzdruckmassage anfangen soll, nech? Aber das konnt ich nicht. Nicht bei diesen Augen und dem Lächeln! Ich war wie gelähmt.«

»Sie hätten ihm nicht mehr helfen können, machen Sie sich keine Vorwürfe. Es war zu spät.«

Erstmals sah Kruger auf. »Danke«, sagte er tonlos.

Jonna nickte. »War das hier der feste Liegeplatz von Herrn Lutteroth?«

»Für ihn und ein paar andere Barkassen. Wenn Sie die Skipper kontaktieren wollen, im Büro hab ich eine Telefonliste.« Er seufzte tief.

»Da gehen wir gleich hin.« Jonna wartete einen Moment, aber Kruger protestierte nicht. Sie warf Tom einen vielsagenden Blick zu. Sie wusste genau, dass er die ganze Zeit lauschte. Jetzt gab sie ihm zu verstehen, dass sie ihn für die Durchsuchung des Hafenbüros brauchte. Normalerweise kein Problem, aber auf ihn wartete der Brand. Ein Feuer auf der Großwerft zu ignorieren, war vermutlich ein Riesenfehler. Warum meldeten sich die Kollegen nicht. Was war da los?

»Wie lange waren Sie mit Dominic Lutteroth befreundet?«

»Seit er vor fünfzehn Jahren im Hafen aufgetaucht ist. Ein guter Kerl.«

»Hat er Ihnen erzählt, ob er sich bedroht fühlte? Gab es irgendwelche Zwischenfälle? Irgendeinen Ärger?«

»Nur 'n paar Nickligkeiten, nech?«, antwortete Kruger.

Jonna blickte kurz zu Tom, was der Skipper nicht sah, da er wieder auf die Tischplatte starrte.

»Was meinen Sie damit?«

»Irgendeiner stellt Dominics Werbeplakate um oder schmeißt nachts die Leinen der *Rike* los, so 'n Gedöns.«

»Wissen Sie, wer das tut?«

Kruger lehnte sich zurück und legte die Hände in den Schoß. »Betrunkene Jugendliche? Was weiß ich?«

Tom fragte sich, ob das die Wahrheit war. Wusste er wirklich nicht, wer hinter den Aktionen steckte?

»Dominic war 'n ganz Gewiefter«, fuhr Kruger fort. »Der hat sich was ausgedacht. Die *Rike* hat nur fünfundachtzig Zentimeter Tiefgang, damit kommt er auch bei Niedrigwasser in die Fleete.

Er hat besondere Veranstaltungen auf der Barkasse organisiert, zum Beispiel Vorlesungen der Uni zur Speicherstadt. Da stand die Konkurrenz lausig in Lee.«

»Sie meinen also, ich sollte mir die anderen Barkassenfirmen genau ansehen, ja?« Jonna lächelte den Kapitän an und erhielt erstmals die Andeutung eines Lächelns zurück.

»Jo!«

Hoffentlich kommt er jetzt bald raus mit der Sprache, dachte Tom. Er saß wie auf heißen Kohlen. Neugierig, was Kruger zu sagen hatte, aber mit seinen Gedanken bei dem Brand auf der Werft.

»Haben Sie einen konkreten Verdacht?«

Kruger bekam offenbar Angst vor seiner eigenen Courage, denn er schüttelte den Kopf.

Jonna nickte nachsichtig. »Kennen Sie die Familie von Herrn Lutteroth?«

»Er hat 'ne Frau und 'ne kleene Tochter.«

»Und die heißt Rike?«

»Nee, nee. *Rike* kommt von Frede-Rike, die Friedensreiche.«

Jonna nickte. »Gute Kombination.«

Diesmal würdigte sie Kruger keiner Antwort.

»Gab es privat Probleme oder Ärger?«

Der Skipper seufzte. »Fragen Sie Noah. Dominics Angestellten. Die Leute von seiner zweiten Barkasse musste er in der Pandemie entlassen.«

»Noah. Und wie weiter?«

»Noah Bonnichsen. Ist gerade im Urlaub.«

Jonna schrieb sich den Namen und die Telefonnummer auf, die Kruger ihr diktierte.

»Wann haben Sie Ihren Freund das letzte Mal gesehen?«

»Heute Morgen.«

»Wann genau? Und wo haben Sie ihn getroffen?«

»Wir waren im Büro. So gegen zehn. Ich hatte um halb elf eine einzige Fahrt. Die Saison ist tot.«

Er war sich seiner Wortwahl offenbar nicht bewusst, denn er sah teilnahmslos auf die Tischplatte.

»Und dann?«

»Nix dann!«

Tom sah Jonna die Stirn runzeln, aber sie ließ Kruger die Unhöflichkeit durchgehen und klappte ihr Notizbuch zu.

»Na gut, dann wechseln wir in Ihr Büro. Ich möchte mich da kurz umschauen.«

»In unser Büro? Umsehen? Aber nicht in meinen Unterlagen, nur in Dominics. Dürfen Sie das überhaupt ohne Durchsuchungsbeschluss?«

»Das darf ich, und das muss ich. Den richterlichen Beschluss reiche ich nach.« Jonna stand auf. »Kommen Sie.«

Tom sprang auf und erwartete die beiden draußen im Gangbord. Er half Jonna beim Übersteigen auf den Ponton und sah aus den Augenwinkeln, dass sich die Bestatter mit der Bahre von der *Rike* näherten. Kruger torkelte ihnen entgegen, zog eilig seine Mütze vom Kopf, stand plötzlich stramm und zollte seinem Freund Respekt. Die Bestatter hielten inne. Nach einem Moment nickten sie dem Skipper zu und schritten weiter.

Tom lief eine Gänsehaut über den Rücken.

Der Tod hinterließ in jedem Herzen eine Spur.

KAPITEL 7

Wo ist Papa?«

Die Frage des kleinen Mädchens hallte in der Stille nach. Darauf gab es für eine Dreijährige nur komplizierte Antworten.

Ihre Mutter sprang wie elektrisiert vom Sofa auf. Sie nahm die Kleine auf den Arm und verfiel in eine Art Singsang.

»Warum schläfst du denn nicht, mein Schatz?«

Die Kleine kuschelte sich wortlos in die Halsbeuge ihrer Mutter. Isabell Lutteroth strich ihr über den Rücken. »Ich bringe dich ins Bettchen, und du versuchst, noch ein bisschen zu schlafen, ja?«

Sie weicht ihrer Frage aus, dachte Charlotte. Kein Wunder, wie hätte die Mutter Worte finden können, um die zerbrechliche Kinderseele vor dem Verlust des Vaters zu schützen?

»Papa?«

»Ach, mein Schatz. Der Papa, der kommt nicht. Er kommt nie mehr. Er ist …« Sie brach ab, setzte erneut an und flüsterte dann: »Er ist gestorben.«

»Ist das schlimm?«

»Sein Herz schlägt nicht mehr, sein Leben hat aufgehört«, flüsterte sie und drückte das Kind an sich. »Komm, Fenja, ich bringe dich wieder ins Bett.«

Sie trug ihre Tochter ins Kinderzimmer, und Van der Waal und Charlotte schauten sich an.

»Puh!« Van der Waal entfuhr ein Stoßseufzer. »Die arme Frau, das wird schwer.« Er fuhr sich mit der Hand übers Gesicht.

Charlotte fiel ein, dass Van der Waal selbst zwei Töchter hatte. Sie waren noch nicht schulpflichtig. Er wusste also nur zu genau, wovon er sprach, wenn er Mitleid äußerte.

Charlotte atmete tief ein und aus und ließ den Blick durch das Wohnzimmer schweifen, um den Anblick der kleinen Fenja aus dem Kopf zu bekommen. Die Einrichtung der Lutteroths bestand überwiegend aus Chrom und Glas, teuren Teppichen und einem bequem aussehenden Liegesessel vor einem überdimensionierten Fernsehbildschirm. Die Wohnung war sehr groß, das Wohnzimmer zog sich noch um eine Ecke, in der ein langer Esstisch aus Holz mit acht Stühlen stand. Hatte die Familie zwei Wohnungen zusammengelegt? Kinderfotos an den Wänden und ein rosafarbenes Kinderzelt an der Wand gegenüber lockerten die kühle, gediegene Atmosphäre wohltuend auf, ansonsten gab es wenig Dekoration. Einzig ein stylisher Plattenspieler thronte auf einer höheren weißen Konsole, in deren unterem Teil eine üppige LP-Sammlung stand.

Charlotte erhob sich, um die Fotos an der Wand zu betrachten. Im Wohnzimmer der Betroffenen zu sitzen, war schrecklich und anrührend zugleich, denn sie waren ja nicht eingeladen, waren keine Freunde des Hauses. Sie waren hier, weil eine Katastrophe passiert war und sie der Ehefrau Fragen stellen mussten. Sie versuchte, zu erfassen, was die Einrichtung ihr über den toten Barkassenführer, seine Frau und die Tochter erzählte.

Charlotte gefielen die imposanten, auf Leinwand gezogenen Fotografien der Familienmitglieder. Strahlende Eltern an einem weißen Sandstrand unter Palmen und eine lachende Fenja in verschiedenen Lebensphasen. Dominic Lutteroth war ein stattlicher Mann gewesen und blickte auf mehreren Aufnahmen stolz auf seine Ehefrau. Sie war ein Hingucker. Jung, perfekte Figur und blonde Locken. Wie es schien, war ihr Ehemann schwer verliebt in sie gewesen, und die ganze Familie hatte Urlaube in der Karibik gemacht.

»Ich kann ihr nicht sagen, dass ihr Vater ermordet worden ist. Ich muss sie beschützen«, unterbrach Isabell Lutteroth ihre Gedanken, als sie wieder in das Wohnzimmer trat.

Charlotte verstand sie. Welche Mutter versuchte nicht, jeglichen Schaden von ihren Kindern fernzuhalten?

»Ihre Tochter wird mit Ihnen traurig sein. Sie hat aber keine konkreten Todesvorstellungen und kann nicht verstehen, dass der Tod endgültig ist, weil sie noch keinen Unendlichkeitsbegriff hat. Für sie kommt der Papa wieder. Es wird dauern, bis Fenja sich in der Situation zurechtfindet.« Charlotte suchte nach Worten. »Sie braucht Sicherheit. Sie braucht ihre Mutter, damit sie nach und nach versteht, dass der Papa nicht wiederkommt.« Sie versuchte, der Frau Mut zuzusprechen. »Reden Sie nicht von Mord, das ist unnötig. Tot zu sein bedeutet, dass er nicht mehr atmet, nicht mehr isst und trinkt, dass er nichts mehr fühlt. Das bleibt so, und der Papa kommt nicht wieder … Oder so ähnlich. Kinder trauern anders. Seien Sie für Ihre Tochter da. Mehr geht nicht.«

Die junge Mutter sah sie so ungläubig an, als wolle Charlotte ihr eine Lebensversicherung für ihren toten Mann verkaufen. Charlotte verstand sie ja. Sie konnte nicht erfassen, was der plötzliche Tod für ihre kleine Tochter bedeuten mochte. Sie wusste es ja nicht mal für sich selbst.

»Frau Lutteroth, können Sie sich irgendjemanden vorstellen, der Ihrem Mann Böses wollte?«, hakte Van der Waal nach, so als hielte er den Gedanken an einen brutalen Täter besser aus als den an ein leidendes Kleinkind.

»Nein, natürlich nicht.«

»Gab es finanzielle Probleme, Schwierigkeiten im Job? Streit mit den Nachbarn?«

»Die Pandemie hat ihm Sorgen gemacht. Die Touristen sind weggeblieben. Es wird gerade besser, aber …« Sie zuckte resigniert mit den Schultern und schlang die Arme um den Körper, als wolle sie sich trösten.

»Ist schon gut«, intervenierte Charlotte, bevor die Frau sich verschloss. »Können Sie uns morgen eine Liste mit Freunden, Familienmitgliedern und vielleicht auch Kollegen machen, mit denen Ihr Mann in Kontakt stand?«

Sie nickte.

»Und ich muss Sie bitten, uns seinen Computer zu überlassen«, sagte Van der Waal.

»Machen Sie, was Sie wollen!« Sie schüttelte den Kopf. »Ich verstehe das alles nicht … Sprechen Sie mit Hans, vielleicht weiß er mehr.«

»Hans?«

»Hans Kruger. Die beiden arbeiten zusammen. Er kann Ihnen erzählen, was im beruflichen Umfeld meines Mannes … da fällt mir ein, dass Sie mal mit dem Chef der Barkassenzentrale Graf reden sollten. Genau! Der Mistkerl, Christian Graf, der hat seit langer Zeit einen Hass auf Dominic!«

Sie sprang auf und lief zur Anrichte, um ihr Telefon zu holen. »Ich gebe Ihnen die Nummer von Hans. Graf ist der reichste Barkassenbetreiber im Hamburger Hafen.«

Van der Waal griff nach seinem Notizbuch. Charlotte wusste, dass er das eher tat, um der Frau einen Gefallen zu tun, denn er hatte ihr im Wagen erzählt, dass ein Mann namens Hans Kruger die Leiche gefunden hatte. Sie hatten seine Daten bereits. Trotzdem schrieb er gewissenhaft die Mobilnummer auf, die Isabell Lutteroth ihm diktierte. Er bedankte sich und versprach, mit Hans Kruger zu sprechen.

»Was meinten Sie damit, dass Herr Graf einen Hass auf Ihren Mann hat?«

»Dominic hat ihn angezeigt. Er hat versucht, ihn bei einem Anlegemanöver vom Ponton abzudrängen, und dabei ist es zu einer Kollision gekommen. Es gab sogar ein Gerichtsverfahren. Dominic war außer sich vor Wut!«

»Ich schaue mir diesen Barkassen-Graf mal genau an, und wenn es einen Prozess gab, dann haben wir Unterlagen.« Er stand auf. »Ich lasse Sie jetzt in Ruhe, vielleicht sprechen Sie noch mit meiner Kollegin? Wann immer Sie Fragen haben, zögern Sie nicht, mich anzurufen.«

Er griff in sein Notizbuch und fingerte eine Visitenkarte heraus, die er ihr über den Tisch zuschob.

»Ich will meinen Mann sehen!«, schrie Isabell Lutteroth plötzlich und wischte die Visitenkarte vom Tisch.

Van der Waal warf Charlotte einen hilflosen Blick zu.

»Ich kümmere mich darum, dass Sie morgen von Ihrem Mann Abschied nehmen dürfen, und begleite Sie. Jetzt mitten in der Nacht geht das nicht. Wir können auch Fenja nicht allein lassen.« Charlotte konnte nur hoffen, dass der Staatsanwalt ein Einsehen hätte.

»Was soll nur aus uns werden, wenn Dominic nicht mehr da ist? Wer sorgt jetzt für uns?«

KAPITEL 8

Der graue, wabernde Nebel lichtete sich nur langsam. Vereinzelt tönten Nebelhörner durch den Hafen. Auf dem Weg zur Werft versuchte Tom, die vielen Eindrücke der letzten Stunden zu sortieren. Er stand dicht hinter dem Ruder und sah durch die Frontscheibe in das endlose Schwarz, das ihm keine Ablenkung bot.

Die Nacht hätte so friedlich sein können, wenn der gewaltsame Tod ihr nicht die Unschuld geraubt hätte.

Es war zwei Uhr morgens, und die Routine der abendlichen Streifenfahrt hatte sich zu einem mehrstündigen Einsatz nach einem Tötungsdelikt gemausert. Tom verfolgte der Blick aus den toten Augen des Barkassenführers. Er grübelte noch immer darüber nach, woher er den Namen Lutteroth kannte. Gleich nach seiner Rückkehr an die Wache wollte er die einschlägigen polizeilichen Auskunftsdateien durchsuchen. Irgendetwas war mit Lutteroth gewesen, und er spürte die Erinnerung nah in seinem Bewusstsein, konnte sie aber nicht greifen.

Fürs Erste war eine kurze Lagemeldung an die Einsatzzentrale fällig. Er fasste nach dem Funkgerät. »Michel von Elbe 23.«

»Elbe 23?«, antwortete ein müder Michel-Sprecher.

»Tatortarbeit abgeschlossen, Absperrmaßnahmen zurückgenommen. Wir rücken ab. Neuer Einsatzort: Brand bei Blume & Lorrenzen, Fährterminal Steinwerder.«

»Verstanden.«

Bis auf das Dröhnen des Motors und das Schlagen des Wassers an das Boot war es still um sie herum. Quetsche und Wagner standen draußen im Gangbord und rauchten eine Zigarette. Tom lenkte das Boot mit langsamer Fahrt die Norderelbe entlang und backbord in den Fährkanal. Die schlechte Sicht verhinderte eine schnellere Fahrt. Er entdeckte weit und breit keinen Feuerschein, was entweder daran lag, dass der Brand längst gelöscht war, oder daran, dass der Nebel die Sicht behinderte. Letztlich spielte es auch keine Rolle.

Während er mit Jonna Lutteroths Hafenbüro durchsuchte, hatten ihn die Kollegen vom Streifenwagen informiert, dass die Porsche von zwei Managern ausgebrannt waren. Personenschäden hatte es nicht gegeben. Die aufgebrachten Autobesitzer machten den Kollegen zu schaffen, aber sonst sei es ruhig. Tom hatte sein Eintreffen angekündigt und in einem weiteren kurzen Telefonat die Brandermittler des LKA hinzugezogen.

Kruger war nach dem Vorbeiziehen der Bestatter nicht mehr zu bewegen gewesen, mit ins Hafenbüro zu kommen. Er hatte Jonna seinen Schlüssel in die Hand gedrückt und um Verständnis gebeten. Er wollte nur noch nach Hause. Sie hatte ihn ziehen lassen.

Das Büro war auf den ersten Blick uninteressant, es gab keine Kampfspuren oder andere Auffälligkeiten. Jonna hatte den Laptop eingepackt, nachdem sie das Handy des Verstorbenen an Bord der *Rike* gefunden und der KTU übergeben hatte. Sie hatte das Büro versiegelt, sich neben Tom auf den Anleger gestellt und die frische Brise genossen, die den Geruch des Todes vertrieb.

Der ungeklärte Mord an den Landungsbrücken traf Toms Nerv. Ein toter Barkassenkapitän. Brutale wie unverständliche Realität. Wer tat so etwas? Tom wollte unbedingt an den Ermittlungen beteiligt werden. Nur … wie sollte er das eintüten?

»Tom«, sagte Jonna gerade, »das, was an einem Tatort fehlt, ist genauso interessant wie das, was wir vorfinden. Wo ist zum Beispiel die Tatwaffe?«

»Ich hätte sie ins Hafenbecken geschmissen. Da taucht sie nie wieder auf, was immer es gewesen sein mag.«

»Kann sein.« Jonna nickte bedächtig. »Aber der Täter muss aufgetaucht sein. Es gibt nur einen Weg von der Barkasse zur Straße.«

»Es sei denn, er ist mit dem Boot gekommen.«

»Er?«

»Meinetwegen auch eine Sie, aber Lutteroth war ein kräftiger Mann, welche Frau sollte diesen Kerl aus den Schuhen hauen?«

»Auch wieder wahr. Wir müssen also den Land- und den Wasserweg kontrollieren. Wenn er die Brücke hochgekommen sein sollte, müsste er oben zu Fuß geflüchtet sein oder ein Taxi genommen haben. Ein Auto kann man hier nicht länger abstellen.«

»Es gibt zwei Parkhäuser. Oder er hat die U-Bahn benutzt.«

»Wir müssen also haufenweise Überwachungskameras sichten und Taxizentralen durchtelefonieren, um rauszufinden, wie jemand zum fraglichen Tatzeitpunkt von hier weggekommen ist. Wobei wir den Tatzeitpunkt nicht kennen, und von den freien beziehungsweise illegalen Taxifahrern will ich gar nicht reden.« Sie seufzte. »Ich liebe meine Arbeit …«

»Ich spreche morgen mit unseren Kollegen an den Landungsbrücken, die wissen, wo Kameras hängen. Vielleicht hat die Hamburg Port Authority welche angebracht. Die HPA ist unsere Hafenbehörde und nicht nur für die Sicherheit des Schiffsverkehrs zuständig, sondern auch für die Infrastruktur des Hafens. Da sollte es doch Kameras geben.«

Sie grinste ihn wieder an. »Ach ja? Und was wolltest du sonst noch so mit deinen Kollegen besprechen?«

»Kannst du eigentlich Gedanken lesen?«, fragte er und entschied, dass diese Kollegin ganz nach seinem Geschmack war. »Ich möchte den Hafen sauber halten, ich will euch unterstützen … gibst du mir deine Handynummer?«

Tom lächelte innerlich. Er hatte die Nummer bekommen. Klar, er musste seinen Job machen, aber links und rechts würde er sich Zeit abknapsen und bei den Ermittlungen mitmischen. Niemand kannte sich so gut im Hafen aus wie er. Die Mordkommission hatte noch keine Ahnung, wie riesig, verwinkelt und kompliziert der Hafen war.

Endlich erreichte er das Fährterminal Steinwerder. Tom drosselte die Geschwindigkeit und legte das Boot unsanft an den Betonanleger. Das Wasser schwappte die Spundwand hoch, und das Boot schaukelte für einen Moment, wie ein Pferd, das bockte. Tom und Quetsche sprangen auf den Ponton und spurteten die Treppe hoch. Der Kollege Wagner machte das Boot fest. Einer musste immer auf das Boot aufpassen, das nur an der Wache allein liegen durfte.

Oben angekommen, stellte Tom fest, dass der Parkplatz taghell erleuchtet war. Die Feuerwehr hatte Strahler aufgestellt, und es herrschte entspannte Betriebsamkeit. Vereinzelt standen Feuerwehrmänner schwatzend in Grüppchen zusammen, andere waren an ihren Fahrzeugen beschäftigt. Tom sah, dass ein gesamter Löschzug vor Ort war.

Linker Hand fiel ihm eine verkohlte Karosserie ins Auge, und ein paar Meter weiter rechts davon dampfte ein zweites Auto unter Löschschaum vor sich hin. Die Metallrahmen waren verzogen, die Reifen geschmolzen und nur noch Felgen zu sehen. Überall auf dem Boden lagen verstreute Glassplitter. Die Fenster mussten mit einer Explosion herausgeschleudert worden sein. Von der Innenausstattung der Wagen war nichts mehr übrig, und die Autogerippe verströmten einen penetranten Geruch nach verbranntem Gummi, Kunststoff und Plastik.

Tom entdeckte die Streifenwagenbesatzung des WSPK 2 im Gespräch mit zwei Anzugträgern. Neben den beiden Männern, die nervös an ihren Zigaretten zogen, erkannte er den Brandermittler Müller-Rohden vom LKA. Sie hatten schon mal in einem Fall zusammengearbeitet.

Quetsches Ellbogen stieß an seinen Arm. »Wetten, dass die schnieken Klamotten der Typen mehr kosten, als ich in einem Monat verdiene?«

Tom besah sich im Näherkommen die perfekt geschnittenen, knitterfreien Anzüge der Männer. Er winkte ab. Ihm war es egal, ob die Manager ihr Geld in Kleidung investierten oder in teure Autos. Das war weder seine Liga noch sein Lebensglück.

»Moin.« Tom nickte der gesamten Gruppe zu.

Müller-Rohden brachte ihn kurz auf den aktuellen Stand. Der Parkplatz war weitgehend leer gewesen, nur vereinzelt waren noch Mitarbeiter in den Büros. Einer hatte beim Verlassen des Gebäudes den Feuerschein gesehen und die Feuerwehr alarmiert. Da die Autos nicht nebeneinanderstanden, ging er im Moment davon aus, dass gezielt diese beiden Wagen angegriffen wurden.

»Das ist mir unerklärlich«, unterbrach ihn einer der Anzugträger. Er war vielleicht Mitte vierzig und wirkte so munter und frisch rasiert, als käme er gerade aus der Dusche. »Wer tut denn so etwas Dämliches? Man rennt doch nicht mit Brandbeschleunigern durch die Gegend!«

Müller-Rohden hob mit beruhigender Geste die Hände. »Wir gehen vor wie besprochen.« Er wandte sich zu Tom, wies auf den großen Einsatzwagen und zog ihn von der Gruppe weg. »Wir beschlagnahmen die Überwachungskameras des Parkplatzes, das wird schon …« Er verzog den Mund. »Es gibt da ein ganz anderes Problem. Du weißt, dass die Ingelsson-Werft 2016 Blume & Lorrenzen aufgekauft hat?«

Tom nickte. Der Niedergang von Blume & Lorrenzen war ein häufiges Thema in der Dienststelle.

»Tja, die beiden Herren sind Topmanager aus dem Bereich Militärexporte. Kriegsschiffe für die deutsche Marine … sie liefern weltweit.«

Tom ahnte, worauf der Kollege hinauswollte. Das fehlte ihm gerade noch in seinem Hafen. Er strich sich mit der Hand über die müden Augen. Bitte nicht!

»Du meinst, wir müssen den Staatsschutz oder den Militärischen Abschirmdienst einschalten?«

KAPITEL 9

Am nächsten Morgen war Jonnas komplettes Team im tristen Besprechungsraum der Mordkommission versammelt. Dieser lag im vierten Stock des *Sterns*, wie das Polizeipräsidium aufgrund seiner Architektur genannt wurde.

Die Sonne, die durch das Fenster hereinstrahlte, ließ die Staubkörner im Gegenlicht über dem Papierchaos auf den Tischen tanzen, und niemand hätte einem den dichten Nebel am Tag vorher geglaubt, wenn er nicht dabei gewesen wäre. Typisches Hamburger Wetter: unentschlossen und wankelmütig. Wegen der Fleete, Kanäle und der Alster war das Klima eher feucht. Aber welche andere Stadt strahlte so herrlich grau wie Hamburg?

Die Nacht hatte sich hingezogen, und Jonna waren viele Gedanken durch den Kopf gegangen, nachdem sie Daans Bericht über dessen erste Einschätzung der Witwe Isabell Lutteroth auf ihrem Telefon abgehört hatte. Sie beschuldigte direkt einen Konkurrenten aus dem Hafen. Jonna hatte die Barkassenzentrale Graf noch in der Nacht gegoogelt und verstanden, dass er der größte Anbieter an den Landungsbrücken war. Lutteroth hatte Graf vor Gericht gebracht, und den hatte das womöglich auf alle Zeiten gekränkt. Zwar war das Verfahren zwei Jahre her, aber wer wusste, ob die Lage in der Zwischenzeit eskaliert war. Eine interessante Spur, ein mögliches Motiv und vielleicht ein rascher Ermittlungserfolg. Das würden sie herausfinden.

Selbst Charly hatte in der Nacht noch eine WhatsApp-Nachricht geschickt und darum gebeten, die Verabschiedung von Dominic Lutteroth bei der Staatsanwaltschaft durchzusetzen.

Zwei Kollegen beugten sich geschäftig über ihre aufgeklappten Laptops, und Daan heftete eine Porträtaufnahme des toten Barkassenführers an eine Metaplanwand. Dort hingen Tatortfotos, erste Befragungsergebnisse und Listen mit Informationen zu Lutteroths Finanzen und seinem Barkassenunternehmen. Lutteroth war bloß eine Kaulquappe im Haifischbecken derjenigen gewesen, die im Hafen ihr Geld verdienten.

Emma, die Hospitantin, die gestern den Zuführbericht bezüglich des Asiaten geschrieben hatte, schaute ihr erwartungsvoll entgegen.

Jonna legte ihr Notizbuch ab, steckte sich die Lesebrille in die Haare und lächelte ihr zu.

Sie trat an die Metaplanwand und besah sich die Tatortfotos. Wer hatte die Kaltschnäuzigkeit besessen, den Barkassenkapitän in der Nähe eines frequentierten Pontons an den Landungsbrücken zu erschlagen? Das Opfer hätte im Kampf schreien und Aufmerksamkeit erregen können. Jede Sekunde hatte der Täter mit einem Zeugen rechnen müssen. Jonna beschloss, nach dem Teammeeting sofort ins Institut für Rechtsmedizin zu fahren, um die Obduktionsergebnisse vor Ort zu besprechen.

Ihr schossen Sätze der Xanthippe durch den Kopf. Die brannte schon lange für die virtuelle Autopsie und hielt das Aufschneiden der Leiche, die Anwesenheit der Kripo und das Warten auf Laborbefunde für reine Zeitverschwendung. Für sie war die unblutige Analyse der Toten unter Nutzung bildgebender Verfahren und minimalinvasiver Biopsien das Gebot der Stunde. Warum nicht nutzen, was der medizinisch-technische Fuhrpark zu bieten hatte: 3-D-Scans von der Oberfläche der Verstorbenen, die jede äußere Verletzung minutiös darstellten. Eine Computertomografie oder eine Kernspinresonanzspektroskopie, die biochemische Marker erfasste und den exakten Todeszeitpunkt bestimmen konnte. Eine Angiografie der Blutgefäße, oder was die ultrateuren Hightech-Verfahren noch so bereithielten.

Ja, Jonna hatte sich damit beschäftigt. Aber noch war es nicht so weit, und sie kam mit ihren alten Ermittlungsmethoden gut voran. Sie würde mit dem Rechtsmediziner ein Gespräch von Angesicht zu Angesicht führen, und wenn es irgendetwas zwischen den Zeilen der medizinischen Parameter zu hören gäbe, dann würde ihr das nicht entgehen. Oft genug hatte die menschliche Intuition im Kampf mit der digitalen Präzision die Nase vorn.

Sie würde heute den Tatzeitraum erfahren, sodass sie die Alibis überprüfen konnten. Und mit Christian Graf würde sie beginnen. Daan koordinierte die restlichen Befragungen von Kollegen im Hafen sowie der Familie und Freunde des Toten. Es galt Videos anzusehen, kriminaltechnische Spuren auszuwerten, und Lutteroths Kumpel Kruger stand ebenfalls weit oben auf ihrer Agenda. Da war mehr zu holen, das war so klar wie der Marillenbrand, den sie sich gestern Nacht noch gegönnt hatte, um etwas abzuschalten. Insgesamt eine Sisyphusarbeit, die viele helfende Hände brauchte und im Anfangsstadium einer Mordermittlung jedes Mal für hektische Betriebsamkeit sorgte.

Jonna liebte diese Teamarbeit, die genügend Spielraum für eigene Überlegungen und Handlungen ließ. Wenn die Meyfahrt nicht wäre. Die Vorgesetzte mischte sich über Gebühr ein, wusste alles besser, und die Zufriedenheit der Mitarbeiter war ihr egal. Hauptsache rasante und effektive Ergebnisse, mit möglichst wenig Personalressourcen. Dass jeder sein Bestes gab und sich die Lösung nicht erzwingen ließ, ignorierte sie.

In diesem Moment fegte sie herein, blitzte Jonna aus zusammengezogenen Augen an und deutete mit einer Tageszeitung in ihre Richtung. »Das haben Sie ja großartig hinbekommen, Jacobi!«

In ihrem Hosenanzug, der weißen Bluse und der Perlenkette sah sie eher wie eine Bankangestellte aus denn wie eine Kriminalrätin.

Jonna seufzte innerlich. Da Daan ihr die Zeitungsmeldungen morgens auf ihr Handy geschickt hatte, war sie auf den Anpfiff vorbereitet.

»Ich zitiere: *Barkassenkrieg im Hafen fordert erstes Mordopfer.*« Meyfahrt knallte die Tageszeitung auf den Konferenztisch. »*Erstes* Mordopfer? Kommen noch mehr? Solche Schlagzeilen können wir nicht gebrauchen. Was ist da los im Hafen? Gibt es eine Fehde zwischen den Barkassenheinis? Und wie konnte es passieren, dass einer dieser Schmierfinken dieses armselige Foto geschossen hat?« Sie starrte in die Runde, als ob sich gleich einer der Kollegen als verkappter Journalist enttarnen würde.

Jonna fand das Foto des Abtransports der Leiche im Nebel beinahe künstlerisch. Sie überlegte, ob sie auf die rhetorischen Fragen ihrer Vorgesetzten antworten sollte, als Meyfahrt Daan mit eisiger Stimme anwies: »Van der Waal, fassen Sie zusammen, was wir bislang haben.«

Er setzte sich auf seinen Platz, an dem eine Reihe von Papieren ausgebreitet lag. Er schaute kurz darauf und berichtete, was über das Opfer bekannt war, dass die Tatwaffe fehlte, die Obduktion für heute Morgen angesetzt war. »Wir haben weitere Aufgaben verteilt, Fuchslocher übernimmt die Aktenführung, und alle schwärmen aus.«

Toni Fuchslocher, der angesprochene Kollege neben ihm, schob nervös seine Brille die Nase hoch und fügte leise hinzu, dass die Kollegen der Kriminaltechnik seit heute Morgen das Hafenbüro des Toten genauer unter die Lupen nähmen. Sowohl das Adressbuch als auch der Terminkalender seien auf dem Weg ins Präsidium.

»Bis heute Mittag möchte ich die komplette Aufstellung der Finanzen und Auswertung der Handydaten!« Meyfahrt ergänzte im Befehlston ihre Aufteilung der Aufgaben. »Und lassen Sie die Ehefrau und diesen Hans Kruger sofort zur zeugenschaftlichen Vernehmung herbringen.« Sie stand auf. »Ich will ständig über alles auf dem Laufenden gehalten werden.«

Jonna hielt es nicht länger aus. »Die Ehefrau ist heute Morgen im Institut für Rechtsmedizin, um sich von ihrem Mann zu verabschieden. Wir haben noch gestern Nacht mit ihr gesprochen und können ihr ein bisschen Luft lassen.« Sie rückte auf dem Stuhl nach vorn, um zu signalisieren, dass ihre Prioritäten anders lägen. »Sie hat uns einen Konkurrenten genannt, mit dem ihr Mann schon länger Ärger hatte. Den suche ich heute auf und finde heraus, ob da etwas dran ist. Es ist eine vielversprechende erste Spur.«

Umgehend traf sie der Giftpfeil der Xanthippe. »Wer hat eine Verabschiedung erlaubt? Die Leiche ist beschlagnahmt, an der fummelt niemand rum. Erst recht nicht die Angehörigen!«

»Die Witwe wird den Verstorbenen nicht anfassen, nur anschauen.«

»Sie sollten sich nicht einseifen lassen.« Sie wedelte mit der Tageszeitung herum, als wolle sie ein ekliges Insekt verjagen. »Ihr Zuführbericht für den Asiaten war gerade noch ausreichend. Ein Wunder, dass der Richter einen Haftbefehl erlassen hat. Vielleicht brauchen Sie etwas Ruhigeres als die Mordkommission, Jacobi?«

Sie rauschte hinaus, und die nachfolgende Stille hallte umso lauter durch den Raum.

Jonna stieß hörbar den angehaltenen Atem aus und zupfte sich einen imaginären Fussel vom Pullover. »Sagt die Chefin zum Mitarbeiter: Ich habe beschlossen, Ihnen mehr Verantwortung zu übertragen. Von heute an sind Sie für alles verantwortlich, was schiefläuft«, witzelte sie halbherzig, um die Stimmung aufzuhellen.

Niemand lachte.

»Okay, Spaß beiseite!« Sie stand auf und stützte sich auf den Tisch. »Wir machen unsere Arbeit so gut wie immer. Und natürlich darf die Ehefrau von Lutteroth Abschied nehmen, ich kümmere mich darum. Ich muss sowieso wegen der Obduktion ins Institut für Rechtsmedizin. Wer besorgt bitte die Videobänder aus den Überwachungskameras im Hafen?«

Fuchslocher hob sofort die Hand und schob wieder seine Brille nach oben.

»Danke! Und damit ihr es alle wisst, ich werde zwei weitere Kollegen zum Team hinzuziehen.«

Die anderen sahen sich fragend an. Nur Daan strahlte übers ganze Gesicht. Ihm gefiel offensichtlich der aufmüpfige Wind, den Jonna durch die Räume wehen ließ.

»Charlotte Severin vom Kriminalpolizeilichen Opferschutz wird sich um die Witwe kümmern und ihr und dem privaten Umfeld des Opfers auf den Zahn fühlen. Im Hafen haben wir einen Insider, der uns zur Seite steht: Hauptkommissar Tom Bendixen von der Wasserschutz, Revier 2 in Steinwerder. Der Mann kennt den Hafen besser als ihr eure Ehefrauen!«

Jetzt erklang befreites Auflachen.

»Und eins noch, das Wichtigste!« Sie hielt kurz inne, damit ihr die Aufmerksamkeit aller Kollegen sicher war. »Der Zuführbericht von Emma war top. Lasst euch nichts anderes erzählen. Danke dir, Emma!«

Emma errötete.

In ihrem Büro atmete Jonna einmal tief durch. Daan war ihr gefolgt und schloss die Tür hinter sich.

»Die Chefin will dich loswerden.«

Jonna nickte. »Was glaubt diese Frau eigentlich, wer sie ist? Wir werden den Täter zügiger finden, als Sie sich bei dem Polizeipräsidenten einschleimen kann, und dann werden wir ja sehen, wer hier wen loswird.«

Er strahlte. »Genau, Jonna! Soll ich mit zur Obduktion kommen?«

»Nicht nötig, koordiniere lieber alle Befragungen, Auswertungen und Informationen. Ich rufe dich an, sobald ich mit dem Rechtsmediziner …«

Es klopfte an der Tür. Jonna winkte Emma herein.

»… gesprochen habe. Emma, du kannst mir bitte einen Gefallen tun. Ruf in der Rechtsanwaltskanzlei Schwarzer an und lass dich mit dem Junior verbinden. Bitte ihn in meinem Namen, die Verteidigung des Asiaten zu übernehmen. Du kennst die Akten auswendig, erzähl ihm alles, was er wissen will, Hauptsache, er macht es pro bono. Erinnere ihn zur Not daran, dass er mir noch einen Gefallen schuldet!«

»Aber das … das geht doch nicht … das ist eine tolle Idee«, korrigierte sich Emma.

»Eben! Und jetzt muss ich in Ruhe mit dem Staatsanwalt telefonieren, damit die arme Witwe ihren toten Ehemann zu sehen bekommt. Das wäre ja noch schöner, wenn wir das nicht ermöglichen könnten.«

»Wenn ich groß bin, will ich auch so werden wie Jonna«, sagte Van der Waal zu Emma und schob sie vor sich durch die Tür.

Jonna versuchte, ihre Hand zu lockern, die sie unbewusst zur Faust geballt hatte. Wie zur Hölle konnte die Meyfahrt es wagen, sie vor ihren Mitarbeitern so bloßzustellen? Sie spürte die Magensäure heiß in ihrer Kehle aufsteigen.

Sie brauchte sich das nicht gefallen lassen.

Schließlich konnte sie die Xanthippe mit einem Schlag vernichten. Sie musste nur ihr Wissen preisgeben. Dann wäre es vorbei mit der Karriere der Chefin. Die Xanthippe hatte keine Ahnung, dass Jonna Bescheid wusste und sie sogar dabei beobachtet hatte.

Jonna lächelte.

Manchmal hatte es doch Vorteile, älter zu sein. Man hatte Dinge gesehen und gehört, von denen die jungen Kollegen nichts wussten.

Sie musste nur zum richtigen Zeitpunkt das Kind beim Namen nennen, dann wäre der Skandal nicht mehr aufzuhalten. Jonna nahm sich vor, weitere Beweise zu sammeln, um alles parat zu haben, wenn Meyfahrt sie abschießen wollte.

KAPITEL 10

»Warum telefonierst du nicht mit dem Schifffahrtsermittler? Dafür brauchst du nicht extra zur Wache fahren!«

Lisa stand mit dem Rücken an die Küchentheke gelehnt, hatte die Arme vor der Brust verschränkt, und ihr Ton war angespannt. Es irritierte Tom, dass sie so empfindlich reagierte. Sie hatte Termine und wäre gar nicht zu Hause, wenn er kurz an die Wache führe. Wo lag das Problem?

»Schon, aber ich möchte auch an die Landungsbrücken und mit den beiden Kollegen von der Außenstelle sprechen.« Er griff nach dem Teebecher, dessen Inhalt inzwischen genauso lauwarm war wie Lisas Blick. Warum stritten sie darüber, dass er Polizist war? »Das ist ein Tötungsdelikt, kein Sportbootfahren ohne Führerschein«, argumentierte er. Warum verstand sie ihn nicht?

»Bist du jetzt Mordermittler? Du hast frei und musst nach dem Nachtdienst mehr als drei Stunden schlafen!«

»Wenn es in meinem Hafen einen Mörder gibt, helfe ich, den aus dem Verkehr zu ziehen.«

»*Deinem* Hafen?«

Ihre Ironie verletzte ihn. »Natürlich *mein* Hafen.« Er lächelte sie trotzdem an. »Du weißt doch, der Hafen und ich …« Weiter kam er nicht.

»Mach, was du willst!«

Unversöhnlich stieß sie sich von der Theke ab und verließ die Küche.

Worum, verdammt noch mal, ging es ihr? Er fuhr sich mit den Händen durch die Haare, stand auf und kippte den Tee in die Spüle. Das Klingeln seines Handys verhinderte, dass er Lisa folgte.

Seufzend griff er danach und sah im Display die Nummer seines Revierleiters. Na klar, die Überschriften der Tageszeitungen hatten ihn aufgescheucht. Noch einer, der mit ihm meckerte. Der Tag fing ja richtig verheißungsvoll an.

Zwei Stunden später saß Tom am WSPK 2 seinem Kollegen, dem Hauptkommissar Fiete Nessler, gegenüber. Der Schreibtisch war voller Aktenberge und sah bedrückend aus.

»Sagt dir der Name Dominic Lutteroth irgendetwas?«, fragte Tom. Er hatte sich über Lisas Bedenken hinweggesetzt und war, ohne sie noch einmal zu sprechen, losgefahren. Jetzt nagte das schlechte Gewissen an ihm.

»Wenn du zu mir kommst, meinst du sicher das Verfahren vor zwei Jahren, oder?« Die Augen des Schifffahrtsermittlers blitzten belustigt.

»Wir haben ihn gestern Abend erschlagen auf seiner Barkasse gefunden.«

Der Ermittler nickte. »Hat sich rumgesprochen. Die Barkassenzentrale Graf und Lutteroth haben sich damals gegenseitig verklagt.«

»Liegeplätze!« Tom erinnerte sich plötzlich.

Der Kollege lehnte sich in seinem Bürostuhl zurück und faltete die Hände vor dem Bauch, als habe er vor den Streitigkeiten zwischen den Barkassenbetreibern resigniert. »Barkassen-Graf ist der Platzhirsch im Hafen. Er glaubt, er hätte ein Anrecht auf die besten Liegeplätze, um Fahrgäste anzuwerben und an Bord zu nehmen. Aber wer zuerst von einer Fahrt an die Landungsbrücken zurückkommt, dem gehört für kurze Zeit der Liegeplatz. Und Lutteroth hat sich nichts gefallen lassen. Vor zwei Jahren sind die beiden zu weit gegangen. Der Graf hat mit einem Fahrmanöver eine Kollision ausgelöst, weil Lutteroth nicht ausgewichen ist, wie Graf es erwartet hatte.«

»Jetzt erinnere ich mich. Das hat Kreise gezogen, weil beide Boote voll besetzt waren, und dass es keine verletzten Fahrgäste gab, war pures Glück. Mensch, wie konnte ich den Namen vergessen?« Er schüttelte über seine Gedächtnislücke den Kopf. »Wie ist das Verfahren ausgegangen? War nur eine Geldstrafe, wenn mich mein lausiges Hirn nicht trügt, oder?«

»Jo. Der Barkassen-Graf zahlte wegen Gefährdung des Schiffsverkehrs.« Fiete winkte ab. »Für ihn waren das Peanuts.«

»Wie standen die beiden danach zueinander?«

Nessler zuckte mit den Schultern. »Graf ist sicher ordentlich in seiner seemännischen Ehre gekränkt, aber ein Totschläger … ich weiß nicht. Es ist doch auch schon zwei Jahre her.« Er machte eine Pause und lehnte sich zurück. »Die Skipper sind im Moment alle wundgescheuert. Die Pandemie hat ihre Spuren hinterlassen. Wenn du scharf drauf bist, lasse ich dir die Akte kommen. Schiffsunfälle bewahren wir fünf Jahre auf.«

Tom hatte dankend angenommen und war ohne Umwege an die St.-Pauli-Landungsbrücken gefahren. Es zeichnete sich langsam ein mögliches Motiv für die Tat ab, und er hatte nicht übel Lust, Jonna mit ein paar gepfefferten Details zu überraschen. Hoffentlich wussten die Kollegen dort mehr über die Barkassenzentrale Graf zu berichten. Die kleine Dienststelle war nur mit zwei Wasserschutzpolizisten besetzt und diente vor allem als polizeiliche Anlaufstelle für die unzähligen Besucher der Landungsbrücken. Das nächste reguläre Polizeikommissariat lag über zwei Kilometer weit weg in der Innenstadt, und das WSPK 2 versteckte sich tief im Hafen.

Tom stellte sein Auto ins Parkhaus am Johannisbollwerk und genoss den kurzen Fußweg zu dem mehrstöckigen Gebäudeensemble der Landungsbrücken. Der zweihundert Meter lange, aus Tuffstein erbaute Koloss zeigte sich von seiner schönsten Seite. Nach dem nächtlichen Nebel hatte wärmender Sonnenschein die Regie übernommen und dirigierte wahre Touristenströme die Brücken hinab, um nach einem Fischbrötchen oder einer Hafenrundfahrt Ausschau zu halten. Der hohe Pegelturm des Bauwerks war mit seinem Uhren- und Glockenturm nicht nur eines der lohnendsten Fotomotive Hamburgs, sondern er besaß auch eine Anzeige, die den Pegelstand der Norderelbe anzeigte. Nicht, dass die Touristen das interessierte, aber Tom liebte diese alten Traditionen. Er war ein heimlicher Romantiker.

Er eilte durch die ausladende Holztür mit den Sprossenfenstern in den ersten Stock, wo die Außenstelle des WSPK 2 untergebracht war. Er hatte sich nicht angekündigt, aber die Kollegen hatten sich sicher schon eine Meinung zum Todesfall Lutteroth gebildet. Die Frage war, ob sie ein paar Fakten beisteuern konnten.

Auf sein Klingeln öffnete niemand, und die Tür war abgeschlossen. Mist. Wo waren die beiden?

Tom zückte sein Handy und wählte die mobile Nummer der Außenstelle. Er erreichte die beiden Kollegen im City Sporthafen. Dort kontrollierten sie eine Yacht, die vor einer halben Stunde aus Southampton eingelaufen war. Tom machte sich sofort auf den kurzen Weg Richtung Kehrwiederspitze. Die knapp sechshundert Meter legte er zu Fuß auf der zu einer hippen Basaltpromenade ausgebauten Flutschutzmauer zurück. Im Januar 2022 waren die geschwungenen Treppen zu Ehren des bekannten Hamburger Volksschauspielers und Kiezbullen aus der Vorabendserie *Großstadtrevier* in Jan-Fedder-Promenade umgetauft worden.

Der City Sporthafen war weithin sichtbar durch die weißen Yachten und das ehemalige Feuerschiff *Light Vessel 13*. Der Yachthafen mitten in der Innenstadt Hamburgs und das rote Signalschiff waren echte Hingucker. Es hatte vor der englischen Küste viele Jahre lang mit seinem starken Leuchtfeuer anderen Schiffen den Weg gewiesen, bevor es ausgemustert wurde. Die ureigenen

Hamburger Feuerschiffe, die in der Elbmündung lagen, waren ebenfalls schon lange durch Leuchttonnen ersetzt worden. Wieder eine Tradition weniger, dachte Tom. Immerhin war das Leuchtschiff heute als Restaurant und Hotel eine Touristenattraktion.

Auch deshalb liebte er seinen Hafen so sehr. Wenn alte Bräuche der modernen Technik wichen, versuchte Hamburg wenigstens, die Erinnerung aufrechtzuerhalten.

Bevor Tom die Überseebrücke zu den Anlegern hinunterging, genoss er für einen Moment den Blick über die Yachten, die in der Sonne auf dem Wasser dümpelten. Die Elbe war ruhig, und die Leinen der Boote hingen lose an den Pollern, Möwen ließen sich gelangweilt auf dem Wasser treiben. Tom schätzte, dass es über fünfzig Boote waren.

»Moin!«

Tom erkannte den Ruf des Kollegen Uwe Ritter, der vor der Yacht *Morning Star* am Quersteg stand. Er eilte ihm entgegen.

»Tom! Wir haben uns schon gefragt, wann du anrufst. Aber dass du uns persönlich die Ehre gibst …« Der Kollege lachte dröhnend.

»Alles klar hier?« Er wies mit dem Kinn auf die imposante weiße Yacht.

»Yep. Drei Briten, deren Pässe eingestempelt werden mussten. Die Papiere sind in Ordnung. Christoph checkt noch die Ausrüstung.«

Wie auf Kommando trat ein untersetzter älterer Kollege an Deck und winkte ihnen zu.

»Ihr wisst ja Bescheid. Kanntet ihr Lutteroth?« Tom hatte keine Lust auf Small Talk.

»Klar, wir kennen alle Barkassenkapitäne. Lutteroth war ein anständiger Kerl. Schlimm, was dem passiert ist.«

»Hat er Ärger gemacht? Gab es Beschwerden?«

»Er hatte sich mächtig mit Christian Graf in der Wolle«, Ritter schüttelte den Kopf. »Die beiden gönnen sich keinen Meter Kaikante. Mal zeigt Lutteroth Graf an, weil der angeblich zu viele Passagiere an Bord hat, mal behauptet der Graf, Lutteroth sei angetrunken gefahren …« Er seufzte.

»Und seid ihr dem nachgegangen?«

Inzwischen war auch der Kollege von Bord und begrüßte Tom erfreut.

»Wir haben uns beim Grafen an eines seiner Schiffe gestellt und mit dem Klickzähler die Passagiere erfasst. Du kannst dir nicht vorstellen, wie wütend der war.«

Wieder lachte er schallend, und Tom fragte sich, ob er den Witz verpasst hatte.

»Tausend Euro musste er abdrücken«, ergänzte der hinzugekommene Kollege. »Umgekehrt war Lutteroth tatsächlich mal angeschickert, hatte null Komma vier Promille und musste ein paar Hunderter für die Ordnungswidrigkeit hinlegen.«

»Ein ständiger Kleinkrieg …«, murmelte Tom.

»Letztes Jahr hat der Graf dem Lutteroth einen Koberer ausgespannt, da war Lutteroth natürlich angefressen. Ohne einen wortgewandten, gewitzten Mitschnacker läuft ja schließlich so mancher Tourist am Schiff vorbei und bucht die Hafenrundfahrt bei der Konkurrenz. Lutteroth hat dem Graf angeblich als Revanche eine tote Ratte an Bord geschmuggelt, aber das ließ sich nicht beweisen. Auf uns ist der Graf nach der Klickzähleraktion nicht mehr gut zu sprechen.« Er überlegte kurz, dann fügte er hinzu: »Die Barkassenzentrale Graf ist der Dreh- und Angelpunkt im Fahrgeschäft. Dass Lutteroth sich mit Graf angelegt hat, war keine gute Idee. Christian Graf kann jedem das Leben zur Hölle machen, und niemand traut sich, ihn in die Schranken zu weisen.«

»*Are we ready, Sirs?*« Der Skipper der Yacht beugte sich über die Reling.

»*Yes, yes, have a nice stay in Hamburg*«, erwiderte Ritter und wandte sich ab.

Sie schlenderten den Anleger zurück Richtung Hafenmeisterbüro, vorbei an dicken aufgerollten Tauen, einem leuchtend orangefarbenen Rettungsring und Turnschuhen, die vor einer kleineren Yacht auf dem Steg standen.

Tom grübelte, ob der Kleinkrieg zwischen den Barkassenbetreibern tatsächlich eskaliert war. Waren Graf die Sicherungen durchgebrannt, als Lutteroth sich wieder eine Gemeinheit hatte einfallen lassen? Kriege holten sich doch immer ihre Opfer.

»Habt ihr eine Idee, wer gestern Abend auf dem Ponton etwas beobachtet haben könnte? Der Täter muss ja irgendwie dorthin gelangt, in Streit mit Lutteroth geraten und wieder von dort weggekommen sein.«

Die beiden Kollegen schwiegen einen Moment.

»Darüber haben wir uns schon die Köpfe zerbrochen. Außer ein paar Obdachlosen haben wir keine regelmäßigen Kunden. Wir könnten versuchen, die Gruppe um Besim aufzutreiben, die betteln hier manchmal an den Buden um etwas zu essen und schlafen oben auf dem Grünstreifen.«

Tom rieb sich nachdenklich die Nase. »Wir lassen am besten keine Möglichkeit außer Acht. Gebt mir sofort Bescheid, wenn ihr wisst, wo die Obdachlosen sich aufhalten, ich komme dann rüber. Haben wir die Überwachungsvideos der Pontons bereits dem LKA übergeben?«

Die beiden Kollegen sahen sich verwirrt an.

»Hat sich wohl noch nicht rumgesprochen«, sagte Ritter. »Wir haben keine Überwachungskameras, das haben wir dem LKA auch heute Morgen mitgeteilt. Die einzigen Kameras, die es gibt, sind die von der Hafenbehörde am Ausgang des Alten Elbtunnels, und die Fischbude an Brücke 10 hat seit Kurzem eine installiert, weil da in letzter Zeit mehrfach in die Kombüse eingebrochen worden ist.« Er zuckte mit den Schultern. »Mehr gibt's nicht.«

Das war Tom neu. »Keine Beobachtung des Anlegers? Wie ist denn damals die Kollision zwischen Graf und Lutteroth aufgefallen?«

»Touristen. Schaden an den Schiffen. Kein Videomaterial«, fasste Ritter zusammen.

Tom zweifelte nicht daran, dass Van der Waal das wenige Material, das es gab, einkassiert hatte.

Was war darauf zu sehen?

KAPITEL 11

Jonna gelang es, den Staatsanwalt in einem kurzen Telefonat davon zu überzeugen, dass Isabell Lutteroth eine Verabschiedung von ihrem gewaltsam zu Tode gekommenen Ehemann dringend benötigte. Er hatte eingewilligt, jedoch darauf bestanden, dass Jonna dabei wäre und vor Ort für die Einhaltung der verschärften Regeln zu sorgen hatte. Sollte irgendetwas schiefgehen, wisse er wenigstens, wem er den Kopf abreißen werde.

Schöne Formulierung angesichts des lädierten Schädels des Opfers. Aber bitte, Jonna legte nicht jedes seiner Worte auf die Goldwaage, sondern wollte die Gelegenheit nutzen, sich einen persönlichen Eindruck von der Ehefrau zu machen.

Allerdings war sie beim Eintritt in die heiligen Hallen der Rechtsmedizin viel mehr mit sich selbst als mit Isabell Lutteroth beschäftigt. Sie war schon sehr oft hier gewesen, und doch würde sie sich nie an den schweren süßlichen Geruch gewöhnen, der in jede Pore drang.

Jonna atmete konsequent durch den Mund, um den Düften des Todes in der sogenannten Annahmestelle zu entgehen. Hier betteten die Präparatoren die Toten, die die Bestatter brachten, auf Stahlliegen um, registrierten, entkleideten und wogen sie. Dann kamen sie in Kühlkammern, die platzsparend in die Wände eingelassen waren. Manchmal fuhr man die Leichname auch direkt in die gekachelten Sektionssäle. Kein Tageslicht fiel herein. Keine frische Luft erinnerte einen an die Welt außerhalb der Mauern, stattdessen blendete Neonlicht die Augen.

Manchmal träumte Jonna davon, dass sie tot auf der Stahlliege lag, oder sogar von ihrer eigenen Beerdigung. In ihrem Traum waren die Kollegen in einem Einsatz gebunden, und es erschienen nur Freunde und Familie zu ihrer Trauerfeier. Je nachdem, in welcher Grundstimmung Jonna war, hieß das oft genug, dass niemand an ihrem Grab stand. Keine Menschenseele – und das war derartig deprimierend, dass sie nicht daran erinnert werden wollte.

Dr. Falk Leitner räusperte sich. »Wo bist du, Jonna?«, fragte er.

Sie hatte ihn nicht kommen hören. »Würdest du zu meiner Beerdigung kommen, wenn ich eines Tages auf deinem Tisch läge?« Sie lächelte, um ihren Worten die Ernsthaftigkeit zu nehmen.

Er stutzte für einen Moment. »Nein!« Seine Miene war streng, aber sein Blick wärmend. »Ich wäre untröstlich und würde dein Grab erst besuchen, wenn alle anderen weg sind, um dann in Ruhe mit dir zu sprechen und für mich allein zu trauern.«

»Du sprichst mit den Toten?« Sie witzelte, aber seine Worte rührten sie und machten ihr umso schmerzhafter bewusst, wie wenig es ihr gelungen war, dauerhafte Freundschaften zu schließen.

»Es ist meine Arbeit, die letzten Aussagen der Toten zu verstehen. Das habe ich auch bei Herrn Lutteroth versucht.« Er zeigte auf den abgedeckten Leichnam, der darauf wartete, in den Verabschiedungsraum geschoben zu werden. Offenbar war Leitner das plötzlich persönlich gewordene Gespräch nicht geheuer.

»Er kam durch stumpfe Gewalt gegen den Kopf zu Tode. Zur Tatwaffe kann ich leider wenig sagen. Ein schwerer Gegenstand. Nicht scharfkantig. Ich habe Faserreste in seiner Kopfwunde gefunden, die ich ins Labor geschickt habe.«

Er hielt inne, und sie war nicht sicher, ob er weitersprechen würde.

»Er hat Verletzungen, die eine Weile vor seinem Tod entstanden sind. Blessuren, die darauf hindeuten, dass er sich geprügelt hat. Hämatome in unterschiedlichen Größen und Stadien.«

Jonna dachte nach. »Ich suche also jemanden, mit dem Lutteroth sich geschlagen und der am Ende die Fäuste durch eine unfaire Waffe ersetzt hat?«

Leitner legte seinen Kopf schräg und blickte wortlos auf den Umriss unter dem Laken.

»Was ist mit dem Todeszeitpunkt. Kannst du den eingrenzen? Dann habe ich weniger Probleme mit den Alibis.«

»Nach meinen Berechnungen ist er zwischen dreizehn und achtzehn Uhr gestorben.« Er zögerte. »Es ist deswegen schwierig, weil er nach dem Schlag noch gelebt hat. Wie lange kann ich nicht sagen.«

Jonna griff irritiert nach seinem Arm. »Warte, er war nicht sofort tot? Meinst du, er hätte gerettet werden können, wenn man …«

»Das weiß ich nicht. Vielleicht wäre er so oder so gestorben. Ich will nur sagen, er hat nach dem Schlag noch eine Zeit lang geatmet, und wer weiß, was eine sofortige ärztliche Versorgung ausgerichtet hätte«, erwiderte er.

»Krass.« Die Auskunft kreiste durch ihren Kopf. »Gib das bitte vorerst nicht an die Ehefrau weiter. Ich weiß noch nicht, wozu ich diese Info mal brauche.« Sie ließ endlich seinen Arm los.

»Die Witwe erfährt es sowieso, wenn ihr Anwalt Akteneinsicht nimmt … und wenn sie mich direkt fragt, werde ich nicht lügen.«

»Na, dann hoffen wir mal, dass sie nicht auf die Idee kommt, dir genau diese Frage zu stellen.«

KAPITEL 12

Liebes, beeil dich bitte, wir müssen los!«, Charlotte stand im Flur und wartete auf ihre Tochter. Nathalie verbrachte morgens mehr Zeit im Bad als eine vierköpfige Familie. Was machte sie bloß da drin? »Ich kann dich an der Schule absetzen, aber dann müssen wir jetzt losfahren.«

»Warte nicht auf mich!«

Was? Doch! So leicht ließ sie sich nicht abwimmeln. »Komm schon, es ist so selten, dass ich dich bringen kann.«

Hinter der Tür ertönte ein genervter Seufzer. »Woran das wohl liegt?«

Immer diese Andeutungen. Konnten Jugendliche nur noch in Gegenfragen und Emoji-Hieroglyphen sprechen? Ruhig durchatmen. Sie war auf dem Weg, Isabell Lutteroth aus dem Hafen abzuholen, und hatte keine Lust, voller Adrenalin dort aufzuschlagen. Was antwortete man einer Tochter, die mitten im Ablösungsprozess steckte?

Endlich öffnete sich die Badezimmertür. Charlotte trat unwillkürlich einen Schritt zurück. »Du bist dreizehn! Geht's noch?«

»Oh, mein Gott, Mami! War ja klar, dass es dir nicht gefällt.« Nathalie verzog genervt den Mund.

Charlotte zählte bis drei, bevor sie antwortete. »Ich finde, du bist für roten Lippenstift noch zu jung. So viel Make-up sieht aus wie eine Maske. Deine natürliche Schönheit verschwindet dahinter.« Charlotte merkte sofort, dass sie Nat damit nicht umstimmen konnte. »Ich trage ja auch keinen Lippenstift.«

»Weil du zu den Leichen gehst! Bäh, für die braucht man wirklich keinen Lipgloss auflegen. Voll wack!« Sie schnaubte. »Make-up ist Kunst!«

Charlotte seufzte innerlich. Ihre Kleine wurde flügge, und sie hatte es nicht kommen sehen. Sofort zogen Bilder einer rauchenden und Bier trinkenden Nathalie an ihr vorbei … sie stoppte die Gedanken. »Wollen wir?«

Nathalie winkte ab. »Bibi holt mich ab. Sie schreibt noch die Mathehausaufgaben von mir ab.« Sie kniff die Augen zusammen. »Du solltest Lippenstift tragen. Wirklich! Du willst doch einem Mann gefallen, oder?«

Sie wandte sich ab und verschwand in ihrem Zimmer.

Kurze Zeit später stand Charlotte im Empfangsbereich des Instituts für Rechtsmedizin. Sie hatte Isabell Lutteroth von zu Hause abgeholt, und sie waren schweigend in die Rechtsmedizin gefahren. Ihre kleine Tochter hatte die Witwe zu einer befreundeten Nachbarin gebracht.

Den unscheinbaren Pavillonbau des Universitätsklinikums erreichte man über eine kaum befahrene Seitenstraße. So vermied die Klinik eine allzu öffentliche Konfrontation mit dem Tod, den die auf dem Klinikgelände ein- und ausfahrenden Leichenwagen bedeuteten. Von außen sah man dem Gebäude nicht an, was sich in seinen Kellergewölben verbarg und welche dramatischen Szenen sich abspielten, wenn die Angehörigen sich von ihren plötzlich und unerwartet verstorbenen Liebsten verabschiedeten.

Charlotte hatte Isabell Lutteroth gebeten, in der Warteecke Platz zu nehmen, und sich am Empfang angemeldet. Die Stuhlreihe an der Wand war leer, und die einsame Topfpflanze aus Plastik trug auch nicht gerade zu einer freundlicheren Atmosphäre bei.

Charlotte wollte zunächst ohne die Witwe einen Blick auf den Toten werfen, damit sie ihre eigenen Gefühle sortiert und unter Kontrolle hatte, bevor die Ehefrau dazukam.

Die Studentin am Empfang legte den Telefonhörer auf und teilte ihr mit, dass der Arzt und die Hauptkommissarin Jacobi sie im

Abschiedsraum erwarteten. Charlotte dankte ihr und bummelte die sechsundzwanzig Stufen hinunter, um dem Arzt Gelegenheit zu geben, die Tür zu entriegeln. Sie war diese Treppe schon öfter hinabgestiegen und kannte den Riss auf der zwölften Stufe, den ausgefransten Fleck auf der zwanzigsten.

Dr. Falk Leitner begrüßte sie an der Tür mit einem festen Handschlag. »Jonna telefoniert. Sie kommt gleich.«

Charlotte war erleichtert, dass es Leitner war, der die letzte Begegnung der Lutteroths begleitete. Er fand stets die richtigen Worte oder schwieg auf eine beredte Art. Oder es waren seine traurigen Augen, die einem verrieten, dass er schon mehr grauenhafte Momente im Leben durchgestanden hatte und der Fels in der Brandung blieb.

Im Verabschiedungsraum legte sich ein süßlicher Geruch auf Charlottes Schleimhäute: nach dem Verwesungsprozess der Toten, den Körpergerüchen der verzweifelten Angehörigen und einer Wolke diffuser Düfte von Angst, Trauer, Wut und verspäteter Reue.

Da es keine Fenster, sondern nur eine kühl eingestellte Klimaanlage gab, ließ sich der Geruch nie vollständig vermeiden. Sanftes Licht und dezent orangefarbene Wände täuschten beinahe darüber hinweg, dass in der Mitte des Raumes ein Toter aufgebahrt lag. Der Präparator hatte Dominic Lutteroth vorbereitet. Er trug ein weißes Klinikhemd, hatte die Arme über der Decke ausgestreckt, und die Augenlider waren geschlossen worden.

Charlotte verneigte sich vor dem Toten.

»Ich werde Frau Lutteroth kurz die Regeln erklären«, sagte Leitner. »Die Staatsanwaltschaft hat der Not-Abschiednahme zugestimmt, aber sie darf ihren Mann nicht anfassen. Hält sich irgendjemand nicht an die Regeln, breche ich sofort ab!«

»Ich habe es ihr erklärt«, erwiderte Charlotte.

Jonna trat ein, und für einen Moment hatte sie das Bedürfnis, die ältere Kollegin innig zu umarmen, so verletzlich sah sie aus.

Sie unterdrückte den Impuls, aber Jonna hatte offensichtlich einen ähnlichen Gedanken, denn sie griff nach Charlottes Händen und drückte sie.

»Wie schön, dass wir uns endlich wiedersehen. Allerdings am falschen Ort«, sagte sie und verzog den Mund.

Die Herzlichkeit ihrer Stimme wärmte Charlotte in diesem kühlen Raum.

»Ich danke dir für deine Unterstützung«, fuhr Jonna fort. »Wir haben keine Idee, worum es hier geht.«

Charlotte begriff, dass Jonna unter Druck stand. Sie hatte bei ihrem letzten gemeinsamen Einsatz mitbekommen, dass die neue Vorgesetzte ein Drachen war. Dazu waren die Titelseiten der Morgenzeitungen voll von Spekulationen, und diese Kombination bedeutete in der Regel Ärger.

Jonna sah Charlotte an. »Stellst du mir die Witwe vor?«

Isabell Lutteroth, die im Wartebereich des Foyers stand, verschwand fast in ihrem Kaschmirmantel. Die Anspannung stand ihr ins Gesicht geschrieben, und sie spielte nervös mit dem Verschluss ihrer Handtasche.

Leitner sprach ihr sein Beileid aus und erklärte, was sie unten im Verabschiedungsraum erwartete. Er stellte der Witwe die ermittelnde Beamtin Jacobi vor, was sie kaum zur Kenntnis nahm. Sie war voll auf Leitner fixiert.

»Wie sieht mein Mann aus?«, fragte sie.

»Beinahe, als ob er schläft. Sie brauchen keine Angst haben.«

»Hat er sehr gelitten?«

Leitner zögerte kurz. »Das kann ich Ihnen nicht genau sagen. Die Verletzung war aber sehr schwer, sodass ich davon ausgehe, dass er …«

»Er hat doch hoffentlich nicht leiden müssen? War er nicht sofort tot?«

Charlotte überraschte Leitners Zögern. Sie sah Blicke zwischen ihm und Jonna hin- und herfliegen. Was lief hier ab?

»Ihr Mann hat vermutlich keinen Schmerz verspürt. Er war nicht bei vollem Bewusstsein. Allerdings war er auch nicht sofort tot.«

Charlotte stöhnte innerlich auf. Jetzt wusste sie, was das Problem war. Das hatte Jonna der Witwe sicher nicht aufs Brot schmieren wollen.

»Was bedeutet das? Wie lange hat er noch gelebt?«

Isabell Lutteroth kreischte ihre Frage heraus, und die Hand, die sie nach Charlotte ausstreckte, zitterte. Charlotte nahm sie in den Arm.

»Es tut mir leid, das lässt sich nicht exakt sagen.«

Charlotte merkte, dass Jonna sauer auf Leitner war. Der wiederum fühlte sich unwohl in seiner Rolle als Ausplauderer, und die Witwe starrte in sich gekehrt auf den Linoleumboden. Charlotte musste die Situation schnell auflösen.

»Wollen wir es versuchen?«

Isabell Lutteroth nickte.

Stufe für Stufe führte Charlotte die Frau hinunter, die mit dem Mut der Verzweiflung einen letzten Blick auf ihren Mann wagen wollte.

Sie traten ein.

Nach dem grellen Neonlicht des Empfangs wirkte der Raum nahezu heimelig. Warmes Licht, ein Kreuz an der Wand, ein paar Stühle. In der Mitte ein Holzkasten. In diesen Kasten war die Stahlliege geschoben und deren Ränder mit einer Decke verdeckt worden. Es sah aus, als läge der Tote in einem Sarg.

Ein letzter Blick, ein letztes Wort.

Isabell Lutteroth strömten Tränen über die Wangen, und sie starrte fassungslos auf das fahle Gesicht ihres Ehemanns.

»Er lächelt«, wisperte sie.

Charlotte sah das zwar nicht so, aber vielleicht half ihr der Gedanke, dass ihr Mann im Moment des Sterbens seinen Frieden gefunden hatte.

Zehn Minuten später hatte die junge Witwe genug. Sie halte den Schmerz nicht mehr aus und müsse an die frische Luft.

Charlotte nickte und griff nach ihrer Hand.

Ihre Finger waren eiskalt und leblos.

Plötzlich fuhr Isabell Lutteroth herum und stürzte sich ohne jede Vorwarnung auf ihren Mann. Sie griff mit beiden Händen nach dem Laken und riss es herunter.

»Dommmminic!«

Charlotte hatte keine Chance zu reagieren, so überrascht war sie von diesem Ausbruch. Isabell Lutteroth war wie eine Mauer, die zum Leben erwacht war. Eben noch völlig starr, hatte sie sich zu einer rudernden Krake mit dutzenden Armen verwandelt.

Leitner sprang vor und hinderte die Witwe daran, sich auf den Toten zu werfen. Er drängte sie keuchend zurück. Auch Jonna griff nach ihrem Arm.

Für einen kurzen Schockmoment starrten alle auf den entblößten Leichnam.

»Lassen Sie mich! Ich will zu ihm!«, schrie Isabell Lutteroth. »Er ist doch mein Mann!« Sie trommelte Leitner mit beiden Fäusten gegen die Brust.

»Schhhh, ganz ruhig. Wir bringen Sie hoch.«

Der Arzt zog die Witwe die Stufen hinauf und bugsierte sie in die Sitzecke im Foyer. Er atmete angestrengt. Ihre verzweifelte Wut auf das Schicksal verpuffte genauso schnell, wie sie ausgebrochen war. Sie sackte in sich zusammen und schluchzte leise.

Charlotte schnitt die Verzweiflung der jungen Frau durch den ganzen Körper. Wie sollte sie verstehen, dass ihr geliebter Ehemann nie wieder an ihrer Seite lachen würde?

»Kommen Sie, ich bringe Sie nach Hause«, schlug sie vor.

»Ich brauche frische Luft. Ich gehe zu Fuß. Allein!« Isabell Lutteroth wehrte Charlottes Hand ab. »Ich muss es doch in Zukunft auch allein schaffen.«

KAPITEL 13

Tom steckte sich das letztes Stückchen Nugatschokolade in den Mund und genoss den zarten Schmelz. Mit den Händen in den Taschen seiner Cabanjacke stand er auf dem Landungsbrückenponton. Möwen umflogen ihn, und Sonnenstrahlen wärmten sein Gesicht. Er atmete in tiefen Zügen den würzigen Duft des Wassers und des lauen Windes ein. Der Hamburger Wasserbahnhof machte seinem Namen bei diesem Wetter alle Ehre, die Schiffe legten in raschem Wechsel an und wieder ab, denn hier schlug das Herz Hamburgs im Gezeitenwechsel.

Jonna hatte angerufen und ihn zur Brücke 10 bestellt, war aber noch nicht da. Er hatte die Zeit genutzt und mit dem Brandermittler Müller-Rohden telefoniert. Die Kameraauswertung von dem Parkplatz der Werft dauerte an, die beiden betroffenen Manager Höhne und Westenkamp waren dem Staatsschutz unbekannt, dennoch mischte die Abteilung ab sofort mit und wollte sogar den Militärischen Abschirmdienst MAD einschalten, um aus der Ländersache eine Bundesangelegenheit zu machen.

Er blinzelte in die Sonne zum gegenüberliegenden Ufer. Dort lag im Trockendock von Blume & Lorrenzen ein Kreuzfahrtschiff, das ein paar Reparaturarbeiten benötigte. Rechts und links daneben reckten Krane ihre Hälse in den Himmel. Das Stage Theater, in dem das Musical *König der Löwen* lief, kauerte am Rand der gegenüberliegenden Pier.

»Aye, aye, Käpt'n!«

Tom wirbelte herum und stand direkt vor Jonna und Charlotte Severin. Er prallte förmlich zurück bei dem Blick in die blauen Augen, die nicht lügen konnten, und Charlys angedeutetes Lächeln, mit dem sie ihn begrüßte, als hätten sie sich gestern zuletzt gesehen. Eine Böe wehte ihr die blonden schulterlangen Haare ins Gesicht und bedeckten für einen Moment die schmale Narbenlinie auf der linken Gesichtshälfte.

»Ah, ich bin Tom … Tom Bendixen«, stotterte er. »Ich weiß nicht, ob du dich an mich erinnerst …« Er hielt ihr seine Hand hin und verfluchte sein Gestammel.

Jonna lachte. »Natürlich erinnert sie sich. Wer könnte dich gut aussehenden Kerl vergessen!«, frotzelte Jonna und sah die beiden belustigt an. »Wir kommen aus dem Institut für Rechtsmedizin. Ich weiß, dass es sich makaber anhört, aber wenn ich mit dem Tod konfrontiert bin, bekomme ich Hunger.« Sie zog eine Grimasse. »Eine Art Lebenshunger. Was haltet ihr von einem Fischbrötchen?«

Tom zuckte innerlich zusammen. Mit zwei Tafeln Schokolade im Bauch war der Gedanke an ein Fischbrötchen schauderhaft. Er versuchte, seine Aufregung zu überspielen, und wies hastig auf die Fischbude direkt hinter ihnen. Hier gab es frischen Matjes, Bismarckhering oder Nordseekrabben ohne Schnickschnack, und von Fischernetzen, Treibholzkunst und unechten Messinglampen blieb man ebenfalls verschont. Dafür war der Innenraum mit weißen Holzmöbeln und blauen Kissen ausgestattet. Maritim, aber ohne Gedöns.

Sie suchten sich eine abgelegene Sitzecke und bestellten Fischbrötchen für die Frauen. Tom vertrug noch einen Kaffee. Gegenseitig brachten sie sich auf den neuesten Stand.

»Bei der Witwe lagen die Nerven blank, oder?«, wandte sich Jonna an Charlotte. »Wie die sich plötzlich auf ihren Mann gestürzt hat, Wahnsinn!«

»Sie hat es nicht leicht. Vor ein paar Jahren sind ihre Eltern im Rheinland bei einem Verkehrsunfall ums Leben gekommen. Sie ist mit Anfang zwanzig nach Hamburg gezogen, um hier neu anzufangen. Jetzt wird sie mit Mitte zwanzig Witwe. Noch dazu mit einem Kleinkind! Wer soll das aushalten?« Charlotte legte ihr Brötchen auf den Teller und schob ihn von sich. »Und eure Nachricht, dass der Ehemann noch gelebt hat, war auf nüchternen Magen schwer zu verdauen.«

»Ich hätte diese Information ja lieber für mich behalten, aber Leitner schummelt nicht gern.« Jonna verzog den Mund. »Wenn es der Witwe gelungen wäre, sich auf den Toten zu stürzen, hätte mich das den Kopf gekostet.« Sie wischte sich die Hände an einer Papierserviette ab, als ob sie den Gedanken loswerden wollte.

»Da übertreibst du, oder?«, fragte Charlotte.

Jonna stützte ihren Kopf auf eine Hand. »Ich muss den Täter zügig festnageln. Meine Chefin will mich absägen. Sie will neue Ermittlungsmethoden einführen. Digitales Zeugs … und ich bin zu alt dafür.«

Tom stellte klirrend seine Tasse ab. »Wie lange arbeitest du schon in der Mordkommission?«

»Achtzehn Jahre?«

»Willst du jemandem nach achtzehn Jahren Mordkommission noch irgendwas beweisen? Umso mehr Erfahrung, umso besser, oder? Lasst uns die Tat zügig aufklären und deiner Chefin zeigen, wo der Hammer hängt!«

Charlotte schmunzelte. »Da hörst du es.«

Die Frauen aßen weiter, und Tom berichtete, was er über den Konflikt zwischen Christian Graf und Dominic Lutteroth erfahren hatte.

»Warum streiten die sich über die Liegeplätze, ist doch genug Platz da?«, fragte Jonna und wies mit dem Kopf Richtung Elbe.

»Es gibt wenige Anleger und viele Regeln. In diesem Fall das Hamburger Wegegesetz, das besagt, dass auf öffentlichen Wegen keine Werbung erlaubt ist. Die Barkassenbetreiber dürfen die Touristen genau genommen nicht ansprechen, keine Schilder aufstellen und nur kurz mit ihren Schiffen anlegen.«

Beide Frauen sahen ihn an, als ob er sich die merkwürdigen Regeln ausgedacht und umgesetzt hätte.

»Ich kann nichts dafür. Für Rundfahrtbetriebe gibt es Sonderbefugnisse an ausgewählten Stellen. Die anderen Anlegemöglichkeiten besetzen Fähren oder Gastschiffe. Es ist definitiv zu wenig Platz!«

»Alle kämpfen um die Fahrgäste, und einer geht dabei über Leichen?«, murmelte Charlotte.

Jonna nickte. »Wir knöpfen uns gleich den dicksten Fisch vor. Meine Kollegen haben hoffentlich in der Zwischenzeit den Barkassen-Graf aufgetrieben und mir ein Rendezvous verschafft.«

»Ich habe leider einen dringenden Termin«, sagte Charlotte. »Morgen fahre ich noch mal zu Frau Lutteroth, um sie für den WEISSEN RING zu erwärmen. Ich halte euch auf dem Laufenden.«

Sie stand auf, zog ihre Jacke über, und weg war sie. Tom und Jonna brachen ebenfalls auf. Draußen hatte der Wind aufgefrischt, das Elbwasser kabbelte, die Pontons quietschten, und die Koberer verkündeten lauthals, dass die nächste Hafenrundfahrt in wenigen Minuten ablegen würde.

Tom sah sich kurz um und verschaffte sich mit einem kritischen Rundumblick einen Eindruck, ob alles in Ordnung war. Berufskrankheit. Silbermöwen auf den Dachkanten und Pollern warteten darauf, dass einer der Touristen sein Fischbrötchen für einen Moment aus den Augen ließ, um sich sogleich darauf zu stürzen und fette Beute zu machen. Voraus, Richtung Steinwerder, schob sich ein Kreuzfahrtschiff majestätisch in die Norderelbe.

»Die haben meine Kollegen gerade ausklariert«, sagte er und zeigte auf das Schiff.

»Was bedeutet das?«, fragte Jonna.

»Das ist eine abschließende grenzpolizeiliche Kontrolle des Schiffs. Wir kontrollieren und stempeln Pässe und ziehen Crew- und Passagierlisten ein. Sollte das Schiff aus Übersee kommen oder aus Non-EU-Staaten, dann werden alle Namen und Personaldokumente in unseren Fahndungssystemen überprüft. Erst danach geben wir unseren behördlichen Segen. Schließlich ist der Hamburger Hafen eine Schengen-Außengrenze! Anschließend bekommt der Kapitän eine sogenannte Clearance in die Hand, die er dem Lotsen vorzeigen muss, dass Grenzpolizei, Zoll und hafenärztlicher Dienst ihm das Auslaufen erlauben. Ohne Ausklarierung verlässt kein Schiff den Hamburger Hafen, ohne Einklarierung geht niemand von Bord.«

Er stoppte seinen Redefluss, da Jonnas Handy surrte. Nach wenigen Worten war klar, dass sie über die Nachricht erfreut war.

»Der Graf hat an Brücke 4 angelegt. Ich hoffe, du bist dabei?«

An der Brücke 4 lag eine der großen Hafenbarkassen mit Platz für fast hundert Personen. Den Koberer, der die Gäste an Bord schwatzte, kannte Tom nicht. Der Mann legte sich mächtig ins Zeug und schrie, dass man heute mit ihm eine Stunde glücklich sein könne und die werten Damen doch bitte nicht so schüchtern sein sollten. Bei ihm gäbe es die Tickets und eine Hafenrundfahrt, die wäre bei diesem Wetter das schönste Hamburg-Erlebnis.

Christian Graf, der Eigner, stand im Ruderhaus. Tom hätte nicht gedacht, dass dieser noch selbst Touren begleitete, war er doch seit Jahrzehnten ein Urgestein im Hafen.

»Moin!«, rief Jonna. »Ich möchte zu Ihrem Chef, ich bin vom Landeskriminalamt und muss ihn sprechen.« Sie hielt ihre Polizeimarke hoch.

Der Mann kratzte sich unter seiner Strickmütze am Kopf und bewegte sich keinen Millimeter.

»Bitte um Erlaubnis, an Bord kommen zu dürfen«, sagte Tom.

Der Mann nickte, trat zur Seite und wies auf den Niedergang zum Schiff.

Jonna verdrehte die Augen.

»Kriminalpolizei?«, fragte Christian Graf kurz darauf. »Es tut mir leid, ich starte gleich zu einer neuen Tour. Die Tide ist günstig, so komme ich durch die Speicherstadt, bevor der Ebbstrom einsetzt.«

Ganz schön frech, dachte Tom. Keine Zeit für die Kriminalpolizei? Der traute sich was. Er freute sich schon auf Jonnas Entgegnung.

Die sah Christian Graf nur schmunzelnd an.

Zugegeben, man sah ihm die sechzig Jahre, die er sicher auf dem Tacho hatte, nicht an. Dunkelgraues kurzes Haar, sonnengebräuntes Gesicht. War ihr Schweigen eine Vernehmungsstrategie, oder war sie von seinem Tidengeschwätz beeindruckt?

»Wie lange dauert die Tour?«, fragte Jonna.

»Eine Stunde.«

»Wir fahren mit Ihnen.« Jonnas Mund lächelte, doch ihre Augen blieben kühl, und die Stimme duldete keinen Widerspruch.

Tom hielt es nicht mehr aus. »Sie haben Ihren Conférencier für die Fahrgäste«, sagte er. »Sie steuern und beantworten unsere Fragen.« Ihm ging Christian Grafs Verhalten gegen den Strich, ohne dass er genau sagen konnte, was ihm nicht passte. Aber er würde dafür sorgen, dass der Kerl Jonna kein Seemannsgarn erzählte.

Der Barkassen-Graf startete kopfschüttelnd die Maschine mit einem Knopfdruck.

Tom sah den Decksmann die Leinen loswerfen. Graf schob Tom zur Seite, um aus dem Seitenfenster zu sehen und sich zu vergewissern, dass alle Leute an Bord waren. Der Seefunk lief, und er brauchte nur noch den Fahrhebel voraus legen.

Tom lehnte sich gegen das Schott und verschränkte die Arme vor der Brust. *Mögen die Spiele beginnen,* dachte er. Jonna ließ sich Zeit mit ihrer ersten Frage.

Obwohl die Tür zum Fahrgastraum geschlossen war, hörten sie die Stimme des Conférenciers über den Bordlautsprecher.

Gerade erklärte er den Fahrgästen, dass sie die Landungsbrücken Richtung Osten verließen. Sie passierten die grün-rote *Rickmer Rickmers,* einen um 1896 erbauten Frachtensegler, der heute ein Museumsschiff war und neben gutem Essen und maritimen Ausstellungen einen einzigartigen Einblick in das raue Seemannsleben gab, da die ehemaligen Crewquartiere restauriert waren.

Auch Jonna wandte ihren Blick von Graf ab, um sich das Traditionsschiff von der Wasserseite anzusehen. Gleich dahinter lang die *Cap San Diego*. Ein Stückgutfrachter, der einst auf der Südamerikaroute eingesetzt und wegen seiner eleganten Form »der weiße Schwan des Südatlantiks« genannt wurde. Ein noch heute fahrbereites Museumsfrachtschiff, das wahlweise als Hotel oder als Escape-Room-Spielwiese fungierte.

Von der Sonne beschienen, leuchteten die beiden Schiffe reinweiß, und die Elbe erstrahlte tiefblau. Der Hafen bot den Touristen etwas für ihr Geld.

Christian Graf hatte keinen Blick für die Traditionssegler, er sah stur geradeaus auf die Norderelbe und überließ Jonna die Mühe, das Gespräch zu beginnen.

Sie räusperte sich. »Spektakulär!«

»Sie sind nicht aus Hamburg?«

»Ich komme aus der Lüneburger Heide. Ist nicht weit weg, aber ich habe noch nie 'ne Hafenrundfahrt gemacht.«

»Es gibt kaum einen schöneren Platz auf der Welt«, antwortete der Skipper.

Was sollte das hier werden? Eine Werbeveranstaltung für die Barkassenzentrale Graf? Tom räusperte sich.

Die beiden zuckten zusammen.

»Sie wissen, dass einer Ihrer Kollegen heute Nacht tot auf seinem Boot aufgefunden wurde?«

»Schlimme Sache!«

»Sie sind ja ein alter Hase im Hafen. Läuft hier immer alles glatt?«

Gute Frage! Die konnte Graf nicht abnicken, ohne sich unglaubwürdig zu machen.

»Nö, mien Deern, das gibt schon mal Reibereien.«

Vorsicht Jonna, dachte Tom. »Mien Deern« mochte abwertend klingen, aber war für einen Hafenkapitän normal. Wenn Jonna ihn zurechtwies, reagierte der alte Skipper womöglich störrisch. Tom warf ihr einen warnenden Blick zu und hoffte, dass sie seine Signale verstand.

»Apropos Reibereien. Wir haben ein paar alte Geschichten zwischen Ihnen und Dominic Lutteroth ausgegraben. Ist ja sogar vor Gericht gelandet.«

»Ist lange her.«

»Na, dann kramen Sie mal in Ihrer Erinnerung.«

Für einen Moment war Tom abgelenkt, da die Stimme aus dem Bordlautsprecher seine Aufmerksamkeit erregte.

»... links sehen sie das Schlösschen, das Sie sicher aus der Fernsehserie *Notruf Hafenkante* kennen ... wurde 1905 gebaut und beherbergt heute eine Fachdienststelle der Wasserschutzpolizei. Wundern Sie sich nicht, wenn Sie auf der Rückseite des Gebäudes keinen Eingang entdecken ... Der wird nur für die Sendung dort angebracht, der richtige Zugang liegt auf der Vorderseite und ist von hier aus nicht sichtbar ... Wir fahren nun in den weltweit größten zusammenhängenden Lagerhauskomplex der Welt ein: die wunderbare Speicherstadt. Sie ist mit ihrer neugotischen Backsteinarchitektur und ihren grünen kupferdachverzierten Giebeln und Türmchen nicht nur UNESCO-Weltkulturerbe, sondern auch der ehemalige Freihafen. Hier sehen Sie ...«

Tom konzentrierte sich wieder auf das Gespräch. Die Geschichte der Speicherstadt und des zollfreien Warenverkehrs kannte er bis zum Überdruss.

»Dat ist manchmal 'n bisschen eng am Anleger. Die Jungspunde denken, dass ihnen alles gehört, aber ich hab hier ältere Rechte. Der Platz an der Brücke 4, das war schon immer mein Bereich, und den macht mir keiner streitig.« Er zeigte mit einer Bewegung der Faust an, wie er jemanden seitlich abdrängte. »Da hab ich dann mal gegengehalten, und es wurd ein bisschen enger. Passiert is nix. Ich bin der älteste Seeelefant im Hafen, es ist meine Aufgabe, die Jungbullen beiseitezuschubsen!«

Grauenhaft, wie der Mann sich aufführte. Glaubte er selbst, was er da redete? Tom schüttelte sich innerlich. Seeelefanten?

»Wie weit gehen Sie denn, um Ihren Platz zu sichern? Ihre Rechte einzufordern? Würden Sie eine Barkasse nachts losschmeißen oder die Aufsteller Ihrer Konkurrenten beiseitestellen?«

Graf schaute starr geradeaus. Dabei hatte er wenig zu tun. Aus seemännischen Gründen brauchte er nicht so stur aus dem Fenster zu glotzen.

Jonna warf Tom einen Blick zu, den er nicht recht deuten konnte. Erwartete sie, dass er Fragen stellte, oder signalisierte sie ihm, dass sie Graf auch unerträglich arrogant fand?

Der Skipper ließ sich Zeit mit der Antwort, und die Stimme des Conférenciers drang wieder an Toms Ohr.

»… Aufkommen der Containerlogistik standen immer mehr Speicher leer, und es wurden freie Stellflächen für die vielen Container und Packfirmen benötigt. Ende der Achtzigerjahre entstanden hier Büros und Museen … Der Hafenbetrieb verlagerte sich in den Süden, und heute werden nur noch Orientteppiche in der Speicherstadt gelagert …«

Tom dachte daran, Jonna die Wilhelminenbrücke zu zeigen, die sie als Landei sicher nicht kannte, geschweige denn wusste, dass der Fußweg mit Mosaiksteinen gepflastert war, der die Brücke wie einen steinernen Orientteppich aussehen ließ.

Verdammt, er musste sich auf die Befragung konzentrieren, nicht auf seine Freizeitgestaltung.

»Wer behauptet das?«, fragte Graf.

»Frau Lutteroth hat uns erzählt, dass jemand anonyme Anzeigen aufgegeben hat.«

»So, so, Frau Lutteroth.« Graf lenkte die Barkasse steuerbord in den Magdeburger Hafen.

Tom dachte wehmütig daran, dass hier damals die alten Teeschuppen gestanden hatten. Früher kitzelten einem die Düfte des grünen Tees, der Currys und des schwarzen Pfeffers in der Nase. Er hatte sich Anfang der Neunzigerjahre eine der bunten hüfthohen Teekisten geholt und sie als Ablage in seinen Flur gestellt. Damals landeten die dekorativen Holzkisten noch auf dem Müll, mittlerweile wurden sie in schicken Dekoläden zu überteuerten Preisen verkauft. Die alten Schuppen gab es nicht mehr, nur der Kaispeicher B war erhalten geblieben und beherbergte inzwischen das Internationale Maritime Museum mit der weltweit größten Privatsammlung von Schiffsmodellen. Am Versmannkai gab es heute statt Teelager nur noch Coffeeshops, die für vier Euro Kaffee aus dem Pappbecher reichten.

Jonna hakte nach. »Und die tote Ratte bei Ihnen an Bord?«

Tom war erleichtert, dass sie den Faden wieder aufnahm, bevor das Gespräch versickerte.

»Ja, ja, er war auf Krawall gebürstet. Hat ihm aber nichts genutzt.« Graf winkte desinteressiert ab.

»Freunde waren Sie nicht?«

»Nö, das bringt das Geschäft so mit sich.«

Wieder schwiegen Jonna und er sich an, als müssten sie ausloten, was diese Erkenntnis bedeutete.

Tom sah aus dem Seitenfenster. Die Lagerhauskomplexe aus Backstein und Tradition gingen über in die futuristischen Wohn- und Bürogebäude der HafenCity, an der seit Anfang des Jahrtausends gebaut wurde. Tom war hin- und hergerissen von dem gigantischen Projekt. Wenn es für Hamburg gut sein mochte, galt das noch lange nicht für den Hafen. Der östliche Bereich war inzwischen verkümmert und seine ursprünglichen Liegeplätze, Lagerflächen und hafentypischen Einrichtungen von Wohngebieten verdrängt.

Grafs launiger Sprecher erzählte Seemannsgarn zu den Elbarkaden, und warum sich die drei einsamen Windräder auf dem Greenpeace-Gebäude niemals drehten, um Strom zu produzieren. Die Gäste lachten, und Tom bezweifelte die Ansage, dass in der bekannten »Zimtstange«, dem Cinnamon Tower, Helene Fischer eine Weile gewohnt habe. Er hatte Kontakte zu den Fußstreifen des Polizeikommissariats 14, und die erzählten, dass die ultrateuren Wohnungen an reiche Investoren verkauft waren und meist leer standen.

Graf steuerte das Schiff in den Baakenhafen.

»Ein Kollege ist tot«, resümierte Jonna. »Es scheint Sie nicht besonders zu kümmern?«

»Ich hab da keine Aktien drin. Und ich bin nicht so gut darin, über meine Gefühle zu reden.«

Er leckte sich die Lippen, was Tom für ein Signal hielt, dass er nicht halb so selbstsicher war, wie er tat.

»Wie ist es denn passiert?«, erkundigte sich Graf.

»Lutteroth wurde erschlagen. Hatte er außer Ihnen noch andere Feinde?«

Tom hörte die Härte hinter Jonnas Worten.

Grafs Gesichtszüge zeigten erstmals eine Regung. Er griff das Steuer fester und sah verärgert aus. »Konkurrenten sind wir alle. Aber Feinde? Ich erschlage niemanden.«

»Wann sind Sie Lutteroth das letzte Mal begegnet?«

»Ist Wochen her!«

Kreischende Möwen übertönten seine Stimme.

»Wie gut kennen Sie die Ehefrau von Herrn Lutteroth?«, fragte Jonna.

»Gar nicht gut, wahrlich nicht.«

»Kommen Sie zu seiner Beerdigung?«

»Bin ich denn eingeladen?«

»Brauchen Sie eine Einladung?«

»Nein, und ich werd nicht hingehen.«

Tom kniff die Augen zusammen und dachte über die Antwort nach. Was bedeutete es, dass Graf nicht zur Beerdigung kommen wollte? War es pietätlos? Schuldbewusst? Feige?

Sie fuhren weiter elbabwärts, wurden sanft von den Wellen hin und her geschaukelt und bogen backbord in den Hansahafen ein. Steuerbord sah man ein riesiges Gelände, das mit gebrauchten Autos, Lkws und Baumaschinen vollgestopft war. Diese Altautos waren für den Export nach Afrika bestimmt. Backbord passierten sie die Museumsschiffe MS *Bleichen* und *Peking*.

Graf wendete die Barkasse und steuerte aus dem Hansahafen zurück Richtung Elbphilharmonie. Das Beste zum Schluss, dachte Tom. Ob Jonna jemals eine Führung in der Elphi gemacht hatte? Ein Konzert gehört? Er war damals beim Bau des Konzerthauses zweimal zu einer Führung vor Ort gewesen, weil er es spannend fand, was die Architekten sich ausgedacht hatten. Von den Sitzen, die so geformt waren, dass sie menschliche Gestalten imitierten und den Schall so in den Raum zurückwarfen, dass leere Plätze die Akustik nicht veränderten. Klangarchitektur vom Allerfeinsten.

»Wie haben Sie den gestrigen Tag verbracht?«, fragte Jonna.

Graf sah sie verdutzt an. »Sie fragen mich nach einem Alibi? Ernsthaft?«

»Routine.«

»Um sechs Uhr war ich joggen, um neun im Büro. Meine Angestellten und ich haben den Tag und die Touren geplant. Ich bin um zwölf und um fünfzehn Uhr für anderthalb Stunden gefahren.«

Jonna zog eine Augenbraue hoch.

»Um vier bin ich zu Fuß in die Stadt hochgelaufen, weil ich einen Termin beim Anwalt hatte.«

»Das überprüfen wir!«

»Klar«, erwidert er eingeschnappt.

Tom schaltet sich ein. »Kennen Sie Hans Kruger?«

Graf sah ihn an, als hätte er nicht erwartet, dass Tom sprechen konnte – oder durfte.

»Ein weiterer Mitbewerber. Wir kennen uns alle.«

»Sie sind doch früher mal zusammen zur See gefahren?« Es war ja nicht so, dass Tom seine Hausaufgaben nicht gemacht hätte. Er hatte sich gemerkt, was Fiete, der Schifffahrtsermittler, ihm erzählt hatte.

»Welchen Dampfer meinen Sie?«

»1981. Die *Sydney Express*.«

»Dann war der nicht in meiner Gang. Vielleicht war er in der Maschine, und Sie wissen ja, Maschine und Deck sind zwei verschiedene Bereiche. Die Seefahrt war das eine Leben. Jetzt habe ich ein anderes. Dazwischen liegen Welten und das Vergessen. Basta!«

Tom kniff die Augen zusammen. Dieses arrogante Arschloch! Was bildete der sich eigentlich ein?

Jonnas Handy klingelte, bevor ihm eine geeignete Retourkutsche einfiel. Sie nahm das Gespräch an, hörte aber nur zu, ohne etwas zu sagen. In ihrem Gesicht war nicht zu erkennen, welche Art Neuigkeiten sie erfuhr. Einzig ihr Augenlid zuckte einmal.

»Zur Fahndung ausschreiben. Sofort!«, sagte sie und beendete das Telefonat. Sie reichte dem verdutzten Christian Graf die Hand: »Danke für die Fahrt!« Sie lächelte kurz. »Ich erwarte Sie morgen früh pünktlich um neun Uhr im Polizeipräsidium zur Zeugenvernehmung. Bringen Sie Ihren Anwalt mit!«

KAPITEL 14

Charlotte parkte ihr Auto auf dem Kiez in der Davidstraße im absoluten Halteverbot. Sie traute sich nicht, ihren Wagen direkt vorm Polizeikommissariat 15, der berühmten Davidwache, an der Ecke zum Spielbudenplatz abzustellen. Sie wollte möglichst ungesehen und unerkannt bleiben.

Sie legte ihr Fahrtenbuch und die Polizeikelle auf den Beifahrersitz und hoffte, dass der Ordnungsdienst der Stadt ihr kein Knöllchen verpasste, sondern das Zeichen des zivilen Dienstwagens erkannte. Meistens klappte das, und sie würde ja in wenigen Minuten zurück sein, denn ihr Termin wäre schnell erledigt.

Sie sah sich um und ließ sich mit den Menschen die Davidstraße hinuntertreiben. Dann bog sie links in die Reeperbahn ein. Um diese Uhrzeit legte keine Dunkelheit einen barmherzigen Schleier über den Dreck und die Makel der sündigen Meile. Die bunten Kiezaner, erste Betrunkene, einsame Streuner und Touristen, die die Sexshops beäugten, waren bereits unterwegs.

Selbst am Dönerstand herrschte Hochbetrieb.

Nach wenigen Schritten stand Charlotte vor dem Geschäft, das sie gesucht hatte. Sie öffnete die Tür und sah mit Erleichterung, dass der Verkaufsraum leer war. Aus dem Hinterzimmer kam ein Mann jenseits der siebzig geschlurft und begrüßte sie mit einem sanften Lächeln.

»Wie kann ich einer schönen Frau helfen?«, lispelte er.

»Ich möchte Pfefferspray kaufen. Capsikum. Die teure Variante.«

»Eine Frau, die weiß, was sie will, das gefällt mir.« Er zeigte ohne jede Scheu auf ihr Gesicht. »Du hast ja schon Bekanntschaft mit Messern gemacht.«

Wenn er da so offen ranging, bitte schön. »Es war ein Cuttermesser. Einmal durchs Gesicht gezogen. Das passiert mir nicht noch mal.«

Er nickte verständnisvoll, drehte sich zu einem Regal, um ein Pfefferspray auszusuchen, und stellte eine Dose im handlichen Format auf den Glastresen.

»Öliges Gemisch, streut nicht so. Fünfunddreißig Euro.«

»Wenn das Ihre Empfehlung ist, nehme ich es. Und dann brauche ich noch eine Schreckschusspistole.«

Seine Augenbrauen zuckten.

Sie beantwortete seine unausgesprochene Frage nicht.

»Platzpatronen oder Gas?«

»Gas. CS-Reizstoff. 9 mm.«

»Du kennst dich aus, Mädchen!« Er ließ den Blick über seinen Tresen schweifen, unter dessen Glasabdeckung die Schreckschusspistolen lagen.

»Hast du eine preisliche Vorstellung?«, fragte er

»Unter dreihundert.« Sie war froh, dass er sachlich blieb und ihr keine Vorträge hielt.

»Walther P 22. Solide. Nicht zu schwer. Sieben Schuss. Das Gas trifft bis vier Meter.«

Sie schürzte die Lippen. Das klang genau richtig. »Darf ich?«

Er holte die Waffe aus der Schublade unter der Glastheke hervor und legte sie vor sie hin.

»Drei Päckchen Patronen«, ergänzte sie.

»Du musst es ja wissen«, grummelte er, legte aber die Packungen auf den Tisch.

Sie fingerte sich drei Patronen aus der Schachtel, nahm die Waffe in die Hand, füllte die Patronen ins Magazin und schlug das

Magazin in die Waffe. Sie spürte, wie sich die erste Patrone in den Lauf der Pistole schob.

Vielleicht übertrieb sie. Das wäre möglich, aber ihr Sicherheitsbedürfnis war seit gestern ins Unermessliche gestiegen. Sie hatte ihren Verstand nach irgendeiner anderen Erklärung durchwühlt, doch ihr war keine eingefallen.

Es konnte nur einen Grund geben, warum ihre Tochter nach all den Jahren plötzlich davon anfing und *seine* Worte benutzte. *Die Welt retten? Schlampe?* Das war nicht Nathalies Sprache, da war sich Charlotte sicher. Es war *seine!* Er war wieder da, und irgendwie hatte der Mistkerl es geschafft, Kontakt zu dem Mädchen aufzunehmen.

Das war eine Katastrophe. Sie biss die Zähne zusammen, um nicht loszuschreien. Er würde ihr Lügen erzählen und Schlimmeres.

Es war dringend nötig, Nathalie zu erklären, was zwischen Menschen alles schieflaufen konnte, und ihr zu verdeutlichen, was passierte, wenn Liebe zu Hass und Machtanspruch umschlug.

Sie dachte an Tom. Natürlich hatte sie ihn nicht vergessen. Er war ein anziehender Mann und ein unverbesserlicher Optimist noch dazu. Er liebte das Meer, den Hafen, und sie war sicher, was er liebte, beschützte er. Sein Lachen war so herzlich, dass sie das Gefühl hatte, er lächle nur für sie. Was Unfug war, doch es wäre aufregend, herauszubekommen, warum sie sich von ihm so wertgeschätzt fühlte.

Aber sie durfte sich jetzt nicht ablenken lassen. Sie musste sich konzentrieren und auf der Hut sein. Vielleicht war sie paranoid. Aber besser paranoid als tot.

Sie schmeckte den Schweiß auf ihrer Oberlippe und legte die Waffe zurück auf den Tresen, bevor der Mann ihr Zittern bemerkte.

Es war ihr innerstes Bedürfnis, ihre Tochter um jeden Preis zu beschützen. Sie würde das schaffen. Sie hatte ihr ganzes Leben lang jemanden beschützt. Erst ihren Bruder, nun Nathalie. Sie würde nicht versagen.

Oh, Gott, wie sehr sehnte sie sich nach einem Glas Wein. Oder zwei. Nach Sicherheit und einem Ende der Angst.

Sie wünschte, er würde für immer aus ihrem Leben verschwinden.

Sie wünschte, er wäre tot.

KAPITEL 15

Jonna betrat den Konferenzraum der Mordkommission und ließ ihren Blick durch den Raum schweifen, in dem eine hektische Atmosphäre herrschte. Dicht hinter ihr stand Tom, den sie gebeten hatte, sie ins Präsidium zu begleiten. Jetzt konnte sie nur noch hoffen, dass Meyfahrt ihr nicht in die Quere kam und sie vor Tom bloßstellte. Jonna schwor sich, dass sie dann von ihrem Wissen Gebrauch machen würde. Das ließe sie sich nicht noch einmal bieten.

Van der Waal winkte ihnen zu und erhob gleich darauf die Stimme:

»Ruhe, bitte, Jonna ist da, wir beginnen mit der Lagebesprechung.«

»Bevor es losgeht«, sagte Jonna, »möchte ich euch Tom vorstellen. Er ist der Kollege von der Wasserschutz, von dem ich euch erzählt habe. Er ist unsere Verbindung in den Hafen.« Sie wies Tom einen Stuhl zu und setzte sich neben ihn. »Tom, ich stelle dir das Team nach und nach vor.« Sie gab Daan mit einem Blick zu verstehen, dass er loslegen konnte.

Daans Hände flatterten ungeduldig zwischen dem Laptop vor ihm und der Leinwand hinter ihm hin und her. »Wir haben inzwischen eine Reihe von Spuren ausgewertet, darauf komme ich gleich. Das Wichtigste zuerst«, sagte er. »Tofu hat sich die Videoüberwachung der Hamburg Port Authority angesehen.« Er wies in Richtung des Kollegen mit der Nickelbrille, der übers ganze Gesicht grinste.

Jonna lehnte sich zu Tom. »Das ist Toni Fuchslocher, Tofu genannt. Definitiv kein Vegetarier und unser Aktenführer«, flüsterte sie. »Er hält alle Strippen zusammen und sorgt dafür, dass wir die gleichen Informationen haben.«

Van der Waal rückte sich den Laptop zurecht und startete ein Video.

»Wie ihr sehen könnt, seht ihr nichts!« Er stoppte die Aufnahme nach kurzer Zeit wieder. »Die Kamera der Hafenbehörde ist für uns so nutzlos wie eine Sandkiste in der Sahara, da sie nur den Ausgang des Alten Elbtunnels erfasst.« Er spielte eine neue Videosequenz ein. »Tofu hat von den Kollegen der Wasserschutzpolizei den Tipp bekommen, sich bei den Fischbudenbesitzern umzuhören, die private Überwachungskameras angebracht haben.« Er nickte Tom zu. »An einer Bude ist er fündig geworden. Der Besitzer hatte es satt, dass bei ihm in wenigen Wochen mehrfach eingebrochen wurde, und hat zwei Kameras installiert.«

Das Video, das er auf die Leinwand übertrug, war so grobkörnig, dass es schwierig war, darauf etwas zu erkennen. Der dichte Nebel machte es dann vollends unmöglich.

Jonna zog enttäuscht die Augenbrauen hoch, obwohl sie wusste, dass Daan noch ein Ass im Ärmel hatte.

»Auch diese Aufnahmen sind wertlos.« Er grinste. »Aber Tofu ist eine schlaue Sau, deshalb hat er sich die gesamten Bänder der letzten Tage angesehen und nicht nur den vermeintlichen Tatzeitpunkt.«

Jonna strahlte Tofu an, aus dessen Initiative eine heiße Spur hervorgegangen war. Er genoss den stillen Beifall.

»Und jetzt schaut her, was passierte, kurz bevor der Nebel einsetzte. Die Aufnahme zeigt die Fischbude um genau vierzehn Uhr und acht Minuten.« Daan stand auf, trat an die Leinwand und wies mit dem Finger auf die rechte Seite. »Da kommen unsere beiden Hauptdarsteller ins Bild gestolpert.«

Jonna kniff die Augen zusammen. Auf den grobkörnigen Aufnahmen waren zwei Gestalten auszumachen, die sich schubsten.

Sie stützte sich mit den Armen auf den Tisch und lehnte sich weiter vor, um die beiden Männer genauer zu betrachten.

»Wir korrigieren damit den Todeszeitpunkt von Dominic Lutteroth. Er hat am frühen Nachmittag noch gelebt. Aber wartet, es kommt noch besser!«

Allgemeines Gemurmel setzte ein. Van der Waal hielt die Kollegen bei Laune!

Sie sahen, wie die Männer sich sehr nah gegenüberstanden und unbeherrscht gestikulierten. Der eine Kontrahent war eindeutig Dominic Lutteroth. Er griff dem anderen Mann mit beiden Händen an den Kragen der Jacke und zog ihn zu sich heran, diesen stämmigen Kerl, der versuchte, sich aus Lutteroths Griff zu befreien, und ihm ins Schienbein trat.

»In den Hauptrollen sehen Sie Dominic Lutteroth und Hans Kruger. Applaus. Die beiden prügeln sich, und Kruger hat vergessen, uns davon zu erzählen.«

»Er hat gelogen!«, platzte Jonna heraus. »Er hat mir gesagt, dass er Lutteroth das letzte Mal gegen zehn Uhr morgens gesehen hat.«

Sie atmete tief durch. Sie hatte gestern Abend den richtigen Riecher gehabt, als sie argwöhnte, dass Kruger noch nicht alles berichtet hatte. Sie sah zu Tom, der wie gebannt auf den Videofilm starrte.

»Wir haben eine Falschaussage von Hans Kruger, der kein Alibi hat, stattdessen eine handfeste Auseinandersetzung mit unserem Opfer.« Van der Waal sah in die Runde. »Fragen?«

Sie spürte, wie Tom vor lauter Anspannung mit dem Bein wippte.

»Wir haben Kruger zu Hause nicht angetroffen. Nach Aussagen seiner Nachbarn ist er gestern nicht nach Hause gekommen. Im Hafenbüro ist er heute auch nicht aufgetaucht.«

Daan warf Jonna einen fragenden Blick zu, auf den sie jedoch nicht einging, denn offensichtlich hatte er noch mehr zu berichten.

»So, Jonna, wir setzen noch einen drauf. Wir haben in den Unterlagen aus dem Hafenbüro von Lutteroth Papiere entdeckt, die uns eine Ursache des Streits mit Kruger liefern könnten!«

»Was?«, entfuhr es Jonna. Sie stand auf. »Erzähl!«

»Emma, das ist dein Part, du hast es rausgefunden.«

Die Hospitantin errötete und schob Jonna zwei Zettel zu, nach denen sie sofort griff. Hatte Emma einen Treffer gelandet?

»Ich mache es kurz. Meine Aufgabe bestand darin, die Unterlagen aus Lutteroths Hafenbüro zu sichten. So wie es sich mir im Moment darstellt, hat er entdeckt, dass nicht nur er durch Corona in finanzielle Not gekommen ist, sondern auch sein Freund Hans Kruger. Im Gegensatz zu ihm hat sich Kruger aber nicht selbst am Schopf aus der Misere gezogen. Stattdessen hat der einen Deal mit der Barkassenzentrale Graf, Lutteroths Erzfeind, ausgehandelt.« Sie machte eine kurze Pause, damit jeder die Worte einordnen konnte. »Demnach wäre der Graf Anteilseigner an Krugers Schiffen geworden. Obwohl das nur Krugers Schiffe betrifft, kann ich mir ungefähr vorstellen, wie Lutteroth das gefallen hat.« Sie ließ die Schlussfolgerung in der Luft hängen.

»Wie bitte?«, stöhnte Jonna. »Davon hat Graf, dieser arrogante Kerl, kein Wort gesagt!« Sie sah sich zu Tom um, der ebenfalls die Stirn runzelte und ratlos mit den Schultern zuckte. »Die Fahndung nach Kruger ist raus?«

Van der Waal nickte.

Jonna schäumte innerlich, versuchte aber, sich nichts anmerken zu lassen. Christian Graf sollte sie kennenlernen! Sie ließ sich nicht gerne über den Tisch ziehen.

»Dann haben wir eine erweiterte Theorie? Krieg unter den Barkassenbetreibern. Graf will Lutteroth eins auswischen, und die finanzielle Misere von Hans Kruger dient ihm als Mittel. Kruger stößt auf wenig Verständnis bei Lutteroth und mausert sich zum Hauptverdächtigen: Er hat ein Motiv, die Gelegenheit zur Tat, eine Auseinandersetzung mit dem Opfer ... und er ist von der Bildfläche verschwunden.«

Alle murmelten zustimmend, und die Anspannung wich einer neuen Energie und Zuversicht.

Das erste Mal, seit sie hier saßen, ergriff Tom das Wort.

»Da geh ich nicht mit.« Er zögerte und sah Jonna fragend an, als ob er ihre Erlaubnis brauchte, um vor ihrer Kommission sprechen zu dürfen. Das mochte sie an ihm. Diese Zurückhaltung, die jedem hier im Raum signalisierte, dass er kein Besserwisser war, sondern ihre Kompetenzen respektierte. Sie nickte ihm aufmunternd zu.

»Wenn Kruger Lutteroth erschlagen hat, war es ganz schön dreist von ihm, auch noch als derjenige aufzutauchen, der ihn gefunden hat«, argumentierte Tom. »So viel Kaltschnäuzigkeit traue ich ihm nicht zu. Kruger versucht, sich hinter dem Rücken seines Geschäftspartners Lutteroth zu sanieren. Ausgerechnet mit seinem ärgsten Konkurrenten und persönlichen Feind. Das war Kruger sicher peinlich. Lutteroth stellt ihn zur Rede. Sie streiten. So weit, so gut, aber wir sehen auf den Überwachungsbändern nicht, wie es weitergegangen ist. Kruger ist ... er ist ein Freund ... ist er ein Täter?« Er stockte, als bröckele seine Argumentation selbst vor seinen Augen. »Als Lutteroth stundenlang nicht auftaucht, geht Kruger zur Barkasse und findet den Toten.« Tom klang nachdenklich. »Sein Schmerz über den Verlust war zu spüren.«

»Du willst nur nicht, dass ein Skipper aus dem Hafen der Täter ist!«, flüsterte Emma.

»Das stimmt leider«, antwortete Tom.

Sei's drum, dachte Jonna. Darauf konnten sie keine Rücksicht nehmen. »Ich habe Christian Graf morgen früh um neun Uhr hier ins Präsidium bestellt.« Sie seufzte. »Habt ihr Noah Bonnichsen erreicht? Und findet Kruger! Die Skipper haben uns eine Menge zu erklären!«

KAPITEL 16

Tom hatte auf dem Weg in den Tagdienst an einem Blumenladen gehalten. Er saß an seinem Schreibtisch und sah sich das Werk der Floristin von allen Seiten an. Chrysanthemen, Astern und Rosen in Orange und Gelb erkannte er. Fette Henne und Herbstanemone hießen die anderen Blumen, die er sich von der Verkäuferin hatte erklären lassen. Das Grünzeug war Eukalyptus, aber sicher war er nicht.

Der Strauß war groß. Aber war er groß genug, um Lisa ein Lächeln auf die Lippen zu zaubern? War ein Blumenstrauß genug, um seinen Fehler zu entschuldigen? Er hatte inzwischen kapiert, warum Lisa gestern so abweisend reagiert hatte, als er an seinem freien Tag zu den Landungsbrücken fahren wollte. Er fragte sich nur, warum sie nicht direkt mit der Sprache herausgerückt war. Das war so ein typisches Frauenmysterium, mit dem er nicht zurechtkam. Frauen redeten doch sonst stundenlang über alles und jeden. Fragten einen ständig, woran man dachte, und verstanden nicht, dass Männer eben manchmal gar nichts dachten.

Er hatte ihren wichtigen Arzttermin vergessen!

Okay, das war doof von ihm gewesen, aber kein böser Wille, sondern der Tatsache geschuldet, dass es einen Mordfall in seinem Hafen gab und er in die Ermittlungen involviert war.

Natürlich war es ihm wichtig, Lisa zu den Arztterminen zu begleiten, aber es waren so viele, und es musste doch nicht jedes Mal sein, oder?

Würde sie ihm verzeihen?

Das Klopfen an der Tür erlöste ihn aus seinen Grübeleien.

Quetsche lehnte sich an den Türrahmen und wies auf den Blumenstrauß.

»Bist du fremdgegangen?«

Tom warf einen letzten Blick auf das Gebinde, bevor er aufstand. »Dann wären Blumen wohl arg wenig …« Er griff nach seiner Jacke über dem Stuhl. »Bist du bereit? Dann lass uns die *Rike* aus dem Weg schaffen.«

Dass die Barkasse nicht an den Landungsbrücken liegen bleiben sollte, hatte er gestern mit Jonna besprochen. Sie hatte seinen Vorschlag, die *Rike* an einen zugangsbeschränkten und gesicherten Anleger zu bringen, erfreut angenommen.

»Bleibt es beim Zollponton?« Quetsche war bereits in voller Montur.

»Jo. Da ist sie aus dem Weg und sicher vor Gaffern. Die Jungs vom Zoll haben ihr Okay gegeben.«

Sie nahmen das schwere Streifenboot, das zwar genauso lang und breit war wie das leichte, aber über eine deutlich stärkere Maschine verfügte. Die 570 PS würden die Barkasse von Dominic Lutteroth spielend an ihren neuen Liegeplatz bugsieren.

Wolken flogen über den Himmel, als sie durch den Vorhafen glitten. Über ihnen kreisten Möwen, als wollten sie herausfinden, ob es sich lohnte, nach Fisch zu betteln. Tom sah sich nach allen Seiten um, als er aus dem Nebenfahrwasser des Vorhafens in die Hauptfahrwasserstraße der Elbe steuerte. Anders als im Straßenverkehr kreuzten im Hafen Schiffe aus allen Richtungen, und es wurde schnell unübersichtlich, wenn man sich nicht an die Vorfahrts- und Geschwindigkeitsregeln hielt. Ein Blick auf den Drehzahlmesser zeigte ihm, dass er mit der erlaubten Höchstgeschwindigkeit von zehn Knoten unterwegs war.

Vor ihm pflügte ein Schlepper durch das Wasser, und in der Heckwelle des Kraftprotzes schlingerte ihr Streifenboot. Tom passte sich unbewusst den schwankenden Bewegungen an. Seekrankheit kannte er nicht.

Sie erreichten die Landungsbrücken nach wenigen Minuten, und Tom manövrierte dicht längsseits an die *Rike,* sodass Quetsche bequem hinüberspringen konnte. Quetsche lief mit der Vorleine den Gangbord entlang nach vorn zum Bug. Ihr Boot ragte deutlich über das Heck der *Rike* hinaus, damit Tom, gleich wenn die Schiffe miteinander verbunden waren, das Paket gut manövrieren konnte. Quetsche vertäute eine weitere Leine mittschiffs und eine achtern. Sowie er die Barkasse vom Anleger gelöst hatte, konnte Tom die *Rike* verholen.

Es dauerte keine dreißig Minuten, und die Hafenbarkasse des toten Dominic Lutteroth lag versiegelt am Zollponton. Aus dem lang gestreckten flachen Zollgebäude, das auf dem Anleger kauerte, steckte niemand den Kopf aus dem Fenster, und so mussten sie nichts erklären.

Tom fragte sich, ob Jonna inzwischen Dominics Angestellten Noah Bonnichsen aufgetrieben hatte. Was hatte er über die Streitigkeiten zwischen Lutteroth und Kruger zu sagen?

»Danke, Quetsche, saubere Arbeit«, murmelte er, als sein Kollege zurück in den Fahrstand kam. »Jonna wird zufrieden sein.«

»Jonna?«

»Die Leiterin der Mordkommission. Ich habe gestern mit ihr vereinbart, dass wir die Barkasse sichern.«

»Ich weiß, was sie ist, ich kenne sogar ihren Dienstrang, aber ich wusste nicht, dass du in deiner Freizeit arbeitest.«

Tom wandte sich zu seinem Kollegen um. »Interessiert es dich nicht, was mit Lutteroth passiert ist?«

»Erst, wenn Ergebnisse auf dem Tisch liegen. Warum soll ich das mit in meine Freizeit nehmen?«

Jetzt fing Quetsche auch noch an. Lisas Vorhaltungen hatten ihm gereicht. Der Fall hatte es ihm eben angetan. Er konnte an nichts anderes mehr denken. War das so schlimm?

»Ich will das aufklären! Es werden zwei Barkassenkapitäne verdächtigt, Menschen, die ich kenne. Das beunruhigt mich. Ich bin Polizist, meine Neugier lege ich nach Dienstschluss nicht ab!«

Quetsche zuckte mit den Schultern und konzentrierte sich auf den Schiffsverkehr. »Pass auf, da vorne dümpelt ein Freizeitkapitän auf der falschen Fahrwasserseite.« Er zeigte voraus auf eine kleinere Motoryacht, die ihnen auf Kollisionskurs entgegenkam.

»Du kannst doch selber nicht weggucken.«

Tom wich nach steuerbord aus, um auf Höhe der Yacht die Fahrt rauszunehmen.

»Nimm die Flüstertüte«, sagte er überflüssigerweise, denn Quetsche hatte das Megafon bereits in der Hand und wusste, was Tom vorhatte. Er verließ den Fahrstand und hangelte sich Richtung Bug.

Tom verringerte die Fahrt.

»Stoppen Sie Ihr Fahrzeug!« Quetsche hielt sich das Megafon dicht vor den Mund. »Sie sind auf der falschen Fahrwasserseite.«

Die Yacht stoppte ebenfalls ab und lag neben dem Streifenboot auf gleicher Höhe. Ein schätzungsweise dreißigjähriger Mann mit Kinnbart und einer Strickmütze auf dem Kopf trat aus der Fahrerkabine und sah irritiert zu ihnen herüber. Tom blieb auf Abstand, damit sich die Boote auf dem Wasser durch Wind und Wellen nicht unkontrolliert berührten. Quetsche hielt den Kescher so weit wie möglich über die Reling, um die Distanz zwischen den Booten zu überbrücken.

»Kennen Sie die Fahrregeln im Hamburger Hafen? Werfen Sie Ihren Sportbootführerschein in den Kescher. Kontrolle!«

Der Skipper der Yacht trat verunsichert von einem Bein auf das andere und fingerte in seiner wasserdichten Segeljacke nach dem Führerschein.

»Natürlich kenne ich die Fahrregeln, ich war ein bisschen abgelenkt, tut mir leid, das kommt nicht wieder vor.« Der Mann presste die Lippen aufeinander.

Quetsche nahm den Sportbootführerschein unter die Lupe und legte ihn mit einem Überweisungsträger zusammen wieder in den Kescher.

»Das Verwarngeld zahlen Sie innerhalb von vierzehn Tagen, sonst wird ein Bußgeld draus. Gute Fahrt!«

Tom sah der Szene zu, als stünde er neben sich. Seine Gedanken verfingen bei dem toten Dominic Lutteroth. Warum musste er sterben? Doch nicht, weil der Barkassen-Graf eingeschnappt war. Da steckte mehr dahinter. War Lutteroth im Hafen kriminellen Aktivitäten nachgegangen? War er womöglich in den Drogenhandel eingestiegen und jemandem in die Quere gekommen?

Sie glitten langsam durch den Ellerholzhafen zur Wache, und Tom nutzte die Ruhe, um zu hören, was Quetsche von dem Tötungsdelikt hielt.

»Was denkst du über die Theorie einer Fehde zwischen den Barkassenbetreibern?«

»Meinst du, ob die sich gegenseitig abmurksen?«

Tom wiegte den Kopf. Ganz so drastisch hätte er es nicht formuliert, aber … ja, das meinte er.

»Ich kann mir das nicht vorstellen. Es sind Konkurrenten, aber das ist in jeder Branche das Gleiche. Deshalb dreht man doch niemandem den Hahn ab!«

Das stimmt, dachte Tom. Es steckte mehr dahinter als die Konkurrenz um ein paar Touristen. In was für Sachen waren Lutteroth, Kruger und Graf verwickelt? Ging es um Geld? Geld spaltete bekanntlich selbst langjährige Freundschaften. Die Pandemie hatte sie gezwungen, neue Wege zu gehen. Welche? Steuerbetrug? Menschenschleusung? Juwelenraub? Ihm fehlte die Fantasie, sich vorzustellen, wie die drei Skipper ins kriminelle Milieu eingetaucht sein sollten.

»Apropos Freizeitkapitän«, sagte Quetsche. »Erklärst du unserem Rookie Marvin die Sache mit dem Kochen? Er ist in der nächsten Nachtschicht dran, und der Nachwuchs sieht nicht so aus, als wäre ihm klar, dass er etwas Essbares auf den Tisch bringen muss.«

Tom lachte. »Hast du schon wieder Hunger? Rechne mal lieber nicht damit, dass der Rookie dir knusprig gebratene Schweinshaxe serviert, das wird wohl eher ein Süppchen.«

»Was heißt hier schon wieder? Es ist Mittag durch, und ich bekomme nichts zu essen, weil meine Frau mich auf Diät gesetzt hat. Das ist unmenschlich.«

»Probier's mal mit Blumen.« Tom grinste.

Wieder an der Wache brachte er das Gespräch mit dem neuen Polizeimeister sofort hinter sich.

»Setz dich, Marvin.«

Der junge Kollege war frisch von der Schule neu auf die Schicht gekommen, und Tom als dem Dienstgruppenleiter fiel die Aufgabe zu, ihn in eine Besonderheit seiner Dienstgruppe einzuweihen.

»Du bist doch bei der Marine gewesen und weißt, dass jedes Besatzungsmitglied abwechselnd als Backschafter eingeteilt wird. Aufgabe des Backschafters ist es, den Tisch aufzudecken und nach Ende der Mahlzeit wieder abzudecken und alles aufzuklaren.«

»Ja, logisch!«

»Bei uns läuft das genauso, und dazu kommt noch das Kochen für die ganze Schicht. In meiner Schicht verteile ich ab und an eine Spielkarte an den Kollegen, der mit dem Kochen dran ist. Genauer gesagt, den Pik-Bauern. Du weißt, dass der Koch in seiner Freizeit einkauft, dann für die Schicht kocht und putzt. Das ist eine Menge Arbeit, aber kommt uns allen zugute. Wenn die Schichtstärke ausreichend ist, schiebe ich dem Koch den Pik-Buben zu, und er darf früher in den Feierabend. Er hängt die Spielkarte an die Dienstafel unter seinen Namen, und alle wissen Bescheid.«

Die Augenbrauen des Polizeimeisters schossen nach oben.

»Das ist die Belohnung für die Mühe. Wir schreiben die vollen Stunden auf, sodass er keine Minusstunden macht, auch wenn er früher geht. Wenn wir nicht genug Manpower haben, verschaffen wir ihm wenigstens die Bauernnacht.«

»Die *was?*«

Tom räusperte sich. »Na ja, die Bauernnacht ist ein Begriff aus der Seefahrt. Es ist die Nacht, in der der Seemann keine Wache gehen muss, weil das Schiff auf Reede liegt oder noch nicht einklariert ist. Der Pik-Bube symbolisiert das und bedeutet, dass der Koch sich mit dem Feldbett in die Frauenumkleide zurückzieht und dort ruhen kann. Wir wecken ihn nur im Ernstfall.«

»Wow!« Marvin sah ihn ungläubig an. »Wieso Frauenumkleide?«

Tom wartete lächelnd, bis der Groschen fiel.

»Weil wir keine Frau auf der Schicht haben«, murmelte sein Gegenüber.

Tom nickte. Der Jungspund hatte es kapiert. »Gut, das war's dann.«

Marvin unternahm keine Anstalten aufzustehen. Er kratzte sich am Ohr. »Ich bin morgen dran … und … also, ich bin eine Niete im Kochen. Kann das vielleicht jemand anderes übernehmen?«

Tom seufzte. Er hatte es geahnt. Warum blieb so etwas immer an ihm hängen?

»Du kannst nichts brutzeln? Gar nichts?«

Marvin schüttelte den Kopf.

»Okay, dann gebe ich dir die Bastelanleitung für die Torero-Schnitte. Aber sag es keinem.« Er griff nach einem Blatt Papier und schrieb dem Youngster die Zutaten auf. »Du musst einen Toaster mitbringen und toastest Weißbrot. Dann dick Leberwurst draufschmieren, Tomate in Scheiben, Zwiebelringe, würzen, Spiegelei drauf und zum Warmhalten auf ein Backblech in den Ofen.« Er schaute auf, ob Marvin ihm noch zuhörte. Der saß mit offenem Mund vor ihm und sah überfordert aus.

»Für jeden rechnest du drei bis vier Schnitten. Pass mit dem Wachhabenden auf, der verschlingt allein ein ganzes Blech.«

Tom stand auf, um dem Jungen zu signalisieren, dass die Unterredung beendet war. Marvin nahm den Zettel, hielt ihn, als wäre das Papier vergiftet, und trottete mit hängendem Kopf aus Toms Büro.

Bis zum Nachmittag versuchte Tom vergeblich, den Brandermittler Müller-Rohden ans Telefon zu bekommen, um mit ihm über die beiden abgefackelten Autos zu sprechen. Er erwartete die Ergebnisse der Kameraauswertung des Parkplatzes mit großer Spannung. War der Feuerteufel darauf zu sehen? Stattdessen war aus seinem Funkgerät auf dem Schreibtisch klar und deutlich der Michel-Sprecher zu hören, der die Wache anfunkte.

»Elbe 52?«

»Hört!« Der Wachhabende am Tresen antwortete prompt.

»Es geht einmal zum Parkplatz von Blume & Lorrenzen, Verkehrsunfall mit Lkw.«

»Verstanden. Wagen geht raus.«

Tom sprang auf. Eine Lappalie. Aber schon wieder der Parkplatz der Werft? Ein bisschen viel Zufall!

Der Wachhabende brüllte in den Gang, um auch in den hinteren Büros gehört zu werden. »Der 52/1, Einsatz!«

Tom entschied sich und griff nach seiner Jacke. Quetsche kam mit einem Kollegen den Gang hinunter und klaubte sich die Zündschlüssel vom Schlüsselbord.

»Ich fahre mit!«

»Weidmannsheil.« Der Wachhabende grinste.

Die zwei Kilometer zur Werft legten sie schweigend zurück. Auf dem Mitarbeiterparkplatz stand der Lkw wie ein schwarzes Schaf halb auf einem Grünstreifen, halb über drei Parkbuchten. Ein Verkehrsschild war aus der Verankerung gerissen und lag hinter dem Anhänger. Offenbar hatte der Lkw beim Rangieren das Schild umgefahren und musste dann hektisch Gas gegeben haben, sodass er über die Bordsteinkante gedonnert und auf dem Grünstreifen stecken geblieben war. Weitere Autos waren jedenfalls nicht involviert.

Neben dem Lkw stand ein bärtiger Mann, der süchtig an seiner Zigarette sog. Tom ging auf ihn zu und grüßte. »Na, was ist denn hier passiert?«

Quetsche schritt bereits suchend das Fahrzeug ab und notierte sich das Kennzeichen.

Der Mann hob fragend die Schultern.

Tom zeigte mit einer ausladenden Geste auf das Verkehrsschild, was den Mann ermutigte, in fremder Sprache schnell auf ihn einzureden.

Tom stoppte ihn. »*Your papers, please. Driving license.*« Er malte mit dem Finger in seiner Handfläche und war sicher, dass der Mann verstand, was die Polizei von ihm wollte.

Der Fahrer drehte sich zum Fahrerhäuschen und klaubte aus dem Seitenfach der Fahrertür eine Mappe mit Papieren. Seinen Führerschein und Personalausweis zog er aus der Jackentasche. Er war vorbereitet.

Der Mann war Rumäne und fuhr leere Container von Terminal zu Terminal. So weit, so gut, aber was machte er hier auf dem

Mitarbeiterparkplatz der Werft? Tom reichte den Personalausweis an Quetsche weiter, der die Wache um Prüfung des Kennzeichens und eine Halterabfrage bitten konnte.

Tom bedeutete dem Mann, dass er die beiden Container, die er auf dem Chassis geladen hatte, öffnen sollte. Dass die leer waren, würde er erst glauben, wenn er es mit eigenen Augen sah. »*You lost your way?*« Der Mann antwortete ihm nicht, öffnete nur mit grimmiger Miene die Container.

Leer.

Wer hätte das gedacht! Der Unfall wurde immer mysteriöser. Was gurkte der Kerl mit dem riesigen Hänger auf dem Parkplatz herum? Leider ließ sich der Mann nicht bewegen, auch nur ein Wort Englisch zu sprechen. Auch seine Papiere waren in Ordnung. Quetsche nahm die Daten des Mannes aus den Papieren auf, erfragte die Telefonnummer, während Tom die Schäden für den Unfallbericht fotografierte.

Da der Mann keinen Wohnsitz in Deutschland hatte, musste er für die zu erwartenden Reparaturkosten eine Sicherheitsleistung hinterlegen, dann durfte er weiterfahren.

»Das war ja wohl eine Schnapsidee, diesen Einsatz mitzufahren«, maulte Tom, als er mit Quetsche auf dem Rückweg zur Wache war.

»Hast du das große Abenteuer gewittert?«, frotzelte Quetsche und schüttelte bedauernd den Kopf. »Ich nehme andauernd so langweilige Sachen auf.« Er lachte Tom an. »Hast du vielleicht Lust, den Unfallbericht zu schreiben?«

Tom winkte ab. Quetsche hatte ja recht. Da hatte er ein bisschen viel in den Zufall hineininterpretiert.

»Tom, dein Typ wird verlangt. Die Mordkommission hat versucht, dich zu erreichen«, rief ihm der Wachhabende entgegen, als sie die Wache betraten.

Tom sah, dass Quetsche die Augen verdrehte.

»Jacobi? Was hat sie gesagt?«

»Sie kommt gleich vorbei und benötigt zwei Streifenwagen.«

»Wozu braucht sie zwei?«

»Keine Ahnung. Hat nix gesagt.«

»Hast du nicht gefragt?«

»Nö!«

Tom stöhnte innerlich auf und eilte ins Büro. Irgendetwas Großes war passiert!

Wen wollte Jonna verhaften?

KAPITEL 17

Ihr habt einen Haftbefehl? Gegen wen? Wozu die Streifenwagen? Brauchen wir das Boot? Wo fahren wir hin?«

Jonna grinste, als Tom seine Fragen herausballerte wie eine Popcornmaschine, noch bevor sie und Van der Waal sich die Stühle in seinem Büro zurechtgerückt hatten.

»Christian Graf ist heute nicht zur Vorladung ins Präsidium erschienen und hat sich den ganzen Tag nicht gemeldet – ist das zu fassen? Wir müssen den Kerl auftreiben und ihn zu den Geschäften mit Kruger befragen, die er uns verschwiegen hat. Das gibt mehr als einen Klaps auf die Finger. Sein Büro hat uns mitgeteilt, dass ihn heute niemand im Hafen erwartet, und deshalb wollen wir nachhelfen.«

Tom runzelte die Stirn. »Ich dachte, ihr habt Kruger im Visier?«

»Inzwischen haben beide Chancen auf den Recall.« Van der Waal sah fasziniert durch das Bullauge in Toms Büro, durch das man direkt auf den Travehafen blickte.

Tom schwieg betroffen.

Jonna bemerkte seinen Stimmungswechsel und bemühte sich, ihn ins Boot zu holen.

»Wir wissen, *wann, wie und wo* das Tötungsdelikt passiert ist. In der Morgenbesprechung sind wir zu dem *Wer, Warum und Womit* gekommen. Die Fahndung nach Kruger war bislang ergebnislos, er versteckt sich. Warum?« Jonna versuchte, in Toms Miene zu lesen, was er über Krugers Verschwinden dachte, doch er ließ sich nichts anmerken. »Wir vermuten übrigens, dass Dominic Lutteroth seine Außenstände mit Bargeld beglichen hat, obwohl er praktisch kein Einkommen in der Pandemie hatte. Das waren vierstellige Summen jeden Monat! Die Ehefrau kauft munter weiter ein, Friseur, Kosmetik, Massagen, und er hat immer größere Mühe, das Konto auszugleichen. Wo kam das ganze Geld her?« Sie holte Luft. »Und dann baut Dominic Lutteroth seiner Familie noch ein Haus. Alles ist auf den Namen seiner Frau ins Grundbuch eingetragen.«

»Autsch! Dann hat die Witwe verdammt viele Schulden an der Backe«, bemerkte Tom.

Jonna nickte. »Genau. Dem Geld gehen wir nach. Darüber hinaus hat die KTU an der Leiche Faserreste eines Rucksacks oder Beutels gefunden sowie Reste einer Feder.«

Jonna dachte an das Gespräch mit dem Kriminaltechniker zurück. Er hatte gesagt, dass es sich um rotes Nylon handele. 210 DEN Nylon, TPU-beschichtet. Nur Emma hatte begriffen, was er damit gemeint hatte.

»Ich trage meine Strumpfhosen gern in 60 DEN – die sind blickdicht.«

»Dann kannst du dir problemlos vorstellen, wie strapazierfähig 210 DEN sind. Dazu noch mit thermoplastischem Polyurethan beschichtet, ist das Gewebe extrem belastungsfähig und sogar wasserdicht. Die Feder war künstlich, und ich habe keine Ahnung, wo die hingehört, bleibe aber dran.«

Jonna überlegte, was Tom noch wissen sollte.

»Wir haben mit einigen seiner Kollegen und mit einem Nachbarn gesprochen. Sie schildern Dominic Lutteroth als einen Macher. Er hat seinen Job im Hafen geliebt und hat auch in der Pandemie nicht seinen Optimismus verloren. Seine Frau und die Tochter hat er vergöttert. Sein Mitarbeiter Noah Bonnichsen ist nach Auskunft seines Mitbewohners zum Surfen auf Gran Canaria und kommt heute zurück.« Sie lehnte sich in ihrem Stuhl zurück. »Jetzt bist du auf dem aktuellen Stand, und ich möchte dich bitten, uns mit Christian Graf zu unterstützen.«

»Hat der mit dem Bargeld zu tun?«

Das hatte sich Jonna auch schon gefragt, war aber zu keinem Schluss gekommen. Die beiden waren verfeindet – unwahrscheinlich, dass sie Geschäfte miteinander gemacht hatten. »Graf ist ein gekränktes Alphatier. Er wollte sich von Lutteroth nicht in der Branche vorführen lassen. Eitle und gekränkte Männer sind gefährlich!«

»Wie kann ich euch helfen?«

»Agierst du auch mal im Strafraum?« Van der Waal drehte sich zu ihnen um und taxierte Tom.

Jonna sah erleichtert, dass Tom Daans Blick ohne zu zögern erwiderte. Offenbar war er bereit, Risiken auf sich zu nehmen. Und er zog die richtigen Schlüsse.

»Ihr braucht Graf an den Landungsbrücken, um ihn dort werbewirksam abzuführen, aber er ist nicht da, wo er sein sollte?«

Jonna und Van der Waal nickten einträchtig.

»Ich bestelle uns einen Streifenwagen vom PK 14, die sind auf der Landseite der Landungsbrücken zuständig. Wir kommen mit dem Boot von der Wasserseite. Darf ich?« Er wies auf das Telefon.

Offensichtlich hatte Tom eine Idee. Jonna lehnte sich zurück.

Tom suchte sich im PC die Telefonnummer der Barkassenzentrale Graf heraus, schaltete den Lautsprecher ein und rief dort an. Eine weibliche Stimme begrüßte ihn freundlich.

»Bendixen vom WSPK 2. Wir brauchen Ihre Unterstützung.« Kunstpause. Jetzt entschied sich, ob die Dame kooperierte oder nicht.

Sie blieb vorsichtig. »Ja? Worum geht es denn?«

»Die letzte Kontrolle hat ergeben, dass die Beförderungsscheine für die Graf'schen Barkassen fehlerhaft sind. Wenn etwas passiert … aber das wissen Sie ja. Sie sollten die Unstimmigkeiten schnellstmöglich ausräumen, sonst droht Ihnen die Stilllegung der Schiffe.«

Toms Stimme duldete keinen Widerspruch.

»Wie? Das kann doch nicht sein.« Die Frau räusperte sich nervös. »Die Polizei hatte noch nie etwas zu beanstanden.«

»Wenn Sie das nicht klären, sind die Barkassen nicht mehr zugelassen, Gäste zu befördern. Die, die gerade unterwegs sind, dürfen noch zu Ende fahren, aber das war's dann. Ich komme gleich in Ihr Büro, um die Papiere mit Ihnen durchzugehen.«

»Wie ist das möglich? Wir haben gar keine Papiere abgegeben.«

»Sie erinnern sich, dass Herr Graf ein Bußgeld bezahlt hat, weil er die Originalpapiere nicht an Bord mitführte?«

»Ja?«

»Unsere Ermittler haben mir mitgeteilt, dass die Unterlagen fehlerhaft sind.«

»Warten Sie, das müssen Sie mit Herrn Graf persönlich besprechen, der ist heute nicht da, und ich …«

Jonna wettete darauf, dass die Frau sofort nach dem Gespräch die Nummer ihres Chefs wählen würde, um ihm von dem Schlamassel zu berichten, und der würde entweder im Revier anrufen oder in sein Büro in den Hafen kommen.

»Fährt Ihr Chef denn heute keine Tour? Dann hätte er doch Zeit, sich um die Papiere zu kümmern.«

»Nein, er fährt nur alle zwei bis drei Tage die Zwölf-Uhr-Tour.«

»Nur um zwölf? Na, der führt ja ein komfortables Leben, ich beneide ihn. Übernimmt er nicht auch die Fahrten um fünfzehn Uhr? Da habe ich ihn vor zwei Tagen gesehen.«

Jonna erinnerte sich lebhaft an das Alibi, das Graf ihnen auf der Hafenrundfahrt aufgetischt hatte.

»Nein, diese Touren fährt er seit Wochen nicht mehr, da haben Sie etwas verwechselt. Wir haben einen neuen Angestellten, der das übernommen hat.«

»Ah ja, dann habe ich mich geirrt.« Tom hatte noch ein paar tröstende Worte, dann legte er auf.

»Diese stinkende Nieswurz!«, fluchte Jonna und sprang von ihrem Stuhl auf. »Der Typ hat mich mit seinem Alibi angelogen!«

Sie tigerte durch den Raum.

»Wie hat dieser polnische Schriftsteller mal gesagt?«, bemerkte Tom lakonisch. »Eines Tages schwimmt die Wahrheit doch nach oben – als Wasserleiche.«

KAPITEL 18

Quetsche steuerte sie durch den Vorhafen und backbord am ehemaligen Kohlenschiffhafen vorbei auf die Norderelbe westwärts. Das Boot schnurrte nur so über das Wasser. Tom hatte vorgeschlagen, sofort mit dem Boot loszufahren, in der Hoffnung, dass er vorher noch einen Auftrag erledigen konnte, bevor Christian Graf an den Landungsbrücken aufschlug.

Er griff nach der Kamera, die auf dem Tisch lag, setzte sich die Sonnenbrille auf und schob Jonna vor sich her nach draußen. Trotz der letzten Sonnenstrahlen erreichten die Temperaturen kaum fünfzehn Grad, und Van der Waal fröstelte, sodass er im Führerhaus bei Quetsche blieb.

Das Motorengeräusch der Lüfterklappen dröhnte, und Tom erhob die Stimme. »Schau mal, das sind die silbernen Eier.« Tom zeigte an der Backbordseite auf die über dreißig Meter hohen eiförmigen Faulgastürme des Hamburger Klärwerks.

Jonna lachte. »Silberne Eier, ja?«

»Yep, da gelangt unser Abwasser hin. Die Anlage hat zehn Türme und ist sehr fortschrittlich, auch wenn es manchmal ein bisschen stinkt. Die reinigen in verschiedenen Filtervorgängen über 400 000 Kubikmeter Abwasser täglich und produzieren dabei Faulgas, das in Strom, Biomethan und Wärme umgewandelt wird. Nicht nur für den eigenen Betrieb, sondern darüber hinaus. Noch in den Neunzigerjahren kauften sie Strom dazu, heute versorgen sie sich selbst, den Containerterminal Tollerort und geben noch Strom an Hamburg ab. Du kannst mit Fug und Recht behaupten, dass in Köddelhöft aus deinem Schiet saubere Energie entsteht.«

»Beeindruckend! Wo fahren wir hin?«

»Ein Stück den Elbstrand hinunter. Ich habe den Auftrag, dort ein paar Fotos zu schießen.«

Jonna grinste. »Für dein Familienalbum?«

»Jemand hat eine anonyme Anzeige aufgegeben, dass ein Villenbesitzer aus der Elbchaussee in einer Nacht-und-Nebel-Aktion auf seinem Grundstück Bäume gefällt hat. Jetzt hat er einen unverbauten Elbblick, aber zig Bäume umgenietet.« Steuerbord zog der Elbstrand vorbei und gab den Blick auf prachtvolle Villen und viel Grün frei.

»Du weißt sicher, dass die Häuser mit den ungeraden Hausnummern entlang der Elbchaussee doppelt so viel kosten wie die mit den geraden Nummern, oder?«

»Ach komm!«

»Die ungeraden liegen zur Elbseite. Die geraden Hausnummern landseitig.« Er fotografierte ein Grundstück mit einem Teleobjektiv. »Ich verstehe zwar, dass jemand den Wert seines Geländes steigern will, aber ohne Genehmigung Bäume zu fällen, ist eine Straftat.«

Tom drückte noch ein paarmal auf den Auslöser und schüttelte dabei stumm den Kopf. Er gab Quetsche ein Zeichen, dass er umdrehen und Richtung Landungsbrücken steuern konnte, er hatte seine Bilder im Kasten. Gerade schob sich durch die schmale Fahrrinne ein Containerriese elbabwärts Richtung Wedel. Den würde Quetsche passieren lassen, bevor er wendete.

»Offenbar weißt du nicht, dass die Wasserschutzpolizei für alle Umweltdelikte in Hamburg zuständig ist? Bist du wirklich bei der Kripo?«

»Bis vor ein paar Tagen wart ihr für mich nur Muschelschubser.« Jonnas Augen blitzten. »Aber das hat sich grundlegend geändert!«

Tom nickte erfreut. »Das Fällen der Bäume ist eine Sachbeschädigung nach dem Strafgesetzbuch, und das LKA wäre zuständig, aber da es ein Umweltdelikt ist, übernimmt die Wasserschutz.«

Jonna seufzte. »Was haben wir für eine Handhabe gegen den Villenbesitzer?«

»Der Richter kann eine Vermögensabschöpfung anordnen, dann wird der entsprechende Gewinn bei einem Verkauf zunichtegemacht.«

Möwen kreischten direkt über ihnen im grauen Himmel und ließen sich vom Wind tragen. Es klang beinahe, als führten sie eine Unterhaltung. Der Wind hatte sich noch nicht recht entschieden, ob er die letzten Blätter von den Bäumen fegen oder doch noch ausruhen wollte. Tom fühlte sich seltsam beklommen. Gleich würden sie einen Skipper aus seinem Hafen vorläufig festnehmen. Graf hatte frech gelogen – gab es denn gar keine Ehre mehr?

Jonna stand an das Deckhaus gelehnt und hatte einen Fuß gegen die Reling gestellt. Sie hielt die Augen geschlossen und ließ sich von der Sonne streicheln.

Tom betrachtete sie. Er hatte nicht eine Sekunde den Eindruck, dass ihre Aufmerksamkeit nachließ. Bestimmt spürte sie, dass er sie ansah. Sie hatte eine hohe Stirn, aus der sie mit einem Seitenscheitel die schulterlangen, zu einem Bob geschnittenen grauen Haare heraushielt. Die Fältchen um die Augen tanzten, wenn sie lächelte. Sie war mit Ende fünfzig eine reizvolle Frau mit einer widersprüchlichen Stärke und Sanftmut in ihrem Ausdruck – ob sie das wusste? Er hatte noch nicht herausgehört, ob sie einen Partner hatte. Sollte er sie fragen? Oder würde sie das als Anmache von einem deutlich jüngeren Kollegen empfinden? Das lag ihm fern. Tom spürte beinahe körperlich ihre Einsamkeit. Nein, er brauchte nicht zu fragen, sie lebte allein.

»Warum bist du nicht verheiratet?« Mist, er hatte nicht gleich mit der Tür ins Haus fallen wollen.

Sie öffnete die Augen, und ihr Blick wirkte amüsiert.

»Ist das das Ergebnis deiner Musterung?« Sie lächelte. »Ich bin seit einigen Jahren geschieden. Mein Mann kam mit meinen Arbeitszeiten nicht zurecht. Und mit so einigem anderen auch nicht. Ich komme gut alleine klar, ich hab ja meine Arbeit.«

»Mit deinen Arbeitszeiten?«, Tom runzelte ungläubig die Stirn.

»Na gut, er hat mich für meine beste Freundin verlassen. Sie sind heute noch ein Paar, und ich bin um ein paar schmerzhafte Lebenserfahrungen reicher.«

Tom ahnte, dass ihr flapsiger Ton ein Schutzmechanismus war. »Vincent van Gogh hat mal gesagt: Mancher Mensch hat ein großes Feuer in seiner Seele, und niemand kommt, um sich daran zu wärmen.«

Sie seufzte, schloss die Augen, und er wusste, dass er sie besser nicht weiter bedrängen sollte.

»Erzähl mir mehr über eure Umweltdelikte. Das lenkt mich von meinem Ärger über Christian Graf ab.«

»Lass mich überlegen. Wir hatten vor Kurzem einen illegalen Teakholzimport aus Myanmar. Kam über Kroatien nach Hamburg. Eine NGO hat Anzeige erstattet, und der Importeur hat nicht nur sein Holz verloren, sondern auch noch eine Million Euro zahlen müssen.« Tom schnalzte mit der Zunge.

»Das ist ein Joke, oder?« Jonna beschattete mit der Hand ihre Augen, damit sie sein Gesicht sehen konnte.

»Ich sage nur: Verstoß gegen das Holzhandelssicherungsgesetz.« Er hatte Lust, ihr mehr seiner Fälle zu erzählen. »Einen hab ich noch für dich. Der Zimt-Fall! Pass auf, ich war zur Hospitation bei den Kollegen von der Umwelttruppe, weil ich mich dafür interessiert habe. Eine Vernehmung stand an, und ich …«

Toms Handy summte, und nach einem Blick auf das Display nahm er ab. Nach wenigen Worten seines Anrufers nickte er Jonna zu, die sofort den Fuß von der Reling nahm.

»Prima. Dann geht bitte runter und sichert das Büro, damit er nicht wegkann. Wir sind in zehn Minuten am Anleger.« Er beendete das Gespräch.

Er öffnete die Tür zum Fahrstand und rief: »Hebel auf den Tisch und zurück zu den Landungsbrücken. Christian Graf ist im Hafenbüro eingetroffen.«

KAPITEL 19

Charlotte hatte ihr Auto im Parkhaus an den Landungsbrücken abgestellt und war zu Fuß durch den Alten Elbtunnel gegangen, um zu Isabell Lutteroth zu gelangen. Auf den Elbbrücken war mal wieder Stau, und zu Fuß querte sie die Elbe durch den gut vierhundert Meter langen Tunnel in wenigen Minuten. Heute war die Unterquerung großer fließender Gewässer eine Selbstverständlichkeit, aber 1911, als der St.-Pauli-Elbtunnel eröffnet wurde, war er eine Sensation. Da es keinen Platz für lange Zufahrtsrampen zu dem Tunnel gab, erdachten sich die Ingenieure eine Aufzugslösung, in die sowohl Pferdekutschen als auch Automobile passten.

Einer dieser Körbe schaukelte Charlotte nun einundzwanzig Meter tief unter die Erde. Seit 2019 fuhren hier unten keine Autos und Motorräder mehr, da der Tunnel aufwendig restauriert wurde und sich wahre Touristenströme und Fahrradfahrer den wenigen Platz teilten.

Auf dem knapp zehnminütigen Spaziergang durch den Tunnel sah sich Charlotte die alten Wandreliefs, die aufwendig restauriert worden waren, genau an. Als Hamburgerin wusste sie, dass allein die erste Röhre mit dreihundertsechzigtausend Fliesen aus Boizenburg neu verkleidet worden war. Alle paar Meter waren denkmalgeschützte Reliefs verarbeitet, die verschiedene Tiere darstellten. Von Robben über Aale, Stör und Hummer. Tiere, die sich vor einhundert Jahren in der Elbe getummelt hatten. Der Bildhauer dieser Tierbilder hatte selbst Ratten, die an einem Gummistiefel nagten, mit in sein Repertoire aufgenommen.

Charlotte liebte diese Hamburgensie.

Isabell Lutteroth wohnte direkt am Ausgang des Alten Elbtunnels. Charlotte stand zwischen den beiden Wohnblöcken und genoss die freie Aussicht auf die Landungsbrücken und den Michel, wie die Hamburger ihre St.-Michaelis-Kirche liebevoll nannten. Ein gewaltiger Anblick, den man sonst nur vom Wasser aus hatte. Die prachtvolle Kuppel des Alten Elbtunnelausgangs auf der anderen Seite war zum Greifen nah und Charlotte nur durch eine schmale Flutschutzmauer vom Ufer getrennt. Auf dem Wasser herrschte wüste Geschäftigkeit: Barkassen, Fähren, Yachten, Schlepper, Sportboote, Binnenschiffe – ein einziges Gewusel.

Charlottes kleine Welt war für einen kurzen Moment heil.

In der Familie Lutteroth hingegen war nichts mehr in Ordnung. Ihre Welt war zerbrochen, seit der Vater und Ehemann erschlagen auf seiner Barkasse aufgefunden worden war. Ihr heutiger Besuch führte hoffentlich zu einer längerfristigen Begleitung der Familie durch den WEISSEN RING und Klärung der letzten Fragen. Ihre Betreuung der Familie musste zu einem Abschluss kommen, denn die Arbeit an der Dienststelle stapelte sich auf ihrem Schreibtisch, und sie begleitete ab morgen eine alte Dame, die auf der Straße ausgeraubt und schwer verletzt worden war, zum Gericht. Charlottes Chef hatte darauf bestanden, dass sie ihre Besuche bei Isabell Lutteroth beendete oder in die Freizeit verlegte. Der Scherzkeks.

Auf ihr Klingeln drehte sich klackend ein Schlüssel im Schloss, und Isabell Lutteroth öffnete die Tür.

»Sie schon wieder?«

Charly hätte sich eine freundlichere Begrüßung gewünscht, aber die Witwe hatte sicher andere Dinge im Kopf, als höflich zu sein.

»Darf ich kurz reinkommen?«

Isabell Lutteroth nickte und ging vor in die Küche. Sie hatte sich gerade einen Tee gebrüht. Ohne zu fragen, füllte sie die zwei Becher auf dem Tisch.

»Milch, Zucker, Zitrone?«

»Milch, keinen Zucker, bitte.« Charlotte zog ihre Jacke aus und legte sie sich über den Schoß, als sie sich setzte. Die Frau ihr gegenüber sah müde und übernächtigt aus.

»Wo ist Ihre Tochter? Wie geht es Ihnen beiden?«

Isabell Lutteroth machte eine vage Handbewegung Richtung Küchenwand. »Sie ist nebenan, bei meiner Freundin Janetta.« Sie legte die Hände an die Schläfen. »Ich kann das alles noch nicht glauben. Wie konnte das nur passieren?«

Charlotte ließ sich Zeit mit einer Antwort. Sie trank einen Schluck Tee. Earl Grey. Heiß und stark. »Die Polizei versucht, das herauszufinden. Sie fahnden nach Hans Kruger, der verschwunden ist. Sie wissen nicht vielleicht, wo er steckt? Die Polizei muss dringend mit ihm sprechen.«

Die Witwe sah sie ausdruckslos an. »Verschwunden?« Sie strich sich eine Haarsträhne hinter das Ohr. »Es wird mir alles zu viel, ich brauche meine ganze Kraft für meine Tochter.« Sie stieß sich von der Marmorplatte ihrer in anthrazitfarben gehaltenen Küche ab. »Ich muss eine Kleinigkeit für Fenja zum Abendessen kochen, stört es Sie?«

»Natürlich nicht. Sagen Sie mir, wenn ich helfen kann.«

Isabell Lutteroth drehte sich wortlos um und verharrte einen Moment unschlüssig vor dem breiten Gasherd mit zwei Backöfen. Dann griff sie nach unten und förderte aus einem Unterschrank einen schmalen Topf zutage, den sie auf den Herd stellte. Charlotte betrachtete die maßgeschneiderten Küchenmöbel nicht ohne einen Anflug von Neid.

»Ich vermisse Dominic so schrecklich. Es ist, als ob ich gar nicht mehr ich selbst bin.«

»Wenn wir einen geliebten Menschen verlieren, fühlt sich das so an, als habe man ein Stück von sich selbst verloren.«

Isabell nickte unmerklich. »Weshalb sind Sie gekommen? Gibt es Neuigkeiten in den Ermittlungen?«

»Ich bin in die Untersuchung nicht direkt eingebunden.« Charlotte bemerkte den enttäuschten Blick. Sie hätte nicht anders empfunden, wenn sie jemanden durch ein Gewaltverbrechen verloren hätte, die Polizei ständig ins Haus kam und doch nichts zu sagen hatte. Vielleicht wagte sie sich deshalb ein wenig weiter vor als nötig. »Soweit ich weiß, wird Ihrem Verdacht, Christian Graf betreffend, akribisch nachgegangen.«

»Wenigstens etwas. Da landen Sie bei dem Richtigen!«

Charlotte bog schnell auf ein sicheres Terrain ab. »Ich wollte mit Ihnen über den WEISSEN RING sprechen. Kennen Sie die Opferschutzorganisation?«

»Bringen die mir meinen Mann zurück? Zahlen sie den Kredit für unseren Hausbau?«

»Sie bauen ein Haus?« Doch kein sicherer Boden. Um etwas Zeit zu gewinnen, nahm Charlotte ihre Jacke vom Schoß und hängte sie über die Lehne des Küchenstuhls. »Die Organisation kann Ihnen einen Anwalt stellen, wenn der Täter gefunden ist und Sie vor Gericht eine Nebenklage führen wollen. Der WEISSE RING unterstützt Sie dabei, Ihre und Fenjas Ansprüche gegenüber Behörden geltend zu machen. Vielleicht brauchen Sie psychologische Hilfe … Ich habe Ihnen Flyer mitgebracht und die Telefonnummer einer Ansprechpartnerin.«

Isabell legte eine Papiertüte mit Kartoffeln und einen Sparschäler auf den Tisch. Sie holte Möhren aus dem Kühlschrank und setzte sich Charlotte gegenüber. Für einen Moment sah es so aus, als denke sie ernsthaft über das Angebot nach.

»Ich schaffe das noch nicht. Fremde Menschen. Reden. Entscheiden. Ich weiß nur, ich brauche Geld, um über die Runden zu kommen, alles andere kommt später.«

»Wenn Sie und Ihre Tochter die einzigen Erben sind, bekommen Sie einen Erbschein und können sich überlegen, wie Sie mit der Barkassenfirma weiter verfahren. Haben Sie jemanden, der

Sie berät?« Charlotte schloss die Hände um den Teebecher, um sich zu wärmen. Sie fröstelte.

»Ich verkaufe alles.«

Das wäre vermutlich das Beste, und doch hinterließ die Endgültigkeit dieser Aussage einen schalen Beigeschmack. Es passierte so rasend schnell. Diese junge Witwe brauchte Zeit zum Trauern.

»Lassen Sie es langsam angehen. Geben Sie sich Zeit für sich und Ihre Tochter. Es gibt im Moment keinen Alltag für …« Es klingelte an der Tür, und beide Frauen zuckten zusammen.

Isabell Lutteroth stand auf und sperrte die Wohnungstür auf. Charlotte folgte ihr neugierig. Im Flur hüpfte die dreijährige Fenja herum, und ihre Mutter tuschelte mit einer schlanken Frau an der Haustür, deren brünetter Bob mit blonden Strähnen extravagant aussah. Das musste ihre Nachbarin und Freundin Janetta sein.

»Wer bist du?«, rief Fenja und kam auf sie zu.

Charlotte lächelte der Nachbarin zu und ging in die Hocke.

»Ich bin Charlotte, und wie heißt du?«

»Fenja. Ich bin ein Känuru. Kennst du Känurus?«

Fenja hüpfte mit geschlossenen Beinen vor Charlotte auf und ab und hielt die Ärmchen angewinkelt nach oben.

Isabell Lutteroth verabschiedete sich von ihrer Freundin und verschloss die Haustür.

»Ja, ich kenne Kängurus, und ich weiß, dass sie ganz weit hüpfen können.«

Die Kleine strahlte. »So wie ich.«

Zwei weitere Sprünge, und sie fiel lachend um.

»Wusstest du, dass Kängurus nicht rückwärts hüpfen können?«, fragte Charlotte.

Fenja rappelte sich auf und kam zu ihr zurück. Sie kuschelte sich an sie und sah sie mit fragenden Augen an. »Warum?«

Charlotte zuckte mit den Schultern. »Das weiß ich auch nicht.«

Fenja starrte sie mit offenem Mund an, als sei es ihr noch nie passiert, dass eine Erwachsene keine Antwort auf ihre Frage hatte.

»Komm, Fenja, Hände waschen, es gibt gleich Abendessen.«

Isabell Lutteroth griff nach der Hand ihrer Tochter und schob sie durch den Flur in den hinteren Teil der Wohnung.

»Ich möchte mich jetzt um Fenja kümmern, wenn Sie …«

Charlotte trat den Rückzug an. »Ich hole meine Jacke.«

Als sie aus der Küche kam, waren Mutter und Tochter bereits in den Tiefen der Wohnung verschwunden. Sie mussten zwei Wohnungen zusammengelegt haben, anders konnte sich Charlotte die Größe nicht erklären. Sie warf einen letzten Blick durch den Flur und spürte, dass sich etwas verändert hatte. Das antrainierte Misstrauen einer Polizistin holte sie in den unmöglichsten Momenten ein, und jetzt gerade überfiel es sie aus heiterem Himmel.

Sie schüttelte irritiert den Kopf und zog die Wohnungstür hinter sich zu.

Auf dem Weg zum Auto checkte Charlotte ihre Mails. Es gab nichts Dringendes, aber eine WhatsApp-Nachricht ihrer besten Freundin Ada. Die Sprachnachricht war vierzehn Minuten lang. Charlotte seufzte. Sie hätte gerne gehört, was Ada für neueste Erlebnisse zu erzählen hatte. Aber dafür hatte sie weder Zeit noch den Mut, Ada zu beichten, dass sie sich eine Waffe gekauft hatte.

Eine weitere WhatsApp-Nachricht war von Jonna. Was sie las, ließ sie ratlos innehalten. Sie schüttelte den Kopf. Meinte Jonna das ernst? Sie konnte kaum glauben, was dort stand, aber natürlich würde sie dem nachgehen. Hoffentlich schlug ihr Isabell Lutteroth nicht die Tür vor der Nase zu.

War Jonnas Frage die Erklärung für Charlottes mulmigen letzten Eindruck im Hause Lutteroth? Sie kam nicht drauf, was sie so verwirrte. Fenjas Gehüpfe? Ihre Frage nach den Kängurus? Die Nachbarin Janetta? Jonnas Verdacht?

Sie drehte sich um, versuchte in der Dämmerung, irgendeine Gefahr auszumachen. Es war alles ruhig, Wind wirbelte buntes Laub über die Rasenfläche, und irgendwo schrie ein Eichelhäher.

Verließen die nicht im Winter ihr Brutgebiet und zogen in den Süden? Charlotte merkte, dass ihre Ablenkungsstrategie nicht funktionierte. Achtsam die Umgebung wahrzunehmen, war keine gute Idee, wenn man argwöhnte, dass ein verrückter Ex hinter einem her war. Sie seufzte und drückte ihre Handtasche fester an sich. Sie fühlte die Waffe darin. Sie war vorbereitet, wozu der Stress?

Und dann fiel ihr in der gleichen Sekunde ein, was sie gesehen hatte.

Wenn sie recht hatte, bedeutete das Ärger.

Jede Menge Ärger!

KAPITEL 20

Sie hielten in voller Fahrt auf die Landungsbrücken zu, mussten aber in Höhe des Parkhafens Fahrt herausnehmen. Dort drehten gerade die Schlepper ein riesiges Containerschiff, damit dieses rückwärts in den Waltershofer Hafen bugsiert werden konnte.

»Jonna, sieh mal!« Er zeigte auf den Riesen, der von drei Schleppern mit ihren über 6000 PS ganz langsam herumgedreht wurde. Zwei achtern, einen am Bug. Anschließend würden die Schlepper das Schiff an die Kaimauer drücken – das Anlegemanöver, aber bis dahin wären sie schon in Grafs Hafenbüro.

»Die Schlepper brauchen so viel Kraft, um das Schiff an den Kai zu schieben und zu drücken, als wäre es ein Hochhaus. Mit denen legt man sich besser nicht an!«

In diesem Moment driftete ihr Boot mit einer heftigen Bewegung seitwärts. Tom strauchelte und hielt sich an der Reling fest. Jonna schleuderte gegen ihn und klammerte sich fest.

»Verdammt!«, rief er. »Wenn man einmal nicht aufpasst …« Das Streifenboot vollführte einen heftigen Satz nach vorn und konnte mit dem Heck gerade noch die Kollision mit der Spundwand vermeiden.

»Puh, das war knapp!« Tom grinste Jonna an. »Hat's dir gefallen?«

»Was war das denn?«

»Offenbar hat sich Quetsche ein wenig ablenken lassen und schwups … ist er dem Schraubenwasser der Schlepper zu nahe gekommen.«

»Wir waren doch gar nicht so nah!«

»Die verursachen enorme Wirbel und haben eine heftige Sogwirkung. Die muss man wirklich weiträumig umfahren … nur falls du mal allein unterwegs bist.«

Endlich an den Landungsbrücken angekommen, legte Quetsche hinter der *Louisiana Star* an. Der Schaufelraddampfer ließ ihnen nur wenig Platz, aber Quetsche schaffte es, das Streifenboot direkt vor dem Hafenbüro der Barkassenzentrale Graf festzumachen. Tom sprang auf den Ponton und warf das Auge der Leine über den Poller. Er wollte, dass möglichst viele von Grafs Kollegen mitbekamen, dass die Polizei sich für ihn interessierte. Eine unmissverständliche Nachricht an Christian Graf, die ihn hoffentlich von seinem hohen Ross herunterholen und etwas einschüchtern würde.

Vor Grafs Hafenbüro standen zwei uniformierte Polizisten des PK 14 wie Felsblöcke. Von drinnen hörte Tom wütendes Geschrei.

»Der Schmiermichel!«, empfing ihn Graf barsch, als Tom die beiden Kollegen an der Tür mit einem Nicken begrüßte.

Tom grinste. Er kannte das Wort der Gaunersprache für einen Polizisten und fand die Anrede herrlich altmodisch.

»Haben Sie das eingerührt? Na, besten Dank«, wetterte Graf, verzog den Mund und hielt ihm auffordernd einen Stapel Papiere hin. Eingeschüchtert wirkte er nicht.

»Es ist totaler Blödsinn, dass meine Beförderungsscheine nicht in Ordnung sind!«

Tom antwortete Graf nicht, sondern wandte sich zu Jonna und Van der Waal um, die dicht hinter ihm eingetreten waren. Graf bemerkte sie erst jetzt.

»Ach herrje, Sie! Ich weiß, es tut mir leid, ich habe unsere Verabredung verpasst, mir ist ein dringender Termin dazwischengekommen.«

Wenigstens tat er nicht so, als wisse er von nichts.

Jonna schürzte die Lippen. »Wir nehmen Sie mit aufs Präsidium und …«

»Pah«, unterbrach Graf sie. »Das ist doch nicht Ihr Ernst! Finden Sie das nicht maßlos übertrieben?«

»Wäre es Ihnen lieber, sich von den uniformierten Kollegen in Handfesseln abführen zu lassen?«

Graf warf die Papiere, die er in der Hand hielt, wutentbrannt auf den Schreibtisch und griff nach seiner Jacke.

Van der Waal nahm ihn am Arm und schob ihn aus dem Büro auf den Ponton.

»Na, so schlimm ist es nun auch wieder …« Tom brach ab, als er sah, dass Christian Graf erblasst war und wie angewurzelt stehen blieb.

Graf starrte an ihnen vorbei.

Tom folgte seinem Blick und sah nur ein paar Schritte voraus einen jungen Mann im blauen Kapuzenpullover, der, über das ganze Gesicht strahlend, auf Graf zueilte.

»Was ist denn hier los? Polizei? Wo ist Dominic?«, fragte der Mann.

»Elender Möwenschiet!« Grafs Stimme brach beinahe. »Noah! Du weißt es noch nicht?«

KAPITEL 21

Noah Bonnichsen war kalkweiß im Gesicht. Er hatte das Glas Wasser, das Tom ihm anbot, gegriffen und gierig getrunken.

»Das war ein schlimmer Schock. Es tut mir sehr leid«, sagte Jonna.

Sie hatte sofort geahnt, wer der junge Mann in dem blauen Hoodie, in Jeans und Turnschuhen war, den Graf, mitten auf dem Ponton und von Polizisten umringt, in die Arme geschlossen hatte: Noah Bonnichsen, der letzte Angestellte des Opfers, der aus seinem Urlaub von den Kanarischen Inseln zurückgekehrt und direkt in den Hafen gekommen war. Sie schätzte ihn auf Mitte zwanzig. Zu jung, um sich mit dem gewaltsamen Tod zu konfrontieren, zu unbekümmert, um sich den eigenen Chef tot in der Rechtsmedizin vorzustellen, und zu unerfahren, um sich einen Kollegen als Täter auszumalen.

Graf hatte ihn auf dem Anleger mit der schrecklichen Nachricht überfallen, und während Jonna Christian Graf ins Präsidium fahren ließ, schob sie Noah Bonnichsen auf das Streifenboot.

Sie suchte nach tröstenden Worten und wünschte, Charlotte wäre hier, doch vermutlich gab es keine Sätze, um einen tödlichen Schlag auf den Kopf verstehbar oder erträglicher zu machen.

Wie wenig sie nach all den Jahren in der Mordkommission über den Tod sprechen konnte, über den emotionalen Anteil dabei, den Verlust, den er für die Angehörigen bedeutete. Den Schmerz, den sie aushalten und mit dem sie weiterleben mussten. Sie hatte in ihrer polizeilichen Ermittlungstätigkeit gelernt, technisch über den Tod zu reden, Verletzungen zu benennen und Spuren zu sichten. Das schaffte die nötige Distanz, um die Gewalt zu ertragen, die Menschen einander antaten. Es war wichtig, sich nicht in die eigenen Gefühle fallen zu lassen, damit man handlungsfähig blieb. Doch nicht immer ließ sich die Konfrontation mit der Reaktion der Angehörigen verhindern. Und Noah Bonnichsen war tief betroffen.

»Dominic erschlagen? Von einem Kollegen?«

»Wer Ihren Chef getötet hat, wissen wir noch nicht«, erwiderte Jonna.

»Sie haben Christian verhaftet, oder nicht?«

»Herr Bonnichsen, können Sie mir ein paar Fragen beantworten?«

Jonna überlegte, wie sie am besten anfangen sollte. Sie sah aus dem Fenster, wie Touristen sich gegen den Wind stemmten und versuchten, in die Kabine des Streifenbootes zu sehen. »Gab es in der letzten Zeit irgendwas Auffälliges an Dominic Lutteroth oder irgendwelche Zwischenfälle?«

Bonnichsen schüttelte sofort den Kopf.

»Denken Sie bitte darüber nach. Jede Kleinigkeit hilft.«

»Dominic war ein anständiger Chef! Er war absolut fair, immer gut gelaunt, hat seine Probleme nicht mit an Bord gebracht.«

»Welchen Stress gab es denn?«

Bonnichsen sah betreten zu Boden. »Er hat sich nicht mit Christian Graf verstanden. Das war kein Geheimnis. Seit der Corona-Scheiße war Ebbe in der Kasse. Er hat zwei Leute entlassen, ein Boot stillgelegt. Ich hab mich auch schon ein bisschen anderweitig umgesehen.« Er räusperte sich. »Er hatte immer öfter Probleme, mich zu bezahlen, und auf Dauer will ich den Job nicht machen.«

»Hat er Ihnen Lohn geschuldet?«

»Manchmal war er im Rückstand, aber dann hat er mir nach

ein paar Tagen das Geld in die Hand gedrückt, damit ich nicht länger warten musste.«

»In bar?«

Bonnichsen zuckte mit den Schultern.

»Woher kam das Geld?«

»Keine Ahnung. Ich … ich will nicht spekulieren.«

Jonna sagte nichts darauf. Natürlich lag ihr ein *Aber* auf den Lippen, doch manchmal war Schweigen die bessere Frage. Sie sah Bonnichsen an, dass er mit sich rang, sich offenbar fragte, ob er preisgeben solle, was ihm durch den Kopf ging. Sie ließ die Stille noch einen Moment anhalten.

»Ich hatte den Verdacht, dass er, na ja, er hat mir manchmal freigegeben, obwohl die *Rike* abends nach Dienstschluss noch nicht klargemacht war. Das ist ja eigentlich nett, aber dann ist mir aufgefallen, dass er nachts mit dem Schiff unterwegs gewesen sein musste, denn es fehlte Diesel.« Er faltete resigniert die Hände im Schoß. »Dafür gibt's bestimmt eine einfache Erklärung.«

»Wie oft ist das vorgekommen?«

Bonnichsen ruderte hilflos mit der Hand in der Luft.

Tom mischte sich ein. »Es ist im Hafengebiet Vorschrift, nachts zu zweit an Bord zu sein. Haben Sie irgendeine Idee, wohin Ihr Chef gefahren ist?«

»Nee. Wirklich nicht. Ich will auch nicht schlecht über meinen Chef reden, das hat er nicht verdient. Ich hab ihn nie gefragt. Geht mich ja auch nichts an.«

Jonna dachte nach. Ganz so einfach war es nicht. Bonnichsen hatte weggesehen, obwohl er wusste, dass hier etwas in Gange war. Was hatte Lutteroth nachts allein im Hafen getan? Wen hatte er getroffen? Sie warf Tom einen langen Blick zu. Hoffentlich verstand er, dass dies die Aufforderung war, sich Gedanken zu machen. Er war ihr Spurenleser im Hafen.

»Drogen?«

»Der Chef und Drogen?« Bonnichsen lachte auf. »Da kennen Sie Dominic schlecht. Der hat sich sogar vegetarisch ernährt. Jedenfalls seit er mit Isabell zusammen war. Der war …«

»Eine Affäre?«, sprach Jonna einen weiteren Gedanken aus.

»Never. Der stand zu Hause voll unter dem Pantoffel und hat seiner Isabell rote Rosen gestreut, so sehr hat er die geliebt. Nee, ehrlich, ich hätte gar nichts sagen sollen.«

Sie drehten sich noch eine Zeit lang im Kreis, denn egal, von welcher Seite Jonna versuchte, die nächtlichen Fahrten zu beleuchten, Noah Bonnichsen wusste nichts. Oder verbarg es geschickt.

»Bitte halten Sie sich zu meiner Verfügung, falls ich noch Fragen habe.« Sie gab ihm ihre Visitenkarte.

Nachdem Bonnichsen gegangen war, saß Tom ihr schweigend gegenüber. Es war ein angenehmes Schweigen, eine gemeinsame Stille.

Sie versuchte, sich einen Reim auf das Gehörte zu machen. Das immer wiederkehrende Puzzle einer Mordermittlung. Jemand musste entscheiden, in welcher Reihenfolge die vielen Spuren und Hinweise abgearbeitet werden sollten. Die vielversprechenden nach oben und zuerst, die vagen und unwahrscheinlichen nach unten und zuletzt. Wenn man sich dabei irrte, ging wertvolle Zeit verloren, und es wurden Anhaltspunkte vernichtet. Das hatte schon manche Ermittlung im Sande verlaufen lassen.

Dominic Lutteroth hatte also ein Geheimnis, und Jonna kribbelte die Haut, weil sie ahnte, dass diese nächtlichen Fahrten ein wichtiger Schlüssel zu der Tat sein könnten. Was, wenn er eine heimliche Geliebte hatte? Aber fuhr man mit dem Boot zu einem Date? Verdammt umständlich. Und außerdem hatte Bonnichsen ja gerade erzählt, dass er seine Frau auf Händen getragen habe. Wenn er allerdings in Drogengeschäfte verwickelt gewesen war, erklärte das sein Bargeldreservoir. Und wenn er sich mit den falschen Leuten eingelassen hatte? Das war sicher eine vielversprechende Spur, die ganz nach oben auf die Agenda gehörte.

»Feierabend?«, fragte Tom in die Stille.

»Tja, daraus wird noch nichts. Graf wartet im Präsidium.«

»Ruf mich an, wenn du fertig bist, wir könnten etwas essen gehen? In der Zwischenzeit kümmere ich mich um die nächtlichen Touren der *Rike*. Da stimmt was nicht.«

Jonna nickte. »Finde heraus, wohin Lutteroth gefahren ist. Denk an das, woran andere nicht denken!«

KAPITEL 22

Wieder riss Isabell Lutteroth die Tür auf, und ihr Lächeln gefror schneller, als eine Ampel umsprang. Dieser Gesichtsausdruck stand eindeutig auf Rot.

»Es ist noch eine letzte Frage aufgekommen«, sagte Charlotte.

Die Witwe ließ sie mit einem müden Seufzer eintreten. »Können wir es hinter uns bringen? Mein Mann ist tot, mein Leben zerstört, und ich habe keine Kraft mehr.«

Charlotte fühlte die Aura der Trauer, die diese Frau umgab, und umso schwieriger fiel es ihr, Jonnas Frage zu stellen.

»Die ermittelnde Beamtin der Mordkommission möchte wissen, ob es denkbar ist, dass Ihr Mann eine Affäre hatte.«

Bombe platziert, Detonation abwarten und die Schäden protokollieren, dachte Charlotte.

Die Stille breitete sich im Flur aus wie der Backdraft eines Feuers nach einer Explosion.

»Sind Sie verrückt geworden?« Isabell Lutteroths Augen weiteten sich ungläubig. »Mein Mann hatte keine Affäre«, rief sie und schlug mit der Faust kraftlos gegen die Wand. »Was bildet sich diese Tante vom LKA ein? Wie kommt sie darauf?«

Die Reaktion war echt. Diesen Schmerz in den Augen konnte niemand spielen. Charlotte kam nicht dazu, sich zu entschuldigen, denn Dominic Lutteroths Frau legte nach.

»Ich habe vor zwei Tagen meinen Mann verloren, und sofort fangen Sie an, schlecht über ihn zu reden? Das ist widerwärtig! Das lese ich dann morgen in der Tageszeitung, ja?«

»Niemand gibt irgendetwas an die Presse. Ihr Mann war nachts mit der Barkasse im Hafen unterwegs, und meine Kollegin …«

»Dominic war mir immer treu. Wer das Gegenteil behauptet, hat keine Ahnung!«

»Ich hab's verstanden. Ich muss Sie noch …«

»Mami?«

Fenjas Stimme drang aus der Küche.

Ihre Mutter drehte sich erschrocken um. »Ich komme gleich, Liebling, alles in Ordnung«, rief sie in die Wohnung. »Finden Sie lieber heraus, wer meinem Mann das angetan hat. Was ist mit Christian Graf? Hat er gestanden? Er hatte schon immer was gegen Dominic. Dagegen, dass wir glücklich sind.«

»Warum sollte Herr Graf denn …«

»Weil ich mal kurz mit ihm zusammen war. Wir hatten … Er gönnt mir mein Glück mit Dominic nicht. Er ist eifersüchtig.«

Charlotte prallte innerlich zurück. Damit hatte sie nicht gerechnet. Andererseits erklärte es, warum die Witwe Christian Graf immer wieder ins Spiel brachte. Sie waren also einmal ein Paar gewesen. Pikant. Sie atmete tief durch.

»Wusste Ihr Mann davon?«

»Wozu? Es war vor seiner Zeit.«

Isabell Lutteroth trat zur Wohnungstür und öffnete sie. Der zweite Rauswurf heute Abend. Charlotte blieb nur die Flucht nach vorn. Sie musste ihrer Beobachtung beim vorigen Besuch nachgehen. Die Möglichkeit ging ihr nicht aus dem Kopf.

»Sie sind nicht allein in der Wohnung, stimmt's? Wo ist er? In der Küche bei Ihrer Tochter?« Charlotte bluffte. Sie war sich nicht halb so sicher, wie sie auftrat, aber jetzt gab es kein Zurück mehr.

Die angespannte Stille fühlte sich wie ein Ringkampf an. Wer würde zuerst aufgeben?

»Er wird von der Polizei per Haftbefehl gesucht. Sie machen sich strafbar, wenn Sie ihn verstecken.«

Charlotte spürte noch den Luftzug, wollte sich umdrehen, aber wie aus dem Nichts legte sich ein Arm um ihren Hals und zog sie mit einem Ruck nach hinten.

Isabell Lutteroth schlug entgeistert die Hand vor den Mund.

Der Angreifer zog Charlotte tiefer in den Flur hinein. »Tür zu!«, bellte er.

»Hör auf damit! Sofort!«, quiekte die Witwe.

Charlotte schmeckte Blut im Mund. *Jonna weiß, wo ich bin.* Der Gedanke streifte sie in dem Moment, in dem der Angreifer stehen blieb.

Das war sein Fehler.

Charlotte lehnte sich nach vorn, um dann mit Wucht ihren Kopf nach hinten zu katapultieren.

Ihr Schädel schlug dem Angreifer ins Gesicht. Mit Glück hatte sie seine Nase getroffen.

Der Mann stöhnte auf.

Der Druck auf ihren Hals ließ nach.

Charlotte wand sich mit einer ruckartigen Bewegung aus dem Klammergriff.

Sie trat dem Kerl rückwärts ins Schienbein, machte einen Satz nach vorn und drehte sich in Angriffshaltung.

Ein alter Mann krümmte sich vor Schmerzen und hielt sich seine Nase, aus der Blut floss.

Charlotte sprang auf ihn zu und griff ihn mit einer schnellen Kombination von Schlägen an. Ihr Stoß mit dem Ellbogen traf genau seinen Vitalpunkt mitten im Gesicht.

Der Mann krachte wie ein gefällter Baum zu Boden.

Isabell Lutteroth schob Charlotte beiseite und warf sich auf den Mann, der ohnmächtig auf den Fliesen lag.

»Hans, Hans, wach auf!« Sie drehte ihn um. »Was haben Sie getan? Sie haben ihn bewusstlos geschlagen. Seine Nase … Er ist doch nur ein alter Narr.«

Das war also Hans Kruger? Charlotte stützte sich mit den Händen auf den Knien ab, um zu Atem zu kommen. Sie hatte recht gehabt mit ihrer Vermutung, dass noch jemand in der Wohnung war, aber es fühlte sich falsch an. Warum war der alte Mann auf sie losgegangen? Und warum hatte Charlotte so überreagiert? Sie hatte ihn wirklich bewusstlos geschlagen, das war nicht nötig gewesen, sie hätte ihn auch so in den Schwitzkasten bekommen. Verlor sie die Kontrolle? »Der wacht gleich wieder auf«, versuchte sie, sich selbst zu beruhigen.

Isabell Lutteroth legte Krugers Kopf in ihren Schoß.

»Sie sind total auf dem Holzweg! Hans hat furchtbare Angst vor Ihnen, deshalb …«

Charlotte sah, dass Fenja in der offenen Küchentür stand. Wie lange sie schon zuschaute, wusste sie nicht, aber die Kleine hatte die Augen aufgerissen und weinte, ohne einen Laut von sich zu geben.

Scheiße, dachte Charlotte, ihr war die Situation außer Kontrolle geraten. Warum hatte sie keine Verstärkung gerufen? Weil sie immer alles allein machen wollte. Bloß keine Hilfe annehmen und sich schwach fühlen. So ein verdammter Mist. Ein Defizit, das sie lange überwunden geglaubt hatte. Stattdessen hatte sie einen alten Mann zusammengeschlagen und ein Kleinkind verängstigt. Ganz toll, Charlotte, mega. Bring das sofort in Ordnung!

»Es ist alles gut, Fenja, du brauchst keine Angst zu haben«, murmelte sie halbherzig und glaubte nicht einmal selber daran.

Eine Stunde später war Ruhe in der Wohnung im Schanzenweg eingekehrt. Kruger war nach einer Minute wieder aufgewacht, und Isabell Lutteroth hatte sich um das Nasenbluten gekümmert. Charlotte hatte versucht, Fenja zu trösten, und die Kollegen alarmiert.

Charlotte musste der Witwe widerwillig recht geben. Ein alter Narr. Ein übergewichtiger Skipper, der die Kontrolle über sein Leben verloren hatte und einem Haftbefehl entgehen wollte.

Das war jetzt Jonnas Problem. Charlotte hatte im Präsidium die Hospitantin Emma erreicht, der sie die Ankunft von Kruger per Streifenwagen ankündigte, und die versprach, sich sofort auf den Weg zum Erkennungsdienst zu machen, um ihn dort in Empfang zu nehmen.

Fenja schlief, und ihre Mutter hatte frischen Tee gekocht. Bevor sich Charlotte auf den Heimweg machte, wollte sie hören, was sie zu sagen hatte.

»Woher wussten Sie, dass Hans bei mir ist?«, flüsterte sie erschöpft.

»Der Schlüssel auf der Kommode im Flur.«

Es hätte Charlotte viel schneller auffallen müssen. Ein Schlüssel steckte in der Haustür, in der Küchentür, und selbst in der Tür zum Wohnzimmer hatte sie einen stecken sehen. Warum hatte dann ein einsamer Schlüssel auf der Kommode im Flur gelegen? Einer, der komisch gebogen war, definitiv zu keiner Tür gehörte und dann plötzlich nicht mehr da war, als sie mit Fenja im Flur sprach. Sie war sich sicher, ihn gesehen zu haben, als sie angekommen war. Neben den ungeöffneten Briefen an Dominic Lutteroth. Der Schlüssel mit dem unhandlichen Ball aus Kork als Anhänger.

Sperrig … aber sicher.

»Der Schlüssel?«

»Der kleine Ball aus Kork, damit er nicht untergeht. Der Barkassenschlüssel … und die Teebecher.«

Die Becher hatten schon auf dem Tisch gestanden, so als erwarte Isabell Lutteroth jemanden zum Teetrinken. Nur nicht Charlotte. Sie wusste ja nicht, dass sie im Anmarsch war.

Ihr hübsches Gesicht fiel in sich zusammen wie ein Luftballon, aus dem das Gas entwichen war. Sie sah plötzlich alt und verhärmt aus.

»Bekomme ich Ärger mit der Polizei, weil er bei mir untergeschlüpft ist?«

Charlotte wimmelte die Frage ab. »Das müssen Sie mit der Mordkommission besprechen.«

»Ich habe ihn gebeten, zur Polizei zu gehen. Aber der Feigling hat sich nicht getraut. Er hat solche Angst vor der Polizei, davor, zu Unrecht beschuldigt zu werden. Gerade bevor Sie geklingelt haben, waren wir endlich so weit, dass er eingewilligt hat und wir zu Ihnen fahren wollten, um alles zu erzählen. Von dem Deal mit Christian Graf und dem Streit, den er deswegen mit Dominic hatte. Fragen Sie Janetta, sie wird es Ihnen bestätigen, sie sollte auf Fenja aufpassen. Wir waren praktisch schon auf dem Weg zum Präsidium, da sind Sie dazwischengekommen.«

»Seit wann war Hans Kruger bei Ihnen?« Charlotte nahm einen Schluck von dem heißen Tee und bereute es sofort. Sie hatte sich auf die Lippe gebissen, und die heiße Flüssigkeit brannte furchtbar. Sie stellte den Becher ab.

»In der Nacht von Dominics Tod. Die Polizei war weg, und ich dachte, er käme, um mich zu trösten. Hat er ja auch, aber …« Sie stockte. »Er war nachmittags schon mal da gewesen. Er hat mir leidgetan, wissen Sie. Hans würde alles für uns tun.« Sie sah Charlotte an und bettelte um Verständnis.

»Er ist über dreißig Jahre älter, oder?«

Isabell Lutteroth nickte. »Ich kann den langjährigen Freund meines Mannes nicht vor der Tür stehen lassen. Er ist immer lieb und nett …« Sie trank einen Schluck Tee.

»Und weiter? Was war an dem Nachmittag?«, fragte Charlotte.

»Er kam zu mir, um mir von seinem Geschäft mit Christian Graf zu berichten. Er war auf dem Weg zum Notar und hatte ein schlechtes Gewissen wegen des Deals. Er wollte meinen Segen. So ist er. Er tut keiner Fliege was zuleide.«

Na ja, da hatte Charlotte eben gerade eine andere Erfahrung gemacht.

»Er hat fast geweint, als er mir gebeichtet hat, dass er sich mit Dominic gestritten habe. Sie haben sich richtig geprügelt, aber auch wieder vertragen. Dominic hat eingesehen, dass Hans keine Kraft mehr für das Geschäft hat. Er ist fertig mit allem. Corona hat alle seine Ersparnisse aufgezehrt. Er ist pleite, er braucht den Deal mit Graf.«

Ihre Augen glitzerten feucht.

»Dominic hätte ihm nie böse sein können. Hans war wie ein Ziehvater für ihn. Das bisschen Schubsen. Mein Gott, Dominic war ein Bär, und Hans? Selbst eine Frau gewinnt gegen ihn, das haben Sie gerade vorgeführt. Er ist doch nur ein verwirrter alter Mann!«

Erste Tränen rollten über ihre Wangen.

»Hans wollte den Vertrag mit Christian Graf nicht unterschreiben, ohne unser Einverständnis zu haben. Er ist ein lieber Narr. Er ist dann noch zum Notar gefahren, um sich dort mit Graf zu treffen.«

Charlotte seufzte. Ein Narr war er sicher, vielleicht auch lieb, aber vor allem ein Idiot. Wenn er das nur früher erzählt hätte …

»Ich muss los.« Sie merkte selbst, wie harsch und distanziert sie klang. Sie tat der Witwe unrecht. Sie konnte nichts dafür, dass die Männer um sie herum ihr Leben nicht im Griff hatten, sich in sie verliebten und dumme Entscheidungen trafen.

Am meisten ärgerte sie sich aber über sich selbst. Wie sollte sie ihrer Tochter die eingerissene und geschwollene Lippe erklären? Sie hätte auf Verstärkung warten müssen, als sie Verdacht geschöpft hatte – bevor sie angetreten war, die Welt zu retten.

KAPITEL 23

Jonna öffnete das Fenster, um die abendliche Kühle ins Verhörzimmer zu lassen. Im Raum roch es nach abgestandener Luft, und der Kontrast zum frischen Wind, der im Hafen ordentlich gepustet hatte, hätte nicht größer sein können. Eine leichte Brise, hatte Tom den heftigen Wind genannt, der an ihren Haaren gezerrt hatte. Sie schmunzelte. Es war alles eine Frage des Maßstabs.

Und an Kruger und Graf legte sie ab sofort einen kriminellen Maßstab an.

Nachdem sie die Nachricht von Krugers Verhaftung erreicht hatte, war sie ins Präsidium zurückgedonnert. Sie und Daan hatten sich eine Gesprächsstrategie zurechtgelegt und sich auf parallele Verhöre von Graf und Kruger geeinigt. Jonna hatte es satt, sich von den beiden Skippern belügen zu lassen.

Ihr Schnellhefter lag auf dem Tisch, Tablet und Handy hatte sie demonstrativ danebengelegt. Sollte Kruger ruhig ins Schwitzen kommen, wenn sie zwischendurch mit Daan Nachrichten austauschte.

»Waren Sie die ganze Zeit bei Frau Lutteroth?« Jonna hatte die Überraschung, die ihr Charlotte bereitet hatte, noch immer nicht verdaut. Sie hatte nicht persönlich mit ihr gesprochen, aber erfahren, dass Kruger sie angegriffen hatte. Was die Aktion sollte, blieb ein Rätsel. Er war wohl in Panik geraten, als Charlotte die Witwe unter Druck gesetzt hatte.

Kruger vermied konsequent den Augenkontakt mit Jonna und hatte, außer den Angaben zu seiner Person, bisher zu allen Fragen geschwiegen. Er sah noch kläglicher aus als in der Nacht vor zwei Tagen auf dem Streifenboot, und das lag nicht an seiner geschwollenen Nase. Die Schuld perlte aus Krugers Poren wie der Schweiß auf seiner Halbglatze.

Kruger war ein alter Mann, dem die Felle davonschwammen. Finanziell stand er vor dem Ruin, wenn Christian Graf ihm nicht aus der Patsche half, und sein Freund Dominic war tot.

»Wir haben ein Überwachungsvideo der Fischbude an der Brücke 10. Darauf sind Sie und Dominic Lutteroth in einem heftigen Streit zu sehen.« Jonna klappte das Tablet auf und spielte die Aufnahme ab. Dann drehte sie das Gerät zu Kruger um, der einen hastigen Blick darauf warf. Natürlich, er erkannte die Szene sofort.

»Worum ging es bei diesem Streit?«

Kruger holte tief Luft, als wolle er Anlauf nehmen, etwas zu sagen, aber offenbar verließ ihn der Mut. Kein Wort kam aus seinem Mund.

Jonna blieb geduldig, der Mann stand so unter Druck, dass er sein Schweigen nicht ewig aufrechterhalten konnte. Sie hatte Zeit. Zur Not die ganze Nacht.

»Wir wissen von Ihrem Plan, Ihre Barkassen an Christian Graf zu verkaufen. Das hat Herrn Lutteroth nicht gefallen, oder?« Sie legte so viel Verständnis in ihre Stimme, wie es ihr möglich war. »Ich verstehe ja, dass Sie am Abend des Todes von Herrn Lutteroth durch den Wind waren, aber Sie haben mich angelogen und mir Informationen verschwiegen.«

Kruger hob den Kopf. »Ich hab nicht gelogen. Ich stand unter Schock, nech!«

Jonna nickte. »Sie haben gesagt, Sie hätten keine Ahnung, wer von Lutteroths Tod profitiert. Dabei spielt Ihnen das Ableben Ihres Freundes in die Karten. Zumindest kann er Sie nicht mehr davon abhalten, Ihre finanzielle Zukunft abzusichern.«

»Dominic hat mir keine Steine in den Weg gelegt«, flüsterte Kruger.

»Wenn Sie mit seinem erklärten Feind Geschäfte machen? Ach,

kommen Sie, das glaubt Ihnen kein Mensch. Wenn Sie sich nicht deswegen gestritten haben, weswegen dann?«

Sie erhielt keine Antwort.

»Ich sehe das so: Sie sind in finanziellen Schwierigkeiten und wollen sich sanieren. Graf ist der einfachste Weg, aber ein Feind Ihres Freundes Lutteroth. Sie bekommen ein schlechtes Gewissen und erzählen es ihm, oder er hat es selbst herausgefunden. Es kommt zum Streit, weil Lutteroth es nicht witzig findet, dass Sie diesen Deal ausgerechnet mit Christian Graf machen. Sie prügeln sich. Lutteroth bleibt stur und kündigt an, Ihnen so viel Steine in den Weg zu legen, wie er nur finden kann. Wie haben Sie den Nachmittag verbracht? Im Büro gesessen und nach einem neuen Weg gesucht? Und als Ihnen keiner einfiel, sind Sie ihm nach? Der Streit eskaliert. Diesmal landen Sie einen Treffer. Vielleicht wollten Sie es nicht, aber Lutteroth bricht zusammen, und Sie lassen ihn liegen. Am Abend halten Sie es nicht mehr aus und schauen nach. Sie betreten die Barkasse und finden den Toten. Sie sind geschockt. Sie rufen die Rettung an, lassen sich von mir befragen und verschwinden. Warum ausgerechnet zu Dominic Lutteroths Frau?«

Jonna machte eine Pause, um Kruger Gelegenheit zu geben, ihre Behauptungen zu korrigieren. Er schwieg.

»Haben Sie die Witwe getröstet?«

»Lassen Sie Isabell aus dem Spiel«, schnappte Kruger empört und rieb sich über das Gesicht.

»Sie haben ein Motiv, die Gelegenheit zur Tat, kein Alibi, und Sie flüchten. Was würden Sie an meiner Stelle denken?«

Krugers Kinnlade klappte herunter, und er sah Jonna mit einem verzweifelten Ausdruck an, doch es kam kein Wort aus seinem Mund.

Dafür leuchtete Jonnas Display auf. Van der Waal hatte eine Nachricht gesandt. Sie öffnete die WhatsApp und konnte nicht fassen, was sie las.

»Ich lasse Ihnen ein paar Minuten Zeit, sich zu berappeln. Wenn ich wiederkomme, erwarte ich Antworten.«

Jonna schob den Stuhl zurück und griff nach ihrem Handy. Die Akte und das Tablet ließ sie liegen. Kruger traute sich sicher nicht, in den Hefter zu sehen. Und wenn doch, war nichts darin, was sie ihm nicht schon vorgehalten hatte.

Van der Waal sprach mit Christian Graf im Zimmer direkt gegenüber. Jonna klopfte und trat ein, ohne eine Antwort abzuwarten.

Auch in diesem Raum war die Luft stickig. Graf saß Van der Waal seitlich zugewandt. Er hatte seinen Kopf auf eine Hand gestützt, als langweile er sich.

Daan übernahm das Wort.

»Herr Graf hat uns soeben ein neues Alibi vorgelegt. Die Lüge mit der Tour um fünfzehn Uhr, die er angeblich gefahren ist, war eine Ausrede, um uns hinzuhalten.« Er verzog spöttisch den Mund. »Inzwischen ist Herrn Graf eingefallen, dass er zwischen vierzehn und siebzehn Uhr bei seinem Rechtsanwalt und Notar war, um die Papiere zum Barkassenkauf der Firma Hans Kruger unterschriftsreif zu machen.«

Jonna verzog trotz Grafs süffisantem Grinsen keine Miene. »Sie haben ausgesagt, Hans Kruger nicht weiter zu kennen.«

Graf zuckte mit den Schultern. »Unser Geschäft war noch nicht unter Dach und Fach, da plaudere ich nicht alles aus.«

Daan seufzte. »Kruger kam angeblich zu spät, und dann stellte sich heraus, dass eine Bescheinigung fehlte, und die Unterschrift wurde auf zwei Tage später verschoben.«

»Um welche Uhrzeit kam Herr Kruger zu dem Termin dazu?«, fragte Jonna.

Graf verzog entschuldigend den Mund. »Das weiß ich nicht mehr ganz genau. Vielleicht so gegen halb vier. Vier?«

Es macht ihm überhaupt nichts aus, seinen Kollegen ans Messer zu liefern, dachte sie. Oder es war ihm nicht klar, dass er nur sich selbst ein Alibi gab und Kruger auflaufen ließ.

»Wir haben das Alibi überprüft und mit dem Notar gesprochen. Der bestätigt die Angaben von Herrn Graf«, warf Daan ein.

Jonna überlegte. Wenn Graf ein felsenfestes Alibi hatte, rückte Kruger in den Fokus. Der hatte definitiv kein Alibi mehr. »Wir besprechen das mit dem Staatsanwalt, und bis der entscheidet, ob wir Sie in Gewahrsam behalten oder nicht, haben Sie doch sicher kein Problem, uns eine DNA-Probe zu geben, damit wir das mit den Spuren am Tatort abgleichen, oder?«

Graf stöhnte genervt auf. »Wann glauben Sie mir, dass ich mit dem Tod von Lutteroth nichts zu schaffen habe?«

Jonna schüttelte den Kopf und wollte ihm eine scharfe Antwort geben, als Daan auf seinem Stuhl nach vorne rückte und ihre Aufmerksamkeit auf sich zog. Er öffnete den Mund, als wolle er etwas sagen, doch überlegte es sich anders. Trotzdem beruhigte sie dieser kurze Blickkontakt mit Daan. Es war die Sache nicht wert, sich über einen überheblichen Skipper zu ärgern.

»Wenn das so eindeutig ist, warum sind Sie dann heute Morgen nicht zum Termin erschienen?«, fragte sie mit neuer Ruhe.

Graf presste die Lippen zusammen. »Ich war beim Notar und habe den Deal mit Kruger platzen lassen. Jetzt, wo Lutteroth tot ist, komme ich den Erben lieber nicht ins Gehege.«

»Mit Erben meinen Sie die Witwe?«

Graf biss sich auf die Lippen. Dann brach es aus ihm heraus. »Kruger weiß noch nicht, dass ich mein Kaufangebot zurückziehe.«

Jonna nickte Daan zu und verließ den Raum. Im Flur schrieb sie Daan eine kurze Notiz, dass er sich ruhig Zeit lassen möge und Graf so lange wie möglich aufhalten solle. Wer weiß, was Kruger auspackt – wenn er denn redet, dachte sie.

Sie streckte sich, atmete tief durch und tastete nach der Klinke zu ihrem Verhörzimmer, als sie Emma aus den Augenwinkeln winken sah.

»Na, hast du was für mich?«, fragte sie.

»Gut, dass ich dich erwische. Charlotte Severin hat mehrere Male angerufen. Sie bittet dringend um Rückruf. Eine Info hat sie für dich vorab gegeben.«

Sie hielt Jonna einen Zettel hin, auf dem in einer kindlichen Handschrift ein paar Zeilen geschrieben waren.

»Du hattest sie gebeten, die Witwe zu fragen, ob Lutteroth eine Affäre hatte, weil er nachts allein mit dem Boot unterwegs war?«

Jonna nickte. Eine der Möglichkeiten, die sie abklären musste, nach dem, was ihr Noah Bonnichsen berichtet hatte. Vielleicht gab es eine harmlose Erklärung, vielleicht nicht.

»Halt dich fest: Charlotte hat aus der Witwe herausgekitzelt, dass nicht *er* eine Affäre hatte, sondern *sie*. Angeblich nur kurz … es sei direkt am Anfang ihrer Beziehung zu ihrem Mann gewesen.« Sie machte eine Kunstpause. »Rate, mit wem.«

Jonna spürte, dass sie ungeduldig wurde. Sie brauchte die Informationen ohne Rätselraten.

Emma wies mit dem Finger auf den Verhörraum, in dem Van der Waal saß. »Mit Christian Graf. Sie ist voll stinkig auf den. Charlotte sagt, sie habe den Eindruck, dass Isabell Lutteroth ihn deshalb so attackiert.«

Jonna stockte für einen Moment der Atem. Graf hatte schon wieder gelogen! Er hatte behauptet, er kenne die Witwe nicht. Sie erinnerte sich noch genau, weil er so ein altmodisches Wort benutzt hatte. *Gar nicht gut, wahrlich nicht.* Der Mann log, wenn er den Mund aufmachte. Sie holte tief Luft und presste hervor: »Hat die Witwe ein Alibi? Sie ist ganz schön verstrickt mit den Hafenleuten.«

Emma runzelte die Stirn. »Sie war zu Hause und hatte Besuch von ihrer Nachbarin. Janetta irgendwie.«

»Sag mal, was ganz anderes: Hast du den Anwalt für den Asiaten erreicht?«

Emma nickte eifrig. »Er hat sich mit Händen und Füßen gewehrt, vor allem, als er hörte, dass er pro bono arbeiten soll. Aber was immer er als Gefallen bei dir offen hatte, es hat gewirkt. Er meinte, ich soll dir ausrichten, dass ihr damit quitt seid und du seine Telefonnummer löschen sollst.«

Jonna seufzte. Schade, er war ein tüchtiger Anwalt. Aber der Asiate brauchte ihn dringender als sie.

»Hast du Meyfahrt gesehen?«

Emma verzog den Mund. »Die hat schon Feierabend gemacht.«

»Danke dir!« Jonna nickte, drehte sich um und öffnete die Tür zu dem Raum, den sie vor wenigen Minuten verlassen hatte.

Daan sah sie erstaunt an.

»Eine Frage habe ich noch.« Jonna schloss die Tür hinter sich. »Warum wollten Sie nicht mit Isabell Lutteroth verhandeln? Sie hätten doch Lutteroths Barkassen gleich mitkaufen können? Eine gute Gelegenheit, alles billig abzusahnen.«

Graf musterte Jonna, als dächte er ernsthaft über ihre Worte nach.

»Ich hab tatsächlich mit dem Gedanken gespielt.«

»Wollten Sie keine Verhandlungen mit Ihrer Geliebten führen?« Sie setzte sich auf die Tischkante und beugte sich zu Graf hinunter. »Sie haben mich schon wieder angelogen. Sie haben gesagt, Sie würden Isabell Lutteroth nicht kennen.«

Daan hatte sich auf seinem Stuhl zurückgelehnt und die Arme vor der Brust verschränkt.

»Sie haben gefragt, ob ich Frau Lutteroth kenne, und ich habe wahrheitsgemäß gesagt, dass ich sie nicht *gut* kenne, gar nicht gut. Im Gegenteil, ich habe mich sehr in dieser Frau getäuscht. Es war unerträglich mit ihr, und sie hat ein Riesentheater gemacht, als ich mich nach wenigen Wochen wieder von ihr getrennt habe.«

»Sie vögeln die Frau Ihres Kollegen. Wollten Sie Ihren Konkurrenten loswerden? Ein hübsches Motiv, nicht wahr?«

»Nee, umgekehrt wird ein Schuh draus. Mir tat Dominic leid. Die Frau ist heiß, aber bannig bekloppt.«

»Sie scheint Sie auch nicht besonders zu mögen, so, wie sie Sie beschuldigt.«

»Wundert mich nicht, ich habe damals einen teuren Ring zurückgefordert, den ich ihr in einem Anflug von Verliebtheit geschenkt hatte. Sie hat mir eine Szene gemacht und auf mich eingeschlagen, das Biest. Nee, ich bin froh, dass ich die los bin und nix mehr mit ihr zu schaffen habe.«

Jonna stieß sich vom Tisch ab und verließ grußlos den Raum.

Bei Kruger angekommen, hatte sie keine Lust mehr auf Spielchen.

»Was passiert, wenn Sie Ihre Barkassen nicht an Christian Graf verkaufen?«

Kruger hob den Kopf. Er wirkte ruhiger.

»We hebt en neuen Notartermin.«

»Christian Graf sagte mir …«, sie zeigte auf die Tür, »… dass er beim Notar war, um den Deal platzen zu lassen.«

Kruger keuchte auf. Diese Hiobsbotschaft war neu für ihn. »Dat stimmt nich …«

»Er hatte eine Affäre mit Isabell Lutteroth und will nichts mehr mit ihr und ihren Geschäftspartnern zu tun haben. Hätten Sie das gedacht?«

Kruger wurde blass und hielt sich mit der Hand an der Tischkante fest.

»Dat is nicht wahr. Isabell hätte Dominic nie betrogen.«

»Tja, man soll niemals nie sagen.« Sie setzte sich ihm gegenüber. »Herr Kruger, wir wissen von nächtlichen Touren, die Dominic ohne Gäste unternommen hat.«

Kruger sah auf. Er war sichtlich überrascht.

»Nächtliche Touren?«

»Sie haben mich schon verstanden!«

Kruger wand sich auf seinem Stuhl und murmelte etwas.

»Wie bitte? Ich habe Sie *nicht* verstanden.«

»Ik bruuk Geld. Dominic auch. Er hat jemandem geholfen, ein paar Kisten durch den Hafen zu schippern.«

»Was für Kisten? Was war da drin? Für wen?« Jonna lehnte sich vor.

Kruger schüttelte den Kopf, suchte nach Worten, sah rechts an ihr vorbei.

»Große Alukisten … mehr weet ik nich.«

»Ach kommen Sie, reden Sie endlich!«

»Ich habe die nur leer gesehen, keene Ahnung, war Holzwolle drin.«

»Weiter?«

Kruger lehnte sich zurück. »Ik heff nix mehr zu sagen. Ich spreche nur noch mit meinem Anwalt.«

In seiner Stimme hörte Jonna Angst.

»Sie haben das Recht auf einen Anwalt. Aber ich sage Ihnen, das wird verdammt eng für Sie. Über die Motive, Alibis und Gelegenheiten haben wir gesprochen. Jetzt machen wir mit der Spurenanalyse den Sack zu, und da hilft Ihnen auch kein Anwalt mehr.« Sie griff nach dem Aktendeckel und dem Tablet. »Hans Kruger, Sie sind vorläufig festgenommen, Sie werden dem Erkennungsdienst zugeführt und dann in einer Zelle hier im Präsidium übernachten.«

KAPITEL 24

Seit Tom mit dem Boot von den Landungsbrücken zurück war, saß er am Schreibtisch, starrte aus dem Fenster und wartete auf seine Ablösung.

Er hatte noch keine Idee, wo Dominic Lutteroth nachts mit der Barkasse hingefahren sein könnte. Es gab unzählige Möglichkeiten, die er erst eingrenzen konnte, wenn er wusste, was verdammt noch mal Lutteroth vorgehabt hatte. Wenn er davon ausging, dass es nichts Legales war, hielt er sich besser an die düsteren Ecken des Hafens. Morgen würde er sich die umliegenden Hafenbecken näher ansehen. Wen oder was hatte Lutteroth abgeholt oder ausgeliefert?

Der Hafen war nach den Terroranschlägen vom 11. September 2001 zu einem Hochsicherheitsgebiet erklärt worden. Der ISPS-Code, der International Ship and Port Facility Security Code, hatte in großen Teilen des Hafens zu umfangreichen Sicherheitsmaßnahmen geführt. Die Containerterminals waren selbst den dort Arbeitenden nur nach strenger Kontrolle zugänglich. Von der Landseite waren auch die meisten Zugänge zu Speditionen, Hallen und Firmengeländen hermetisch abgeriegelt worden. Von der Wasserseite kam man noch an einige wenige heran. Dort wollte Tom ansetzen.

Er hatte die anderen beiden Wasserschutzreviere sensibilisiert und angefragt, ob jemandem die *Rike* nachts aufgefallen war. Irgendjemand musste sie bemerkt haben. Wenn er wüsste, in welchem Hafenteil er sich auf die Suche machen sollte, könnte er die ansässigen Firmen aufsuchen und sich mit Boot und Streifenwagen vor Ort umsehen. So oder so würde er sich morgen den Reiherstieg, den Hansahafen, Moldauhafen, den Südwesthafen und zwei andere Hafenbecken näher ansehen. Die waren relativ gut zu befahren, und es standen noch alte Lagerhallen an der Kaikante.

Es war ein langer Tag gewesen, und eine Welle der Müdigkeit schwappte über ihm zusammen.

Hatte der Vormittag unbeschwert damit angefangen, die *Rike* an den Zollponton zu bringen, hatte die Festnahme des Rumänen angedeutet, dass der Tag nicht flauschig bleiben würde. Die Reaktion von Christian Graf hatte ihm deutlich vor Augen geführt, dass der Tod des Barkassenführers viel Trübes an die Oberfläche gespült hatte.

Als wäre all das noch nicht genug, kreiste ein Satz in seinem Kopf, den Quetsche zu dem Yachtbesitzer gesagt hatte. *Abgelenkt und ins falsche Fahrwasser geraten …* War es das, was Lisa und Quetsche ihm selbst vorwarfen?

Er starrte auf den Blumenstrauß für Lisa. Sie hatte sich den ganzen Tag nicht gemeldet, was bedeutete, dass sie immer noch sauer auf ihn war. Vernachlässigte er sie? Ja, gestand er sich ein und spürte sein schlechtes Gewissen. Weil er so tief in dem Fall steckte, hatte er einen der Arzttermine verpasst.

Seit zwei Jahren versuchten sie vergeblich, schwanger zu werden. Nachdem Tom ein hutzeliges Häuschen mit Garten in Kirchwerder-Howe, am rechten Elbufer, erstanden hatte, träumte Lisa davon, das Haus mit Kindern zu füllen. Sie hatte im Geiste schon ein Kinderzimmer eingerichtet und Spielgeräte für den Garten ausgesucht. Sie ernährte sich vorbildlich und tat alles, um der Natur nachzuhelfen. Tom verstand, dass sie diesen sehnlichsten Wunsch hatte, ein Baby in den Armen zu halten. Aber er merkte auch, dass er Angst vor ihrer Enttäuschung hatte. Was, wenn es wieder nicht klappte? Würde sie genauso wie beim letzten Mal zusammenbrechen und nicht mehr aus ihrer traurigen Stimmung herausfinden? Er hatte Sorge, Lisa dauerhaft an die Depression zu verlieren.

Andererseits fieberte er einem Anruf von Jonna entgegen, die ihn wieder in die Ermittlungen einbezog. Es war wie eine Gier, der er sich nicht entziehen konnte.

Er hatte immer geglaubt, Ehe und Familie seien seine Bestimmung. Das Meer, Boote und der Hafen wären seine Erfüllung. Das waren seit Generationen in seiner Familie die Zutaten für ein glückliches Leben.

Er erinnerte noch gut an den Unfall seines Vaters, der ihn dazu verdammt hatte, seinen geliebten Arbeitsplatz zu verlassen. Sein Vater war Festmacher im Hafen gewesen und war dort fest verwurzelt.

Tom studierte an der Polizeiakademie für den gehobenen Dienst, als sein Vater zwischen Pier und Fender geriet. Er quetschte sich den Fuß so schwer, dass er vier Operationen über sich hatte ergehen lassen müssen und am Ende doch frühpensioniert wurde. Bis heute haderte er mit seiner Ungeschicklichkeit. Dass er bei dem Unfall angetrunken war, machte es nicht leichter für ihn und die Familie. Wenigstens trank sein Vater nie wieder einen Schluck Alkohol. Seine Art, die Familie um Entschuldigung zu bitten.

Tom liebte seine Eltern sehr und hatte nicht nur ihre Gene und ihre Leidenschaft für das Meer geerbt, sondern auch ein Vorbild für eine langjährige Beziehung und heile Familienwelt bekommen. Er hatte nie infrage gestellt, dass dies sein Lebensglück sein würde.

Plötzlich war er sich dessen nicht mehr so sicher. Konnte man nicht auch ohne Kinder glücklich werden?

Er ahnte, dass die Blumen nicht ausreichten, um Lisa milde zu stimmen und seine Entschuldigung anzunehmen. Wenn er jetzt nicht nach Hause führe, wäre sie ihm noch böser.

Tja, auf dem Meer der Liebe war es niemals windstill.

Als hätte eine höhere Macht ihre Hand im Spiel, klingelte sein Handy. Er traute sich nicht, aufs Display zu schauen: Lisa oder Jonna?

KAPITEL 25

Eine halbe Stunde später saß er mit Jonna an einem derben Holztisch im Spiekerstadt-Kök, einem urigen Restaurant am Hafenrand. Hier gab es nicht nur deftiges Essen, sondern es war ständig ausgebucht, und die Akustik nicht die beste, sodass Tom sicher sein konnte, dass niemand mithörte, was die beiden zu besprechen hatten.

Jonna strahlte, umarmte ihn und bestellte sich sofort ein Glas Wein. Sie wollte feiern.

»Wir haben ihn! Ich warte noch auf einen Rückruf aus der KTU und von Charlotte, und dann unterbreite ich morgen dem Staatsanwalt alle Ergebnisse und schlage ihm vor, Haftbefehl zu erlassen.« Sie grinste. »Ich werde noch ein Geständnis aus ihm herauskitzeln.«

Tom sah ihr die Genugtuung an und lächelte, obwohl der Gedanke an einen Täter unter den Hafenleuten ihm nicht gefiel.

»Um ehrlich zu sein, hätte ich es Graf nicht zugetraut. Er ist ein Urgestein im Hafen und ...«

»Stopp!« Jonna hob die Hand. »Nicht Graf, der hat ein wasserdichtes Alibi.«

Sie berichtete die Kurzversion dessen, was Tom seit der Befragung von Noah Bonnichsen verpasst hatte. Selbst sie hatte noch nicht alle Informationen beisammen, da sie nicht wusste, was sich im Hause Lutteroth zugetragen hatte. Bislang hatte man ihr nur ausgerichtet, dass Charlotte Kruger aufgespürt und dieser sie angegriffen hatte. Alle anderen Ergebnisse ergaben jedoch ein Bild von Kruger als Täter.

Tom klingelten die Ohren, so viele Neuigkeiten prasselten auf ihn ein. Kruger? Der alte Skipper hatte seinen langjährigen Gefährten erschlagen? Er würde die Welt nie verstehen. »Das muss eine Tat im Affekt gewesen sein. Die beiden waren doch Kumpel, oder wie Vater und Sohn.«

Die junge Bedienung trat an ihren Tisch, und Tom bestellte Hamburger Pannfisch mit Bratkartoffeln. Jonna entschied sich für die klassischen Matjesfilets nach Hausfrauenart, nachdem Tom ihr versichert hatte, dass der Koch bei den Fischgerichten noch nie versagt hatte.

»Kruger ist maulfaul und hat nach einem Anwalt verlangt«, nahm Jonna den Gesprächsfaden wieder auf. »Ich glaube, er hat furchtbare Angst und weiß nicht mehr ein noch aus.« Sie trank einen Schluck von ihrem Wein. »Wenn du erlebt hättest, wie arrogant Christian Graf war. Unglaublich! Kein Wunder, dass Lutteroth nicht mit ihm zurechtgekommen ist. Mein Fall ist er auch nicht.«

Das hörte Tom gerne. »Dann lass uns auf den Durchbruch anstoßen.« Er erhob das Glas auf sie.

»Cheers!«

Im Hintergrund die leise Musik, das Klappern von Geschirr und Besteck, ein Lachen am Nachbartisch, der Wein … Plötzlich spürte Tom die Hitze des vollen Schankraumes und trank schnell noch einen Schluck. »Wie ist dein Wein?«

»Etwas schüchtern.« Jonna lachte. »Sag mal, eine Sache wollte ich dich fragen. Als wir Christian Graf in seinem Büro abgeholt haben, hat er dich einen Schmiermichel genannt. Was meinte er damit?«

Tom beugte sich vor. »Wenn du's nicht weitererzählst …«, er legte seinen Zeigefinger an die Lippen. »Pscht. Einen Schmiermichel nennt man auf dem Kiez einen … Polizisten.« Er ließ sich wieder in den Stuhl zurückfallen. »Du Landei!«

Jonna verzog entschuldigend den Mund.

»Van der Waal hingegen ist ein Sahnemichel«, setzte Tom nach.

»Was?«

»Ein richtig guter Typ.« Er prostete ihr zu.

Ihr Essen kam, und für eine Weile waren beide mit ihrem Fisch beschäftigt. Tom genoss den Moment der Ruhe und des Erfolgs, auch wenn sich in seinem Hafen ein Drama abgespielt hatte.

»Weißt du, Tom, mir gefällt dein Hafen. Ich hab an den Landungsbrücken …«

Das aufleuchtende Display ihres Handys unterbrach sie mitten im Satz. Jonna hatte ihr Telefon stumm gestellt, aber neben ihrem Teller liegen lassen.

»KTU«, wisperte sie. Sie hörte eine Weile mit undurchdringlicher Miene zu, beendete das Gespräch nach einem kurzen Dank und legte das Handy so vorsichtig wieder auf den Tisch, als wäre es ein rohes Ei.

Tom sah ihr an, dass etwas schiefgelaufen war.

»Es gibt keine Spuren von Christian Graf an der Leiche. Er hat Lutteroth definitiv länger nicht gesehen. Graf ist raus. Total raus.« Sie schluckte. »Leider hat die KTU unseren Verdacht gegen Kruger nicht erhärten können. Keine identischen Faserspuren mit denen in der Kopfwunde, keine frischen Fingerabdrücke auf der *Rike,* keine Gewebespuren … nichts.«

Tom begriff sofort die Tragweite dieser Aussage. Krugers Festnahme stand auf wackeligen Füßen.

»Ich muss versuchen, Charlotte zu erreichen«, sagte sie. »Tut mir leid, iss ruhig zu Ende.« Sie erhob sich, um draußen zu telefonieren.

Mit einer schnellen Bewegung hielt er sie am Arm fest. »Bleib sitzen, ich bin schon fertig.«

Jonna nahm ihr leeres Glas in die Hand und sah sich nach der Bedienung um. Auf ein Zeichen brachte die junge Frau neuen Wein und Bier und räumte die Teller ab, die beide zur Seite geschoben hatten.

Jonna tippte hektisch auf dem Display.

So nervös hatte er sie bislang nicht erlebt.

»Charly? Ich bin's, Jonna.«

Wieder hörte Jonna eine Zeit lang zu, und Tom wünschte, sie säßen im Büro und könnten das Telefonat auf laut stellen.

»Ich weiß, Graf hat ein felsenfestes Alibi, und Kruger ... bist du sicher? Was hat sie genau gesagt?«

Wieder hörte Jonna zu. Ihr Gesicht verwandelte sich langsam in eine steinerne Maske. Nur einmal zuckte ein Muskel, als ob sie sich auf die Zähne biss.

Sie beendete das Gespräch, nahm ihr Glas Wein und trank einen großen Schluck.

»Autsch!« Tom lehnte sich erschrocken zurück. Er sah Jonna an, dass sie schlechte Nachrichten erhalten hatte.

»Ich bekomme keinen Haftbefehl für Kruger, niemals. Er hat ... Charly hat gesagt, dass er ein Alibi hat. Isabell Lutteroth hat es ihm gegeben, ohne sich dessen bewusst zu sein. Er ist nach dem Streit mit Dominic Lutteroth sofort zu ihr gefahren, um ihre Erlaubnis für den Deal mit Graf einzuholen. Erst als sie ihr Okay gab, ist er zum Notar aufgebrochen. Er hatte keine Gelegenheit mehr, Lutteroth zu erschlagen.« Sie schluckte. »Charly hat den Verdacht, dass der alte Zausel in Isabell Lutteroth verliebt ist. Ich hatte mir schon gedacht, dass da irgendwas ist, weil er immer schnippisch wurde, wenn die Witwe ins Spiel kam. Kein Schatten durfte auf sie fallen.« Sie schüttelte den Kopf. »Vielleicht hat die Meyfahrt recht, ich werde langsam zu alt für den Job.«

In Tom breitete sich ein leeres, dumpfes Gefühl aus. Kruger, der durch sein Schweigen alles nur schlimmer gemacht hatte. Wenn er gleich von dem Deal mit Graf und seinem Streit und der anschließenden Einigung mit Lutteroth erzählt hätte, dann ... Er hatte Jonna den Erfolg so sehr gewünscht. Wieder umsonst gehofft, gebangt und leer ausgegangen. Er wollte sie beschützen, genauso wie Lisa, aber das war unmöglich. Er konnte ihre Worte nicht so stehen lassen.

»Es tut mir leid«, flüsterte er. Ein armseliger Trost. »Aber nicht der Wind, sondern das Segel bestimmt die Richtung. Dann fangen wir eben wieder von vorn an.«

Ein Lächeln huschte über ihr Gesicht.

Sie würden das Ruder herumreißen. Und dass Kruger nicht der Täter war, war auch eine gute Nachricht. »Gleich morgen finde ich heraus, wohin Dominic mit seiner Barkasse nachts unterwegs war. Wir nehmen die Spur auf, die wir noch haben.«

»Kruger hat ausgesagt, dass Lutteroth Kisten transportiert hat.«

»Kisten?«

Das Vibrieren seines Handys riss Tom aus seinen Überlegungen. Wer rief ihn um diese Zeit an. Lisa? Er atmete tief ein, bevor er aufs Display sah. Erstaunt sah er auf, doch Jonna bemerkte es nicht. Die Außenstelle an den Landungsbrücken. Sollte er sie wegdrücken? Sicher nichts Dringendes. Andererseits riefen sie ihn nie nach Feierabend an.

»Darf ich?«, fragte er.

Sie nickte.

Wie eben Jonna hörte Tom den Worten, die der Kollege am anderen Ende des Telefons sprach, entgeistert zu. Er hatte Mühe zu verstehen, was der ihm zu erzählen versuchte.

Über den Funkspruch.

Den Rettungswagen.

Die Kollegen des PK 14.

Die Menschentraube, die sich vor dem Alten Elbtunnel versammelt hatte.

Den Blick, den der Kollege auf den schwer verletzten Mann geworfen hatte. Der junge Bursche, der in seinem Blut am Ausgang des Alten Elbtunnels gefunden worden war.

Tom erfuhr, dass es sich bei dem Schwerverletzten um den Angestellten von Dominic Lutteroth handelte.

Noah Bonnichsen.

Der Arzt hatte ihn zwar reanimieren können, aber nicht viel Hoffnung hinterlassen.

Die Nachricht ließ darauf schließen, dass eine Katastrophe im Gange war.

Tom hatte Mühe, gegen das Entsetzen anzuatmen, das so zäh durch seinen Körper kroch wie vor drei Tagen der Nebel durch Hamburg.

KAPITEL 26

Charlotte stand im Flur ihrer Altbauwohnung in Winterhude und ließ sich von dem Techniker erklären, wie das eingebaute Terminal der neuen Alarmanlage ein- und ausgeschaltet wurde. Der Mitarbeiter der Sicherheitsfirma hatte mitleidig auf ihr Gesicht mit der geschwollenen und eingerissenen Lippe gestarrt und kommentarlos den Einbau vorgenommen. Der Mann wusste natürlich nicht, dass es ihr mit der Alarmanlage nicht um die Folgen ihres lächerlichen Kampfes mit Kruger ging, sondern um den Verursacher ihrer Narbenlinie, die ihr Aussehen verunstaltete.

Die Waffe und das Pfefferspray in ihrer Handtasche waren das eine, aber die Wohnung brauchte eine zusätzliche Sicherung, sonst fühlte sie sich in ihrem eigenen Nest nicht mehr wohl. Sie bereute zutiefst, dass sie damals nicht ihre Tochter genommen hatte, in ein anderes Bundesland gezogen war, einen neuen Namen angenommen hatte und von der Bildfläche verschwunden war. Nur die Wohnung zu wechseln, war zu simpel gewesen. Geradezu fahrlässig – und sie bekam die Quittung dafür!

Die Vordertür war nachts abgesperrt und mit einem Panzerriegel gesichert. Die Fenster, die man im ersten Stock theoretisch über eine lange Leiter erreichen konnte, waren mit Bewegungsmeldern ausgestattet und nun zusätzlich durch die neue Alarmanlage geschützt.

In diese Wohnung kam er nur noch mit einer Ramme herein, und das konnte er nicht riskieren, ohne dass die Nachbarn die Polizei riefen. Es gab nur eine Schwachstelle in ihrem Sicherheitssystem, die unberechenbar war: ihre Tochter.

Er hatte sich an Nathalie rangemacht. Wahrscheinlich hatte er sie in der Schule abgepasst. Wenn Nat ihren Vater in die Wohnung ließ, waren sie ihm ausgeliefert.

Es war an der Zeit, dass sie die Wahrheit erfuhr.

Charlottes Nacht war kurz gewesen, und sie war froh, dass heute Samstag war und sie nicht an ihre Dienststelle musste. Nathalie hatte sie gestern Abend entsetzt angestarrt, als sie sich zur Tür hereingeschlichen und ihre Tochter vor dem Fernseher im Wohnzimmer vorgefunden hatte. Ihre Ausreden, dass das bisschen Blut nicht der Rede wert sei und sie unglücklich gestürzt sei, hatte Nathalie sofort durchschaut und nicht geglaubt. Charlotte war nicht die Klassenbeste in Notlügenerzählen.

Sie hatte sich für heute Nachmittag mit ihrer Tochter verabredet, um in Ruhe miteinander zu reden. Nat hatte kopfschüttelnd eingewilligt. Das war doch schon was, oder? Im Moment schlief Nathalie wie ein Murmeltier.

Der morgendliche Blick in den Spiegel hatte Charlotte keinen grundsätzlich neuen Anblick offenbart, doch die Schatten unter den Augen, die blutverkrustete Lippe, auf die sie sich gebissen hatte und die heute Morgen höllisch schmerzte, und ihre müde Blässe gingen ein unseliges Bündnis mit ihrer Narbe ein. Fahl schlängelte sich das Andenken des Vaters ihrer Tochter vom Wangenknochen bis zum Kinn hinunter. Wie eine gefährliche Schlange. Sie hasste die Schlange mehr als einen geplatzten Reifen bei voller Fahrt auf der Autobahn. Nie wieder würde sie in den Spiegel sehen können, ohne an die Nacht vor einigen Jahren erinnert zu werden. Konnten andere Betroffene versuchen zu vergessen, zu verdrängen oder was auch immer, rief ihr diese Linie mitten im Gesicht jeden Morgen die Wut, die Angst und den Schmerz wieder wach. Sie spürte einen quälenden Druck in der Brust, als ob ihr Herz mehr Platz brauchte, um das Blut durch ihren Körper zu pumpen. War ihre Angst übertrieben? Es war so lange her und lange vorbei. Sie war nicht mehr jung und naiv. Sie war stark und selbstbewusst. Während sie ihre Narbe betrachtete, fühlte sie jeden einzelnen Schlag, der seine Worte begleitet hatte: *Du willst die Welt retten? Du Schlampe, Schlampe,* SCHLAMPE …

Sie wandte sich ab.

Vielleicht sollte sie den Spiegel abhängen. Es gab ohnehin nichts Neues zu entdecken.

Jonna hatte nach Mitternacht angerufen und erzählt, dass sie gegen Hans Kruger keinen Haftbefehl bekäme und ihn wieder auf freien Fuß setzen musste. Noch schlimmer: Ein unbeteiligter Zeuge, Noah Bonnichsen, lag schwer verletzt im Universitätskrankenhaus Eppendorf. Es hatte eine Auseinandersetzung gegeben, seine Kleidung war zerrissen … ein Sturz … er war mit dem Kopf auf eine Betoneinfriedung aufgeschlagen. Jonna machte sich die größten Vorwürfe und fragte sich, was sie übersehen hatte. Wie war ausgerechnet der junge Angestellte von Dominic Lutteroth ins Visier des Täters geraten? Charlotte hatte Jonnas Frustration und Sorge nur zu gut verstanden, und sie hatten gemeinsam überlegt, in welche Richtung sie mit den Ermittlungen weitermachen konnte. Jonna hatte Charlotte darum gebeten, sie zur Beisetzung von Dominic Lutteroth zu begleiten und mit ihr nach Auffälligkeiten Ausschau zu halten. Der Staatsanwalt würde den Leichnam heute oder morgen freigeben, und dann hätte die Witwe freie Hand, ihren Mann zu beerdigen.

Charlotte verabschiedete den Techniker und legte Nathalie einen Zettel mit ein paar erklärenden Sätzen auf den Küchentisch. Sie musste sich beeilen, um nicht zu spät in den Hafen zu kommen. Charlotte hatte sich mit ihrer besten Freundin Ada auf ein Mittagessen im Hobenköök verabredet. Es zog Charlotte magisch in den Hafen, und sie hoffte, dass das nichts mit Tom, sondern ausschließlich mit dem Fall zu tun hatte.

Aber ließ sich das trennen?

KAPITEL 27

Jonna spazierte einer riesigen Möwe hinterher, die der gelben Markierung auf dem Betonboden des Fährterminals Dockland im Fischereihafen folgte. Sie wartete hier in Altona darauf, dass Tom sie mit dem Boot an dem Anleger abholte, um den Hafen nach nächtlichen Zielen der *Rike* abzusuchen. Weit und breit war noch nichts von ihm zu sehen.

Hinter ihr ragte das trapezförmige Bürohaus des Architekten Hadi Teherani auf, das mit seiner vierzig Meter über der Elbe gelegenen Aussichtsplattform einen weiten Blick über den Hafen für jedermann bot. Teherani war prominent für seine ungewöhnlichen Bauten. So hatte er sowohl das Polizeipräsidium als auch die *Tanzenden Türme* auf der Reeperbahn entworfen.

Sie hatte kurz überlegt, ob für einen Abstecher Zeit blieb, sich aber dann doch dagegen entschieden. Ihr war nicht danach, sich für irgendetwas zu belohnen. Nicht einmal mit einem Ausblick. Sie war aufgewühlt von der Nachricht, dass Noah Bonnichsen im Krankenhaus lag. Getrieben von der Sorge, den Täter nicht rechtzeitig zu fassen, bevor er weiteren Menschen Schaden zufügte.

Über ihr jagten hohe Wolken am Himmel, und die Sonne schickte lange Strahlen durch jede Lücke. Sie wärmte mit letzter Kraft, bevor der Herbst sich endgültig durchsetzen würde. Würziger Elbduft kitzelte Jonna in der Nase.

Die Möwe flog kurz auf, um sich auf einen gelben Poller zu setzen und Jonna kritisch zu beäugen.

Jonna machte kehrt und schlenderte zur anderen Seite des Fährterminals. Dort stand ein einsamer Angler in Stiefeln, Camouflage-Hose, schwarzer Jacke und einer Basecap. Welche Fische zog man im Hamburger Hafen aus dem Wasser? Sie hatte nicht mal gewusst, dass Angeln in einigen Teile des Hafens erlaubt war.

»Moin! Guter Tag zum Angeln?«

»Moin.« Er kurbelte die Schnur hoch, und ein schlanker Gummifisch schoss aus dem Wasser. Mit einer leichten Bewegung aus dem Handgelenk führte er die Rute außerhalb ihrer Reichweite, kniete sich hin und kramte in einem Eimer. Er tauschte schweigend den gelben Gummifisch gegen einen roten aus und warf die Rute von hinten über den Kopf in hohem Bogen wieder aus.

Gesprächig war nicht. Jonna hatte von Tom gelernt, dass Hafenleute generell eher maulfaul waren. Offensichtlich galt das auch für Angler.

Sie atmete langsam ein und aus und hörte dem Wasserplatschen zu, das durch das leise Quietschen des Pontons untermalt wurde.

»Was fängt man denn hier?«

»Ich geh auf Zander.«

»Lecker!«

Der Angler stellte seine Rute vor sich, legte die Arme aufs Geländer und schwieg. Klar, was sollte er auch dazu sagen? Für einen Moment zögerte Jonna, dann tat sie es ihm gleich, stützte sich auf die Brüstung und starrte aufs Wasser.

Sie sah die Fähre der Linie 61 näher kommen. Die legte direkt hier am Anleger Dockland an, um anschließend die Elbe zu kreuzen und zehn Minuten später in Waltershof und weiter auf der anderen Seite an der Elbinsel Neuhof festzumachen. Dort gab es einen bei Fotografen und Touristen beliebten Aussichtspunkt, von dem man einen fantastischen Ausblick auf die Köhlbrandbrücke hatte, jedenfalls solange sie noch da war. Tom hatte erzählt, dass die Brücke durch einen Tunnel mit zwei Röhren und zwei Etagen ersetzt werden sollte, der unter der Fahrbahn ein automatisiertes Transportsystem für Container enthielt – so jedenfalls die ehrgeizigen Pläne. Ob sich das überhaupt realisieren ließ und was das an Geld verschlingen würde, war noch unklar.

Jonna atmete tief ein und seufzte laut. Erschrocken über sich selbst, sah sie sich kurz um, ob sie den Angler nervte, aber der starrte ausdruckslos auf das gegenüberliegende Ufer, an dem sie die silbernen Eier des Klärwerks identifizierte, die Tom ihr vor zwei Tagen gezeigt hatte. War das erst achtundvierzig Stunden her?

So viel war passiert.

Von links pflügte ein Containerschiff der Hapag-Lloyd durch die Elbe. *Tokyo Express* las sie an der Bordwand. Tief lag der Riese im Wasser und schob eine Bugwelle vor sich her, die einen herannahenden Frachter erfasste und ihn hin und her schaukelte.

Möwen schrien um die Wette und zogen ihre Kreise direkt über ihnen. Der Angler würde achtgeben müssen, dass ihm seine Beute nicht von den Vögeln weggeschnappt wurde, bevor er sie sicher aus der Elbe gezogen hatte. Das Wasser glitzerte, und Jonna streckte nun doch ihr Gesicht der Sonne entgegen, die in diesem Moment durch eine Wolkenlücke brach.

Sofort liefen hinter ihren Augenlidern die Bilder aus dem Büro ihrer Vorgesetzten von heute Morgen ab.

Heide Meyfahrt hatte sie nach der Morgenbesprechung mit einem Fingerzeig in ihr Büro zitiert. Die Verärgerung war ihr zwar während der gesamten Konferenz durch die Poren geströmt, aber nicht ausgebrochen. Das hatte sie sich für Jonnas Anpfiff aufgehoben.

»Setzen Sie sich.« Meyfahrt krempelte sich ihre Blusenärmel hoch.

Jonna sah zum geöffneten Fenster hinüber. Die Sonne schien herein, und eine Fliege balancierte auf dem Fensterrahmen. Das schwarze Tierchen entschied, sich den Anschiss, den Jonna zu erwarten hatte, nicht entgehen zu lassen, und flog auf Meyfahrts Schreibtisch, um sich auf einem Aktenstapel genüsslich die Beinchen aneinanderzureiben.

»Sie haben sich auf die falschen Verdächtigen fokussiert. Sie konnten weder den Verdacht gegen Christian Graf noch Hans Kruger erhärten. Sie haben wertvolle Zeit vertan. Sie waren der Witwe gegenüber so nachgiebig, dass sie einen per Haftbefehl gesuchten Verdächtigen vor Ihnen versteckt gehalten hat.«

Jonnas Atem stockte, und ihre mühsam aufgebaute Sicherheit war mit einem Schlag dahin. Vielleicht hatte ihre Vorgesetzte recht damit, dass sie Isabell Lutteroth nicht hart genug rangenommen hatte, aber es hatte keine Hinweise in diese Richtung gegeben – gab es im Übrigen immer noch nicht. Sie konnten im Moment nur der Spur des Geldes nachgehen und herausfinden, wohin Dominic Lutteroth nachts mit seiner Barkasse geschippert war. Es wäre müßig, Meyfahrt das zu erklären, sie wusste es.

»Stattdessen kämpft ein unbescholtener junger Bürger im Krankenhaus um sein Leben – und Sie haben keine Idee, was vorgefallen ist? Sie hätten ihn viel früher befragen müssen!«

Meyfahrts Missbilligung ergoss sich über Jonna wie eine geschüttelte Flasche Bier beim Öffnen. Aber es stimmte leider. Sie hätten Bonnichsen mit Anrufen traktieren müssen, bis er sich von den Kanaren gemeldet hätte, statt zu warten, bis er wieder in Hamburg gelandet war. Dass er jetzt im Koma lag, war eine Katastrophe. Noch dazu eine, von der Jonna sich nicht erklären konnte, wie sie passiert war. Er war am Eingang zum Alten Elbtunnel verletzt aufgefunden worden. Leider außerhalb der Überwachungskameras. Eine parallele Einsatzgruppe untersuchte den Fall als versuchten Totschlag. Wer hatte Noah Bonnichsen aufgelauert? Aus dem Krankenhaus war heute Morgen die Information gekommen, dass er gestoßen wurde oder gefallen war, denn er wies keine weiteren Verletzungen auf. Sein Schädel-Hirn-Trauma aber war lebensbedrohlich. Er war nicht über den Berg.

»Ich gebe Ihnen eine Woche Zeit, den Fall zu lösen. Sonst sorge ich dafür, dass Sie von den Ermittlungen abgesetzt werden.«

Jonna sah in die funkelnden Augen ihrer Vorgesetzten. Es war dieser Blick voller Abscheu und nicht die Worte, die Jonna auf die Palme brachten. Sie brauchte Rückhalt und keine Vorgesetzte, die an ihrem Stuhl sägte, weil sie sie persönlich nicht ausstehen konnte. Und vor allem brauchte sie keine Chefin, die nach unten Tritte verteilte und dabei selber Dreck am Stecken hatte.

Es war ja nicht so, dass sie in dieser Abteilung nicht alle mit Rückschlägen umgehen konnten. Sie waren erfahren genug, um zu wissen, dass es nicht immer nur vorwärtsging und sie nicht jeden Täter fassten. Was sie aber nicht ertrug, war die Tatsache, dass ein Unschuldiger in Lebensgefahr schwebte. Noah Bonnichsen schied als Mörder von Dominic Lutteroth aus und machte auch sonst einen ehrlichen und harmlosen Eindruck. Was hatte er gewusst, das für den Täter von Interesse war?

War es ihre Schuld? Hatte sie etwas Wichtiges übersehen? War sie keine gute Ermittlerin mehr? Verließ sie sich zu sehr auf ihren Instinkt, und der kam in die Jahre, war ein Auslaufmodell?

Du hast nicht genug Selbstwertgefühl. Das ist das Problem mit dir, hatte ihr Ex-Mann Robert immer gesagt. Dein labiles Selbstwertgefühl.

Das stimmte zwar, aber bislang war sie davon ausgegangen, dass das nur für ihr Privatleben und nicht für ihre berufliche Tätigkeit zutraf. Außerdem war es ziemlich gemein, ihr mangelndes Selbstwertgefühl vorzuwerfen, wenn er sie hinter ihrem Rücken mit ihrer besten Freundin betrog. Sie hatte zwei Lieblingsmenschen auf einen Schlag verloren. Sie empfand sich in ihrer Ermittlungstätigkeit durchaus als selbstbewusst und nervenstark. Trotzdem war sie definitiv auf der Lebensleiter eine Stufe hinabgerutscht.

Die Fliege flog auf Meyfahrt zu, und die wischte das Tierchen ungeduldig beiseite. Es taumelte auf die Tischplatte, und Meyfahrt hatte mit einer kurzen Bewegung der flachen Hand zugeschlagen. Das Insekt hatte keine Chance. Es war mit einer fahrigen Geste in den Papierkorb gewischt worden. Würde Meyfahrt sie genauso wegwischen? Wie viele »Leichen« wohl in ihrem Mülleimer lagen?

Jonna öffnete die Augen. Nein, sie würde nicht zu Meyfahrts Gefallenen gehören. Sie hatte noch ein Ass im Ärmel, und das würde sie zur rechten Zeit ausspielen.

Der Angler holte seine Schnur ein, und sie bemerkte das Streifenboot, das sich näherte. Sie stieß sich vom Geländer ab. Sie hatte den Täter unterschätzt, und das würde ihr nicht noch einmal passieren. Sie würde alle Puzzleteile neu zusammensetzen und herausfinden, warum der beliebte Dominic Lutteroth tot in seiner Kajüte gelegen hatte.

Was hatte Noah Bonnichsen am Alten Elbtunnel gemacht? War er auf dem Weg zur Witwe Lutteroth? Auf wen war er dort getroffen? Christian Graf war gerade aus dem Präsidium entlassen worden. Hatte er die Zeit gehabt, zum Alten Elbtunnel zu fahren und *zufällig* Noah zu begegnen? Unwahrscheinlich, aber möglich. Und Kruger? Der saß zu diesem Zeitpunkt in einer Zelle im Präsidium. Er war es sicher nicht gewesen. Wer mischte hier noch mit?

Sie drehte sich zu dem Angler um. »Das ist ein guter Platz!«

Er nickte.

Wenigstens sie beide verstanden sich.

KAPITEL 28

Charlotte fuhr über den Deichtorplatz in die HafenCity. Linker Hand überquerte sie die Shanghaibrücke den Brooktorhafen und bog in den Oberhafen ein, auf dessen Landzunge das Hobenköök lag. Auf dem ehemaligen Güterbahnhof vereinten sich Hallen und Freiflächen mit Bahnsteigen und einer großen Gleishalle. Statt Bahn- und Postlogistik gab es dort heute Kultur- und Kreativwerkstätten sowie eine Markthalle mit angeschlossenem Restaurant.

Sie mochte das Quartier Oberhafen mit seiner Mischung aus Stahl und Glas, alten Lagerhäusern, einer grünen Parkanlage und blauem Wasser. Eine wunderbar entspannende Melange.

Ganz im Gegensatz dazu standen die befleckten Lebensbilder von Isabell Lutteroth oder ihrer eigenen Biografie. Ein Ehemann, der durch rohe Gewalt zu Tode gekommen war, und ein Ex, der seine Machtansprüche gewalttätig durchzusetzen versuchte. Eine schlechte Entscheidung, ein Schritt in die falsche Richtung, und das Leben nahm Abzweigungen, die man nicht mehr korrigieren konnte. Charlotte hatte einen falschen Entschluss gefasst und bitter dafür bezahlt. War es Dominic Lutteroth genauso ergangen?

Ada saß an einem der Holztische. Ada, die stets gut gelaunte, für jeden Spaß zu habende Kindfrau mit dem schwarz gefärbten Pixie Cut. Sie trug ihr Herz auf der Zunge und war seit Kindertagen ihre beste Freundin. Verblüffend, dass sie und Charlotte, die unnahbare Blonde, die selten etwas über ihr Privatleben preisgab, Seelenverwandte waren.

Nach einer liebevollen Umarmung fiel Ada gleich mit der Tür ins Haus.

»Autsch! Hast du unser Krav-Maga-Training geschwänzt, um unter realen Bedingungen zu trainieren?« Sie zeigte auf Charlottes Lippe. »Oder gibt es einen Glücklichen, der derart zugebissen hat?« Ada spitzte die Lippen.

Charlotte wiegelte ab. »Ich hab deine Nachricht nicht abgehört, sorry.«

Ada war so einfühlsam, zu erkennen, dass Charlotte noch eine Aufwärmphase brauchte, bevor sie zum Wesentlichen übergehen konnten.

Die Küche des Hobenköök lag offen in der Mitte der Halle. Die extrem hohe Decke, die nackten grauen Steinwände und die schwarzen Deckenlampen ließen erahnen, dass hier früher hart gearbeitet wurde. Nebenan sah man durch die Glasscheiben noch die historische Gleishalle. Da hindurch waren einst die Güterwaggons der Postzüge direkt in die Halle gefahren, um dort entladen zu werden.

Alle Tische waren wie immer besetzt, dennoch hielt sich der Lärmpegel in erträglichen Grenzen.

»Ich habe dir eine Anekdote mit dem neuen Kollegen draufgesprochen«, sagte Ada. »Er ist mir den ganzen Tag über die Station und an jedes Krankenbett gefolgt und hat nicht mehr aufgehört zu quasseln, so aufgeregt war er. Eigentlich ganz niedlich, aber stell dir vor, am Ende des Tages fragt er, ob er mich zum Essen einladen darf.«

»Klingt nett.«

»Er kenne … ich zitiere …«, sie malte Anführungszeichen in die Luft, »… einen tollen Dönerladen.« Ada steckte sich den Zeigefinger in den geöffneten Mund, um klarzumachen, was sie von einem ersten Date mit Döner Kebab hielt. »Wenn der wüsste …« Sie grinste Charlotte an, die die Menükarte zuschlug. Sie hatte sich für »Das Middach« des Tages, ein gebratenes Fischfilet, entschieden.

Ada schenkte beiden ein Glas Wasser ein, das sie schon bestellt hatten.

»Ich bin nach Hause zu meiner Süßen, und die hat Pasta in Zitronensoße gezaubert. Zusammen mit unserem besten Freund, dem Sauvignon blanc und seiner Begleitung Chet Baker – das nenn ich ein Date!« Sie seufzte wohlig.

Ada lebte seit vielen Jahren in einer glücklichen Beziehung mit einer elfenhaften Violinistin und stellvertretenden Konzertmeisterin des NDR-Elbphilharmonie-Orchesters.

Die Bedienung nahm ihre Bestellung auf, und Ada entschied sich für ein Bier zu ihrer Currywurst.

»Am besten gleich raus mit der Sprache«, sagte sie mit einem Blick, der keine Ausflüchte mehr duldete.

»Ich bin in den Fall des getöteten Barkassenkapitäns involviert, du hast sicher darüber gelesen?«

Ada nickte. Charlotte sollte weitersprechen.

»Ich stehe im Kontakt mit der Witwe. Es stellte sich heraus, dass der dusselige Hauptverdächtige sich dort versteckt hielt und meinte, er müsse mich angreifen, als ich ihn aufgespürt habe!« Sie lachte nervös. »Mein Punch hat gesessen, er ist ohne einen Laut zu Boden gesackt.«

Ada kniff die Augen zusammen. »Gut, dass du dich mit dem Krav Maga wehren konntest, aber wie konnte das passieren? Du hast extra die Dienststelle gewechselt, um zur Ruhe zu kommen!« Sie griff über den Tisch nach Charlottes Hand.

»Die Aktion des alten Mannes gehörte eher in die Kategorie *hilflose Überreaktion.*«

»Das ist doch keine Entschuldigung! Wir haben genug durchgemacht, wir brauchen weder Döner-Dates noch alte Männer, die auf dicke Hose machen. Du solltest nicht in einem Tötungsdelikt ermitteln, bitte, steig da aus!«

Ada spielte auf ihre gemeinsame Vergangenheit an. Sie waren als Kinder in der gleichen Neubausiedlung aufgewachsen. Beide Väter hatten den Alkohol mehr geliebt als ihre Töchter. Ada und

Charlotte hatten sich mehr als einmal gegenseitig Zuflucht geboten, wenn zu Hause Zank, Geschrei und Prügel drohten. Aber Ada ging es nicht nur um die gemeinsame Kindheit, sondern auch um die Gewalttat, die Charlotte ihre Narbe eingebracht hatte.

»Es ist Jahre her!«

Ada ließ ihre Hand los und lehnte sich zurück. »Da ist noch mehr, oder?«

»Der Fall hat eine unvorhergesehene Wende genommen. Ein unbeteiligter Zeuge wurde lebensgefährlich verletzt. Kannst du mit mir ins Krankenhaus fahren? Ich brauche deine unvoreingenommene Einschätzung, ob und wann er befragt werden kann. Wir haben keinen Hinweis darauf, was passiert ist!« Sie griff nach dem Wasserglas, weil ihr Mund so trocken war wie ein Zwieback. »Jonna gibt sich die Schuld. Sie steht bei ihrer Vorgesetzten auf der Abschussliste, und wir müssen ihr helfen.«

»Noch mehr Gewalt? Der Fall ist wesentlich größer, als in der Zeitung zu lesen ist, oder?«

Charlotte zuckte mit den Schultern.

»Und du steckst mittendrin!«

Adas Augen wanderten auf dem Tisch hin und her, und ihr Gesichtsausdruck war plötzlich nicht mehr zu deuten. Charlotte wusste, dass Ada gerade eine Idee ausbrütete. Adas Gehirn arbeitete unablässig, und sie entwickelte offensichtlich eine Theorie.

»Warum gibst du den Fall nicht ab? Da hält dich doch was? Was ist es? Du sagst mir nicht alles!«

»Fährst du mit mir ins Krankenhaus?«

»Wenn du den Fall abgibst.«

»Ich gehe zur Beerdigung, das war's dann für mich.« Was soll's, dachte sie, deshalb bin ich hier, um es ihr zu sagen. »Der, dessen Name ich nicht ausspreche, hat Kontakt zu Nathalie aufgenommen. Ich weiß es! Sie hat mich mit *seinen* Worten traktiert. Er hat es irgendwie hinbekommen, sich ihr zu nähern. Er ist zurück.« Sie stieß die Luft aus. Geschafft. Beinahe. »Und damit du alles weißt: Ich habe mir eine Schreckschusspistole gekauft und eine Alarmanlage installiert. Ich werde ihn nicht noch einmal an uns heranlassen!« So, jetzt war es heraus. Sie fühlte sich erleichtert, keine Gelassenheit mehr vorspielen müssen. Ada war ihr Vertrauensmensch, bei ihr waren die Geheimnisse bestens aufgehoben. Sie massierte sich die schmerzende Stirn. Der Druck erhöhte sich – in jeder Hinsicht.

Ada beugte sich nach vorn und flüsterte: »Scheiße, Charly, bist du sicher? Daniel ist wieder da? Er hat sich an Nathalie rangemacht? Ich dachte, er hätte Deutschland vor Jahren verlassen?«

»Das dachte ich auch. Aber Nathalie … sie sieht mich anders an in letzter Zeit, als ob sie mir Vorwürfe machen möchte. Ich versuche vergeblich, mit ihr ins Gespräch zu kommen. Ich bin sicher: Er ist wieder da!«

»Wo ist die Waffe?«

Charlotte deutete mit dem Kinn zu ihrer Handtasche, die sie sich auf den Schoß gelegt hatte.

»Entspann dich, es ist nicht meine Dienstwaffe, es ist nur eine Schreckschusspistole mit Gaspatronen!«

Ada verzog das Gesicht, mit ihrem typischen »Das ist nicht dein Ernst«-Ausdruck.

»Die darf man einfach so in der Gegend rumtragen?«

Charlotte schüttelte den Kopf. »Ich muss Nathalie reinen Wein einschenken. Ich hoffe, dass sie alt genug ist, es zu verstehen? Sie kennt die Wahrheit nicht.«

Ada blies die Wangen auf und prustete die Luft leise aus. »Na gut, ich höre mich mal in der alten Clique um, ob die wissen, ob er wieder in der Stadt ist, wo er wohnt und was so los ist in seinem Leben. Vielleicht bringt uns das weiter. Aber Charly, ernsthaft. Der Typ ist ein Riesenarschloch.« Sie hob die Hand. »Ich korrigiere, der Typ ist ein Psychopath! Und wenn er es wieder auf dich abgesehen hat, brauchen wir Hilfe. Du musst ihn anzeigen. Sofort!«

Charlotte lächelte. Sie war unendlich dankbar für das kleine Wörtchen »uns«. Mit Ada an ihrer Seite würde sie diese Herausforderung meistern. Der Kerl würde sich wünschen, Charly nie kennengelernt zu haben.

Ada neigte den Kopf, als Charlotte nichts sagte. »Ich begleite dich ins Krankenhaus und zur Polizei, um ihn anzuzeigen!«

Charlotte grinste halbherzig. »Ich bin die Polizei.«

Ada stöhnte auf. Sie hatte Charlottes Antwort sofort richtig eingeordnet. Charly konnte ohne konkrete Beweise nicht zu den Kollegen gehen und die alte Geschichte aufwärmen. Was, wenn man sie als hysterische Helikoptermutter abstempelte, die durch ihren Job überfürsorglich reagierte? Bislang war nichts vorgefallen, außer dass Charlottes Instinkt angeschlagen hatte. Allenfalls dachten sie, dass die Kollegin eine schlechte Wahl mit dem Vater ihrer Tochter getroffen hatte, ohne irgendetwas über die damalige Entwicklung zu verstehen. Nein, es gab keinen Anlass für eine Anzeige, trotzdem musste sie weitere Maßnahmen ergreifen.

»Wissen deine Kollegen Bescheid?« Ada schüttelte den Kopf. »Rhetorische Frage, natürlich nicht.«

Auf Charlottes undurchdringlichen Blick reagierte sie mit einem Seufzen.

»Ich lasse nicht zu, dass er euch noch einmal stalkt, tyrannisiert und verletzt. Ich ziehe am besten für eine Weile zu euch … Wobei das Nathalie auch nicht schützt, wenn sie in der Schule ist. Scheiße!«

»Ich muss ihn in eine Falle locken.«

Ada blieb eine Antwort im Hals stecken.

»Ich werde ihn so dicht an uns herankommen lassen, wie er es immer wollte. Aber, diesmal werde ich vorbereitet sein. Er soll denken, dass er gewonnen hat, soll siegessicher sein – und dann schlage ich zurück.«

Das war ihr Plan. Wenn man es denn so nennen wollte. Wie sie diese Idee genau umsetzen sollte, wusste sie noch nicht.

In diesem Moment klingelte Charlottes Handy, das auf dem Holztisch lag. Im Display leuchtete das Porträt von Nathalie auf.

»Liebes?«

»Mami!« Die Stimme schrie so laut, dass Charlotte das Telefon von ihrem Ohr abhielt. »Ich habe Angst! Ich hab ihm gesagt, ich will nicht, aber er rüttelt an der Tür!«

KAPITEL 29

Das Hafentelegramm alias der morgendliche Wetterbericht, hatte Sonne vorausgesagt, bevor das nächste Tief im Anmarsch war. Wenn der Anlass nicht ein trauriger gewesen wäre, hätte der blaue Himmel die Fahrt zu einem Vergnügen gemacht: mit dem Streifenboot durch den Hamburger Hafen, ohne Hetze, ohne Einsatz. Tom genoss das sonnenbeschienene blaue Wasser, rechts und links begrünte Uferböschungen, hinter denen ein paar Häuser kauerten. Er konnte sich nicht sattsehen an den Bäumen, die zu beiden Seiten das Elbufer bewachten. Im Herbst zeigten sie ihre wahre Schönheit in allen Grün-, Gelb- und Rottönen, bevor sie die Blätter abwarfen, um sich über den Winter ein wenig auszuruhen. Für ihn war eine Streifenfahrt durch seinen Hafen genauso entspannend wie für andere ein Schaumbad in der heimischen Badewanne.

Er war mit dem Streifenboot Richtung Freihafenelbbrücke unterwegs gewesen, bevor er Jonna am Dockland an Bord genommen hatte. Auf seine Frage nach dem Ziel hatte er eine schwierige Ansage bekommen: »Fahr durch den Hafen und denk an das, woran andere nicht denken. Wo könnte Lutteroth nachts angelegt haben? Was ist dort, was ihn interessiert haben könnte?«

Das sagte sich so einfach. Er wollte es zuerst an den Containerterminals am Burchardkai und Eurogate probieren. Das waren Gegenden, die nach dem ISPS-Protokoll abgesperrte Hochsicherheitszonen waren. Waren diese riesigen Blechkisten sein Ziel gewesen? Er könnte etwas hingebracht oder abgeholt haben. Aber dafür brauchte er Mitwisser und Handlanger, die Zugang zu dem gesicherten Gelände hatten oder dort arbeiteten. Um irgendetwas zu liefern, wäre er nur von der Wasserseite an das Gebiet herangekommen.

Tom hatte sich den ganz Tag das Hirn zermartert, mit welchen illegalen Geschäften Dominic Lutteroth zu tun gehabt haben könnte. Tabakschmuggel? Alkohol? Harte Drogen? Weiche Drogen? Unerlaubte Fischerei? Hehlerei? Müllentsorgung? Menschenhandel? Autoschieberei? Tom hatte mit dem Zoll telefoniert und verschiedene Theorien erörtert, ohne Ergebnis. Denn mal ehrlich, wie sollte ein kleiner Barkassenkapitän, der noch vor wenigen Monaten ein unbescholtener Bürger war, in so kurzer Zeit in größere Organisationen und Transaktionen verwickelt sein?

Wo war Lutteroth nachts hingefahren? In ein Hafenbecken, Norderelbe, Süderelbe, Schrottplätze, Industriegelände, Lagerhallen, Terminals … es gab so viele Möglichkeiten. Zuerst dachte Tom an die Lagerhallen in der Dessauer Straße. Da war nach Feierabend Totentanz, die Hallen verlassen, und Tom konnte sich einen illegalen Handel mit was auch immer gut vorstellen. In der Nazizeit war die Lagerhalle G ein KZ-Außenlager gewesen, in dem man Frauen aus Auschwitz untergebracht und zur Arbeit in den Raffinerien gezwungen hatte. Heute stand alles leer und setzte Toms Fantasie keine Grenzen. Die Lagerhallen der Dessauer Straße hatten nur einen Haken: Sie waren auf der Wasserseite, dem Saalehafen, mit einer Barkasse nicht zu erreichen. Die Spundwand war viel zu hoch. Außerdem konnte man sie gut über den Landweg anfahren. Ein perfekter Ort, aber definitiv nicht das Ziel des Barkassenkapitäns Dominic Lutteroth.

Die erste Idee hatte Tom also verworfen, als Jonna anrief und ihn bat, sie abzuholen. Er hatte ihr nicht erzählt, dass er keinen Tagdienst hatte, sondern im Gegenteil ab achtzehn Uhr in den zwölfstündigen Nachtdienst wechseln würde. Dass er am frühen Nachmittag im WSPK 2 erschienen war, endlos mit dem Dienstgruppenleiter der Schicht diskutiert hatte und dann endlich die Erlaubnis bekommen hatte, mit dem Boot und dessen Besatzung auf Streifenfahrt zu gehen. Das war nicht ohne kritische Blicke und Bemerkungen unter den Kollegen geblieben. Mordermittlung hin oder her, die Stimmen, die fanden, dass das keine Sache der Wasserschutz wäre, mehrten sich. Er konnte nur hoffen, dass kein Einsatz dazwischenkommen würde und sie mit dem Boot am falschen Ende des Hafens unterwegs waren. Die Besatzung würde auf Tom und Jonna keine Rücksicht nehmen und sofort umkehren.

Er steuerte das Streifenboot Richtung Athabaska-Kai. Hinten an der Reling lehnten die Kollegen, die das Oktoberwetter genossen, in Ruhe eine rauchten und die neuesten Fußballergebnisse diskutieren.

Lichtreflexe der Sonne tanzten auf dem Wasser, Jonna stand neben ihm und schwieg angesichts der Last, die auf ihren Schultern lag. Es gab keine Neuigkeiten aus dem Krankenhaus, Noah Bonnichsen schwebte nach wie vor in Lebensgefahr, und Jonna gab sich die Schuld dafür.

Schuldgefühle waren so eine Sache. Tom wusste, dass Jonna nicht dafür verantwortlich war, aber sie ihr jetzt ausreden zu wollen, war zu früh. Sie würde jegliche pauschale Entlastung zurückweisen. Erst wenn sie verstanden hatten, was an Bord der Barkasse passiert war, würde er sie auf ihre Selbstvorwürfe ansprechen. Erst wenn sie sicher waren, dass sie alle einen Fehler gemacht hatten, würden sie entscheiden, ob und wie sie sich verzeihen konnten.

»Der Hafen ist so groß, das ist unfassbar. Kräne bis zum Horizont … und diese monströsen Schiffe!« Jonna sprach mehr zu sich selbst als zu ihm. »Für mich sehen die Hafenbecken alle gleich aus, wie schaffst du es bloß, dich hier zu orientieren?«

Tom lächelte. Jonna wollte gar keine Antwort.

Im Waltershofer Hafen lagen die Containerschiffe MSC *Greenwich* und *New Elly*. Beide waren über dreihundert Meter lang. Am Burchardkai wurde gerade ein wahres Monsterschiff gelöscht: die *Ever Glory* mit vierhundert Metern Länge. Die rot-blauen Containerbrücken hievten die Standardcontainer auf die Pier, und sogenannte Van Carrier beförderten sie weiter an ihren Stellplatz.

»Wie viele Container werden in Hamburg umgeschlagen?«, fragte sie.

»Puh, schon ein paar.« Tom blickte kurz zu Jonna hinüber, die sich aus dem Seitenfenster lehnte, um besser sehen zu können. Offenbar wollte sie sich von ihren düsteren Gedanken ablenken. »Ich würde sagen, knapp neun Millionen TEU. Seit Corona etwas weniger.«

»TEU?«

»Twenty Foot Equivalent Unit. Damit bezeichnet man die Standardlänge eines Containers. Die sind genormt, damit sie sich aufeinanderstapeln lassen. Neun Millionen von den Dingern wandern durch den Hamburger Hafen. Das sind mehr als siebenundachtzig Millionen Tonnen Ware. Ein Wunder, dass diese Logistik reibungslos abläuft. Ich habe keine Ahnung, wie die Firmen das hinzaubern, aber es klappt. Überleg dir mal, die bewegen rund vierundzwanzigtausend Container. Jeden Tag!«

»Unglaublich!«

»Von hier aus gehen Waren in alle Welt. Allein in neunhundertfünfzig verschiedene Häfen.«

»Wer kontrolliert das alles? Da könnte doch sonst was in den Containern sein.«

»Dafür ist der Zoll zuständig. Genau wie die Wasserschutzpolizei unterzieht der Zoll jeden in den Hafen einlaufenden Pott einer Risikoanalyse. Dabei spielt die Route des Schiffs die größte Rolle. Du weißt schon ... Kokain aus Südamerika, Markenfälschungen aus China. Die Leute vom Zoll haben eine riesige Röntgenanlage, mit der sie einzelne verdächtige Blechboxen durchleuchten können. Da werden ganze Container-Trucks in die Röhre gefahren.« Er überlegte. »Sie suchen die Nadel im Heuhaufen, aber wenigstens suchen sie. Sie haben zum Beispiel winzige Kameras, die sie durch die Türschlitze schieben, um in die Container zu gucken, ohne deren Versiegelung zu beschädigen. Und manchmal landen sie einen Treffer und finden Drogen im Wert von vielen Millionen Euro. Koks geht immer!«

»Und das machen sie mit jeder Box?«

»Nee, höchstens bei ein oder zwei Prozent.«

Tom nahm die Fahrt raus und besah sich die dunkle Spundwand ganz genau. Wie er es auch drehte und wendete, Lutteroth hätte hier nur mit einem Kran irgendetwas an Bord nehmen oder abladen können. Unmöglich, dabei nicht gesehen zu werden.

»Elbe 23 für Wache«, tönte es aus dem Funkgerät. Tom zuckte innerlich zusammen. Hoffentlich bedeutete das keinen Ärger.

»Hört!«

»Rückmeldung zur *Rike*. Komm über Draht.«

»Verstanden!« Tom griff erleichtert nach seinem Handy und rief die Wache an. Der WH teilt ihm mit, dass die ersten Rückläufer zu seiner gestrigen Anfrage eintrudelten. Die *Rike* sei nachts im Hansahafen und im Südwesthafen gesehen worden. Tom hörte zu, bedankte und entschied sich.

»Wir drehen um. Lass es uns im Hansahafen probieren, hier ist zu viel Verkehr, als dass Lutteroth direkt an die Container rangegangen wäre.«

»Meinst du?«

Jonna klang skeptisch, ihre Stimmung war sichtlich düster.

»Wir finden was. Es findet sich immer etwas. Hat Van der Waal Verwertbares über Lutteroths Bargeldreserven rausgefunden?«

Jonna schüttelte den Kopf und starrte weiter aufs Wasser.

Tom lenkte das Streifenboot Richtung Hansahafen. Die Kollegen zuckten mit den Schultern, als Tom sie über das neue Ziel informierte. Ihnen war es egal, wo sie Streife fuhren. Tom legte einen Schalter auf dem Pult um, um das Boot nicht mehr mit dem Ruder, sondern dem Joystick zu fahren. Mit dem Finger zu manövrieren, war bequemer.

Die letzte Sichtung der *Rike* war aus dem Hansahafen gemeldet worden. Gegen ein Uhr nachts sei sie aus dem Hafenbecken Richtung Landungsbrücken geschippert. Das Streifenboot von Toms paralleler Schicht hatte vermutet, dass die Barkasse Gäste zu den 50er-Schuppen gebracht hatte. Die waren bekannt für ihre großen Events. Das klang logisch, doch der Kollege hatte das gecheckt und festgestellt, dass dort an diesem Tag keine Veranstaltungen stattfanden, und das Hafenmuseum, zu dem die Schuppen gehörten, war nachts geschlossen.

Tom hielt auf die Elbphilharmonie zu. Das sündhaft teure Konzerthaus hatte sich inzwischen in die Herzen der Hamburger geschlichen, doch für einen längeren Blick reichte die Zeit nicht. Er bog steuerbord in den Hansahafen ein. Auch hier gab es zunächst keine Möglichkeit für eine Barkasse, an den hohen Spundwänden anzulegen. Tom fuhr tiefer in das Hafenbecken hinein.

Backbord lag der Abstellplatz für die nicht mehr zugelassenen Abwrackautos. »Die Wagen werden per Autotransporter aus ganz Deutschland hierhergeschafft und gesammelt, bevor sie jeden Monat nach Benin oder Zentralafrika verschifft werden«, erklärte er Jonna, die den Hals reckte, um besser sehen zu können.

Am eigens dafür gebauten O'Swaldkai ermöglichten Rampen das Verladen auf die Schiffe. Gerade lag eines an der Mitte der langen Kaianlage, und ein Auto nach dem anderen verschwand über die Heckrampe im Inneren eines Transporters.

»Im Roll-on-Roll-off-Verfahren gibt ein Gabelstapler, der mit diversen Autobatterien beladen ist, den Wagen Starthilfe«, fuhr

Tom fort. »Ein Driver fährt sie dann auf das Schiff. Da werden sie so dicht an dicht geparkt, dass der Fahrer die Schrottlaube nur noch durch die Seitenscheibe verlassen kann, weil die Türen nicht mehr aufgehen.« Tom grinste. »Nur was für dünne Heringe.«

»Wirklich?«

Tom nickte. »Nur hochwertige Autos werden in Containern verschifft. Da werden auch geklaute Autos verschoben. Wir öffnen immer mal wieder die Containerplomben und checken die Fahrgestellnummern, um zu sehen, ob die Wagen als gestohlen gemeldet oder es unterschlagene Mietwagen sind.«

»Ich habe gehört, die schleifen die Nummern weg?«

»Die Hersteller verstecken Nummern und tauschen sich mit der Polizei aus. Aber natürlich kriegen wir nicht alle, und die Ribaldi Lines verschifft die geklauten Wagen dann auf Nimmerwiedersehen nach Nigeria, Togo oder Ghana.«

»Was hätte Dominic hier machen wollen?«

Gute Frage. Für Drogengeschäfte war der Platz denkbar ungeeignet, da keine Kuriere in das Gelände eindringen konnten, das von der Hamburger Hafen und Logistik AG nach höchsten Sicherheitsstandards bewacht wurde. Und um Autos zu klauen, brauchte er seine Barkasse nicht.

Noah Bonnichsen hatte gelacht, als Jonna ihn fragte, ob er sich Dominic als Drogenkurier vorstellen könnte. Es musste um etwas gehen, was Noah wusste, ohne sich darüber klar zu sein. Warum sonst hätte man ihn angreifen sollen?

»Habt ihr mal darüber nachgedacht, dass Kruger zur Zielscheibe werden könnte?«, fragte Tom. »Er kannte Dominics Geschäfte am besten, und er war nach der Tat vom Erdboden verschluckt. Vielleicht hat es Noah getroffen, weil Kruger nicht auffindbar war?«

»Wir müssen ihn warnen, auch wenn er es nicht hören will.« Jonna schüttelte den Kopf. Sie griff zum Telefon und rief Daan

Van der Waal an. Sie bat ihn, Kruger zu suchen und ihn zu beraten.

»Guck mal, da vorn ist eine Rampe …«, rief Tom. »Da hätte Lutteroth jemanden treffen können, um Ware an Bord zu nehmen.« Nicht besonders einsam gelegen, denn gegenüber am Bremer Kai lag die MS *Bleichen,* ein weiteres Museumsschiff direkt vor den 50er-Schuppen. Die drei Gebäude aus der Kaiserzeit wurden für Großveranstaltungen genutzt und waren frei zugänglich. Hier standen vielleicht auch nachts mal Angler und versuchten ihr Glück. Immerhin war das Angeln hier erlaubt.

Tom drosselte die Fahrt, weil er weiter vorn steuerbord zwischen dem alten Dampfschiff *Schaarhörn* und der Viermastbark *Peking* an die Kaimauer wollte.

Er zeigte mit dem Arm voraus, damit Jonna auf sie aufmerksam wurde. »Angler.«

»Bei den Kränen?«, fragte Jonna und schirmte ihre Augen mit der Hand gegen die Sonne ab.

»Kranen«, korrigierte Tom. »Im Hafen spricht man übrigens nicht von Kränen. In der Hafensprache heißt es Krane!«

Tom sah Jonna das erste Mal an diesem Tag mit der Andeutung eines Lächelns.

Ein Kollege stand schon im Gangbord und warf die Fender raus, damit Tom dichter an die Kaimauer herankam und es kein Problem geben würde, falls er sie touchierte. Die Angler rollten in Höchstgeschwindigkeit ihre Ruten ein, bevor das Streifenboot ihre Schnur zerreißen konnte. Sie waren nicht begeistert von diesem ungebetenen Besuch, der die Fische vertrieb.

»Die gehen auf Zander«, sagte Jonna.

Das zweite Lächeln des Tages erreichte ihn.

Er beugte sich über die Reling. »Moin. Wir sind auf der Suche nach Anglern, die hier nachts eine Barkasse gesehen haben. *Rike* heißt sie.« Er sah die Blicke, die sich die Jugendlichen zuwarfen.

Dass die drei das Fischen ernst nahmen, sah Tom daran, dass sie nicht nur professionelles Equipment dabeihatten, sondern auch die obligatorische Jogginghose gegen kakifarbene Cargohosen und karierte Angeljacken getauscht hatten. Das verkehrt herum aufgesetzte Basecap war geblieben.

Einer der drei war nonverbal zum Sprecher ernannt worden. Er rieb sich die Nase, überlegte einen Moment und nickte dann.

»Wann?«

»Zweimal, Digga, is was her. Drüben am Südwesthafen.« Er zeigte mit dem Daumen hinter sich.

»Habt ihr was beobachtet?«

Der Sprecher legte den Kopf schief, was bedeutete, dass Tom nicht falschlag.

»Hab die keifen gehört. Die haben Kisten abgeladen, und der eine hat sie fallen lassen. Aber das war nicht meine Sache, ich wollte nix hören. Nix wissen. Ich schwör.« Er zuckte mit den Schultern, und seine Kumpel nickten eifrig.

»Was für Kisten?«

»Alukisten. Mehr weiß ich echt nicht. Hab nicht hingeguckt. Als ich mich das letzte Mal in eine Schlägerei eingemischt habe, hab ich deswegen Auflagen gekriegt, hab keinen Bock mehr auf Stress.«

»Und seitdem?«

»Nix, Mann. *Nada*. Hab die nicht mehr gesehen.«

»Danke und Petri Heil!«

»Yo, Alter, Fische haste krass vertrieben!«

Um das Streifenboot zu drehen, gab Tom ordentlich Gas. Die Angler hatten recht, Fische würden sich heute nicht mehr blicken lassen.

»Ich glaube, dass wir mit der Drogentheorie falschliegen«, sagte er und wandte sich zu Jonna um. »Ich habe mit den Kollegen vom Zoll gesprochen. Der Kokainhandel im Hamburger Hafen blüht, aber das läuft in ganz großem Stil über die Container. Das Kokain wird zwischen legalen Waren versteckt, die Täter holen es aus den Containern und versiegeln diese wieder. Das ist eine Nummer zu groß für einen Barkassenkapitän, und …«

Tom seufzte, als sein Handy ihn erneut unterbrach. Konnte die Wache ihn nicht in Ruhe lassen?

»Was?«, bellte er ins Telefon.

Quetsche war in der Leitung und beschwerte sich lautstark. Was Tom einfiele, einfach ohne ihn mit dem Boot zu verschwinden?

»Wir sind Partner in dieser Mordsache. Ruf mich gefälligst an, bevor du irgendwelche Alleingänge unternimmst. Zu jeder Tages- und Nachtzeit!«

»Danke«, sagte Tom und meinte es genauso. Der Quetsche, der ihn noch vor wenigen Tagen für sein Engagement gerügt hatte, stand plötzlich an seiner Seite und war bereit, Grenzen zu überschreiten. Ein gutes Gefühl.

Erfreut hörte er sich an, was Quetsche noch zu berichten hatte.

Jonna hatte nichts mitbekommen und blickte aufs Wasser.

»Es ist nicht immer der Wind, wenn die Boote wackeln«, sagte Tom.

Jonna drehte sich irritiert zu ihm um.

»Schluss mit Trübsal. Es ist sicher nicht dein erstes Mal, dass du Rückschläge in einer Mordermittlung in Kauf nehmen musst. Du kannst nicht aufgeben und ins Wasser starren.«

Ihre Augenbrauen hüpften nach oben. »Ist das ein Anschiss?«

»Ein Weckruf!«

»Du hast ja recht. Ich habe nur zum ersten Mal Angst, etwas zu übersehen … dass ich wirklich zu alt für die Ermittlungen bin.«

»Das hat deine Chefin ja toll hinbekommen! Selbsterfüllende Prophezeiung. Nix da. Es gibt gute Nachrichten, wir fahren zurück an die Wache.« Tom lachte befreit auf. »Es gibt Bilder aus einer Überwachungskamera. Volltreffer!«

KAPITEL 30

Charlotte ignorierte sämtliche Tempolimits und fuhr waghalsige Überholmanöver, um wie ein Tornado aus dem Hafen nach Winterhude zu kommen. Am Ende war sie kaum zwei, drei Minuten schneller, denn rote Ampeln machten jede ihrer Bemühungen zunichte. Aushalten ließ sich das Ganze nur, weil Ada direkt aus dem Hobenköök eine Streife des PK 33 zu ihrer Wohnanschrift geschickt hatte und Charlotte die weinende Nathalie die meiste Zeit am Telefon hatte.

Als sie ihr Ziel erreichte, sah sie zu ihrer Erleichterung einen Streifenwagen vor der Tür stehen. Nathalie hatte vor wenigen Minuten das Gespräch unterbrochen, um den beiden Schutzpolizisten die Tür zu öffnen.

Wen hatten die Kollegen vor ihrer Wohnungstür angetroffen? War Daniel vorläufig festgenommen und schmorte in einer Arrestzelle?

Als sie im ersten Stock den Schlüssel in ihre Wohnungstür schob, hörte sie Nathalie nach ihr rufen. Aber wenn Charlotte gedacht hatte, dass sie sich in ihre Arme stürzen würde, wurde sie schnell eines Besseren belehrt. Ihre Tochter zeigte keine Angst mehr, sondern informierte sie fröhlich, dass die zwei Kollegen voll cool wären, aber alle Kekse geschreddert hätten.

Charlottes Erleichterung war grenzenlos. Eine Beamtin der Schutzpolizei trat aus der Küche und lächelte sie an.

»Es war niemand mehr da, als wir ankamen. Wir sind mit Martinshorn angefahren, das muss ihn verschreckt haben.«

»Oh, vielen Dank. Hauptsache, es ist nichts passiert. Ich bin so froh, dass ihr sofort gekommen seid.«

Aus der Küche trat ein weiterer Kollege, der einen Becher und einen Keks in der Hand hielt. »Tolle Tochter hast du übrigens.«

Charlotte lachte und merkte selbst, wie aufgesetzt es klang.

Nachdem sich die beiden verabschiedet hatten, schloss Charlotte die Tür und stellte die Alarmanlage scharf. Für heute waren sie sicher.

»Wir müssen reden, Nat!«

Ihre Tochter war plötzlich nicht mehr halb so forsch wie vor ein paar Minuten. Sie rieb sich die Nase und verschwand in der Küche.

Charlotte hängte ihre Jacke an die Garderobe, legte die Handtasche mit ihrer Waffe auf das Sideboard, streifte die Schuhe ab und ging ins Badezimmer, um sich die Hände zu waschen und die Bruchstücke ihres angstzerstobenen Selbst wieder zusammenzusetzen.

In der Küche erwarteten sie eine zerknirschte Nathalie, haufenweise Kekskrümel und eine laufende Kaffeemaschine. Nathalies Art, sich zu entschuldigen.

»Du hast ihn also getroffen?«, fragte sie und setzte sich an den langen Küchentisch. Mit der Hand wischte sie die Kekskrümel zusammen und dann wieder auseinander.

Nathalie druckste ein bisschen herum, dann erzählte sie, dass sie vor der Schule von einem Mann angesprochen worden war, an den sie sich vage als ihren Vater erinnerte. Faltig war er geworden und trug Glatze. »Hatte er nicht früher Locken? Du hast mir nie Fotos von ihm gezeigt.«

Charlotte nickte. Nathalie hatte ein paarmal gefragt, warum es keine Fotos von ihrem Vater gäbe, und Charlotte hatte gelogen und gesagt, dass die Fotokiste beim Umzug verloren gegangen sei. Sie hatte wirklich keine Bilder mehr. Ihr war klar geworden, dass sie sie nicht ansehen konnte, ohne den rasenden Schmerz und die Demütigung zu spüren. Sie hatte sich entschieden, alles zu verbrennen. Symbolisch und in der Realität. Sie hatte den Scheiterhaufen ihrer Beziehung angezündet.

»Er hat mich auf ein Eis eingeladen«, sagte Nathalie. Sie hatte sich geschmeichelt gefühlt und sich nichts dabei gedacht, mitten in der Öffentlichkeit ein Eis essen zu gehen. Sie schluckte und sah Charlotte aus tränenverschleierten Augen an. »Ich war neugierig und wollte meinen Vater wiederfinden.«

»Es ist meine Schuld. Ich hätte eher mit dir über ihn sprechen müssen. Du warst damals noch so jung. Du kannst dich nicht an unsere Trennung erinnern.« Sie senkte den Kopf. »Ich dachte, Erklärungen hätten noch Zeit.«

»Er hat gesagt, du hättest ihn rausgeschmissen und verboten, dass er Kontakt zu mir hält. Er sei im Ausland gewesen, sonst hätte er sich um mich gekümmert. Stimmt das?«

Bevor Charlotte antworten konnte, setzte Nat nach.

»Deine ewige Besorgnis, wenn ich mich verspäte. Ich habe schon lange gespürt, dass das übertrieben ist. Ich kann mich aber nur an Bruchstücke erinnern.«

»Woran erinnerst du dich?«

»Eis essen!«

Charlotte lachte. Nathalie liebte seit frühester Kindheit Speiseeis. Vor allem Vanille und Schoko, die beiden Klassiker.

»Locken und ein Bart. Ich auf seinen Schultern. Solche Sachen … aber ich erinnere mich nicht daran, dass er hier in der Wohnung mit uns war.«

»Wir sind erst nach der Trennung hierhergezogen.«

»Bist du seinetwegen zur Polizei?«

Eine harmlose Frage, doch in Charlotte setzte sie eine Reihe von Erinnerungen in Gang, an die sie genauso wenig gern zurückdachte wie an den Vater ihrer Tochter.

Lebensereignisse, die man sich nicht aussuchte, Lebensentscheidungen, die man traf. Sie machten einen zu dem, der man war.

»Ich weiß nicht, wo ich anfangen soll? Du weißt, dass Onkel Lars und ich früh unsere Eltern verloren haben?«

»Durch den Autounfall. Das Geheimnis hat Lars gelüftet.«

Sie hatte es ihrer Tochter auch erzählt, aber gut, sie wollte keine Haare spalten.

»Ich war damals neunzehn Jahre alt und hatte einen Studienplatz für Psychologie.«

Nathalie rollte mit den Augen, da sie um Charlottes Interesse an der Wissenschaft wusste, aber nicht unbedingt schätzte. Ihr Herz schlug für Mode, Schmuck, Holzarbeiten, basteln, malen, modellieren … auf jede nur erdenkliche Art kreativ sein.

»Lars war so alt wie du heute, und ich war plötzlich nicht nur seine ältere Schwester, sondern seine Erziehungsberechtigte. Um uns durchzubringen, brauchte ich sofort eine bezahlte Arbeit und kein ewiges Studium. Ein Beamtenverhältnis schien mir eine gute Idee, und die Polizei hatte gerade eine Einstellungsoffensive gestartet. Ich habe mich beworben.« Sie strich sich die Kekskrümel in die Hand und brachte sie zum Mülleimer. »Möchtest du einen Keks?«

Nat schüttelte ungeduldig den Kopf.

»Ich habe diese Entscheidung nie bereut, es lief prima. Ich habe für uns gesorgt. Wir sind in der Wohnung unserer Eltern geblieben. Drei Jahre später habe ich Daniel kennengelernt – deinen Vater.« Sie holte tief Luft. »Ich war jung und mit Männern vollkommen unerfahren. Daniel war charmant und selbstbewusst. Ich wechselte gerade von der Schutz- zur Kriminalpolizei. Mein Bruder war mitten in der Pubertät und ein unerträglicher Sechzehnjähriger, der die Schule mit Ach und Krach nach der zehnten Klasse abschloss. Daniel … ich habe mich in ihn verliebt. Er gab mir Halt, und ich dachte, ich könnte die Verantwortung mit ihm teilen.«

Charlotte versuchte, Nathalie die Wahrheit zu erzählen. So wie es damals gewesen war, und nicht überschrieben durch das, was danach passierte. Wie erklärte man einer Dreizehnjährigen, dass man einen Menschen vollkommen falsch eingeschätzt hatte? Dass man so lange die Augen verschloss vor den Charaktereigenschaften, die nicht in das Traumbild passten, die man sich von seinem Freund gemacht hatte, bis es zu spät war?

Nathalie zog ihre Beine im Schneidersitz auf den Stuhl, legte ihre Hände um den Teebecher und hing an ihren Lippen. Sie hockte da wie ein kleines Mädchen, doch ihr Gesichtsausdruck sah verdammt erwachsen aus. Sie hatte ein Recht auf die Wahrheit.

»Ich wurde schwanger. Um ehrlich zu sein, war das nicht geplant, aber du warst gewollt. Wir haben uns sehr auf dich gefreut. Selbst Lars wollte der beste Patenonkel der Welt werden und war weniger aufsässig.«

»Mhm. Wo hast du Papa kennengelernt?«

Charlottes Magen krampfte sich zusammen. »Bitte, Nat, nenn ihn nicht Papa. Er war dir kein Papa!«

»Mhm.«

Sie blickte Charlotte auffordernd an. Hieß das, dass sie Daniel nicht mehr Papa nennen würde, oder hieß das *lass mich in Ruhe.* »Wir haben uns in einem Café kennengelernt. Ich habe dagesessen, und ein paar Typen haben mich blöd angemacht. Nichts Schlimmes, aber Daniel ist aufgestanden und hat sich vor mich gestellt. Die Burschen sind sofort abgezogen, und ich habe mich bedankt, und er blieb auf einen zweiten Kaffee. Ich fand ihn attraktiv, und es war, soweit ich mich erinnere, das erste Mal in meinem Leben, das jemand anderes sich um mich sorgte und nicht umgekehrt. Wir haben uns wiedergetroffen. Er war zu einer Fortbildung in Hamburg, eigentlich war er zu dieser Zeit in Münster stationiert.«

Charlotte musste eine Pause machen. Ihr Herz raste, ihre Stimme zitterte. Sie versuchte, neutrale Worte zu finden für einen Mann, den sie zutiefst hasste.

»Papa … er ist amerikanischer Soldat. Das hat er mir erzählt.«

Charlotte nickte. Ja, sie hatte sich in einen GI verguckt und war sofort schwanger geworden. So naiv und blöd. Sie hatte nicht gewusst, was auf sie zukam, und hatte viel zu spät hinter Daniels Fassade geschaut. Vielleicht weil sie einen rauen Ton aus dem Elternhaus gewohnt war? »Es lief ganz gut … bis … ein paar Ereignisse unsere Welt veränderten.«

»War es meine Schuld?«

»Nein.« Charlotte stand auf, strich Nat über den Kopf und schlich zur Kaffeemaschine, um sich eine Tasse Kaffee zu holen. »Dein Vater fühlte sich überfordert mit einem Säugling, er musste wieder zurück nach Münster und pendelte … und er war sehr eifersüchtig.« Sie lächelte Nat an. »Ich war so verliebt in dich. Wir beide hatten eine innige Bindung. Jedes Baby braucht zunächst seine Mutter. Ich habe dich gestillt, und Daniel … er fühlte sich ausgeschlossen, die Probleme häuften sich.«

Jetzt war es raus. Zumindest ein Teil. Den Alkohol ließ sie lieber außen vor. Und die Schläge?

»Als du ein Jahr alt warst, machte ich Karriere bei der Polizei, und Daniel wurde immer eifersüchtiger. Auf die vielen männlichen Kollegen, auf meine spannende Arbeit, auf das Geld, das ich verdiente, ach, auf alles …« Sie seufzte. »Wir stritten uns. Er veränderte sich. Oder er war schon immer so, und ich hatte es nicht wahrhaben wollen.«

»Vielleicht hattest *du* dich verwandelt.«

»Sicher, ich war jetzt eine liebende Mutter. Aber ich meine eine andere Art von Veränderung. Daniel wurde gewalttätig. Er prügelte sich in der Kaserne. Wurde mit illegalen Waffen erwischt. Zunächst habe ich seinen Entschuldigungen nach den Entgleisungen geglaubt, aber er kontrollierte mich bis ins letzte Detail, und seine Wut war grenzenlos. Wir haben uns getrennt, und ich hörte eine Zeit lang nichts mehr von ihm.«

Charlotte überlegte krampfhaft, wie sie Nat die wichtigsten Szenen beschreiben konnte, ohne sie zu überfordern.

»Dann stand er plötzlich wieder vor der Tür und ging zu weit. Nach einem Streit hat er mich angegriffen.« Sie zeigte auf ihre Narbe. »Ich behielt dieses Andenken, und die U. S. Army schickte ihn zurück nach Amerika. Ich hätte nie geglaubt, dass er jemals nach Deutschland zurückkommt.«

»Worüber habt ihr gestritten? Was hat er getan?«

»Ich weiß nicht mehr genau, worum es ging«, log Charlotte. »Es hatte etwas mit seinem Aufenthaltstitel zu tun …«

Nat zog die Augenbrauen nach oben. »Davon hat er was erzählt. Dass er eine Münchnerin heiraten will, um in Deutschland bleiben zu dürfen. Alles nur, um mich zu sehen. Stimmt das?«

»Ich weiß nicht, Nat. Ich habe ihn seit damals nicht mehr wiedergesehen. Er wurde verurteilt, musste das Land verlassen … Wir haben es doch gut, oder?«

»Vielleicht möchte er einfach nur Kontakt zu seiner Tochter?«

Das Telefon klingelte. Charlotte sah auf dem Display, dass es Ada war. Nathalie stand auf und gab ihr zu verstehen, dass sie rangehen solle. Sie verschwand in Richtung Badezimmer. Vielleicht brauchten sie beide eine kurze Pause.

Charlotte nahm Adas Frage vorweg: »Es ist alles okay! Er war nicht mehr da, als die Kollegen hier ankamen.«

»Gott sei Dank! Können wir über deinen Plan sprechen? Bitte, sei nicht bockig!«

Charlotte seufzte. Ada hatte ja recht. Blinde Aktionen brachten gar nichts.

»Ich denke drüber nach und sag dir Bescheid, versprochen.«

Charlotte ahnte Adas erleichtertes Seufzen mehr, als dass sie es hörte. Ada konnte sich darauf verlassen, dass Charlotte Wort hielt. Das war eines ihrer ungeschriebenen Gesetze.

»Bevor du irgendetwas unternimmst, sprichst du mit mir. Ich habe da vielleicht noch eine Idee, also eine Möglichkeit, über die ich noch nicht sprechen kann.« Sie seufzte. »Ach, alles ein Scheiß! Ich bin im Krankenhaus bei Noah Bonnichsen. Ich hab gedacht, das hilft dir vielleicht.«

»Was? Das ist lieb von dir. Wie geht es ihm?«

»Er ist weiterhin ohne Bewusstsein, aber stabil. Ob es bleibende Schäden gibt, weiß man erst, wenn er aufwacht. An seinem Bett saß seine Freundin. Ich habe mich ein bisschen mit ihr unterhalten. Sie ist total fertig.«

Charlotte fragte sich, ob Jonna wusste, dass es diese Freundin gab. Die Körperverletzung wurde nicht von ihrem Team bearbeitet. Spielte es eine Rolle für den Mord an Dominic Lutteroth?

»Sie hat vom Urlaub erzählt und davon, dass sie sich vor Kurzem eine gemeinsame Wohnung gemietet haben. Für beide ist es das erste Mal, dass sie mit einem Partner zusammenwohnen. Sie waren sehr glücklich, aber hatten Sorge, ob Noah einen Job findet, falls Lutteroth ihn nicht behalten kann. Er hat wohl in der Pandemie nicht immer pünktlich das Gehalt gezahlt. Das hat die Freundin genervt. Sie hat Lutteroth kennengelernt, weil er bei ihrem Umzug mit angepackt hat. Das hat ihr imponiert. Er sei ein lustiger Kerl gewesen und habe die schweren Schränke mit Noah in den dritten Stock gewuchtet. Jedenfalls, bis seine Frau ihn nach Hause beorderte.«

Nathalie kam wieder in die Küche, öffnete den Kühlschrank, um sich einen Saft herauszuholen, trank direkt aus der Flasche und stellte sie zurück. Gläser standen bei ihr nicht besonders hoch im Kurs.

Charlotte bedankte sich bei Ada und beendete das Gespräch, um den Moment mit Nathalie nicht zu zerstören, obwohl sie gerne gehört hätte, welche Idee Ada in Bezug auf ihren Ex noch hatte. Nats Frage stand wie ein Vorwurf im Raum, und das konnte sie nicht stehen lassen.

»Ich wünschte, es ginge darum, dass er Kontakt zu dir haben möchte. Das wäre für mich in Ordnung, wenn … wenn er nicht der Mann wäre, als der er sich entpuppt hat.« Charlotte wischte sich mit der Hand über das Gesicht. Wie erklärte man seiner Tochter, dass ihr Vater ein Psychopath war, der versucht hatte, seine Tochter und sie zu töten?

»Wir sind ohne ihn besser dran«, flüsterte sie.

Nathalie fragte nicht weiter nach. Sie weinte hemmungslos.

Charlotte war dankbar, dass sie sich dabei in die Arme nehmen ließ.

Später, als Charlotte ins Bett gehen wollte, drückte sie die Klinke zu Nats Zimmer herunter und war erleichtert, dass die Tür nicht abgeschlossen war. Sie warf einen Blick auf ihre schlafende Tochter. Ihre Kleine, die inzwischen ihre eigenen Entscheidungen traf und bald ein Leben ohne ihre Mutter führen würde.

Charlotte musste lernen loszulassen. Sie konnte sie nicht vor der Wahrheit schützen. Früher oder später würde Nathalie anfangen nachzuforschen. Irgendwann lägen die ganzen hässlichen Tatsachen vor ihr. Charlotte war es nur wichtig, dass Nat erst dann erfuhr, was für einen Vater sie hatte, wenn er keine Bedrohung mehr für sie darstellte.

Und sie hatte auch eine Idee, wie das zu erreichen war. Eine verrückte Idee, aber es war eine Möglichkeit. Sie durfte nur Nathalie dabei nicht gefährden.

Sie nahm ihre Handtasche aus der Garderobe mit ins Schlafzimmer, legte sie aufs Bett und zog die Waffe heraus. Sie ließ das

Magazin aus der Waffe gleiten und prüfte, ob es gefüllt war. Dann zog sie den Verschluss zurück und vergewisserte sich, dass keine Patrone in der Kammer war. Sie legte die Waffe an, visierte über die Kimme einen imaginären Punkt am anderen Ende des Raumes und stellte sich Daniel vor.

Und drückte ab.

KAPITEL 31

Jonna arbeitete wie besessen, um die Puzzlestücke an die richtige Stelle zu legen und ein Motiv zu erkennen. Sie sah sich zusammen mit Tom die Überwachungsvideos der Hafenbehörde an. Die am Ausgang des Alten Elbtunnels angebrachte Kamera der Hamburg Port Authority hatte Dominic Lutteroth vor einigen Tagen erfasst, als er mit zwei unbekannten Männern und einem Handwagen den Tunnelausgang passierte. Seither versuchte sie verzweifelt, herauszubekommen, wer die beiden Typen waren.

Daan Van der Waal hatte Kruger sturzbetrunken in Entenwerder aufgetrieben. Er sah sich nicht in Gefahr und hatte jede Hilfe abgelehnt. Jonna glaubte ihm nicht, dass er nichts über die nächtlichen Fahrten von Lutteroth wusste. Aber der alte Barkassenführer gab nichts preis, als Jonna ihm am nächsten Tag die Bilder der beiden Männer von der Überwachungskamera vorlegte. Den Handwagen, den Lutteroth benutzt hatte, identifizierte er immerhin als denjenigen, mit dem sie die Getränke an Bord der Barkassen brachten. Dass unter den Getränkekisten zwei Alukisten standen, nahm er schulterzuckend zur Kenntnis. Isabell Lutteroth stieß ins gleiche Horn. Sie hatte angeblich keine Ahnung, wer die beiden Männer waren.

Jonna warf einen Blick in den bewölkten Himmel, der Regen versprach und nichts hielt.

Die Zeit raste. Viele lange Tage, kurze Nächte, und am Ende war sie keinen Schritt weiter. Sie hatten die beiden Männer immer noch nicht identifiziert.

Eines Mittags dann die Unterbrechung.

Jonna stand im hinteren Teil des Saales und sah sich die Trauergäste aus der Entfernung an. Eine gute Woche nach seinem Tod fand an diesem Tag die Trauerfeier für Dominic Lutteroth statt. Jonna hasste es, wenn sie aus beruflichen Gründen an solchen Trauerfeiern teilnehmen musste. Das stimmte sie immer traurig. Sie weinte nicht um den Verstorbenen, sondern war zutiefst berührt vom Schmerz der Menschen, die den Toten geliebt und verloren hatten. Deren Verzweiflung umfing sie wie eine kratzende Decke. Um wen würde sie weinen? Ihre Eltern waren lange tot, Kinder hatte sie nicht, nicht mal einen Geliebten. Würde sie um Robert, ihren Ex-Mann, trauern? Trotz allem, was er ihr angetan hatte, trafen sie sich alle paar Monate auf ein Glas Wein oder ein Essen in einem schicken Restaurant. Zwischen ihnen herrschte eine seltsame Art der Sprachlosigkeit, da sie an dem Leben des anderen nicht mehr teilnahmen. Es war kompliziert. Und bedrückend. Manchmal erkannten sie im anderen Reste von dem, was sie einst geliebt hatten. Die Zeit hatte sie verändert, und jedes Mal standen sie voreinander und fragten sich, was schiefgegangen war zwischen ihnen beiden, wie es zu dieser folgenschweren Affäre seinerseits gekommen war. Nie kamen sie einer Antwort nahe.

Die Witwe Lutteroth war ohne ihre Tochter, dafür in einem exquisiten Outfit erschienen. Schwarz war eben doch nicht gleich Schwarz. Ihr Kostüm mit dem Bleistiftrock betonte ihren schlanken Körper, ein Hut thronte auf den blonden Locken und ließ ihre Augen hinter einem Spitzenschleier verschwinden.

Nicht nur die Witwe war elegant, auch der Ort der Trauerfeier war edel. Isabell Lutteroth hatte in die Hafenkammer geladen. Das maritime Restaurant lag kurz vor dem Altonaer Fischmarkt und bot durch seine Panoramafenster einen unverstellten Blick auf die Elbe und den Hafen. Die Aussicht auf die vorbeischippernden Barkassen, Fähren und Frachtschiffe hätte nicht schöner sein können. Drinnen schufen ein rustikales Ambiente und eine Vielzahl von Kerzen eine feierliche Atmosphäre. Leider waren die Augen der meisten Gäste tränenverschleiert, und der Himmel zeigte sich der Trauerfeier angemessen dunkel und regnerisch.

Dass der Barkassenkapitän Lutteroth beliebt gewesen war, ließ sich aus den ehrlich bekümmerten Gesichtern vieler Anwesender ablesen. Diese Mienen unterschieden sich deutlich von denen der wenigen Leute, die aus Neugier gekommen waren und etwas zur Schau stellten, was sie für den Ausdruck von Trauer halten mochten. So oder so füllte sich der Saal mit Dominic Lutteroths Weggefährten aus dem Hafen.

Einzelne Pressevertreter hatten vor dem Gourmettempel gewartet und die Witwe mit Blitzlichtgewitter willkommen geheißen. Sie war zusammen mit Kruger und einer Frau, von der Jonna annahm, dass es sich um die Nachbarin und Freundin Janetta Ziegler handelte, vor dem Restaurant aus einem Taxi gestiegen. Isabell Lutteroth hatte würdevoll das eine oder andere Wort mit den Journalisten gesprochen, bis Kruger sie ins Innere geführt hatte.

Jonna hatte den Eindruck, dass der alte Mann seinen Alkoholabsturz weggesteckt hatte und sich mächtig ins Zeug legte, um Isabell alle Wünsche von den Augen abzulesen.

Die Witwe begrüßte ihre Gäste tuschelnd und tupfte sich mit einem bestickten Tüchlein die Tränen von der Wange. Den Schleier hatte sie inzwischen gehoben.

Dominic Lutteroth war nach der Freigabe durch die Staatsanwaltschaft sofort eingeäschert worden, und seine Urne sollte später auf See bestattet werden.

Selbstverständlich hatte die Witwe die Polizei nicht zur Trauerfeier eingeladen, aber darauf konnte Jonna keine Rücksicht nehmen, und so stand sie im Türrahmen zum Nebensaal, um sich die Trauergäste anzusehen. Daan Van der Waal schoss mit einer kleinen Kamera so unauffällig wie möglich ein paar Fotos. Jonna hatte der Witwe im Vorfeld der Feierlichkeiten eine Gästeliste abgerungen, aber Kontrolle war besser.

In diesem Moment sah Jonna Christian Graf zur Tür hereinkommen. Er trug einen schwarzen Anzug und sah sich um. Jonna hatte interessiert zur Kenntnis genommen, dass er nicht zur Trauerfeier eingeladen war. Warum war er nun entgegen seiner Aussage und einer fehlenden Einladung doch zur Zeremonie erschienen?

Er wechselte ein paar Worte hier und da. Natürlich, die Hafenleute kannten sich. Isabell Lutteroth hatte ihn noch nicht bemerkt. Graf schlenderte auf Jonna zu.

Ihre Augenbrauen zuckten fragend nach oben, als sie seinen verärgerten Gesichtsausdruck wahrnahm.

»Ich war heute Morgen bei Noah im Krankenhaus. Sie lassen ihn bewachen?« Er hielt sich nicht mit Geplauder auf.

»Wir wissen nicht, was passiert ist, und bis dahin gelten er und Lutteroths Geschäftspartner Kruger als gefährdet. Im Gegensatz zu Kruger wehrt sich Noah nicht gegen den Polizeischutz.«

»Sie haben immer noch keine Ahnung, wer hinter dem Angriff auf den Jungen steckt?«

»Wir versuchen herauszufinden, wozu Lutteroth die *Rike* noch benutzte, außer Touristen den Hafen zu präsentieren. Können Sie uns sagen, wohin er nachts auf seiner Barkasse im Hafen unterwegs war?«

»Zeigen Sie deshalb das Foto von den beiden Männern rum? Haben diese Kerle Noah verprügelt?«

Jonna schwieg. Es gab nichts zu sagen, wenn Christian Graf nur interne Ermittlungsergebnisse abfragen wollte.

In diesem Moment setzten sich die Gäste auf ein Zeichen an den Tisch. Nur die Witwe, ihre Freundin und Kruger standen noch an der Stirnseite der langen Tafel.

»Ich werde mich umhören«, raunte Graf.

»Das lassen Sie gefälligst bleiben. Sie haben uns genug Zeit und Energien gekostet und unsere Ermittlungen behindert. Sie halten sich raus, das ist Sache der Polizei!«

»Ich bin gespannt, was Sie da erfahren wollen. Mit mir reden die …«

»Ich habe Sie im Blick. Sie tun keinen Schritt mehr im Hafen, ohne dass ich davon Wind bekomme.«

In diesem Moment nahm Hans Kruger eine aus massivem Messing gefertigte Schiffsglocke in die Hand und zog an dem kunstvoll geflochtenen Tampen, der an dem Klöppel hing. Der Klöppel schlug gegen die Glockenwand, und es ertönte ein Klang, der die Gäste sofort verstummen ließ. Die Witwe und ihre Freundin setzten sich, Hans Kruger blieb stehen. Ihm war sichtbar unwohl in seiner Haut, er holte mehrmals tief Luft.

»Die Schiffsglocke hat einmal geschlagen«, raunte Tom ihr ins Ohr, als er hinter sie trat. »Sie kündigt die erste Wache an.«

Kruger sprach langsam und stockend zunächst, dann flüssiger: »Dominic Lutteroth wurde plötzlich und unerwartet aus dem Leben gerissen. Wir sind heute hier, weil wir uns in Trauer von ihm verabschieden müssen. Lasst uns eines großartigen Mannes gedenken.« Seine Stimme zitterte.

Jonna ließ ihren Blick schweifen. Sie sah sich einzelne Gesichter der Trauergäste an und versuchte zu ergründen, ob einer von ihnen eine Regung zeigte, die ihn verdächtig erscheinen ließ.

Sie sah zu Charlotte. Auch sie hatte sich fein gemacht. Sie hatte ihre blonden Haare hochgesteckt und hatte ein schwarzes Kleid an. Verdammt, nur Jonna trug eine einfache dunkle Hose, Rollkragenpullover und Jackett. Deutlich underdressed.

Die Stimme Krugers drang wieder zu ihr durch.

»Er hat in der Coronapandemie gegen den finanziellen Ruin gekämpft. Um jeden einzelnen Touristen gerungen. Wollte nicht aufgeben und hat fest daran geglaubt, dass unser schöner Hafen eine Zukunft hat. Seinen letzten Kampf hat er verloren …« Kruger holte tief Luft und rang um Fassung. »Sein Schiff verschwindet hinter dem Horizont. Er ist immer noch da, nur sehen wir ihn nicht mehr. Deshalb läuten wir ihm das Ende der Wache.«

Kruger griff erneut nach der schweren Glocke, hielt sie mit der rechten Hand hoch über seinen Kopf und zog die Kordel. Nacheinander erklangen vier Doppelschläge in die Stille, die seinen Worten nachhallte.

Von draußen aus dem Hafen ertönte ein Signalhorn. Andere Schiffe antworteten und schlossen sich dem Gedenkruf an Dominic Lutteroth an.

Der Hafen erwies ihm die letzte Ehre.

Später saßen Gäste in Grüppchen zusammen, hatten Getränke vor sich stehen und manche einen gefüllten Teller vom Büfett. Gemurmel flirrte durch den Raum, und ab und zu erklang ein leises Lachen. Die Gespräche drehten sich um den Toten und den Hafen, seine Barkassen, und wie es damit weiterging.

Jonna sah Charlotte in einer Unterhaltung mit Janetta Ziegler vertieft, und Tom stand bei Christian Graf. Daan zeigte die Bilder herum und fragte nach den Männern, als Isabell Lutteroth auf sie zuhastete und Jonna ihr ansah, dass sie aufgebracht war.

»Müssen Sie auch auf der Trauerfeier für meinen Mann Ihre Ermittlungen durchziehen? Wie pietätlos kann man sein?«

»Wir wollen die Täter finden, Sie doch auch«, versuchte Jonna lahm, sich zu rechtfertigen. Die Witwe hatte ja recht.

»Aber nicht auf seiner Totenfeier. Verschwinden Sie!«

Daan war klug genug, sich nicht mit der Witwe anzulegen, sondern steckte das Foto weg und drehte sich um.

Jonna streckte versöhnlich die Hand aus. Sie wollte der sichtlich erschütterten Frau das Leben nicht noch schwerer machen. »Entschuldigen Sie, wir gehen gleich, wenn Sie …« Ihr blieben die Worte im Hals stecken, als sie bemerkte, wie Isabell Lutteroths Halsadern anschwollen und sie schräg an Jonna vorbeistarrte.

»Was glaubst du eigentlich, wer du bist? Wie kannst du es wagen?«, drang ihre hohe kreischende Stimme durch den ganzen Raum.

Jonna wirbelte herum.

Christian Graf würdigte die Witwe keiner Antwort. Er stand hocherhobenen Hauptes ein paar Meter von ihr entfernt und bewegte sich langsam auf sie zu.

»Verschwinde von seiner Feier!«, schrie sie in hohem Diskant. »Sofort!«

Alle Gespräche verstummten, und die versammelte Trauergesellschaft starrte auf die beiden Kontrahenten. Gott sei Dank stellte sich Kruger zu ihnen und griff nach Isabell Lutteroths Arm.

»Mir kannst du nichts vormachen, du weißt, wer die beiden Männer sind. *Du* musst es wissen.« Graf wies mit ausgestrecktem Zeigefinger auf Kruger und hielt sichtlich mit Mühe seinen Ärger im Zaum.

Ehe Kruger oder Jonna reagieren konnten, holte die Witwe aus und verpasste Graf eine schallende Ohrfeige.

Alle hielten die Luft an.

Christian Graf sah eine Sekunde so aus, als wolle er den Schlag erwidern, drehte sich dann jedoch mit einer ruckartigen Bewegung um und verließ den Saal.

KAPITEL 32

⚓

Am Nachmittag nach der Trauerfeier saß Tom an seinem Schreibtisch und sah aus dem Bullauge. Er ging im Geiste die Zeremonie immer wieder durch und fand keine Ruhe.

Warum war Christian Graf gekommen? Es war eine Provokation gewesen, die Tom nicht verstand. War er so eitel, dass er alle Grenzen ignorierte? Wollte er auf diese Art seine Position verteidigen? Die Ohrfeige war jedenfalls Gesprächsthema im Hafen.

Das Wasser des Travehafens glitzerte im letzten Licht. Vor dem abgerissenen Schuppen 80 lag ein einsamer Stückgutfrachter. Ein kleiner Schlepper schob eine antriebslose Schute Richtung Vorhafen. Sie war mit Kies beladen und auf dem Weg zu einem Lagerhaus oder einer Baustelle in der HafenCity. Das Leben im Hafen pulsierte rund um die Uhr und im immer gleichen Rhythmus. Mal lauter, mal leiser.

Er sah von seinem Schreibtisch einen Teil der Köhlbrandbrücke mit den beiden Pylonen und der Seilkonstruktion, die die Fahrbahn trug. Je später es wurde, desto mehr graue Wolken zogen auf, hockten sich über das Wahrzeichen und kündigten Regen an. Die Brücke war erst 1974 erbaut worden, und doch war ihr Todesurteil beschlossene Sache. Die wichtigste Verkehrsader in den Hafen war unter der Belastung der knapp vierzigtausend Autos, die täglich den Köhlbrand querten, alt und müde geworden. Doch die Brücke war für Hamburg enorm wichtig. Sie verband die Stadtteile Waltershof, Finkenwerder, Altenwerder und Moorburg im Südwesten mit dem Kern des Hafens und der Innenstadt. Was könnte sie ersetzen?

Er seufzte und drehte sich mit dem Stuhl wieder zu seinem Schreibtisch. Der Nachtdienst zog sich, nichts passierte, und selbst auf den Funkkanälen war es ruhig. Sein Blick fiel auf den Blumenstrauß, der für Lisa bestimmt gewesen war. Vor fünf Tagen hatte er die Blumen zur Untermauerung seiner Entschuldigung gekauft. Dann hatte er abends mit Jonna in der Spiekerstadt-Kök gesessen, und der Fall hatte eine vollkommen falsche Wendung genommen. Noah lag noch immer im Krankenhaus, und selbst wenn sie mit den zwei Männern und den Alukisten eine neue Spur hatten, waren sie von einem Durchbruch weit entfernt. Lisa war so sauer gewesen, dass er sich nicht getraut hatte, mit Blumen anzukommen. Der Arzt hatte ihr nach dem Ultraschall mitgeteilt, dass sie noch ein paar Tage länger die Hormonspritzen nehmen musste, da nicht genügend Eizellen zur Entnahme herangereift waren. Es war jedes Mal eine harte Geduldsprobe. Gab es genügend Eizellen? Ließen sich die befruchten? Nisteten sie sich in der Gebärmutter ein? Entwickelten sie sich gesund? Genau genommen war es ein verdammtes Wunder, dass auf dem Weg zu einem gesunden Baby nichts schiefging.

Er seufzte tief. Er wollte doch auch ein Kind, aber die Zeugung war zu einem technisch komplizierten Großeingriff geworden. Das schreckte ihn ab. Wie mochte es erst Lisa gehen? Er nahm sich vor, in Ruhe mit ihr darüber zu sprechen.

Leider ließen die Blumen ihre Köpfe hängen, und das Grün war vertrocknet. Kein Wunder, er hatte das Wasser in der Vase nicht nachgefüllt. Er packte den ganzen Strauß und stopfte ihn in den Papierkorb.

In diesem Moment steckte der Wachhabende den Kopf durch die Tür. Tom fuhr erschrocken hoch und stieß sich schmerzhaft den Hinterkopf an der Tischplatte.

»Seit deiner blöden Anfrage, wer die *Rike* nachts im Hafen gesehen hat, bekomme ich echt merkwürdige Nachrichten.« Der WH musterte Toms Verrenkungen irritiert. »Gerade ist ein ominöser Anruf reingekommen.« Er sah auf einen Zettel in seiner Hand. »Wir sollen uns eine Lagerhalle genauer ansehen, dort würden illegale Substanzen von enormen Werten gelagert.« Er kratzte sich mit der linken Hand die Stirn. »Anonym. Logisch! Hat dann aufgelegt. Kann ich weghauen, oder?« Der Kollege setzte die Lesebrille ab.

»Hat der Anrufer gesagt, welche Halle?«

»Kamerunweg und die Schuppennummer, Südwestenhafen. Das nimmst du nicht ernst, oder?« Er zerknüllte den Zettel mit beiden Händen.

»Mehr hat er nicht gesagt?« Tom überlegte. Ein anonymer Anruf war immer eine knifflige Angelegenheit. Erlaubte sich jemand einen Scherz und band Polizeikräfte, oder steckte Wahres dahinter. Südwesthafen. Da hatten die Angler die *Rike* gesehen. Sein Instinkt siegte. Er sprang auf. »Unsere Wagen sollen sich bereithalten, und such mir die Kontaktdaten zum Besitzer der Lagerhalle raus. Haben die Security?«

Der WH stöhnte und eilte an den Wachtresen, um seine Ordner nach Telefonnummern zu durchforsten.

Tom griff zum Telefonhörer und hielt ihn unentschlossen in der Hand. Was brauchte er? Illegale Substanzen? Drogen? Sprengstoff? Er drückte die Kurzwahlnummer des Führungs- und Lagedienstes im Präsidium.

Eine halbe Stunde später hatte sich Tom eine Strategie überlegt, die Hallenpläne eingesehen und ging nach vorn zum Wachtresen. Der Wachhabende stand mit hochrotem Kopf im Eingang und sah Tom mit großen Augen an.

»Was hast du bloß angestellt? Sieh dir den Parkplatz an. Es kommen immer mehr!«

Eine nicht enden wollende Kolonne von Streifenwagen rollte auf die Parkfläche vor dem Gebäude. Die Kavallerie rückte an.

»Bleib ruhig, ruf die Sicherheitsfirma an, die sollen jemanden zum Öffnen des Tors schicken. Einsatzbesprechung für die Zugführer im Konferenzraum in fünf Minuten.«

Tom eilte in den ersten Stock, machte Licht im Sitzungszimmer und öffnete ein Fenster. Der Lagedienst hatte ihm zwei Züge der Landesbereitschaftspolizei sowie jeweils drei Drogen- und Sprengstoffhunde versprochen und hielt Wort. Bald standen die Kollegen im Konferenzraum, und Tom bat um Ruhe.

»Wir werden eine riesige Halle nach illegalen Substanzen durchsuchen. Um was es sich dabei genau handelt, ist unklar. Jeder verdächtige Fund wird dem Zugführer gemeldet, die melden an mich. Gleiches gilt für die Hundeführer. Ich werde euch vor Ort einweisen, um welche Halle es geht. Je nachdem, was uns in dem Lagerhaus erwartet, öffnen wir einzelne Behälter und Kisten, aber das sage ich konkret an.« Er holte tief Luft. »Achtung, die Halle hat verschiedene Mieter und ist durch Maschendraht getrennt, wir bewegen uns zunächst nur in einem Bereich, bevor wir nach und nach auch die anderen durchsuchen.«

»Wir sind so selten im Hafen und kennen uns nicht aus«, sagte einer der Zugführer.

»Keine Sorge, ich fahre voraus und weise euch ein.«

Er klärte letzte Fragen der Kollegen, und dann war Abmarsch.

»Kann ich dich allein lassen?«, fragte Tom den Wachhabenden, der nervös im Eingangsbereich umherflatterte.

»Bist du sicher, dass das nicht alles eine Nummer zu groß ist?«

Nein, sicher war er nicht.

Die kurze Strecke zum Kamerunweg legte die Kolonne schnell zurück. Die alarmierte Security der Halle wartete bereits. Ein verunsicherter Wachmann deaktivierte die Alarmanlage und schloss ihnen das Rolltor auf. Die Kollegen verteilten sich in dem Gebäude, junge Polizisten in schwarzen Jacken und mit Strickmützen schwärmten aus, und die Suche begann. Tom stand ungeduldig am Eingang und versuchte, sich einen Überblick über die ungefähr achthundert Quadratmeter zu verschaffen. Die Halle war gefüllt mit riesigen Metallteilen, in Folie verschweißt, Holzkisten, Blechkisten und Kartons in allen möglichen Größen in Regalen und auf Paletten gestapelt. Im hinteren Teil gab es ein zweites Stockwerk.

Bald kamen die ersten Fragen der Zugführer. Welche Kisten sollten geöffnet werden, Kartonagen aus der Folie genommen werden? Tom ließ sich alles zeigen, entschied, nichts zu öffnen, was nicht zugänglich war, und keine Verpackungen zu zerschneiden. Zuerst sollten die Hunde hingeführt werden, um zu schnüffeln.

Kurz streifte ihn der Gedanke, wie außergewöhnlich die Nasen der Hunde waren. Er roch nur den kalten Rauch eines nikotinsüchtigen Kollegen, Metall und muffigen Staub.

Nach der ersten Stunde sank Toms Laune. Weder die Hunde noch der Einsatzzug meldeten irgendeinen Fund. Er merkte selber, wie angespannt er war, und ballte seine Fäuste in den Taschen. Er war frustriert, und die jungen Einsatzkräfte waren es ebenso. Hatten sie anfangs der Nacht noch das große Abenteuer gewittert, verging ihnen langsam die Lust, hinter jede Kiste zu kriechen. Einige der Männer krabbelten auf den gestapelten Kisten herum, aber auch in luftiger Höhe war nichts zu entdecken.

Am Ende doch nur ein schlechter Scherz eines anonymen Anrufers? Wie sollte er diesen Großeinsatz mit teuren Ressourcen dem Revierleiter erklären? Der hatte ihn bereits zur Sau gemacht, weil Tom sich vor seinem Dienstbeginn das Boot genommen hatte, um mit Jonna den Hafen abzusuchen.

In diesem Moment zuckte ein rotes Rundumlicht an der Hallendecke auf. Tom und der Zugführer, der neben ihm stand, schauten sich fragend an.

»Verdammter Mist! Ein stiller Alarm! Was ist los?«, rief Tom und eilte in die Hallenmitte.

Ein Kollege hatte voller Tatendrang eine Abtrennung überklettert und sah sie mit schreckgeweiteten Augen an. Er hockte auf einem Kistenstapel und rührte sich nicht mehr.

»Ich hatte doch gesagt, nicht über den Zaun steigen!«

»Und nun?«, fragte der Zugführer.

»Der Sicherheitsdienst wird nicht lange auf sich warten lassen.« Tom winkte den Polizisten zurück auf die richtige Hallenseite und wandte sich an einen Kollegen. »Du nimmst den Wachdienst in Empfang und klärst ihn auf. Halt ihn mir vom Leib. Wenn sie einen Bericht wollen, kriegen sie einen.«

Ein anderer Zugführer trat langsam näher.

»Kann ich kurz was fragen? Sollen wir den Container mit dem Ladebüro öffnen?«

Was soll's, er bekäme so oder so Ärger. Tom nickte und folgte dem Kollegen zu dem Bürocontainer. Ein junger Obermeister stellte eine Leiter an und krabbelte auf das Dach, ein anderer fummelte am Schloss der Tür.

»FUND!«, schrie der Polizist, der vor wenigen Sekunden auf den Bürocontainer geklettert war.

Ein Aufatmen wogte durch die Halle, und alle eilten auf Tom zu. Von oben streckte der Kollege seinen Kopf herunter und strahlte wie ein Honigkuchenpferd.

»Hier stehen drei Alukisten. Eine ist offen. Ich hab aber nix angefasst.«

»Handschuhe an und fotografieren, dann runterholen!«, wies Tom den Zugführer an. »Macht auch ein paar Fotos von hier unten. Die Auffindesituation muss dokumentiert werden.«

Kurze Zeit später standen drei geöffnete Alukisten vor ihnen im Staub. Tom starrte auf längliche Pakete, die in Ölpapier eingewickelt waren. Er nahm ein Paket heraus und ertastete eine Langwaffe.

Keine Drogen! Waffen?

Er ließ Platz frei räumen und die Sachen vorsichtig ausbreiten, klopfte dem jungen Kollegen, der die Kisten entdeckt hatte, anerkennend auf die Schulter. Tom sah sich die Waffenteile genauer an. Altertümlich aussehende Revolver, Pistolen und Gewehre. Lange Waffenläufe und Rohre mit Verschlüssen sowie Munitionshalterungen. Was war das? Wofür brauchte man das Zeug? Tom überlegte einen Moment und forderte dann telefonisch die Waffenexperten vom Landeskriminalamt an. Vielleicht konnten die Klarheit schaffen. Der Führungs- und Lagedienst versprach ihm umgehende Unterstützung.

In der letzten Kiste lagen größere Mengen Munition, zwei großformatige Bücher und Fotos von Panzern und Flugzeugen. Er öffnete die dicken Wälzer vorsichtig. Sie sahen antiquarisch aus. Womit hatte er es hier zu tun? Historische Waffenkomponenten? Waren die Rohre Teile eines Panzergeschützes? Passend zu den Fotos? Er hatte keine Ahnung.

Ein Zugführer trat an seine Seite. »Wow, das ist krass. Das Ding da hinten ist für ein Flugzeug. Ich kenn mich ein bisschen aus.«

Tom sah ihn erstaunt an. »Flugzeug? Was macht man damit?«

»Sammler alter Kriegswaffen lieben das Zeug. Die Amerikaner zahlen ein Vermögen dafür, kannst du mir glauben!«

»Warten wir auf die Waffenexperten.« Tom schüttelte ungläubig den Kopf. Er verstand sofort, was das bedeutete. Jetzt musste er dringend telefonieren. Er sah auf die Uhr. Zwei Uhr.

Eine lange Nacht. Und sie war noch nicht vorüber!

KAPITEL 33

An der Rezeption und im Wachdienstraum des Reviers herrschte hektisches Durcheinander. Ein stetiger Strom von Polizisten lief hin und her. Der Wachhabende sah aus, als wolle er am liebsten alle rausschmeißen, damit endlich Ruhe einkehrte. Daran war aber nicht zu denken. Zu viele Berichte mussten geschrieben und Telefonate geführt werden.

Toms Einsatz in der Lagerhalle und der Waffenfund zogen einen Rattenschwanz an Arbeit nach sich.

»Du veralberst mich!«

Jonna hielt sich müde an ihrer Kaffeetasse fest.

Tom hatte mit sich gerungen, ob er sie um zwei Uhr nachts aus dem Schlaf reißen sollte, sich dann aber dafür entschieden. Sie hatte zugesagt, sofort ins WSPK 2 zu kommen, um sich den Fund anzusehen, als er andeutete, dass es die Alukisten sein könnten, die sie auf den Bildern der Überwachungskamera vom Ausgang des Alten Elbtunnels gesehen hatten. Jonna mobilisierte die Spurensicherung des LKA, deren Leute bereits Fingerabdrücke abnahmen und anderes verwertbares Material an den Waffen suchten.

Waren es dieselben Alukoffer, die Lutteroth an Bord genommen hatte?

»Was ist, wenn Dominic Lutteroth in einen illegalen Waffenexport verstrickt war?«

Jonna runzelte die Stirn. »Warum sollte er das tun, was hat er mit Militaria zu schaffen? Das passt doch überhaupt nicht zu dem Mann, wie er uns von allen Seiten geschildert wurde. Der Seebär, der freundliche Kollege und lustige Barkassenkapitän.«

Tom wiegte den Kopf. »Vielleicht hat er nur die Chance ergriffen, die sich ihm bot, um schnelles Geld in der Pandemie zu verdienen? Ein illegaler Nebenerwerb, um sich über Wasser zu halten?« Er dachte weiter: Lutteroth kannte den Hafen wie seine Westentasche. Hatte er beim Transport geholfen? Vielleicht dabei unterstützt, die Stücke außer Landes zu bringen? Wie lange hatte er sich korrumpieren lassen? Von wem? Und vor allem: Was war schiefgelaufen, dass Lutteroth mit seinem Leben dafür bezahlt hatte?

Die Waffenexperten des LKA 75 waren nicht sonderlich glücklich gewesen, mitten in der Nacht herausgeklingelt zu werden. Die beiden Männer hörten erst auf, sich zu beschweren, als sie die Waffenteile sahen. Kurze Zeit später war alles klar.

»Ei, ei, ei … das sind schöne Stücke. So was sieht man selten.« Der Jüngere strich ehrfurchtsvoll über einen der Läufe. »Und diese beiden Bücher, meine Damen und Herren, die sind der Hammer. Dafür würden Sammler morden!«

An der peinlich berührten Stille, die folgte, erkannte er, dass er in ein Fettnäpfchen getreten war. »Es handelt sich nicht um Mord, oder?«

Tom hatte genickt. Doch.

»Tja, also … das sind Bordwaffen historischer Flugzeugtypen aus dem Zweiten Weltkrieg«, versuchte der ältere der beiden, vom Thema abzulenken. »Wer in den USA so ein antikes Kriegsflugzeug besitzt, ist gierig auf eine Maschinenkanone. Ihr habt in den Kisten eine MK 108 der Firma Rheinmetall-Borsig gefunden. Eine schwere Bordwaffe Kaliber 30 Millimeter. Sehr ungewöhnlich.«

»Und wertvolle Militaria und Handbücher über den Aufbau von alten deutschen Jagdflugzeugen«, ergänzte der Jüngere. »Da gibt es Liebhaber, die zahlen dafür ein Vermögen. Wir brauchen etwas mehr Zeit, dann bekommt ihr ein ausführliches Gutachten.«

Tom und Jonna saßen sich in seinem Büro gegenüber und überlegten, wie dieses neue Puzzlestück in das Gesamtbild passte. Wenn sie annahmen, dass Lutteroth an einem Waffenhandel beteiligt war, erklärte dies das viele Bargeld, das er zur Verfügung hatte. Sie mussten die Waffenhändler oder die dahinterstehende Organisation finden, um zu verstehen, was an Bord der *Rike* passiert war. Jonna hatte Daan gebeten, Kontakt zu den zuständigen Dienststellen für Waffenhandel beim LKA und Zoll aufzunehmen.

Jetzt warteten sie auf die ersten Abgleiche der Fingerabdrücke. Wäre ein Treffer dabei? Daan harrte im Präsidium aus, um gegebenenfalls weitere Maßnahmen einleiten zu können. Tom hatte die gesamte Mordkommission aufgescheucht. Hoffentlich hielten die Spuren, was er sich davon versprach, sonst wäre der ganze Alarm umsonst gewesen.

Jonna starrte durch das Bullauge seines Büros in die Dunkelheit. Endlich klingelte ihr Handy. Sie nickte. Es war der Anruf, auf den sie warteten. Sie stellte den Lautsprecher an, und Tom hörte die Aufregung in Van der Waals Stimme.

»Treffer!«

Jonna ballte die Faust, und Tom hob beide Hände zu einer Siegerpose. Jawohl, er hatte alles richtig gemacht.

»Wir haben einen Eintrag in POLAS zu den Fingerabdrücken. Ein Klövensteen, Hauke. Tom kann es dir zeigen.«

Tom drehte sich zu seinem Computer und rief das Polizeiauskunftssystem POLAS auf, gab den Namen Hauke Klövensteen in die Suchmaske ein.

»Vor allem Diebstahl und Internetbetrug. Die Staatsanwaltschaft in Hamburg ist zuständig. Wir sollten ihn vorläufig festnehmen. Ich klingele gleich die diensthabende Staatsanwältin aus dem Bett.«

Im Hintergrund hörten sie Emma rufen, ohne sie verstehen zu können.

»Habt ihr gehört?«, fragte Daan. »Emma wühlt im Internet. In POLAS sind ein paar von Klövensteens Aliasnamen angegeben. Er ist unser Mann. Er verkauft im Internet Militaria. Zwar legale, aber wer weiß, was er im Darknet anbietet.«

»Großartig!«, Jonna strahlte. »Den greifen wir uns sofort. Die Adresse …«

Jonna sah kurz hoch, und Tom zeigte mit dem Daumen nach oben. Er hatte alles auf dem Bildschirm.

»… haben wir hier.«

»Willst du das SEK?«, fragte Daan.

»Nicht gleich das große Gedeck. Ich nehme zwei Streifenwagen mit, das sollte reichen.«

Tom lächelte triumphierend.

Diese Nacht war definitiv noch nicht zu Ende.

KAPITEL 34

Es dauerte dann doch noch bis fünf Uhr morgens, ehe sie losfuhren. Die Durchsuchungserlaubnis der Wohnung und die Festnahme von Klövensteen waren von der Staatsanwaltschaft nicht vor fünf Uhr gestattet worden. Da keine Gefahr im Verzug war, sollte die Nachtruhe eingehalten werden, hatte Jonna mitgeteilt. Tom konnte mal wieder nur den Kopf schütteln.

Inzwischen hatte sich der Himmel entschieden, die dunklen Wolken hatten sich geöffnet, und unangenehmer Nieselregen überzog die Stadt. So fein, dass man ihn im Dunkeln zwar nicht sah, aber sofort nass wurde.

Sie nahmen drei Wagen. Den ersten Streifenwagen mit Quetsche und Gunnar, den Einsatzbus des WSPK 2 für Tom und Jonna sowie einen Wagen vom PK 44 mit drei Kollegen. Heute Nacht wurde geklotzt, nicht gekleckert.

Zur Meldeanschrift von Hauke Klövensteen im Vogelhüttendeich fuhren sie mit Blaulicht, jedoch in stiller Anfahrt, also ohne Martinshorn. Sie wollten sich nicht ankündigen, nur nicht aufgehalten werden.

Die Wagen bogen von der Ellerholzbrücke in die Klütjenfelder Straße ab und erhöhten ihr Tempo. Um diese Uhrzeit waren kaum Autos unterwegs.

»Elbe 52/20 für Michel.«

Tom griff nach dem Funkgerät. »Der 52/20 hört!«

»SEK in Bereitschaft. Alarmierung bitte direkt.«

»Verstanden!« Tom hängte das Gerät wieder in die Halterung, ohne die neue Information zu kommentieren. Die Scheibenwischer knarzten in der Stille. Jonna hatte zwar kein SEK gewollt, aber Tom hatte trotzdem Bescheid gesagt. Wer weiß, was sie an der Wohnadresse vorfanden. Laut den Daten aus dem Einwohnermelderegister lebte Hauke Klövensteen allein in seiner Wohnung, keine Ehefrau, keine Kinder. Aber der Teufel war ein Eichhörnchen, und man wusste nie, was einen erwartete.

Sie erreichten in kürzester Zeit die Hafenrandstraße, bogen rechts in den Vogelhüttendeich, und Tom schaltete das Blaulicht aus. Die schmale Straße war in zweiter Reihe zugeparkt, und sie hatten Mühe voranzukommen. Die Wohnung von Hauke Klövensteen lag in einem alten Haus aus der Gründerzeit, und drum herum gab es Baustellenabsperrungen durch Sielbauarbeiten.

»Dann los«, sagte Tom und bremste mitten auf der Fahrbahn, ein paar Meter vor dem Zielobjekt. Zusammen mit Quetsche und dem Streifenwagen vom PK 44 versperrten sie die gesamte Straße.

Tom wandte sich zu Quetsche um, der schon die Wagentür aufgerissen hatte und mit einem Bein aus dem Auto war. Na klar, dachte Tom, immer volle Fahrt voraus. Die Kollegen vom PK 44 wichen respektvoll vor Quetsche zurück, der sie kurz einwies. Gunnar und ein Kollege vom PK 44 sollten die Rückseite des Hauses sichern, denn Klövensteen wohnte im Hochparterre. Nicht, dass er auf die Idee käme, aus dem rückwärtigen Fenster das Weite zu suchen. Sie hofften, den Mann in tiefem Schlaf anzutreffen.

Nach der Einteilung holte Quetsche die schwere Ramme aus dem Kofferraum. Jonna hatte entschieden, nicht zu klingeln, sondern sich Zutritt zu der Wohnung zu verschaffen, da vollkommen unklar war, ob Klövensteen gefährlich war oder Beweismittel vernichtete. Sie näherten sich lautlos und knackten mit einem Dietrich das Schloss der Eingangstür des Hauses und brachten sich vor der richtigen Wohnungstür in Position.

Auf Jonnas Zeichen zogen alle bis auf Tom ihre Waffen. Er stieß die Ramme unterhalb des Türschlosses gegen die Tür, die sofort nachgab und von Quetsche weggedrückt wurde. Sie drängten in die Wohnung und riefen laut: »Polizei, keine Bewegung!«

Die hektischen Rufe der Kollegen, die nacheinander die Räume sicherten, hallten in Toms Kopf wider. »Polizei!«, »Wohnzimmer sauber!«, »Küche sauber!«, »Badezimmer sauber!«.

Im Schlafzimmer zog Quetsche den völlig verdutzten Klövensteen an einem Arm zu Boden und warf sich auf ihn. Der Mann schrie auf. Quetsche lag halb auf dem dicken Mann, der keine Chance mehr auf Gegenwehr hatte.

Tom sicherte Quetsche von der Tür aus.

»Keine Bewegung! Hände auf den Rücken!«

Das war's.

Tom half, dem mutmaßlichen Waffenhändler die Arme auf den Rücken zu drehen, und legte ihm Handfesseln an. Sie richteten ihn auf, und Jonna drehte ihn zu sich herum. Feindselige Augen starrten sie an. Die Lippen des Mannes waren in seinem dichten roten Vollbart zu einem Strich zusammengepresst.

»Herr Klövensteen, mein Name ist Jonna Jacobi vom LKA. Sie sind wegen des Verdachts auf illegalen Waffenhandel vorläufig festgenommen. Wir haben einen Durchsuchungsbeschluss für Ihre Wohnung und Ihr Fahrzeug, den wir gleich vollstrecken. Sie haben das Recht, bei der Durchsuchung dabei zu sein.«

Klövensteen lachte höhnisch auf.

»Ich übersetze Ihre Antwort so, dass Sie kein gesteigertes Interesse daran haben. Wir werden ein Protokoll erstellen und ein Verzeichnis anlegen, sollten wir etwas aus der Wohnung oder dem Auto mitnehmen. Das bekommen Sie ausgehändigt. Alles klar? Haben Sie Fragen?«

Jonna sah Klövensteen so freundlich an, als ob sie bereits in seinem Schlafzimmer mit dem Aufbau einer Gesprächsbasis beginnen wollte. Klövensteen würdigte sie keines Blickes.

Tom tastete den Mann ab. Vorsicht ist die Mutter der Porzellankiste, dachte er. Auch wenn sie den Rotfuchs definitiv aus dem Bett gezerrt hatten, trug er eine Jogginghose, und darunter konnte theoretisch ein Messer am Mann getragen werden.

Klövensteen war sauber.

Quetsche und er schoben ihn voran durchs Treppenhaus. Er ließ sich widerstandslos zum Streifenwagen führen.

Zurück am WSPK 2, führte Tom ihn in Handfesseln in sein Büro und setzte ihn auf einen Stuhl am Tisch. Jonna schloss die Tür hinter ihm. Durch die Glasscheibe sah er, dass Quetsche sich vor der Tür postiert hatte.

»Ich hoffe, wir können zivilisiert miteinander sprechen?«, fragte Tom.

Klövensteen starrte geradeaus ins Leere. Dann nickte er. Der wuchtige Mann mit den roten Haaren und dem Vollbart drehte sich und hielt Tom seine Hände hin.

Tom schloss die Handfesseln auf, und Klövensteen rieb sich die Handgelenke.

Jonna stellte sich als Kommissarin der Mordkommission vor, und Klövensteen zeigte erstmals eine emotionale Regung. Sein Augenlid zuckte, und er schluckte, als wolle er etwas sagen.

»Herr Klövensteen, ich untersuche ein Tötungsdelikt, und ich erwarte Ihre Mithilfe.« Sie zögerte, um eine kleine Kunstpause zu erzeugen. »Sie sitzen hier nicht als Verdächtiger in dem Mordfall, sondern als Zeuge. Sie kennen den Unterschied.« Sie schob ihm mehrere Ausdrucke der Fotos der konfiszierten Militaria aus der Lagerhalle hin. »Wir haben auf diesen Waffenteilen Ihre Fingerabdrücke gefunden. Erklären Sie uns das.«

War Klövensteen eben noch die Ruhe selbst, rutschte er jetzt auf dem Stuhl, als säße er auf Kieselsteinen.

Tom beobachtete, wie er offenbar seine Optionen durchging. Er schwieg, aber ein Wangenmuskel arbeitete unentwegt.

Jonna fuhr sich mit der Hand in die Haare und holte ihre Lesebrille vom Kopf und sah sich selbst die Fotos an, als hätte sie sie noch nie vorher angesehen.

»Mit einem Tötungsdelikt habe ich nichts zu tun«, brach es aus Klövensteen heraus. Tom hörte die Panik in seiner Stimme, eine helle Tonlage, die so gar nicht zu seiner Statur passte. Aus den Augenwinkeln hatte er eine Veränderung über Jonnas Gesicht huschen sehen. Zuversicht? Freude? Sie schaute wieder nach unten, und der Augenblick war vorbei.

Sie hatte recht! Sie waren der Lösung des Falles so nahe wie noch nie in den letzten Tagen.

»Kennen Sie einen Barkassenkapitän namens Dominic Lutteroth?« Jonna klang interessiert.

Jetzt entschied es sich. Legte Klövensteen die Karten auf den Tisch?

Er reagierte nicht, sah Jonna aber unverwandt an.

»Barkasse? Welche Barkasse denn?«

»Die *Rike!*«

»Ich kenn den nicht mit Namen.«

»Um Ihren Handel mit Militaria kümmern sich meine Kollegen, mir geht es um den Mord an Dominic Lutteroth, dem Barkassenbetreiber der *Rike*.«

Ein paar Sekunden vergingen in bedeutungsschwangerem Schweigen.

»Ich helfe Ihnen«, sagte Tom. Er drehte seinen Monitor um und spielte das Überwachungsvideo vom Alten Elbtunnel ein. Darauf waren Lutteroth, Klövensteen und, wie sie inzwischen wussten, sein Bruder zu sehen.

Kurz zuckte der Mund in dem dichten Bart, dann nickte er.

»Ich will nicht in den Knast! Können Sie nicht was mit dem Staatsanwalt aushandeln?«

Jonna wiegelte ab. »Wenn Sie gegen das Kriegswaffenkontrollgesetz verstoßen haben …«

»Das sind doch bloß Dekorationswaffen. Alter Kram. Einzelteile, nix Spannendes!« Er schüttelte resigniert den Kopf. »Da war kein NS-Scheiß dabei …«

Tom jubelte innerlich. Es war nur noch eine Handbreit bis zum Ziel.

»Wie haben Sie den Barkassenkapitän in Ihrem Schwarzhandel eingesetzt?«

Klövensteen wand sich einen Moment auf seinem Stuhl, bevor seine helle Stimme erklang.

»Sie müssen mir glauben, dass ich nichts mit dem Tod von dem Kerl zu tun habe. Ich bin bloß ein kleiner Handlanger, ein Kurier, mehr nicht. Das ist total harmlos. Jemand bestellt ein paar alte Waffen im Ostblock, Bulgarien, Tschechien, Polen, Slowakei oder so. Ich bring sie her und sorge dafür, dass sie in den Hafen kommen. Das war's. Mein Gott, die Dinger funktionieren ja nicht mal. Wenn das nicht verboten wäre, würde kein Hahn danach krähen. Aber die Amis sind total heiß auf den Scheiß, und deshalb ist da ein Geschäft draus geworden.«

»Woher haben Sie die Kontakte in den Osten?«

»Hab ich nicht. Gar keine. Ich bekomme meine Infos, wo ich hinfahren soll, lade den Krempel ein, verpacke sie nach Anweisungen und besorge die Kisten, in die wir das Material legen. Ich bin ein Postbote. Echt, wenn das Zeug nicht so schwer und unhandlich wäre, könnte man es mit DHL verschicken.«

»Wer ist wir?«

»Wie?«

»Sie sagten, *in die wir das Material legen.*«

»Ach so, nein, ich, also manchmal hilft mir jemand beim Tragen. Aber derjenige weiß nicht, um was es geht. Er bekommt von mir eine Aufwandsentschädigung und Ende Gelände.«

Jonna sah auf ihre Papiere, die Tom ihr aus POLAS ausgedruckt hatte, und nickte. »Ihr Bruder?«

Klövensteen hob wieder den Kopf, um Jonna anzusehen, und sein Adamsapfel hüpfte hoch und runter, so stark schluckte er. Sein Blick flehte um Verständnis.

Tom übersetzte das mit *Ja*.

»Wie sind Sie auf Lutteroth gekommen?«

Wieder zögerte der Mann, wog seine Optionen ab, begann dann zu sprechen.

»Zufall! Corona hat die Abläufe im Hafen verändert. Ich bin nicht mehr mit dem Auto an die Lagerhalle rangekommen. Die haben einen Sicherheitszaun installiert, damit sie nicht so viele Security-Leute brauchen. Es blieb nur der Weg über das Wasser. Da ist weniger Überwachung.«

»Und weiter.«

»Ist ja kein Geheimnis, dass die Barkassen in der Pandemie abgesoffen sind.« Er räusperte sich. »Also sinnbildlich gesprochen, meine ich.« Wieder schluckte er trocken. »Lutteroth fiel mir auf, weil er immer weiter Touren anbot, auch wenn keine Touristen kamen. Ich hab ihn einfach angesprochen und gefragt, ob er nachts auch mal eine kleine Spritztour mit etwas Gepäck in ein nahes Hafenbecken machen würde. Ich habe ihm Geld angeboten, wenn er keine Fragen stellen würde.«

Jonna nickte sanft mit dem Kopf und ließ den Mann reden. Sie hatte ihre Lesebrille in die Hand genommen und wirkte wie eine Mutter, die sich die neuesten Flegeleien ihres Sprösslings anhört und Milde walten lässt.

»Ich habe ihm versichert, dass es nicht um Drogen oder so was geht. Nichts Gefährliches. Der Auftraggeber zahlt gut.« Klövensteen räusperte sich. »Er hat dann nicht mehr weitergefragt. Mein Eindruck war, dass er das Geld bitternötig hatte.«

»Wie sind Sie mit den Kisten an Bord gekommen?«

»Wir haben unsere Sachen zusammen mit seinen Getränken auf einen Handwagen geladen und ganz offen sichtbar an Bord geschoben. Fiel gar nicht auf.«

Tom dachte an die Videoaufnahme, in der genau dieser Handwagen zu sehen war. So einfach also: Wenn du etwas verstecken willst, tu es in der Öffentlichkeit.

»Weiter?«

»Nichts. Er hat uns in das Hafenbecken gefahren, von dem aus wir Zugang zum hinteren Hallenteil hatten. Wir haben die Kisten reingetragen, und er hat uns zurück an die Landungsbrücken geschippert.«

»Wie oft kam das vor?«

»Ungefähr alle zwei bis drei Monate.«

»Wie kam es zum Streit?«

Klövensteen schnaubte verächtlich. »Was für ein Streit? Im Gegenteil: Die letzten drei Lieferungen hat er allein in die Halle gebracht. Es lief wie geschmiert.«

»Na, ganz so einfach war es wohl nicht. Immerhin ist Ihr Mann im Hafen tot. Was ist passiert?«

»Das weiß ich doch nicht! Ein toter Barkassenkapitän hilft mir nix. Ich bin der Letzte, der irgendein Interesse an seinem Tod hat. Ich hab nur noch Probleme.«

Tom roch plötzlich den Angstschweiß des Rotschopfs. Er hatte schon einige Vernehmungen durchgeführt, und er glaubte ihm, was er über den Transport gesagt hatte. Aber dass er nichts über den Tod von Lutteroth wusste, das konnte nur eine Schutzbehauptung sein.

»Was für Probleme?«, hakte Jonna nach.

»Er hat die letzte Lieferung …« er deutete mit dem Kopf in Richtung der Ausdrucke, »… nicht hinterlegt. Mein Kontakt hat mir die Hölle heißgemacht, weil die Kisten fehlen. Bevor ich den Skipper fragen konnte, wo er mit den Sachen abgeblieben ist, hörte ich im Hafen alle über den toten Barkassenkapitän reden. Ich dachte, mich laust der Affe! Ey, ich bin nur ein Mittelsmann, ich will da in nichts mit reingezogen werden.«

»Und das da ist die letzte Lieferung?« Jonna nahm ein Blatt Papier hoch und sah es sich an.

»Wo haben Sie die Sachen gefunden?« Klövensteen wollte wirklich wissen, was aus seiner Sicht falschgelaufen war.

»Wo haben Sie sie denn gesucht?«

»Kamerunstraße. Die große Halle.«

»Wie sind Sie in das Lagerhaus reingekommen?«

»Ein Security-Typ war zugänglich … Wo waren die Kisten?«

Jonna sah ihn eine Weile an und schwieg. »Wenn Sie uns mit den Hintermännern helfen, sage ich Ihnen, wo wir die Sachen gefunden haben.«

Klövensteen rieb sich mit der Hand durch das Gesicht. Schweißperlen standen ihm auf der Stirn.

»Ich kenne keine Namen. Keine Gesichter. Alles läuft per SMS auf einem Prepaidhandy. Ich erhalte meine Anweisungen, wann und wo. Liefere in den Hafen, und dann bekomme ich mein Geld ausgezahlt.«

»Wie?«

»Manchmal ein Versteck. Manchmal kommt ein Typ mit Boot und übergibt es mir.«

»Klingt umständlich!«

Er zuckte mit den Schultern. »Funktioniert!«

»Hm, wo waren Sie am Donnerstag, den 13. Oktober?«

»Ich habe mit dem Tod des Barkassenheinis nichts zu tun.«

»Ja, habe ich gehört. Wo waren Sie an dem Tag?«

»Oh, Gott, ich weiß nicht, ich muss überlegen …«

»Wenn Sie nachdenken, dann denken Sie gleich auch noch darüber nach, wo Sie am Samstag, den 15. Oktober, waren.«

»Jetzt versteh ich gar nichts mehr«, flüsterte Klövensteen und schüttelte den Kopf.

»Am Samstag ist Lutteroths Angestellter Noah Bonnichsen schwer verletzt aufgefunden worden. Jemand hat ihn niedergeschlagen. Sie?«

Klövensteens Miene verhärtete sich, und er drückte den Rücken durch.

»Ich sage nichts mehr ohne meinen Anwalt.«

KAPITEL 35

Der Konferenzraum der Mordkommission war genauso verwaist wie Daans Büro. Wo war er? Sie sah auf ihrem Handy nach der Uhrzeit. Es war sieben Uhr, und die Nacht hüllte sie noch in Dunkelheit. Waren Daan und Emma nach Hause gefahren und hatten sich schlafen gelegt, nachdem Klövensteen identifiziert war? Jonna seufzte.

Als sie Klövensteen über seine Rechte als Beschuldigter belehrt hatte, war er leichenblass geworden und hatte kein Wort mehr gesagt. Nun befand er sich beim Erkennungsdienst, und bevor sein Anwalt nicht eintraf, würde nichts mehr passieren. Und das dauerte sicher noch zwei bis drei Stunden.

War Daan nicht neugierig, was Klövensteen ausgesagt hatte? Jonna hätte gern die neuesten Ereignisse mit ihm besprochen, doch er glänzte durch Abwesenheit. Sie ließ sich auf ihren Bürostuhl sinken, griff nach dem Telefon und rief ihn an. Daans Mailbox sprang an.

Sie legte stöhnend die Beine auf den Schreibtisch und massierte sich den Nacken. Sie war verspannt und müde. Es würde ein langer Tag werden. Draußen ließ die Morgendämmerung auf sich warten. Sie konnte kaum etwas erkennen, hatte aber keine Lust, Licht zu machen. Grübeln konnte sie auch im Dunkeln, und irgendwann musste es ja Tag werden.

Würde Dominic Lutteroth noch leben, wenn es die Coronapandemie nicht gegeben hätte? Waren seine finanziellen Schwierigkeiten der Grund für seine fatale Fehlentscheidung gewesen? Was, wenn Klövensteen einen anderen Barkassenkapitän angesprochen hätte? Läge der genauso mausetot in der Rechtsmedizin? Warum wusste Klövensteen nicht, wo Lutteroth die letzte Lieferung abgestellt hatte? Was war schiefgegangen? War der Barkassenkapitän gierig geworden, hatte die Waffen nicht abgegeben, um sich mit den falschen Leuten anzulegen? Mit skrupellosen Waffenhändlern. So dämlich konnte Lutteroth nicht gewesen sein. Er hatte sicher irgendwann einen Blick in die Kisten geworfen und gewusst, worauf er sich einließ. Oder war es andersherum, und Lutteroth wollte aus dem Deal aussteigen? Hatte ihn Klövensteen deshalb eliminiert?

Militaria-Handel. Ein seltsames Geschäft. Jonna stellte sich alte amerikanische Männer mit rechtslastiger Gesinnung vor, die sabbernd auf neue Waffenteile warteten, um ihre geheimen Sammlungen zu vervollständigen und sich mächtig zu fühlen. Vielleicht tat sie ihnen unrecht, aber ein normales Hobby war das nicht. Andererseits war sie sicher die Falsche, sich über Hobbys zu echauffieren – sie hatte nicht mal eines.

Erneut entfuhr ihr ein tiefer Seufzer.

Sie musste dringend mit den Kollegen der zuständigen LKA-Abteilung und der Zollfahndung sprechen und sie über alles informieren. Vielleicht konnte Emma das übernehmen.

Hatte Klövensteen von Noah wissen wollen, wo die Kisten abgeblieben waren, und hatte mit den Fäusten nachgeholfen, als der junge Mann schwieg? Er hatte nichts gewusst.

Wer war Klövensteens Auftraggeber?

In diesem Moment flammten die Neonröhren an der Decke auf. Jonna kniff geblendet die Augen zusammen und nahm die Füße vom Tisch. Welcher Trottel nutzte das Deckenlicht statt der Tischlampen?

»Verstecken Sie sich vor mir?«

Meyfahrts Stimme donnerte durch das Büro.

»Natürlich nicht!«

»Gut. Ich habe gerade mit meinem guten Bekannten Dr. Engelbrecht gesprochen. Sie haben seinen Mandanten vorläufig festgenommen?«

So, so, Meyfahrt war also mit Engelbrecht befreundet. War klar. Es gab nicht viele ernst zu nehmende Strafverteidiger in Hamburg, und nach achtzehn Jahren Mordkommission kannte man sich. Engelbrecht gehörte definitiv in die Kategorie *Dumpfbacke*.

Was sagte ihr die Zusammenkunft zwischen Meyfahrt und ihm? Dass Klövensteen beste Kontakte zu einem Anwalt unterhielt? Dass der Anwalt sich nicht stundenlang Zeit ließ, sondern sich vor acht Uhr morgens ins Polizeipräsidium bequemte, um dort direkt in der Chefetage vorzusprechen. Das alles für einen kleinen Kurier? Niemals. Was spielte sich hier ab?

»Wird Klövensteen schon länger von Engelbrecht vertreten, oder hat er ihn neu engagiert?«

Die Frage brachte Meyfahrt für eine Millisekunde aus dem Tritt. Dann hatte sie ihre Gesichtszüge wieder unter Kontrolle.

»Die Mandanten von Dr. Engelbrecht«, sie betonte den Doktortitel, »sind mir nicht bekannt. Das spielt auch keine Rolle. Wie ich hörte, haben Sie auf das falsche Pferd gesetzt.«

Jonna sah zur Seite und rollte mit den Augen. Was war jetzt schon wieder nicht richtig? Gefiel ihrer Vorgesetzten ein dringend Tatverdächtiger neuerdings nicht mehr? Sie war es leid, sich mit ihr anzulegen, und hob deshalb nur fragend eine Augenbraue.

Meyfahrt ignorierte ihre Mimik. »Ich habe mit dem LKA-Leiter gesprochen. Wir stehen ganz schön unter Beschuss, weil der Mord im Hafen immer noch nicht aufgeklärt ist. Die Touristen müssen sich in unserer Stadt sicher fühlen, und das tun sie nicht.«

Die alte Leier. Dass sie Jonna zuvorgekommen war und das Gespräch mit dem LKA-Chef gesucht hatte, wurmte sie.

»Wir sollten«, fuhr die Xanthippe fort, »darüber nachdenken, ob sie nicht in ein anderes Sachgebiet wechseln. Eines, das Sie nicht mehr so fordert …«

Um wen ging es hier eigentlich? Um Jonna oder Klövensteen?

»Klövensteen ist in einen illegalen Waffenhandel verstrickt und steht unter Tatverdacht, Dominic Lutteroth getötet und Noah Bonnichsen schwer verletzt zu haben.« Jonna holte tief Luft, um nicht laut zu werden. »Wir haben Videoaufnahmen, die belegen, dass er zusammen mit Lutteroth Kisten an Bord der *Rike* gebracht hat und sie in den Hafen transportieren ließ. Zwei solcher Kisten mit Waffen haben wir in einer Lagerhalle gefunden, und die Kollegen sind bei der Auswertung und Gutachtenerstellung. Auf den Waffen wurden die Fingerabdrücke von Klövensteen …«

Die Xanthippe winkte desinteressiert ab. »Das weiß ich alles. Aber für das Tötungsdelikt haben Sie den Falschen«, erklärte sie mit einem süffisanten Grinsen. »Dr. Engelbrecht hat mich aufgeklärt, dass sein Mandant für den Todestag von Dominic Lutteroth ein felsenfestes Alibi hat. Er war mit seinem Bruder auf einer Militaria-Messe in Österreich. Dafür gibt es massenhaft Zeugen und Nachweise. Er war nicht im Land. Wir kriegen ihn nur für den Waffenhandel dran.« Meyfahrt war schon fast durch die Tür, als sie sich noch einmal umwandte. »Melden Sie sich beim LKA-Leiter, um Ihre weitere Verwendung zu besprechen.«

Jonnas Geduldsfaden riss. Wütend griff sie nach einem Bleistift und klopfte auf einen Notizblock. »Ja, das mache ich. Ich wollte sowieso mit ihm über unseren umtriebigen Hells-Angels-Chef sprechen. Da gibt es neue Entwicklungen.«

Meyfahrt erblasste, starrte sie sprachlos an und brachte kein Wort heraus. Dann löschte sie das Licht und knallte die Tür zu.

Bingo!

Jonna seufzte im Dunkeln. Jetzt war es heraus, und es gab keinen Weg mehr zurück. So hatte sie nie sein wollen, aber Meyfahrt hatte sie dazu gezwungen. Nie hatte sie offenbaren wollen, dass sie um die Beziehung zwischen Meyfahrt und einem Unterweltboss wusste. Das ging sie nichts an, und jeder schaufelte sich sein Grab selbst. Aber wenn Meyfahrt einen auf knallharte Vorgesetzte machte, die Jonna wegmobben wollte, dann wusste sie sich zu wehren.

Leider hatte Meyfahrt sie in ihren Ermittlungen wieder einmal zurückgeworfen. Schlimmer hätte der Tag wirklich nicht beginnen können.

Klövensteen hatte ein Alibi für den Tattag? Das konnte nicht sein. Das durfte nicht sein.

Das ergab doch alles überhaupt keinen Sinn.

Wo, verdammt noch mal, war Daan?

KAPITEL 36

Jonna war mit Klövensteen ins Präsidium gefahren und hatte Tom mit seinen Fragen zurückgelassen. Wie weit war sie inzwischen in der Befragung gekommen? Hatte der Waffenhändler die Tat gestanden? Tom war unsicher, ob sie wirklich den Richtigen für die Tat hatten. Klövensteen hatte doch recht, wenn er sagte, dass ihm ein toter Skipper nicht mehr helfen konnte. Es sei denn, irgendetwas war in einem Streit mit Lutteroth schiefgegangen, und Klövensteen hatte zugeschlagen.

Tom hatte sich hinter das Gebäude neben den Holzschuppen auf den Anleger gesetzt und ließ die Beine baumeln. In dem Holzverschlag lagerte das WSPK 2 Ersatzleinen, Schwimmwesten, Bojen, Anker, Kanister, und was sonst noch alles an Ersatzmaterial gebraucht wurde. Beide Streifenboote schaukelten sanft vor sich hin.

Sein Nachtdienst war seit zwei Stunden beendet, aber Tom konnte sich nicht aufraffen, die Uniform auszuziehen und nach Hause zu fahren. Normalerweise war er um diese Uhrzeit hundemüde und schlief bis mittags, doch heute hielten ihn die Ereignisse der Nacht und die vielen offenen Fragen wach. Er würde sich eine kurze Bauernnacht in der Frauenumkleide gönnen. Zwei oder drei Stunden Schlaf, und er wäre wieder fit. Lisa war bei der Arbeit und würde gar nicht merken, dass er nicht zu Hause war. Er hatte ein schlechtes Gewissen, wenn er an sie dachte. Er vernachlässigte sie, dessen war er sich bewusst, und doch war jede Abzweigung, die er nehmen wollte, um zu ihr zurückzukehren, versperrt. Was war los mit ihm?

Er grübelte immerzu über den Fall nach, über das, was der Tod von Dominic Lutteroth in Gang gebracht hatte und was sich zunehmend verselbstständigte.

Das leise Glucksen des Wassers am Anleger verfehlte heute genauso seine beruhigende Wirkung auf ihn wie die langsam aufgehende Sonne. Noch reflektierten die gelblichen Lichter der Kaibeleuchtung in der Elbe, doch der Himmel färbte sich schon in Rosatönen und kündigte mit zarten Streifen den neuen Morgen an. Dabei hatte die Wettervorhersage mal wieder Nebel angekündigt. Tom liebte diese Zeit des Sonnenaufgangs, die blau-rosa Stunde, in der das Leben stillstand.

Der Gegenentwurf zu den hektischen Einsätzen.

Er war seit Jahrzehnten im Hafen tätig und hatte schon so einige Ereignisse überstanden. Schwerste Autounfälle nach illegalen Straßenrennen, Suizide, ertrunkene Touristen oder Binnenschiffer, Schlägereien und Eifersuchtsdramen. Drogenrazzien oder Gewaltexzesse auf Schiffen. Brände und Sprengstofffunde. G20-Krawalle oder das tragische Unglück, als die Barkasse *Martina* unter Wasser gedrückt wurde … aber noch nie hatte er direkt mit Waffenhandel zu tun. Natürlich wusste er, dass täglich von Hamburg aus tonnenweise Kriegsgerät und Munition in alle Welt verschifft wurden. Deutschland war ein großer Rüstungsexporteur. Vom Staat genehmigte legale sowie illegale Transporte. Und Ingelsson war ein wichtiger Exporteur. Da sollte es keinen Zusammenhang geben?

»Woran denkst du?«

Plötzlich stand Quetsche mit zwei Bechern Kaffee neben ihm.

»An Einsätze der letzten Jahre. Daran, dass wir kaum Berührung mit Waffenexporten hatten. An das Barkassenunglück Anfang der Achtziger. Erinnerst du dich an die *Martina?*« Er nahm Quetsche dankbar einen Becher ab.

Der Kollege setzte sich zu ihm und ließ ebenfalls seine Beine über den Steg baumeln. »Das war vor meiner Zeit.«

»Ein Barkassenschipper hatte eine Schlepptrosse übersehen und sie unterfahren. Der Schlepper zog eine Schute hinter sich her, und die Trosse drückte die *Martina* unter Wasser und ließ sie kentern. Es gab neunzehn Tote, darunter viele Kinder. Eine furchtbar traurige Sache. Mein Vater hat noch jahrelang davon gesprochen.«

»Deshalb sitzt du hier?«

»Warum bist *du* nicht zu Hause? Du hast auch Dienstschluss.«

Langsam wurde das Licht heller, und Tom sah auf dem Dalben gegenüber, einem Markierungspfahl im Hafengrund, gleich neben dem Schild, auf dem *Travehafen* stand, einen Kormoran sitzen. Der große Wasservogel breitete seine Schwingen aus. Wahrscheinlich war er aus dem Wasser gekommen und wollte seine Flügel trocknen. Für einen Moment sah es so aus, als wolle sich der Vogel selbst umarmen.

Quetsche trank einen Schluck Kaffee, ehe er antwortete. »Ich habe die Berichte fertig geschrieben. Ich mag es nicht, den Papierkram zu lange liegen zu lassen. Wer weiß, was unsere nächste Schicht bringt?« Er sah Tom direkt an. »Der Einsatz heute Nacht war großes Kino. Du hast das souverän geleitet. Wirklich!«

»Ich höre ein *Aber?*«

»Ich habe das Gefühl, du verlierst die professionelle Distanz.«

Tom schluckte. War das so? »Es ist eine Menge passiert in den letzten Tagen. Ich erkenne unseren Hafen nicht wieder.«

»Du bist ein alter Romantiker. Der Hafen verändert sich. Die Sitten werden rauer, und die Digitalisierung schreddert den Rest.« Quetsche stellte seinen Becher auf dem Anleger ab. »Freu dich, dass wir die Waffenlieferung einkassiert haben, einen Tatverdächtigen obendrauf, und für einen Moment ist die Welt wieder in Ordnung!«

»Klövensteen hat gesagt, er sei ein kleiner Kurier. Was, wenn wir nicht an die Hintermänner rankommen?«

»Ist das nicht Sache des LKA?« Quetsche kniff fragend die Augen zusammen. »Sieh es mal so, wir waren in der letzten Woche in einen Mordfall involviert, haben einen Brand bei Blume & Lorrenzen aufgenommen, Christian Graf zurechtgestutzt, einen illegalen Militaria-Handel aufgedeckt, sogar einen Unfall hast du mal wieder aufgenom…«

Tom griff nach Quetsches Arm. »Was hast du da gesagt?«

Quetsche verzog den Mund. »Da gebe ich mir so viel Mühe, dir deine erfolgreichen Einsätze unter die Nase zu reiben, um dein angeknackstes Seelenleben aufzupäppeln, und du hörst nicht zu?«

»Nein … der Brand. Ingelsson! Nicht Blume & Lorrenzen. Ingelsson Waffenexporte. Das kann doch kein Zufall sein. Die brennenden Autos, der rumänische Lkw-Fahrer und die Lagerhalle.« Tom zog die Beine an. »Was, wenn das alles zusammengehört?«

»Da gibt es keinen Zusammenhang!«

»Es muss eine Verbindung geben, das wären zu viele Zufälle. Und erst der zeitliche Bezug. Was, wenn Ingelsson hinter dem Waffenhandel steckt? Wieso spielt sich plötzlich so viel auf dem Parkplatz vor Ingelsson ab?«

»Du spinnst!« Quetsche schüttelte den Kopf. »Ich bin nur ungern derjenige, der es dir sagt, aber einer muss es tun: Du verrennst dich in Fantasien. Du lenkst dich von deinen Problemen zu Hause ab …«

»Geht's noch? Ich hab keine Eheprobleme!«

»Was auch immer. Du musst auf den Boden der Tatsachen zurückkommen. Müller-Rohden hat sich gemeldet.«

»Müller-Rohden?«

»Unser Brandermittler. Er hat …«

»Ich weiß, verdammt noch mal, wer Müller-Rohden ist. Was hat er gesagt?«

»Sie haben den Brand der beiden Autos auf dem Parkplatz von Blume & Lorrenzen aufgeklärt.«

»Und?« Tom ahnte, dass die Antwort nicht so ausfallen würde, wie er sich das vorstellte. Gab es doch keine Verbindung zu Lutteroth?

»Ein Angestellter wollte sich an den Managern rächen. Es ging um interne Querelen, Kündigung und gekränkte Eitelkeit. Das hatte nichts mit Lutteroth zu tun.«

»Mist!«

»Nein, Tom, das ist großartig. Müller-Rohden hat einen Fall gelöst, und wir haben ein Problem weniger. Sieh es ein!« Er stand auf.

Tom wandte sich ab und sah den Kormoran gegenüber mit seinem scharfen Schnabel die glänzenden Federn putzen. Er musste nur tiefer graben, dann würde er die Verbindung aufdecken.

»Ich geh dann mal.«

Tom riss sich von dem Kormoran los und sah zur Seite. Quetsche wandte sich ab, und Toms Blick fiel direkt in Charlottes Lächeln.

KAPITEL 37

Es hatte Charlotte reichlich Überwindung gekostet, heute Morgen hierherzukommen. Aber nach der Trauerfeier war keine Gelegenheit mehr gewesen, ihn anzusprechen, und ihre Unruhe war so groß geworden, dass sie an seine Dienststelle gefahren war. Hoffentlich fand er sie nicht aufdringlich.

»Darf ich mich kurz zu dir setzen?«

Tom strahlte sie an, obwohl sie hinter seinen Augen die Müdigkeit lauern sah. »Gern! Wollen wir nicht lieber ins Warme?«

Fürsorglich. Warmherzig. Alles gut und schön, aber sie brauchte heute einen knallharten Kollegen. Einen Rat von jemandem, der kein Mitarbeiter des Monats werden wollte.

»Passt.« Sie setzte sich neben ihn auf den Anleger und sah aufs Wasser. Ein ganzer Schwarm von Reiherenten dümpelte dicht am Steg vorbei, ohne von ihnen Notiz zu nehmen.

»Schau, da vorn steht ein Kormoran.« Tom wies mit ausgestrecktem Arm schräg vor sich. »Was ist mit deiner Lippe passiert?«

Sie sah den pinguinähnlichen Vogel, hatte aber keinen Blick für ihn. Sie wollte das Gespräch hinter sich bringen. »Draufgebissen. Unwichtig. Ich brauche deinen Rat. Ich weiß nicht, an wen ich mich sonst wenden soll. Ich benötige einen Tipp von jemandem, der … Es geht um meine Tochter. Sie ist in Gefahr, und ich bin daran schuld. Mein Ex, Daniel, er ist wieder da und ich …«

Tom legte ihr die Hand auf den Arm. Eine beruhigende, beinahe intime Geste.

»Ganz ruhig. Erzähl der Reihe nach!«

Und das tat sie. Es brach alles aus ihr heraus. Sie erzählte Tom von dem Unfall ihrer Eltern und ihrer Not, den jüngeren Bruder zu erziehen. Von ihrem Bedürfnis nach Halt und dem amerikanischen Soldaten Daniel, der ihr diese Schulter zum Anlehnen bot. Von ihrer frühen Schwangerschaft und einem Freund, der zunehmend Schwierigkeiten mit seiner Impulskontrolle hatte, sie schlug und in der Armee durch Prügeleien auffällig wurde. Sie hatte sich seinen Jähzorn und den Suff lange schöngeredet, aber mit einem Säugling, den sie schützen wollte, hatte sie sich den Problemen stellen müssen. Als er eine Disziplinarstrafe erhielt und in die USA zurückbeordert wurde, gab er Charlotte die Schuld. Erst recht, als sie sich weigerte, ihn zu heiraten, damit er die Armee verlassen konnte und in Deutschland bleiben.

»Dieses Mal blieb es nicht bei Schlägen«, Charlotte schluckte. »Er hat meine Tochter entführt!«

»Herrje, wie alt war sie da?«

»Vier. Sie kann sich nicht daran erinnern. Heute ist sie dreizehn.«

Charlotte fixierte den Anleger. Beton, kein Holz. Hart und unzerstörbar. Kalt und seelenlos.

»Wie hast du sie wiederbekommen?«

»Meine beste Freundin Ada hatte herausgefunden, wo mein Ex sich versteckt hielt. Wir waren eine große Clique. Ich bin hingefahren. Ich war so naiv.«

Tom nickte, als wüsste er, was sie gleich berichten würde. Sie musste erzählen und die furchtbare Nacht noch einmal durchleben. Sie hatte sich fest vorgenommen, alles zu beichten, um ihn für ihren Plan zu gewinnen. Sie durfte nicht kneifen.

»Ich war Polizistin. Ich dachte, er würde mir nichts tun. Ich hatte vor, keine zwei Minuten mit ihm zu verhandeln. Wenn er mir meine Tochter nicht sofort rausrückte, würde ich die Kollegen rufen.«

Sie bemühte sich um einen kühlen und gleichmäßigen Tonfall, um sich so weit wie möglich von ihren Gefühlen zu distanzieren.

»Warum bist du nicht gleich mit Verstärkung hingefahren?«

Charlotte sah zu ihm auf. Natürlich stellte er diese Frage. Die hätte jeder gestellt. Aber so einfach war es nicht gewesen. Sie hätte den Kollegen berichten müssen, dass sie sich von diesem Mann hatte schlagen lassen. Sie hatte sich geschämt. Sie genierte sich heute noch. Sie hatte sich so sehr geschämt, dass sie alle Vorsicht außer Acht gelassen hatte. Und sie hatte bitter dafür bezahlt.

Charlotte sprach schneller, um es hinter sich zu bringen. Sie erzählte, wie Daniel sie in die Wohnung gezogen hatte. Wie erleichtert sie gewesen war, als sie Nathalie schlafend auf dem Bett gesehen hatte. Wie sie ihm einen Moment den Rücken zugedreht hatte, um ihre Tochter aufzunehmen, und den Tritt ins Kreuz noch heute spüren konnte. Wie sie auf das Bett geknallt war, bemüht, Nat nicht zu zerdrücken. Wie er sie an den Haaren zurückgerissen und ihr ins Ohr geflüstert hatte, dass er sie jederzeit töten könnte. Wie er sie herumgeworfen und ins Gesicht geschlagen hatte. Wie ihre Wangen von den Schlägen brannten und sie den Schmerz der aufgerissenen Lippen beinahe als wohltuend empfand, weil er sie von den Vorwürfen ablenkte, die sie sich machte. Warum hatte sie ihm Nathalie für den Spaziergang mitgegeben? Warum war sie allein zu ihm in die Wohnung gefahren? Der Schmerz der Erkenntnis war damals wie glühendes Magma durch ihre Adern geflossen.

»Ich war sicher, dass niemand mir glauben würde, dass er mich gezwungen hat. Er war der Vater meiner Tochter, mein Ex-Freund. Warum sollte er mich vergewaltigen wollen? Und selbst wenn meine Verletzungen Auskunft über seine Brutalität gegeben hätten. Die Kollegen hätten mich gefragt, wie mir als Polizistin das passieren konnte. Sie hätten vermutet, dass ich es gewollt hätte und die Situation aus dem Ruder gelaufen wäre. Vielleicht hätten sie hinter vorgehaltener Hand gedacht, ich stünde auf harten Sex. Was weiß ich?« Sie warf einen kurzen Blick zur Seite.

Tom saß regungslos neben ihr. Blass und sprachlos. Seine Hände hatte er ineinander verschlungen, als wolle er sich davon abhalten, loszurennen und Daniel eigenhändig zu erwürgen.

»Du weißt es selber, Prellungen oder ein paar blaue Flecke sind kein Beweis. Die Männer drehen den Spieß um. Ich hätte ihn verführt, ich wäre selber schuld, ich hätte es auch gewollt, bla, bla, bla!«

Sie hatte damals zitternd nach ihren Sachen gegriffen. Das zerrissene Höschen, der BH, ihre Bluse und die Jeans. Sie hatte sich unter größten Schmerzen angezogen, während er sich einen Whiskey genehmigt hatte und mit sich im Reinen war. Sie hatte Angst gehabt, dass er sie oder Nathalie töten würde, wenn sie auch nur einen Satz sagte. In ihrem Kopf hallte immer nur das eine Wort, mit der er seine Stöße begleitet hatte, um ihr klarzumachen, dass sie es verdient hatte: Schlampe!

Sie hatte den Hass in seinen Augen gesehen. Sie wusste, er scherzte nicht, er drohte nicht, er meinte es bitterernst.

Der einzige Lichtblick war gewesen, dass Nathalie nichts von alledem mitbekommen hatte. Sie schlief selig auf dem Bett und war nicht aufgewacht, als ihr Vater ihre Mutter schlug, beschimpfte und brutal vergewaltigte.

»Ich habe mir keine Hilfe geholt. Ich musste schon früh in meinem Leben selbstständig sein. Ich wusste, dass Vergewaltiger häufig mit einer milden Strafe davonkommen, und wenn ich ihn angezeigt und es ein Gerichtsverfahren gegeben hätte, Nathalie eines Tages davon erfahren würde. Ohne eine Anzeige konnte ich so tun, als wäre nichts passiert.«

Tom stöhnte und schüttelte fassungslos den Kopf.

Der Kormoran hob seine Schwingen und flog davon.

Charlottes ganzer Körper kribbelte. Scham, Angst, Wut und Hass. All diese Gefühle wurden im Zaum gehalten durch die Liebe zu ihrer Tochter. Dieses bezaubernde Wesen war zu einem guten Menschen herangewachsen, und sie war unendlich stolz auf ihr Mädchen.

Tom griff nach ihrer Hand. Er hatte ihr die Möglichkeit gegeben, ihre Geschichte zu erzählen, ohne sie zu unterbrechen. Charlotte sah ihn an. Verwirrung, Ärger und Trauer. Alles rollte nacheinander über sein Gesicht, wie die Wellen im Hamburger Hafen, wenn sich ein Containerriese durch die Elbe schob. In diesem Fall pflügte Charlottes Geschichte mit brachialer Gewalt durch das Seelenleben ihres Kollegen.

Als sie das sah, wusste sie, dass er ihr glaubte. Dass sie nicht um Verständnis buhlen musste, dass er erkannte, dass sie nicht übertrieb und dass es sie unendliche Überwindung gekostet hatte, darüber zu sprechen.

Eines gab es noch, aber sie konnte es nicht sagen.

»Die Narbe? Er sah zu, wie ich Nathalie vom Bett hochnahm …«, die Worte tropften ihr von der Zunge, ohne dass sie es wollte. Sie hatte diesen Teil auslassen wollen, aber schaffte es nicht. »Er ließ mich in dem Glauben, dass er mich gehen lassen würde. Mit ihr im Arm lief ich zur Tür, und er lachte mich aus. Er schlug mich mit dem Kopf gegen die Wohnungstür. Nur hielt er diesmal etwas in der Hand. Ein Cuttermesser. Er meinte, es sei besser, mein hübsches Gesicht ein bisschen zu bearbeiten, denn wenn er mich nicht haben *konnte,* wolle er dafür sorgen, dass es niemand anders mehr haben *wollte!*«

Ja, sie hatte in die Hölle geblickt.

»Dann kam mir der Zufall zu Hilfe. Sein Telefon klingelte. Er wandte sich um und griff im Reflex danach – oder er wollte, dass das Klingeln aufhörte, keine Ahnung, jedenfalls reichte mir der Moment, um ihn wegzustoßen und mit dem Kind aus der Wohnung zu fliehen. Er kam uns nicht hinterher. Ich hörte nur sein Lachen. Den ganzen Weg die Treppen hinunter. Manchmal höre ich es heute noch.«

Und das Wort, das er ihr hinterhergerufen hatte.

»Und er ist nie zur Rechenschaft gezogen worden?« Tom bemühte sich, Worte zu finden.

»Doch! Ich bin zur Armee gegangen und habe seinen Vorgesetzten erzählt, dass er mich geschlagen hatte und die Narbe von ihm stammt. Ich habe ihnen gedroht, dass ich die Sache publik mache, wenn sie nicht dafür Sorge tragen würden, dass er in den USA bleibt.«

Ihr Leben war damals in tausend Einzelteile zerfallen und ließ sich lange nicht mehr zusammensetzen. Nur die Tatsache, dass sie sich um Nathalie kümmern musste, half ihr, zu überleben und sich aus den Erinnerungen zu befreien.

»Und hat es funktioniert?«

»Damals hat die U.S. Army ihn zurückgeholt nach Amerika. Fast zehn Jahre war Ruhe. Bis vor Kurzem. Ada hat herausgefunden, dass er inzwischen unehrenhaft aus der Armee entlassen wurde. Nun ist er als Tourist in Hamburg, nicht als Armeeangehöriger.«

Tom sah sie auf eine Art an, die Charlotte erleichterte. Er zerstörte ihre Beichte nicht mit irgendwelchen Floskeln. Er war sprachlos und hielt die Hilflosigkeit aus.

Der Kormoran war weg. Die Enten waren weg. Zurück blieb eine Leere. Auf dem Wasser und in ihr.

»Warum arbeitest du beim Opferschutz der Polizei? Die Gesellschaft muss etwas an dir gutmachen. Nicht du an ihr.«

»Ich habe versucht, Hass durch Liebe zu ersetzen. Ich weiß, wie die Betroffenen sich fühlen. Ich will versuchen, ihnen zu helfen. Und ich habe Daniel verziehen, damit ich weiterleben kann. Das hat funktioniert, bis er aufgetaucht ist und sich an meine Tochter rangemacht hat. Da war alles wieder da: die Traurigkeit, die Schlaflosigkeit. Angst und Panik. Unruhe. Erinnerungen, die ich nicht haben will. Das Grübeln, quälend und nicht zu stoppen. Albträume.« Charlotte sah ihm fest in die Augen. »Ich habe schlechte Entscheidungen getroffen. Ich habe Fehler gemacht. Und manchmal lässt sich das nicht wieder geradebiegen. Aber ich habe mein Kind immer beschützt. Damit werde ich jetzt nicht aufhören. Diesmal brauche ich eine endgültige Lösung. Und ich hoffe, du kannst mir dabei helfen …«

»Wie? Ich kann wohl kaum einen Trupp Schläger vom Kiez anheuern, die deinem Ex Manieren beibringen.« Tom verzog gequält das Gesicht.

Charlottes Atmung geriet etwas außer Kontrolle, und für einen Moment konzentrierte sie sich darauf, ruhig ein- und auszuatmen. Ein. Aus. Ein. Aus. Sie durfte nicht zurückweichen.

»Geht's?«

»Schon gut«, beteuerte sie und nahm Anlauf: »Ich dachte eher an eine dauerhafte Lösung.«

KAPITEL 38

⚓

Die zarte Charlotte. Das blonde Wesen mit den warmen Augen und dem sanften Lächeln. Hatte sie ihn gerade gebeten, ihren Ex beiseitezuschaffen?

Tom fiel keine Erwiderung ein, obwohl er krampfhaft überlegte, während die Gefühle durch ihn hindurchdonnerten. Angst. Ärger. Belustigung. Sorge. Große Sorge. Wie sollte er das in Worte fassen?

Er dachte fieberhaft nach. Wie konnte sich Charlotte vor ihrem Ex schützen? Er war aus der Armee geflogen, hatte nichts mehr zu verlieren. Außer seiner Tochter. Aber wieso interessierte er sich plötzlich für das Mädchen? Oder ging es ihm um Charlotte? Hatte er sie als die Schuldige an seinem verpfuschten Leben ausgemacht? Wie weit würde er gehen? Würde er sich, um Charlotte zu bestrafen, an seinem Kind vergreifen?

»Ich verstehe dich«, sagte er. »Du willst dein Leben und das deiner Tochter schützen. Du hast in deiner Vergangenheit Fehlentscheidungen getroffen. Wir machen alle Fehler. Aber wir müssen aus ihnen lernen, sonst wiederholen wir sie. Was dir passiert ist, ist grauenhaft. Es ist unvorstellbar, aber darüber sprechen wir ein andermal. Jetzt ist wichtig, dass du nicht noch einmal falsche Wege gehst. Wir überlegen uns was, wie wir euch vor deinem Ex schützen, aber es muss etwas Legales sein, Charlotte!«

Er sah die Enttäuschung in ihrem Gesicht. Aber es gab keine Alternative.

»Ihr müsst irgendwohin, wo er euch nicht findet. Wenigstens, bis wir uns etwas überlegt haben. Ich habe da eine Idee. Ich habe einen Kumpel, dem steht eine Firmenwohnung in der HafenCity zur Verfügung, aber er lebt derzeit im Ausland. Ich frage ihn, ob ihr vorübergehend dort unterschlüpfen könnt. Vielleicht kannst du Nathalie für eine kurze Zeit aus der Schule nehmen?«

Charlottes Lippen kräuselten sich zu einem angedeuteten Lächeln. Sie massierte sich den Nacken. Er ahnte, wie angespannt sie war.

Könnte der Mann mit Geld ruhiggestellt werden? Geld, um sich in den USA eine neue Existenz aufzubauen? Waren die meisten Menschen nicht käuflich?

»Meinst du, er wäre mit Geld umzustimmen? Kohle für ein neues Leben?«

Charlotte seufzte, aber sie dachte darüber nach. Dann schüttelte sie den Kopf.

Das hatte er befürchtet.

»Er ist Amerikaner? Er darf nur neunzig Tage bleiben. Dann hast du eine Handhabe gegen ihn und kannst ihn ausweisen lassen.«

»Neunzig Tage sind lang.«

Auch wieder wahr.

»Wo ist er im Moment? Ich könnte persönlich mit ihm sprechen. Eine Gefährderansprache machen. Ganz offiziell. Dann weiß er, dass er unter Beobachtung der Polizei steht.«

»Ich weiß nicht, wo er ist. Ich bin ihm nicht begegnet. Meine Tochter hatte Kontakt zu ihm, und er hat versucht, sich Zutritt zu unserer Wohnung zu verschaffen.« Sie ließ ihren Blick über das Wasser schweifen. »Männer und Gewalt gegen Frauen ist so ein verdammtes Klischee. Wir denken immer in die gleiche Richtung. Was, wenn es mal andersrum ist?«

»Du kannst keine Vergeltungsaktion gegen Daniel starten. Das bist du nicht, und so willst du auch nicht sein. Du könntest dich selbst nicht mehr leiden, wenn du zu dieser primitiven Lösung greifst. Dann bist du nicht besser als die Mörder von Lutteroth.« Er sah ihr an, dass seine Worte sie trafen. Wahrscheinlich bereute sie schon, ihm derart Vertrauliches erzählt zu haben. »Wenigstens den haben wir jetzt … vielleicht … also, es ist noch nicht sicher, aber es gibt einen Verdächtigen … ach, was rede ich eigentlich?«

Das hatte er gar nicht sagen wollen. Um sie zu trösten, war ihm diese Information herausgerutscht.

»Erzähl!«

»Gestern Abend hatten wir einen Waffenfund im Hafen – wir haben die Alukisten, die wir gesucht haben, gefunden. Erinnerst du dich an die Bilder, die Daan auf der Beerdigung rumgezeigt hat? Wir haben die Behälter. Und darauf Fingerabdrücke, die uns zu einem Waffenhändler namens Klövensteen geführt haben. Er hat Lutteroth dazu benutzt, diese Kisten im Hafen über die Wasserseite in ein ISPS-gesichertes Areal zu bringen. Lutteroth hat dafür gutes Geld bekommen.«

»Waffen? Das kann ich nicht glauben!«

Tom nickte. »Waffenteile. Verboten nach dem Kriegswaffenkontrollgesetz.«

»Und der Typ hat Lutteroth erschlagen und Noah ins Koma geprügelt?«

»Die Zusammenhänge kenne ich auch noch nicht. Da musst du Jonna fragen.«

»Irgendwie bin ich erleichtert. Dann haben die Ermittlungen endlich ein Ende. Ich hatte schon die Fantasie, dass die Witwe … aber das ist dann vom Tisch.«

Tom runzelte die Stirn. Wovon redete Charly? Warum sollte die Witwe etwas mit dem Tod ihres Mannes zu tun haben und dessen Angestellten verprügeln?

»Ja, ich weiß, ein blöder Gedanke. Sie ist immer so ein bisschen drüber, als ob sie ständig vor Publikum spielt … ach, ist ja auch egal. Ich habe in die falsche Richtung gedacht. Kein Wunder, ich habe zu viele Bälle in der Luft. Habt ihr es ihr schon gesagt?«

Er zuckte mit den Schultern. »Charlotte, das Wichtigste ist, dass wir herausbekommen, wo dein Ex sich aufhält. Nur wenn ich weiß, wo er ist, kann ich meine Fühler ausstrecken. Wie kommen wir an ihn ran?«

Charlotte schüttelte den Kopf. »Ich weiß es nicht. Meine Freundin Ada hört sich gerade um, sie kennt noch einige Leute aus der damaligen Clique, und sowie sie etwas in Erfahrung bringt, sagt sie Bescheid.« Sie zögerte. »Es ist der Zeitpunkt gekommen, zu handeln.«

»Ich werde ihm mit Quetsche einen Besuch abstatten – mal sehen, wie ihm das schmeckt.«

»Tom! Hey!«

Aus dem Fenster über dem Anleger streckte der Wachhabende der neuen Schicht seinen Kopf heraus. »Dein Typ wird verlangt!«

»Bin nicht im Dienst.« Tom winkte ab. Er hatte keine Nerven mehr für Revierprobleme.

»Ist wegen Besim.«

»Besim?« Tom brauchte einen Moment, bis er sich erinnerte, wen sein Kollege meinte. Der Obdachlose, den er hatte fragen wollen, ob er am Tattag etwas an den Landungsbrücken beobachtet hatte. Mist, den hatte er vergessen. Da hätte er längst nachhaken müssen. »Habt ihr ihn gefunden?«

»Die Kollegen der Außenstelle erwarten deinen Anruf.«

Tom sprang auf, der Kopf des Wachhabenden verschwand, und das Fenster wurde geschlossen.

»Ich muss sowieso los«, sagte Charlotte und schwankte kurz, als sie auf die Beine kam. »Danke, dass du ein Ohr für mich hattest, ich melde mich, wenn ich weiß, wo Daniel sich aufhält. Du hast recht, ich muss einen kühlen Kopf bewahren.«

Tom hatte das nicht geplant, es war ein instinktiver Wunsch. Er nahm sie fest in den Arm und hielt sie. Sie ließ es geschehen.

Sie wirkte unendlich verletzlich, und Tom hätte sie am liebsten ewig festgehalten. In diesem Moment löste sie sich von ihm, drehte sich um und ging wortlos.

Tom stand ein wenig benommen auf dem Anleger. War es seine Müdigkeit, dass ihm die ganze Situation absurd vorkam? Über dem Wasser bildeten sich schon wieder Nebelschwaden, die ihn genauso ratlos zurückließen wie Charlotte. Nicht noch mehr Nebel, nicht noch mehr Probleme. Er hatte keine Idee, wie er Charly helfen könnte.

Um sich abzulenken, rief er an der Außenstelle der Landungsbrücken an. Der Kollege Ritter nahm sofort ab und berichtete, dass Besim sich bei ihnen gemeldet hätte.

»Endlich! Was hat er gesagt?«

Am anderen Ende der Leitung nahm sich Ritter eine kurze Bedenkpause. »War das so dringend? Wir haben ihn schon vor ein paar Tagen gesprochen, aber er war betrunken, und was er da von einem Kind erzählt hat, ergab keinen Sinn.«

Tom atmete tief durch, um nicht zu schreien. Es war seine Schuld, er hätte nachfragen müssen. Woher sollten die Kollegen wissen, wie wichtig die Informationen waren?

»Er hat etwas gesehen?«

»Na ja, das weiß man bei Besim nie so richtig. Er ist bosnischer Kriegsveteran, der hat zu viel durchgemacht, um es mit der Realität allzu genau zu nehmen. Aber das klärst du besser mit ihm selbst«, erwiderte Ritter leicht pikiert.

»Tu mir einen Riesengefallen. Gib ihm was zu essen und beschäftige ihn, bis ich da bin. Ich komme sofort rüber.«

»Ich bin doch nicht die Heilsarmee!« Ritter legte den Hörer auf.

KAPITEL 39

Besim sitzt in der Küche und spachtelt, was das Zeug hält.« Ritter riss sich mit einer empörten Geste die Brille von der Nase, als Tom die Außenstelle der Landungsbrücken betrat.

Tom klopfte kurz auf den Tresen. »Danke, dass du dich um ihn kümmerst.«

Tom lief weiter in die Küche. Er machte sich im Grunde nicht viel Hoffnung auf neue Informationen, aber fragen musste er den Mann.

Er öffnete die Tür zur Küche und sah einen älteren Mann mit abgetragener Kleidung am Tisch sitzen, ein Brötchen in der einen Hand, den Löffel für die Suppe, die vor ihm stand, in der anderen. Er schlürfte ungeniert. Tom lächelte. Der Mann ließ es sich schmecken.

»Besim?«

Der Mann hob den Kopf, und Tom sah in die traurigsten Augen, in die er je geblickt hatte. Er zuckte förmlich zurück. Es lag so viel Weltschmerz darin, dass es beinahe unerträglich war, den Mann anzuschauen. Sein verfilzter Bart, seine dreckigen Hände, die speckigen Haare, der strenge Geruch, der von ihm ausging. Ein bedauernswerter Anblick. Doch Besim überraschte Tom. Seine Stimme war fest und wohlklingend.

»Ja, ich bin Besim. Dann sind Sie Hauptkommissar Bendixen, der mich so dringend sprechen will?«

Tom stutzte. Was war diesem Mann passiert, dass er heute hier in der Küche saß und seinen Hunger stillte? Seine Stimme klang kontrolliert und die Sprache gebildet. Dieser Mann hatte definitiv nicht ewig auf der Straße gelebt, auch wenn ihm die Erschöpfung der Obdachlosigkeit ins Gesicht gemeißelt war.

»Darf ich?« Tom zeigte auf den Stuhl neben Besim, und auf dessen Nicken hängte er seine Jacke über die Lehne, legte seine Mütze auf den Tisch und setzte sich.

»Danke, dass Sie gekommen sind. Meine Kollegen sagten mir, Sie hätten wichtige Beobachtungen an den Landungsbrücken gemacht?«

Besim nickte und ließ sich nicht dabei stören, seine Suppe weiter zu löffeln. Tom lächelte, als er sah, dass Ritter ihm auch eine Schüssel mit Vanillepudding hingestellt hatte. Ritter war nur halb so grantig, wie er immer tat.

»Der Nebeltag!«

»Genau, den meine ich. Wo waren Sie, als der Nebel einsetzte?«

»Nachmittags? Direkt an den Landungsbrücken. Wollte sehen, ob mein Kumpel Dickie da ist. Er schuldete mir noch Geld, und ich hatte Hunger …«

Es schien ihm nichts auszumachen, über seinen Hunger zu sprechen, und Tom kommentierte es nicht. »Sie wissen, dass es auf der Barkasse *Rike* einen Zwischenfall gegeben hat?«

Besim kratzte sich am Hals und zuckte nach einer Weile mit den Schultern.

»Wir suchen Zeugen, die jemanden in der Nähe der *Rike* gesehen haben?«

»Innenkante Brücke 4, oder?«

»Richtig!« Tom bekam langsam den Eindruck, als könne Besim wirklich eine Beobachtung gemacht haben. Heute war der Mann nüchtern und glasklar im Kopf.

»War nichts los an dem Tag. Der Nebel … Ich habe an der Seite gesessen und auf Dickie gewartet, als die Kleine vorbeikam und geweint hat.«

»Ein Kind?«

»Die Kleine kam mit ihrer Mutter von der *Rike* gehetzt. Sie hat furchtbar geschluchzt. Direkt vor mir haben sie kurz angehalten, weil die Mutter mit ihren hohen Absätzen irgendwo hängen geblieben war. Ich wollte das Mädchen nur trösten.«

»Sind Sie sicher, dass die beiden von der *Rike* gekommen sind? Wie spät war es?«

»Die Barkasse war die einzige mit Licht. Da kamen sie runter. Der Nebel war eine halbe Stunde vorher aufgezogen. Ich saß bloß da, hab niemanden gestört.«

Er erwiderte Toms Augenkontakt und hielt ihn. Tom war sich sicher, dieser Mann log nicht.

»Dann hat die Tante mich weggetreten, als ob ich ihrer Prinzessin was antun könnte. So eine blöde Kuh! Die hat ihr Kind in ihre Arme gerissen und getragen, damit sie schneller wegkommt von mir.« Besim spuckte trocken neben seinen Teller, um seiner Abscheu Nachdruck zu verleihen. »Ich hab mir ein ruhigeres Plätzchen gesucht.«

Tom dachte nach. Eine Frau mit Kind zur fraglichen Tatzeit am Tatort. Wer könnte das gewesen sein? Sein Verstand weigerte sich, das Naheliegende zu sehen.

»Wie sah die Frau aus? Wie alt war sie?«

Besim zuckte mit den Schultern. »Schick. Jung.«

»Wenn ich Ihnen ein Foto von der Frau zeigen würde, gäbe es eine Chance, dass Sie sie wiedererkennen?«

Besim nickte. »Die ist heute in der Zeitung. Deshalb bin ich gekommen.«

Tom stutzte. »Wovon reden Sie?«

Der Obdachlose kramte umständlich eine *Morgenpost* aus einer seiner Tüten.

»Da!« Er reichte die Tageszeitung über den Tisch. »Hat heute Morgen jemand in der U-Bahn liegen gelassen.«

Tom griff nach der Zeitung. *Wie Hamburgs Hafen gegen die Koks-Mafia kämpft*, lautete die Überschrift. »Was hat das mit der Barkasse zu tun?«

Besim schüttelte den Kopf.

»Wo?« Tom blätterte in der Zeitung.

Besims Hand stoppte ihn.

Der Lokalteil. Die Beerdigung im Hafen. Fotos von Dominic Lutteroths Trauerfeier.

Tom sah auf. Besim tippte mit dem Finger auf ein großformatiges Foto. Die Ankunft der Trauergäste in der *Hafenkammer*.

»Ein Miststück!«

Tom betrachtete das Foto und fühlte, wie Ratlosigkeit ihn lähmte.

Das ergab keinen Sinn.

KAPITEL 40

Die Autobahnausfahrt Moorfleet kam in Sicht, und Jonna setzte den Blinker. Das Navi zeigte ihr, dass es noch ein paar Hundert Meter waren, bis sie ihr Ziel erreicht hätte. Wehe, sie wäre die lange Strecke umsonst gefahren.

Nachdem Heide Meyfahrt aus ihrem Zimmer gerauscht war, hatte der Morgen doch noch mit einem rosa Sonnenaufgang gestartet, aber schnell wieder aufgegeben. Inzwischen war der Himmel genauso trostlos grau wie ihre Stimmung. Feiner Nieselregen hatte eingesetzt, und auf den Feldern entlang der Autobahn zog dichter Bodennebel auf.

Daan hatte sich gemeldet und hastig und im Gehen geredet. Jonna solle sofort in den Sportboothafen vor der Tatenberger Schleuse kommen. Er werde ihr die Adresse per SMS senden. Erklärungen später, wenn sie angekommen sei.

Jonna war irritiert. Nicht, weil Daan sie unverhofft ans andere Ende der Stadt zitierte, sondern weil er sich nicht die Zeit genommen hatte, ihr in wenigen Worten zu erzählen, was Sache war. Warum zum Teufel turnte er in Moorfleet herum? War er Klövensteens Hintermännern auf die Spur gekommen? Die Handyauswertung war ergebnislos geblieben. Klövensteen erhielt seine Anweisungen von immer neuen Prepaidhandys. Eine Sackgasse. Nein, Jonna hatte keine Ahnung, wie Daan an Informationen herangekommen sein sollte.

Sie parkte den Wagen an der angegebenen Adresse. Hinter wild wuchernder Elbnatur hob sich eine Bootsvermietung an der Dove-Elbe. Graue Schwaden krochen das Ufer herauf, als Jonna auf die Anleger zuging. An die hundert Sportboote und Segelyachten lagen an Seitenstegen vertäut und wippten gemächlich auf dem Wasser.

Daan eilte ihr von dem lang gestreckten Mittelsteg entgegen. Er hatte mit einem Mann gesprochen, der ihm vom Kopf des Stegs nachsah und dann grüßend die Hand hob. Jonna erwiderte den Gruß.

»Hey, guten Morgen!« Daans Lächeln verunglückte, und Jonna sah dahinter sein schlechtes Gewissen lauern.

»Was hast du angestellt?«, fragte sie. Sie konnte diesem hageren Kerl mit dem verschmitzten Lächeln und dem schiefen Schneidezahn nicht böse sein.

»Tom holt uns mit dem Boot ab«, antwortete Daan und wies hinter sich.

»Tom?« Sie schüttelte irritiert den Kopf.

In diesem Moment näherte sich ein silbernes Schlauchboot der Polizei. Der Fahrer in einer roten Wetterjacke mit neongelber Warnweste und schwarz-gelbem Helm auf dem Kopf musste Tom sein.

Das Boot wurde langsamer und dockte sanft am Anleger wenige Meter vor ihnen an. Tom nahm seinen Helm ab, zog eine Leine mit sich und legte sie um den Haken auf dem Schiffsanleger. Jonna ging auf ihn zu und starrte beeindruckt auf das große Schlauchboot mit seinen Hightech-Schalttafeln hinter dem Steuerrad. Sie riss sich von dem Anblick los. »Klärt ihr mich bitte auf?«

An den Blicken, die sich Tom und Daan zuwarfen, sah sie, dass Tom Bescheid wusste. Kein Wunder, eine Spazierfahrt hatte er mit diesem Superboot nicht unternommen.

»Ich habe offiziell die Unterstützung der Wasserschutzpolizei angefordert. Wir verfolgen Hans Kruger, der hier ein schnelles Motorboot gemietet hat.« Er machte eine kurze Pause, bevor er hinzufügte: »Unter falschem Namen.«

»Woher weißt du das?«

Daan verzog das Gesicht, als ob er Zahnschmerzen hätte. »Ich habe ihn nach der Trauerfeier nicht aus den Augen gelassen. Ich hab mich mit einem Kollegen abgewechselt. Ich hatte Sorge, dass der Mann in Gefahr ist. Wir brauchen keinen zweiten Fall Noah Bonnichsen im Krankenhaus.«

Jonna war sprachlos. Warum hatte Daan nichts gesagt? Er hatte Kruger beschattet? Den gestrigen Tag und die ganze Nacht hindurch? Kein Wunder, dass er so müde aussah.

»Ich wollte dich nicht in Schwierigkeiten bringen«, ergänzte er flüsternd. »Du hast genug Stress mit der Meyfahrt.«

Jonnas Gefühle fuhren Achterbahn. Sie war gerührt von seiner Fürsorge. Und verärgert über seinen Alleingang. Auch wenn es gut gemeint war, blieb es gefährlich. Es war jetzt nicht der richtige Zeitpunkt, um das mit ihm zu klären, aber darüber mussten sie noch mal reden. »Warum sollen wir Kruger verfolgen?«, fragte sie.

»Tja, ein alter Skipper leiht sich ein ultraschnelles Motorboot unter falschem Namen? Ich bin fest davon überzeugt, dass da was im Busch ist. Ich denke, er hat was mit dem Waffenhandel zu tun. Kruger weiß ja nicht, dass wir die Waffen in der Lagerhalle gefunden haben.«

Jonna starrte ihn verblüfft an.

»Ich bin felsenfest davon überzeugt, dass er die beiden Männer auf dem Überwachungsvideo kannte«, insistierte Daan. »Seit gestern weiß er, dass wir diese Spur haben, und heute mietet er sich ein Rennboot? Der Mann hat etwas vor. Ich glaube, er trifft sich mit den Waffenhändlern!«

Jonna nickte nachdenklich. Sie konnte sich nicht erinnern, dass Daans Instinkt ihn je getrogen hatte. Die Tatsache, dass Kruger unter falschem Namen agierte, war auffällig und musste einen Grund haben.

Auch Tom pflichtete ihm bei. »Mit dem Streifenboot sind wir zu langsam gegen ein hochgezüchtetes Motorboot. Ich habe unserem Einsatzzug Beine gemacht, damit die uns die schnellen Schlauchboote fertig machen und zu Wasser lassen. Wir sind mit drei Booten unterwegs und folgen Kruger so unauffällig wie möglich. Der Nieselregen hilft uns vielleicht. Ich bin ihm eben in der Norderelbe begegnet und habe ihn ignoriert. Sollte er uns später bemerken, wird er denken, dass wir auf dem Rückweg von einem Einsatz sind. Die anderen beiden Boote erwarten Kruger weiter nördlich. Sie werden vor ihm herfahren, und wir hängen uns mit Abstand an ihn ran und versuchen, ihn im Blick zu behalten.« Er wies mit der Hand Richtung Schlauchboot. »Zieht euch an. Ihr braucht eine Jacke und den Helm.«

»Helm?« Jonna zog eine Augenbraue hoch.

»Die Boote erreichen eine enorme Geschwindigkeit. Wir haben einen 250 PS starken Motor, fahren 60 km/h, das schüttelt einem die Knochen aus der Kleidung, und man knallt auch mal mit den Köpfen zusammen. Das ist kein Sofa, auf dem ihr gleich Platz nehmt.« Er griff ins Boot und förderte zwei Jacken aus einer Alukiste am Heck zutage. Er half Jonna beim Anziehen. »Es gibt noch eine brisante Entwicklung«, sprach er hastig weiter. »Es ist ein Zeuge aufgetaucht, der Beobachtungen am Tattag gemacht hat.« Er hielt Jonna den Helm hin, und als sie ihn nehmen wollte, ließ er nicht los und suchte Blickkontakt. »Vorher muss ich wissen: Habt ihr von Hauke Klövensteen ein Geständnis?«

»Nein, im Gegenteil«, antwortete Jonna und seufzte. »Er hat ein wasserdichtes Alibi. Er war am Tattag nicht in Deutschland.«

»Scheiße!« Toms Ausruf blieb in der Luft hängen, ohne dass er weitersprach.

Ein Kribbeln im Nacken warnte Jonna. Warum war das so wichtig für Tom? Sie sah Daan an, der ihren Blick genauso ratlos erwiderte.

»Was ist das für ein Zeuge?«, fragte sie.

»Ein Obdachloser. Er hat … er hat ausgesagt, dass er im Nebel an den Landungsbrücken gesessen hat und Isabell Lutteroth mit ihrer Tochter von der *Rike* gelaufen kam … zur Tatzeit.« Tom holte tief Luft. »Er hat sie sicher identifiziert, und ich halte ihn für glaubwürdig.«

Jonna zuckte zusammen. Ihre Gedanken rasten. Das warf ihre bisherigen Überlegungen über den Haufen. Isabell Lutteroth am Tatort? Diese blonde zierliche Frau, die neben dem Seebären Dominic Lutteroth wie ein kleines Mädchen wirkte. Die anspruchsvolle Prinzessin auf der Erbse. Sie war zur Tatzeit auf der Barkasse gewesen? Das war nicht unmöglich. Es sei denn, sie hatte die Tat gesehen und schützte den Täter? Oder war sie in die Tat verwickelt? Was war an Bord der *Rike* vorgefallen? Was war mit ihrem Alibi?

»Jonna, du solltest mit Charlotte sprechen«, fuhr Tom fort. »Sie hat angedeutet, dass sie Zweifel in Bezug auf die Witwe hat.« Er stockte betreten. »Ich habe nicht weiter nachgefragt, weil wir ein anderes Thema am Wickel hatten.«

Daan setzte seinen Schutzhelm auf. Tom erklärte ihm kurz das Headset, und wie die Funkverbindung funktionierte, die die Helme untereinander hatten.

»Ihr müsst eure Füße fest in die Schlaufen stellen, das gibt euch den nötigen Halt.«

»Warte einen Moment, Tom, ich muss nachdenken.«

Jonna tigerte auf dem Anleger auf und ab, und plötzlich sprang sie die Erkenntnis an und ließ sie taumeln. Das war nicht möglich, oder?

»Der Asiate!« Jonna fasste sich an die Stirn. »Der verdammte Asiate hatte von Anfang an recht!«

KAPITEL 41

»Was für ein Asiate?«, fragte Tom irritiert.

Daan kletterte in das Schlauchboot und stellte sich auf den hinteren Platz. Tom zeigte wortlos auf die Fußschlaufen und drängte Jonna zur Eile. »Steig ein!«

Jonna drehte ihren Helm in den Händen, statt ihn aufzusetzen. Langsam rückte jedes Puzzlestück an seinen Platz, und ihre Muskeln spannten sich derart an, dass sie unruhig auf und ab gehen musste, damit sie nicht schmerzten. »Der Sushi-Koch aus dem Hotel. Er hat gesagt: Das Weiche siegt über das Harte, und das Schwache triumphiert über das Starke.« Die Gedanken flogen ihr zu. »Das passt zu Leitners Obduktionsergebnissen. Die Sache mit den ganzen Hämatomen unterschiedlichen Alters. Wir hatten die Vermutung, dass Lutteroth sich öfter geprügelt hat.«

»Der war doch eher der Teddytyp, oder?«, erwiderte Tom, der mit Helm auf dem Kopf und der Leine in der Hand darauf wartete, dass Jonna endlich ins Schlauchboot stieg.

»Eben!«, rief sie. Sie konnte nicht einsteigen. Sie musste sich bewegen. Ihre Gedanken wanderten auf dem richtigen Weg, und sie lief mit. »Er tat keiner Fliege was zuleide. Aber seine Frau Isabell ist eine Kratzdistel. Denkt an die Ohrfeige, die sie Christian Graf verpasst hat.« Sie holte tief Luft. »Was ist, wenn wir die Witwe vollkommen falsch eingeschätzt haben? Die grazile trauernde Frau. Was ist, wenn die vermeintlich Schwache die Starke und Überlegene ist?«

Jonna sah in den Mienen der Männer, dass sie skeptisch waren. Sie strich sich die Haare aus der Stirn, die der aufkommende Wind ihr ins Gesicht blies. »Ich meine häusliche Gewalt. Das ist doch ein alltägliches Thema in unserer Stadt. Körperliche Macht von Männern gegenüber ihren Frauen. Was aber, wenn es diesmal umgekehrt war? Lutteroth, der sich die Schläge seiner Frau gefallen ließ.« Sie wusste einfach, dass sie recht hatte. Aber so, wie die beiden sie anstarrten, befürchtete Jonna, dass das Knäuel aus Gedanken doch noch nicht so entwirrt war, wie sie gehofft hatte. »Das Weiche siegt über das Harte, und das Schwache triumphiert über das Starke«, wiederholte sie.

Jonna ging der Asiate nicht aus dem Kopf. Der zierliche kleine Mann, der sich hatte schikanieren lassen und dann mit einer einzigen Geste, dem Wurf eines Messers, seinen Kontrahenten getötet hatte. Auslöser der Gewalt war die eine Schikane zu viel gewesen. Oder hatte Dominic Lutteroth seine Frau beherrscht und schikaniert, und sie hatte sich gewehrt? Das könnte die Hämatome an Lutteroths Körper erklären. Aber er hätte sich sicher ihre Schläge nicht gefallen lassen, wenn er der dominante Part gewesen wäre. Vielleicht war er aber der gutmütige Ehemann gewesen, der die Übergriffe seine Frau weggesteckt hatte, weil er seine Frau liebte. Weil er darüberstehen wollte. Weil er sich keine Blöße geben wollte. Weil es ihm niemand geglaubt hätte. Weil es auf den ersten Blick so unvorstellbar erschien, wie Daan es ausdrückte. Männer sind physisch stärker und erst recht so ein Riese wie Lutteroth. Vielleicht hatte er der Aggression seiner Frau Liebe entgegensetzen wollen. Schließlich waren sie eine Familie, hatten ein Kind. Jonna wusste doch auch nicht alles. Und ihn konnten sie nicht mehr fragen. Aber seine Frau Isabell Lutteroth schuldete ihnen Antworten.

»Ich bin überzeugt, dass wir auf der richtigen Fährte sind.« Dominic Lutteroth war ein allseits beliebter Barkassenkapitän. Seit über fünfzehn Jahren im Hafen verwurzelt. »Er lernt eine junge, hübsche Frau kennen, die er liebt, heiratet und eine Familie mit ihr gründet. Er ist dabei, ihr ein Haus zu bauen, ihr alle

Wünsche von den Augen abzulesen, da reißt Corona die Welt aus den Angeln. Das Leben steht still, niemand weiß, wie es weitergeht, die Angst ist groß. Der Hafen ist leer, es gibt keine Touristen mehr, die Restaurants und Geschäfte sind geschlossen. Lutteroth darf keine Hafenrundfahrten mehr anbieten. Der Geldstrom versiegt von heute auf morgen. Die Ansprüche seiner Frau jedoch nicht. Wie soll er die Familie über Wasser halten?« Jonna ahnte, dass die verbalen Vorwürfe von Isabell Lutteroth immer handgreiflicher geworden waren und er sich in seiner Rolle als Ehemann und Vater nicht gewehrt, sondern verzweifelt nach Lösungen gesucht hatte. Er warb kreativ um seine Kunden, aber es nutzte alles nichts, es war niemand mehr da. Sein Hausbau stand still, das Leben hielt keine Abwechslungen mehr für seine Frau parat. »Dann spricht ihn Klövensteen an und bietet ihm eine Lösung seiner finanziellen Probleme an. Es muss Lutteroth wie ein Wink des Schicksals vorgekommen sein, denn die Alternative hatte er an seinem Kumpel Hans Kruger gesehen: Dem stand das Wasser bis zum Hals, sodass er keinen anderen Ausweg mehr sah, als an seinen ärgsten Widersacher zu verkaufen. Hauptsache raus aus den Schulden und den Verpflichtungen. Die ultimative Lösung.«

Wer wusste schon, wie lange die Epidemie die Welt im Würgegriff halten würde? Vielleicht hatte Lutteroth sich im Stillen gefragt, was so schlimm daran war, ein paar historische Waffenteile zu transportieren? Staubige Metallteile, von denen eh niemand wusste, wozu sie gut sein sollten?

»Ich denke, er war in den Verkauf Krugers an Christian Graf eingeweiht, so wie Kruger über den Waffenhandel Bescheid wusste oder gar beteiligt war.«

Jonnas Verstand feuerte weitere Fragen ab. »Was, wenn Lutteroth die Schnauze voll hatte von dem Waffenhandel und aussteigen wollte? Das hat das ganze Gefüge gesprengt.«

Daan schüttelte nachdenklich den Kopf. »Isabell Lutteroth als Täterin? Sie war so verstört und niedergeschlagen auf der Trauerfeier. Man konnte sehen, wie sie leidet. Das hat sie nicht gespielt.«

Es war nur eine Theorie, aber eine, der Jonna auf den Grund gehen wollte. »Wir müssen mit Charlotte sprechen und mit dem Rechtsmediziner. Wir untermauern unsere Hypothese, sammeln alle Indizien zusammen, dann verhören wir Isabell Lutteroth.«

»Außerdem hat die Witwe ein Alibi«, gab Daan zu bedenken.

Jonnas Blick ging die Reihe der Boote eines nach dem anderen ab, als könnte sie mit der Anzahl der Segelschiffe die Bausteine ihrer Theorie erfassen.

»Emma hat gesagt, die Witwe war zu Hause und hatte Besuch von ihrer Nachbarin. Später haben wir erfahren, dass Kruger bei ihr war. Zu welchen Uhrzeiten war das? Emma hat das überprüft?«, fragte Jonna.

Daan schüttelte den Kopf. Er hatte die Details nicht parat.

»Jetzt steig doch endlich ins Boot«, drängte Tom. »Wenn du recht hast, Jonna, und die Witwe wirklich etwas mit dem Tod ihres Mannes zu hat«, er schüttelte ungläubig den Kopf, »dann hat Kruger das Motorboot gemietet, um heute den Deal zu Ende zu bringen.«

»Das erklärt, warum Kruger keinen Polizeischutz wollte«, pflichtete Daan ihm bei. »Er ist immer noch an dem Deal dran. Warum hat der Idiot Noah nicht gewarnt? Er hätte sich denken können, dass die Waffenhändler ihre Ware wollen.«

»Warte! Sag das noch mal!«, rief Jonna. Sie bekam den Gedanken nicht zu fassen.

»Ich habe ihn beschattet, weil ich dachte, Kruger sei in Gefahr. Aber genau das Gegenteil ist der Fall. Er bewegte sich unbefangen, als er heute Morgen hierher ist, um das Boot zu mieten. Ich habe mit dem Vermieter gesprochen, der kannte Kruger nicht, er ist das erste Mal hier aufgetaucht und hat das Boot nicht unter seinem richtigen Namen gemietet.«

»Das meine ich nicht, aber … was ist … was, wenn Kruger Noah nicht gewarnt hat, weil alles so überstürzt passierte? Er wusste ja nicht, dass der junge Mann sofort in den Hafen kommt.« Sie erstarrte ob der Tragweite dieses Gedankens. Hans Kruger, der dumme alte Zausel, legte sich mit Waffenschiebern an.

»Oh nein«, rief Tom plötzlich. »Charlotte! Wenn Isabell Lutteroth wirklich die Täterin ist, weiß Charlotte noch nichts davon. Im Gegenteil, sie denkt, dass wir Klövensteen für den Täter halten. Nicht, dass Charlotte sich auf den Weg zu Isabell gemacht hat … Jonna, ruf Charlotte an!«, schrie er gegen den Wind.

Jonna sah Angst in seinen Augen flackern.

»Beruhige dich. Warum sollte Charlotte zur Witwe fahren? Und selbst wenn, dann wird Isabell Lutteroth beruhigt sein, dass die Polizei auf der falschen Fährte ist.«

Jonna hatte recht, nur beruhigte ihn das in keiner Weise.

KAPITEL 42

Tom biss die Zähne fest zusammen. Er stieß das Boot vom Anleger ab und sprang hinein. Der Gedanke, dass Charlotte womöglich mit einer Täterin Tee trank, weil er sich verplappert und erzählt hatte, dass Klövensteen der Mörder von Dominic Lutteroth wäre und im Polizeipräsidium in einer Zelle sitzen würde, trieb ihn um. Jonnas Theorie deckte sich mit den Ereignissen, Besims Beobachtung und dem Verhalten von Kruger und der Witwe. Wahrscheinlich hatte Charlotte recht mit der Annahme, dass der olle Skipper sich in die mondäne junge Frau verliebt hatte und ihr die Wünsche von den Augen ablas. So eine verdammte Scheiße!

Ihm war es egal, was Kruger mit der Witwe am Laufen hatte. Er wollte nur wissen, wo Charlotte war. Er betete, dass sie das Telefon abnahm.

Was sie nicht tat. Er musste sich gedulden.

Gleich wären sie auf der Norderelbe, und dann gehörte Kruger ihm. Die Flitzpiepe sollte nicht glauben, dass Tom ihn jetzt noch einmal vom Haken ließ.

Tom dehnte seinen Nacken, indem er den Kopf nach unten bog, drehte ihn nach rechts und links, ließ seine Arme kreisen und schüttelte die Arme aus. Er lockerte sich für den harten Ritt in dem Schlauchboot. Der Wind frischte aus Nordwesten auf, und ein Blick in den Himmel zeigte ihm, dass das Wetter sich verschlechterte. Wolken. Bodennebel. Nieselregen. Ihm war es egal. Nass werden von oben und von unten? Hauptsache, Charlotte war in Sicherheit, und sie stellten die Waffenhändler.

Tom legte den Fahrhebel nach vorn und gab Gas. Das Boot schoss vorwärts und kam mit dem Bug aus dem Wasser. Die

Gischt spritzte hoch und klatschte gegen die Plexiglasscheibe vor ihnen.

Sie rasten die Dove-Elbe entlang Richtung Norderelbe. Rechts und links begrünte Ufer, und bis zu den Elbbrücken gab es kaum Anhaltspunkte, an denen man sich orientieren konnte. Von Kruger und seinem Motorboot war weit und breit nichts zu sehen. Noch war auf diesem Teil der Elbe wenig Verkehr, aber das würde sich ändern, je näher sie dem zentralen Hafen kamen. Er würde Krugers Vorsprung aufholen, denn der ahnte ja nicht, dass Tom hinter ihm her war. Ein Blick zur Seite zeigte ihm, dass Jonnas Hände sich um die Haltegriffe krampften.

Der Motor surrte, und das Boot vibrierte unter der Kraft des Antriebs. Tom griff nach dem Fernglas und hielt es sich mit einer Hand an die Augen. Er nahm etwas Fahrt raus, um sich das Boot, das er in der Ferne entdeckt hatte, genauer anzusehen. Treffer. Das musste Kruger sein. Direkt vor der Elbinsel Kaltehofe. Das Motorboot fuhr mit langsamer Geschwindigkeit in die Billwerder Bucht auf den Ponton Entenwerder zu. Dort, wo der »Verein Entenwerder Elbpiraten« Kindern aus Rothenburgsort kostenlos das Segeln beibrachte, legte Krugers Boot an. Es war die gleiche Stelle, an der Daan ihn betrunken aufgegriffen hatte. Hatte er an dem Tag seine Vorbereitungen für diesen Moment getroffen? Was passierte am Anleger Entenwerder?

»Da vorne ist er, ich drehe bei«, sprach Tom in sein Headset, damit Jonna und Van der Waal Bescheid wussten.

Er lenkte das Boot steuerbord zum Sperrwerk der Billwerder Bucht und nutzte die kleine Schleife als Deckung.

Tom drosselte den Motor und schaute angestrengt durch das Fernglas. Es kostete ihn Mühe, sich nicht sofort auf Kruger zu stürzen. Aber immerhin hatte er ihn nun im Blickfeld, und sowie Jonna das Zeichen gab, würde er sich den Kerl greifen.

Gerade näherte sich ein weißes Motorboot mit einem schwarzen Streifen von Norden her und drehte ebenfalls bei. War Kruger am Ende nur auf einen Kaffee verabredet? Unsinn! Für einen Kaffeeklatsch mietete man kein Boot unter falschem Namen an.

Jonna legte ihre Hand auf seinen Arm. Sie wollte das Fernglas. Die beiden Boote gingen längsseits, und Kruger sprach mit jemandem auf dem anderen Boot.

Tom gab wenig Gas und steuerte sein Schlauchboot näher Richtung Anleger, um besser sehen zu können. Wenn Kruger sie jetzt entdeckte, war es ihm egal.

Tom glaubte nicht, dass er den Mann in dem zweiten Boot schon einmal gesehen hatte. Wer war der Kerl?

»Er bekommt eine Tasche ausgehändigt«, sagte Jonna ins Headset.

Wann sollte er zugreifen? Sofort, um zu sehen, was in der Tasche war? Oder später, wenn sie herausgefunden hatten, wohin Kruger damit wollte? War der Austausch der Anfang oder das Ende von Krugers Aktivitäten? Enthielt er eine Entlohnung oder einen Auftrag?

Tom entschied sich: Er würde sich Kruger vornehmen, und die Kollegen in den anderen Schlauchbooten sollten sich an den Unbekannten dranhängen.

Er suchte den Horizont nach den beiden Polizeibooten ab. Nichts. Vermutlich lagen sie hinter der Freihafenelbbrücke auf der Lauer.

Jonna schaute weiter durch den Feldstecher.

»Jonna? Zugriff?«

Sie nickte. »Ja, holen wir ihn uns.«

»WS 109 und 110 für WS 107«, Tom funkte die Kollegen auf der für sie reservierten Frequenz an.

»Hören!«

»Wir teilen uns auf. 109 und 110 nehmen Motorboot mit schwarzem Balken, Norderelbe südwärts. Aufstoppen und vorläufig festnehmen!«

»Verstanden! Geht los!« Beide Boote bestätigten den Plan.

Jonna zupfte an seinem Ärmel. »Los!«

Tom legte den Schalter für das Blaulicht um und gab Gas.

KAPITEL 43

Es dauerte nicht lange, bis die beiden Fahrer sie bemerkten. Hektisch ließen sie die Motoren an und bewegten die Boote voneinander weg. Sie würdigten sich keines Blickes mehr, jeder war mit sich selbst beschäftigt.

Jonna zeigte mit der Hand voraus. Krugers Verabredung drehte ab und raste die Dove-Elbe in Richtung HafenCity zurück, aus der er gekommen war.

Nur zu, gib Gas, du Depp, dachte Tom. Du fährst direkt in die Arme meiner Kollegen.

Kruger gab ebenfalls Vollgas und donnerte Richtung Innenstadt, bog jedoch backbord in die Norderelbe ab.

Tom war verdattert. Der Alte gab Gas wie ein Irrer, und ganz offensichtlich konnte er mit dem verdammten Boot umgehen, als wäre es sein Auto.

Tom drückte den Gashebel herunter, und die WS 107 tauchte mit dem verstärkten Rumpf aus dem Wasser. Das Boot zuckte ruckartig, und dann steigerten sich die 250 PS zu einem hellen Surren.

Kruger flüchtete mit hohem Tempo die Norderelbe hinunter und hielt Kurs Richtung Spadenland.

Tom flog nur so dahin, trotzdem verringerte sich der Abstand zwischen Kruger und seinen Verfolgern nicht. Kruger hatte ein Boot mit einem verdammt starkem Motor gemietet. Hoffentlich ging ihm bald der Sprit aus.

»Dranbleiben!«, meldete sich Daan über den Kopfhörer. Tom hörte die Besorgnis in seiner Stimme.

»Spätestens bei der Schleuse Geesthacht ist Schluss. Aber wir holen ihn lange vorher ein. Ich weiß nur nicht, was der Idiot vorhat!«, erwiderte Tom.

In diesem Moment fielen erste dicke Tropfen auf sein Visier, und dann öffnete der Himmel auch schon seine Schleusen. Statt leichtem Regen prasselte ein Graupelschauer auf sie hernieder. Tom machte das nichts aus, aber Kruger musste sich verdammt unwohl in seiner Haut fühlen, denn er trug keine Regensachen. Ob er endlich langsamer würde?

Mit unvermindert hohem Tempo jagten sie die Norderelbe hinunter. Rechts und links nur die grünen Deiche. Tom hatte Sorge, in der Höhe Bunthäuser Spitze auf Ausflugsbarkassen oder private Paddler zu treffen. Bei diesem Tempo erzeugten sie Wellen, die jeden Paddler zum Kentern bringen würden. Wenigstens war das Wetter so miserabel, dass die Ausflügler zu Hause blieben. Toms Hoffnung, dass Kruger beidrehte, schwand immer mehr. Der Kerl war eiskalt, verrückt oder beides, sonst würde er die Polizei nicht ignorieren.

Tom starrte verbissen durch den Regen und wünschte sich, dass Kruger in die Elbe fiel. Oder sich mit seinem blöden Rennboot überschlug, die Kontrolle verlor und in den Deich rammte, oder …

»Wir kommen näher«, erklang Jonnas Stimme in seinem Headset und unterbrach seine Fantasien.

»Kruger fährt wie ein Irrer! Der nimmt auf niemanden mehr Rücksicht.«

Sie fegten über das Wasser, und immer wenn das Boot eintauchte, duschte sie die Gischt. Jonna und Daan schwiegen und waren damit beschäftigt, sich festzuklammern und sich den Fliehkräften der Kurven entgegenzustemmen.

Wie weit waren die Kollegen, um Krugers geheimnisvollen Unbekannten zu stellen? Tom wollte per Funk nachfragen, aber bei diesem wilden Ritt hatte er durch die Windgeräusche Schwierigkeiten, sie über den externen Kanal zu verstehen.

Er probierte es trotzdem. »WS 110 für 107.«

»Hört!«

Tom empfing die leise Antwort. »Habt ihr die Yacht gestoppt?«

Rauschen.

»WS 110? Habt ihr Sichtkontakt?«

Stille. War die Funkverbindung unterbrochen? Er hob mühsam eine Hand, um die Steckverbindung am Headset zu überprüfen. Nicht, dass die sich bei dem Tempo und den schnellen Bewegungen gelockert hatte.

»WS 107 an alle. Wir verfolgen Zielperson in hohem Tempo Richtung Süden. Aktuell Höhe Spadenländer Elbdeich.«

Die Sicht wurde immer schlechter, weil sich der Regen wie ein Vorhang vor die Augen legte. Tom hätte gerne das Visier hochgeklappt, aber dann würde ihm der Regen direkt ins Gesicht peitschen. Sie schleuderten bei jeder Welle hin und her, und Tom war froh, dass sie die Helme trugen.

Der Funk blieb still. Die Verbindung war abgerissen oder zumindest instabil. So ein Mist!

Vor ihnen tauchte ein Segelboot auf. Kruger überholte es mit einem riskanten Manöver und bretterte ohne Kompromisse weiter. Auch wenn Tom alles aus seinem Schlauchboot herausholte, verlor er ein paar Meter auf Kruger, als er das Segelschiff in angemessenem Abstand überholte. Tom konnte und wollte sich keine Gefährdung anderer Boote leisten.

Er setzte sich vor das Segelschiff und sah mit Grausen, dass Richtung Bunthäuser Spitze langsam mehr Boote unterwegs waren. Wenn Kruger nicht zur Besinnung kommen und vom Gas gehen würde, war es nur eine Frage der Zeit, bis es ein Unglück gäbe.

Verbissen pflügte sich Tom seinen Weg die Elbe aufwärts und schloss langsam zu Kruger auf, war aber immer noch zu weit zurück, um ihn zum Stoppen zu zwingen. Ständig korrigierte er leicht die Richtung, um die Kraft des Wassers und der Luft auszugleichen und das Boot auf Kurs zu halten. Was bezweckte Kruger mit dieser irrsinnigen Verfolgungsfahrt?

Tom hatte ihn für einen alten Mann gehalten und musste sich nun korrigieren. Kruger war ein besonders *dummer* alter Mann. Er war ein verzweifelter Kerl, der in großen Schwierigkeiten steckte.

Rechts und links rauschten schemenhaft die begrünten Uferböschungen im Regendunst vorbei. Uferwände erschienen und verschwanden genauso schnell wieder. Es roch nach Regen und moderigem Elbwasser.

Plötzlich unterbrach Quetsches Stimme über Funk seine Gedanken. Sein Kollege war ebenfalls im Dienst geblieben. Als Tom den Einsatzzug alarmiert hatte, hatte Quetsche laut geseufzt und Tom vorgehalten, dass er seinen Ruf ruiniere. Wenn er im Dienst bliebe, würde er sein Leben lang unter den Kollegen als Streber gelten. Ginge er in seinen wohlverdienten Feierabend, würde Tom Unsinn anstellen und ohne ihn nicht zurechtkommen. Am Ende war er grinsend in die WS 110 gestiegen und freute sich ganz offensichtlich, mit dem Schlauchboot über das Wasser donnern zu dürfen.

»Hört! Habt ihr ihn?«, fragte Tom.

»Wo seid ihr?«

»Himmelarsch! Habt ihr ihn?« Tom war zu ungeduldig, um sich an die Funkdisziplin zu halten.

»Bestätigt!«

Tom hörte Quetsches Grinsen aus dem Wort triefen. Er nahm Tom auf die Schippe.

»… Strandkai, begleiten zum Fähranleger Elbphilharmonie, dann …«

Die Verbindung riss wieder ab.

Tom biss die Zähne zusammen. Das Wichtigste hatte er gehört. Jetzt fehlte nur noch Kruger.

Der Abstand hatte sich inzwischen deutlich verringert, und sie hatten die Bunthäuser Spitze hinter sich gelassen. Kruger war nicht in die Süderelbe eingebogen, sondern hielt sich weiter elbabwärts.

Links und rechts waren nur noch grüne Deiche auszumachen. Gerade passierten sie den Hower Hauptdeich, als Tom im Regendunst voraus ein Kajak entdeckte. Kruger hielt direkt auf es zu und schien es nicht zu bemerken.

Was tat der Idiot da?

Erst wenige Meter vor dem einsamen Paddler, der hektisch Richtung Ufer lenkte, wich Kruger mit einem Schlenker aus.

Zu spät.

Jonna schrie auf.

Die Welle, die Kruger verursachte, brachte das Kajak zum Kentern.

Tom nahm sofort Fahrt raus. Er musste dem Sportler helfen. Aber er durfte Kruger nicht davonkommen lassen.

Tom näherte sich ganz vorsichtig dem Kajak.

Beim Näherkommen erkannte er, dass der Paddler sich an seinem Boot, das sich wieder aufgerichtet hatte, festhielt. Der Mann stemmte sich an der Bordwand hoch, um triefend nass ins Boot zu sinken. Würgend rang er nach Luft, aber er würde klarkommen.

»Alles okay?«, rief Tom ihm zu, obwohl es unsinnig war, denn er konnte ihn nicht hören, und außerdem hatte er andere Probleme. Der Mann war tapfer und zeigte den Daumen hoch. Vielleicht hatte er Toms Blaulicht gesehen.

»Das wird ein Nachspiel haben«, hörte Tom Jonna im Kopfhörer.

Es war denkbar knapp gewesen, und offensichtlich scherte sich Kruger nicht um Kollateralschäden. Toms Wut steigerte sich ins Unermessliche. Sein Zorn war stärker als alles, was er in letzter Zeit gespürt hatte. Es reichte ihm.

Er gab wieder Vollgas, doch dieser Zwischenstopp hatte ihn wertvolle Zeit gekostet. Er konnte Krugers Motorboot weder sehen noch hören.

Wo war der Typ?

Tom nahm wieder Fahrt raus, um besser horchen zu können. Nichts.

»Fahr!«, sagte Jonna.

»Wo ist er?«, fragte Tom. »Hört ihr ihn?«

»Neben dem Schubverband?«, mutmaßte Daan.

Direkt vor ihnen glitt ein Schubverband durch das Wasser. Das Schubschiff schob zwei Leichter, antriebslose, schwimmende Ladungsbehälter, vor sich her und könnte Krugers Motorboot Deckung bieten. Doch Tom sah und hörte immer noch nichts. Allerdings war es nur noch ein kleines Stück, bis backbord die Einfahrt zum Oortkaten Hafen auftauchte. War Kruger hier hereingedonnert, um sich zu verstecken? Keine schlechte Idee. Tom manövrierte das Schlauchboot bereits in die Einfahrt, als Kruger in entgegengesetzter Richtung herausgeschossen kam.

»Da ist er!«, schrie Jonna.

Ja, da war er. Es hatte nicht geklappt mit dem Verstecken. So einfach ließ sich Tom nicht übertölpeln. Während er das Schlauchboot in einem engen Kreis wendete, gab Kruger wieder Vollgas und donnerte die Elbe entlang. Tom konnte nicht mehr tun, als zu versuchen, mit diesem irren Tempo mitzuhalten. Überholen oder abdrängen kam nicht infrage.

Plötzlich drehte Kruger unerwartet bei und hielt direkt auf das Zollenspieker Fährhaus und seinen Anleger zu.

»Was hat er vor?«, schrie Jonna ins Headset.

Tom jagte ihm, ohne zu zögern, hinterher. Jetzt war Kruger fällig.

Er raste mit seinem Motorboot auf den Fähranleger zu und stoppte so abrupt, dass das Boot sich querstellte und gegen den

Anleger knallte. Kruger sprang von Bord. Direkt vor einer Ansammlung von geparkten Motorrädern, deren Besitzer sich hier regelmäßig trafen und offenbar vor dem Regen Zuflucht im Inneren des Zollenspieker Fährhauses gesucht hatten.

Tom nahm Fahrt raus, der Motor erstarb. »Jonna, nimm die Leine!« Er setzte das Schlauchboot hart neben Krugers Yacht und nahm keine Rücksicht auf die Boote. Daan und er sprangen an Land.

Kruger lief auf die Motorräder zu, als wäre der Teufel persönlich hinter ihm her.

Tom wusste sofort, warum sie an dieser Stelle gelandet waren. Kruger hatte hier ein Motorrad geparkt, mit dem er seine Flucht fortsetzen wollte. Gerade öffnete er den Seitenkoffer eines Bikes.

Zeit für eine Entscheidung.

»Kruger, stehen bleiben! Polizei! Ich schieße!«

Toms Gebrüll zerriss die Stille, und eine scharfe Böe verlieh seinen Worten Nachdruck. Es wirkte surreal vor der malerischen Kulisse.

Ein paar Sekunden später verstand Kruger endlich, dass es vorbei war. Er verlangsamte seine Bewegungen. Die Arme sackten an der Seite herunter.

»Polizei! Stehen bleiben!« Tom griff an seine Waffe. Daan hob abwehrend die Hand, um Kruger zur Ruhe zu mahnen. Vielleicht meinte er auch Tom, das vermochte er nicht zu sagen. Tom trat einen Schritt zurück, um sich außerhalb von Krugers Reichweite zu bringen und Daan zu sichern.

Kruger kam langsam auf sie zu. Die Strickmütze und die Cabanjacke klebten durchnässt an ihm.

Hatte er eine Waffe?

»Stehen bleiben! Hände nach oben! Ich will Ihre Hände sehen!« Daan schrie, damit er durch den Helm zu verstehen war.

Kruger gab auf. Er nahm die Hände nach oben und blieb stehen. Angst und Schrecken standen ihm ins klatschnasse Gesicht geschrieben. Er zitterte.

Daan hatte kein Mitleid. »Hinknien. Runter. Sofort.«

Tom hörte Daan zum ersten Mal mit dieser strengen Stimme sprechen, die kein Erbarmen kannte und einen eisigen Nachhall produzierte. Kruger tat, was Daan verlangte, und kniete sich nach kurzem Zögern in die Pfütze vor ihm.

Daan riss ihm einen Arm nach hinten und drückte Kruger auf den nassen Asphalt. Tom sprang vorwärts. Gemeinsam legten sie ihm Handfesseln an und hievten ihn hoch.

»Was ist in Ihrem Kopf verkehrt? Sie haben einen Paddler umgemangelt!«, schrie Tom.

»Ach, deshalb verfolgen Sie mich? Ich hatte solche Angst vor Ihnen!«

Tom riss sich den Helm vom Kopf. Er brauchte Platz für seine Wut. Er kam Kruger so nahe, dass er dessen abgestandenen Atem riechen konnte. Er spuckte ihm seine Abscheu ins Gesicht. »Vor *mir?* Das ist doch Quatsch!«

Er roch Krugers Angst. Allerdings bezweifelte er, dass die ihm galt. Sie standen sich Auge in Auge gegenüber, und Kruger konnte seinem Blick nicht standhalten.

Tom hätte ihm am liebsten seinen Helm ins Gesicht gerammt.

»Herr Kruger, geben Sie uns die Tasche«, sagte Daan ruhig.

Kruger zuckte kaum merklich zusammen. Hatte er geglaubt, sie folgten ihm aus Jux und Tollerei?

»Warte«, sagte Tom. »Ich habe gesehen, auf welches Motorrad er zugegangen ist.« Tom lief die wenigen Schritte zu einer Maschine und fand in dem Seitenkoffer die Tasche. Er reichte sie Daan.

»Na, dann wollen wir mal sehen …« Daan schaute hinein. »Ei, ei, ei …« Er griff Kruger an die Schulter. »Hans Kruger, Sie sind vorläufig festgenommen. Sie werden beschuldigt, in illegalen

Waffenhandel involviert zu sein. Als Beschuldigter in einem Strafverfahren müssen Sie sich nicht zum Sachverhalt äußern, aber das ist Ihnen ja schon bekannt. Wir bringen Sie jetzt ins Polizeipräsidium.«

Er reichte Tom die Tasche zurück. Mit einem Blick sah Tom, dass sie voller Geldscheine steckte.

Kruger rührte sich nicht. Er glotzte sie aus müden Augen an.

In diesem Moment trat Jonna zu ihnen. »Ich habe dein Boot angeknotet.« Sie hatte ihren Helm abgenommen und betrachtete Kruger wie ein lästiges Insekt.

Wenn Tom nicht so in Rage gewesen wäre, hätte er geschmunzelt. Doch er kam nicht mehr dazu, irgendeine Reaktion zu zeigen, denn in diesem Moment klingelte Krugers Handy.

Und Tom sah die Panik in dessen Augen.

Blankes Entsetzen!

KAPITEL 44

Krugers Augen verrieten Jonna das Wesentliche: Dieser Anruf war extrem wichtig, und durch den Klingelton wusste Kruger auch, wer dran war.

Tom nestelte an Krugers Jacke, aber bevor er das Handy gefunden hatte, verstummte das Klingeln.

»Wer war das?«, fragte Jonna und trat so dicht an Kruger heran, dass der erschrocken ein Stück zurückwich.

Tom versuchte, das Display zum Leben zu erwecken, doch das Telefon verlangte eine PIN. Er sah hoch. Kruger wusste genau, was er von ihm wollte.

»Und?«, schnauzte Tom.

Der Alte presste die Lippen zusammen.

Daan hob Krugers Hände, die hinter seinem Rücken gefesselt waren, etwas an. Kruger beugte sich vor, um dem Schmerz zu entgehen, stieß dabei gegen Jonna und stöhnte. Trotzdem schwieg er beharrlich.

»Jetzt machen Sie nicht einen auf Mimose. Ich lasse …«, Tom kam nicht dazu, zu Ende zu sprechen, denn das Handy klingelte erneut.

Tom hielt Jonna das Display hin, sodass sie den Namen lesen konnte. »Da schau an.« Er wischte über das Display, nahm den Anruf entgegen und stellte auf Lautsprecher. Daan hielt Kruger den Mund zu. Wer nicht hören wollte, musste fühlen.

»Ja«, nuschelte Tom.

Jonna lenkte ihre Aufmerksamkeit für eine Sekunde auf die Umgebung. Außer dem Regen gab es keine verräterischen Geräusche um sie herum.

»Hey«, tönte aus dem Lautsprecher. »Warum gehst du nicht ans Telefon? Hast du das Geld? Die ganze Summe?«

»Ja!«

»Ja? Dann zeig ich dem Typ die Halle?«

»Warte auf mich!«

Stille. Isabell Lutteroth hatte aufgelegt. Sie hatte erkannt, dass am anderen Ende der Leitung nicht Hans Kruger gewesen war. Zu spät. Sie hatte Jonnas Befürchtungen mit diesem Anruf bestätigt: Kruger und die Witwe steckten unter einer Decke und waren direkt in den Waffenhandel verstrickt.

»Von welcher Halle spricht sie? Was soll dort passieren?« Jonna gab ihrer Stimme einen beruhigenden Klang. Die Situation war schlimm genug, Krugers Puls musste herunter, bevor der alte Mann noch einen Herzinfarkt erlitt. Aber an seiner momentanen Situation ließ sich nichts ändern: Er stand mit auf dem Rücken gefesselten Händen im strömenden Regen mitten auf der Straße, und um ihn herum versuchten drei Polizeibeamte, Informationen aus ihm herauszubekommen, um weiteres Unglück zu verhindern.

»Wir wissen doch sowieso schon alles«, erklärte Jonna sachlich. »Dominic Lutteroth und der Waffenhandel … Sie erzählen uns nichts Neues mehr. Wir werden Isabell Lutteroth wegen des Mordes an ihrem Ehemann …«

»Sie hat nichts getan! Warum lassen Sie sie nicht in Ruhe? Die arme Frau hat genug durchgemacht.«

»Sie ist in der Nacht gesehen worden, wie sie von Bord der Barkasse kam, Sie können sie nicht länger beschützen«, sagte sie und versuchte es mit Zuckerbrot, als ob sie Verständnis für Krugers Handeln hätte. Wenn er nicht bald redete, würde sie die Peitsche rausholen.

»Ich habe mich mit Dominic gestritten. Schon mittags an der Bude und dann noch mal später auf der *Rike*. Wegen der Waffenlieferungen. Er hat die Kisten in den Hafen eingeschleust, weil die wegen des Kriegswaffenkontrollgesetzes nicht durch den Zoll durften. Ich wollte, dass er damit aufhört.«

Jonna nickte. »Und?«

Kruger sackte weiter in sich zusammen. Er wirkte nun wirklich wie ein gebrochener alter Mann.

»Wir haben uns geprügelt. Ich habe ihn unglücklich getroffen. Ich wollte das nicht. Es war ein Unfall.«

Stille.

Kruger machte den Eindruck, als lausche er seinen eigenen Worten nach und warte auf den großen Knall, der seiner Eröffnung folgen musste. Brach die Welt nicht in lautem Getöse auseinander?

Jonna räusperte sich. »Sie haben diesen Riesenkerl mit bloßen Händen erschlagen?«

Kruger ließ sich Zeit mit der Antwort. »Ich habe etwas gegriffen, was neben dem Steuer lag. Einen Schraubenschlüssel. Es tut mir alles so leid!«

»Wenn es Ihnen leidtat, warum haben Sie keinen Rettungsdienst gerufen?«

»Dat heff ik doch!«

Von Zeit zu Zeit viel Kruger ins Hamburger Platt, was Jonna als höchste Anspannung interpretierte, dennoch schonte sie ihn nicht: »Lutteroth hat noch gelebt, nachdem Sie auf ihn eingeschlagen haben. Sie hätten ihn vielleicht retten können.« Krugers Reaktion kam prompt. Er stöhnte und sank auf die Knie. Daan hatte Mühe, ihn zu halten.

»Was haben Sie mit dem Schraubenschlüssel gemacht?«

Kruger schnappte nach Luft. Für einen Moment befürchtete Jonna, er würde in dieser Sekunde den Herzinfarkt bekommen, den sie befürchtet hatte.

»Ich hab ihn ins Hafenbecken geschmissen.«

Jonna sah Daan an. Er dachte das Gleiche.

»Wo ist Isabell Lutteroth in diesem Moment?«

Trotz Krugers Geständnis sagte ihr die Angst in seinen Augen, dass er immer noch etwas zu verlieren hatte, was er zu schützen versuchte. Was war das? Das Geld hatten sie gefunden. Seine Freiheit? Er hatte ein Geständnis abgelegt. Sie hatten ihm eröffnet, dass er vorläufig festgenommen war, er kannte das Prozedere. Nein, es ging nicht mehr um ihn, es ging um die Witwe. Er schützte sie. Wie verliebt konnte man sein, dass man dafür seine Freiheit opferte?

»Herr Kruger, wir haben Hinweise, dass Isabell Lutteroth in Gefahr ist. Sagen Sie uns, wo sie ist, und helfen Sie, sie zu schützen!«

Sein Atem beschleunigte sich. Sie musste dranbleiben.

»Sie wissen, wie skrupellos die Waffenschieber sind. Denken Sie an Noah Bonnichsen. Gerade verhandelt Isabell Lutteroth mit denen. Sie fragt, ob sie ihnen die Halle zeigen soll. Wo ist sie? Wir können ihr nur helfen, wenn Sie uns sagen, wo wir sie finden!«

Kruger keuchte. An seiner linken Schläfe wölbte sich vor Anspannung eine Ader hervor.

»Sie haben ausgepackt und alles erzählt, jetzt müssen Sie noch richtig handeln, Kruger, bevor es zu spät ist. Wo ist sie?«

»Kamerunweg.«

Jonna dachte fieberhaft nach. Ihr sagte diese Straßenangabe nichts, und doch klingelte etwas in ihr. Woran erinnerte sie …

»Südwesthafen? Die Lagerhalle?«, fragte Tom.

Kruger nickte.

»Da haben wir die Alukisten gefunden.«

Kruger riss die Augen auf. »Sie haben die Kisten? Und der Inhalt? Die Waffen sünd nich mehr in de Hall?«

Jonna sah ihm an, wie sehr ihn die Erkenntnis ängstigte, dass die Polizei die Waffen konfisziert hatte. Er ahnte, dass Isabell Lutteroth ohne die Kisten für die Waffenhändler wertlos war.

»Isabell ist in Gefahr! Verstehen Sie das endlich?«, sagte Jonna mit erhobener Stimme. »Es wird zappenduster für sie, wenn sie die Waffen nicht übergeben kann.«

Kruger war womöglich noch blasser geworden.

Sie sollte einen Krankenwagen rufen. Aber erst musste Kruger reden.

»Sie muss die letzten Kisten abliefern«, keuchte Kruger. »Dominic hat sie abgestellt wie immer, aber der neue Verbindungsmann hat sie nicht gefunden oder im falschen Hallenteil gesucht, was weiß ich. Es ist die letzte Lieferung. Es ist vorbei. Schluss. Aus. Nur noch diese Kisten. Verstehen Sie, Isabell braucht das Geld. Sie muss ein kleines Kind versorgen.« Krugers Worte verklangen in seinem Gewimmer.

Tom hatte Krugers Handy noch in der Hand und drückte die Wahlwiederholungstaste. Es klingelte. Er hielt Kruger das Handy vors Gesicht, damit er Isabell Lutteroth warnen konnte.

Kruger bekam keine Gelegenheit zu sprechen.

Niemand nahm ab.

KAPITEL 45

Es schüttete nach wie vor, und die lange Rückfahrt war die reinste Quälerei. Sie brauchten über eine halbe Stunde, in der die Regentropfen ihnen auf den Helm hämmerten. Tom sah zu Jonna auf dem Bootssitz neben sich. Die Regenjacke hielt die Wassermassen ab, aber ihre Hose war klitschnass, und sie zitterte vor Kälte. Er seufzte. Darauf konnte er keine Rücksicht nehmen. Bestimmt hatte sie schon Schlimmeres erlebt.

Er donnerte mit hohem Tempo die Norderelbe Richtung HafenCity, um in den Südwesthafen zu kommen. Bis sie dort waren, übernahmen es andere Kollegen, Isabell Lutteroth und die Waffenhändler an der Lagerhalle zu stellen.

Tom hatte nicht nur beide Schlauchboote dorthin beordert, sondern auch mehrere Streifenwagen. Quetsche hatte sich mit Feuereifer auf den neuen Auftrag gestürzt und versprochen, sich zu melden, wenn der Zugriff erfolgt war.

Tom fieberte dem Anruf entgegen. Was, wenn Quetsche zu spät kam?

Daan hatten sie mit Kruger am Zollenspieker Fährhaus zurückgelassen, wo er auf den Streifenwagen wartete, der den Barkassenkapitän und ihn zum Präsidium bringen sollte.

Tom jagte das Boot über das Wasser.

Im Gegensatz zum gestrigen nächtlichen Einsatz wimmelte es in der Halle von Arbeitern, und die Luft war erfüllt von dem Summen und Brummen der Gabelstapler, die Paletten mit Kisten hin und her beförderten.

Tom und Jonna waren nur mit ihren Ausweisen und scharfen

Worten an der Security vorbeigekommen. Normalerweise hätten sie sich anmelden müssen, aber dass in der Halle ein Polizeieinsatz lief, hatte sich wohl herumgesprochen.

An der rechten Seitenwand entdeckte Tom den Kollegen Wagner und eilte auf ihn zu.

»Wie ist die Lage?«, fragte Tom seinen Kollegen vom WSPK 2. »Wo ist Quetsche?«

»Wir waren nicht schnell genug. Die Lutteroth hat sich mit zwei Kerlen angelegt. Die sind getürmt, Quetsche hinterher. Wir sind bei der Frau geblieben.«

»Wir?«

Wagner zeigte schräg vor sich. »Hinter dem Stapel Kisten da sitzen Hirschfeldt und die Lutteroth. Ich warte auf den Krankenwagen.«

»Wie schlimm ist es?«, fragte Jonna.

Er zuckte mit den Schultern.

Isabell Lutteroth hatte ihre Überheblichkeit verloren. Trotz der orangefarbenen Warnschutzhose und der dazugehörigen Jacke sah sie aus wie ein kleines Mädchen. Ihre Wimperntusche war von Tränen verschmiert, ihre Nase blutete, die Wange war gerötet, und das eine Auge schwoll langsam zu.

»Was ist passiert?«, fragte Jonna. »Wer hat Sie so zugerichtet?«

»Das wissen Sie doch schon, sonst hätten Sie mir nicht Ihre Kollegen auf den Hals gehetzt. Ich wollte ein Geschäft abschließen, aber Sie haben es vermasselt!«

Jonna beugte sich vor. »Frau Lutteroth, erleichtern Sie Ihr Gewissen und erzählen Sie, was passiert ist. Es ist sowieso vorbei. Die Kisten mit den Waffen haben wir gestern gefunden und beschlagnahmt.«

Unverständliche Worte schwappten aus Isabell Lutteroths Mund wie Wellen an den Strand.

»Wie bitte?«, fragte Jonna.

»Er hatte mir versprochen, dass alles gut werden würde. Das versprechen mir die Männer ständig … und dann?« Sie klang resigniert.

»Wer waren die beiden Typen, die Sie geschlagen haben?«

»Ich habe keine Ahnung. Ich kenne den Mann nicht. Die Kisten waren nicht mehr da, und er hat mir nicht geglaubt, dass jemand sie gestohlen haben muss. Dominic hat geliefert. Immer. Er war zuverlässig. Er hat nichts falsch gemacht. Warum mussten Sie sich einmischen?«

Jonna rückte sich eine Kiste neben die Witwe und setzte sich. Ihre Schuhe quietschten vor Nässe.

»Sie haben also mit einem Unbekannten verhandelt? Und wer war der andere?«

»Ein neuer Security-Typ. Der hat uns die Klamotten besorgt, damit wir hier nicht auffallen.«

Ihr Blick war ausdruckslos und irrte in der Lagerhalle umher. Was ging in ihr vor? Begriff sie, dass der Waffendeal aufgeflogen war? Dass sie mit einem Bein im Gefängnis stand? Dass sie ihre Tochter im Stich ließ?

»Der Blödmann hat die Kiste aber im falschen Hallenteil gesucht. Als ich ihnen den richtigen Container gezeigt habe, auf dem … aber die Waffen sind weg. Ich konnte es mir nicht erklären. Da ist er grob geworden. Aber eine bessere Antwort konnte er auch nicht aus mir rausprügeln. Dann kamen Ihre Leute.«

»Woher wussten Sie, dass die Kisten auf dem Bürocontainer abgestellt waren?«

»Dominic hat es mir gesagt.«

»An dem Abend auf der Barkasse?«

Sie antwortete nicht, starrte ausdruckslos geradeaus und knetete ihre Hände.

»Frau Lutteroth, Sie sind gesehen worden, Sie brauchen nicht mehr leugnen, dass Sie …«

»Ich habe meinen Mann besucht«, flüsterte sie, »und wollte dann zu Hans Kruger, das ist doch nicht verboten.«

»Sie hatten keine Auseinandersetzung? Ihr Mann hat noch gelebt?«

Die Witwe schloss die Augen.

»Sie hatten Streit! Sie haben ihn geschlagen, genauso wie sonst, wenn Sie in Rage waren!« Jonna ließ keinen Widerspruch zu. »Wir haben die Hämatome an seinem Körper gesehen. Wir wissen, dass Sie ihn regelmäßig geschlagen haben. Gekratzt. Er liebte Sie und hat es ausgehalten. Sie hingegen haben Ihre Aggressivität nicht im Griff. Schlagen Sie auch Ihre kleine Tochter?«

Isabell Lutteroths Gesicht nahm eine unnatürlich rote Färbung an, und sie erwachte wieder zu mehr Leben.

»Ich erhebe niemals die Hand gegen meine Tochter! Sind Sie verrückt? Hat Dominic sich irgendwo beschwert? Er ist ein Riese von einem Mann, der steckt einen kleinen Klaps von seiner Frau weg.« Sie zischte jedes Wort heraus wie eine Natter ihre Warnung an die Umgebung.

»Ihr Liebhaber Hans Kruger hat gesagt, er wäre mit Ihrem Mann in der Nacht in Streit geraten. Er habe ihn erschlagen. Können Sie sich vorstellen, warum Kruger lügt?«

KAPITEL 46

Charlotte wollte schon wieder auflegen, als Tom sein Telefon abnahm. Er klang gehetzt, und im Hintergrund war Gepolter zu hören.

»Tom, ich habe gesehen, dass du versucht hast, mich zu erreichen?«, fragte sie.

»Endlich! Wo bist du?«

Toms Stimme klang alarmiert. Was war passiert?

»Ich bin bei der Nachbarin von Isabell Lutteroth«, versuchte sie, ihn zu beruhigen. »Ich habe wichtige Neuigkeiten.«

Wieder waren im Hintergrund Stimmen zu hören und … Maschinengeräusche?

»Wo steckst du? Es ist so laut bei dir.«

»Ist eine lange Geschichte«, antwortete er. »Wir stehen in der Lagerhalle, in der Isabell Lutteroth von einem Waffenhändler zusammengeschlagen worden ist, und Kruger haben wir in Entenwerder verhaftet.«

»Was?« Charlotte schrie ihre Überraschung ins Telefon.

»Ich habe keine Zeit, dir alles in Ruhe zu erzählen. Hauptsache, du bist in Sicherheit. Was für Neuigkeiten hast du für uns?«

»Ich fasse mich kurz: Ich bin sicher, dass Isabell Lutteroth in der Nacht auf der Barkasse war.«

»Das weiß ich schon …«

Charlotte kam aus dem Staunen nicht heraus. »Weißt du auch von dem Rucksack?«

»Erzähl!«

»Die Kriminaltechnik hatte Faserspuren in Lutteroths Kopfwunde gefunden. Die sollten von einem Rucksack stammen. Und dann diese Anhaftung, die von einer Feder stammt. Ich weiß, wo das her ist. Die kleine Fenja hatte einen Kinderrucksack mit einem Namensanhängsel aus Federn und Perlen. Den vermisst sie bitterlich seit der Tatnacht. Ihre Mutter hat ihn in den Müll geschmissen.« Sie holte hörbar Luft. »Das könnte das Tatwerkzeug sein! Vermutlich war etwas Schweres in dem Rucksack, und als sie zugeschlagen hat …«

Ihr war klar, dass alles überstürzt klang, aber Tom hatte so gehetzt gewirkt.

»Ich danke dir, ich gebe das gleich weiter.«

»Ich habe ein Foto vor mir liegen, auf dem der Rucksack zu sehen ist.«

»Nimm das Foto mit und fahr nach Hause. Warte auf unseren Anruf. Wir melden uns bei dir.« Er stöhnte auf. »Hat Fenja die Tat gesehen? War sie dabei?«

KAPITEL 47

Tom drückte Charlotte weg, und Erleichterung flutete durch seinen Körper. Charlotte war in Sicherheit, wenigstens das klappte. Er steckte das Handy ein und sortierte sich. Jonna musste die Information mit dem Rucksack sofort erfahren.

Er sah sich draußen nach dem Krankenwagen um, konnte ihn aber weder sehen noch hören. Umso besser, dann blieben ihnen noch ein paar Minuten.

Er eilte zurück in die Halle hinter die Kistenstapel.

Jonna und Isabell Lutteroth saßen nebeneinander. Hirschfeldt hielt sich seitlich neben ihnen. Tom stellte sich zu ihm.

»Fenja und ich waren in der Stadt zum Einkaufen, als der Nebel einsetzte«, begann die Witwe stockend. »Meine Kreditkarte war gesperrt, und ich wollte wissen, was da los ist. Deshalb haben wir den Abstecher zur *Rike* gemacht.«

Jonna hatte den Aufnahmemodus ihres Handys eingeschaltet und es vor Isabell Lutteroth auf den Boden gelegt. Sie reichte ihr ein Taschentuch. Die Hintergrundgeräusche in der Halle nahm Tom immer weniger wahr, er war voll auf die Witwe konzentriert. Sie schnäuzte sich ins Taschentuch und fuhr dann fort. »Er hat gebeichtet, dass wir kaum noch Geld haben, sparen müssen.« Fahrig knüllte sie das Taschentuch zwischen ihren Händen. »Er wollte die Kisten nicht mehr transportieren. Er wollte einfach Schluss machen mit den Waffenlieferungen. So ein blöder Kerl! Ehrlich, es lief total gut. Und er will aufhören? Wir brauchten das Geld. Er hat mir Wohlstand und Sicherheit versprochen. Und was tut er? Will alles beenden, weil es ihm …« Sie malte Anführungszeichen in die Luft, »… zu heiß wird? Weil der neue Mann in der Security frech geworden war. Er hatte Geld von Dominic verlangt. Aber da hätte er sich durchsetzen müssen.« Sie winkte ab, um zu zeigen, was sie davon gehalten hatte. »Vielleicht wollte er auch bloß Hans gefallen. Mit dem hatte er sich nachmittags schon gezofft, weil Hans wollte, dass Dominic damit aufhört. Aber die beiden haben das Wichtigste nicht kapiert!« Sie holte tief Luft. »Wir brauchten das Geld, und es war eine sichere Sache. Man kann sich nicht aussuchen, wo die Kohle herkommt. Man muss nehmen, was sich einem bietet. Das hat er nicht verstanden. Also habe ich es ihm erklärt.«

»Sie haben ihn geschlagen?«

»Wie sich das anhört!« Sie errötete und erhob ihre Stimme. »Wir haben uns gekabbelt. Und er hat mich an den Händen festgehalten. *Er* hat mir wehgetan, nicht andersherum.«

»Er hat sich gewehrt? Das war neu für Sie, oder?« Dass Tom sich plötzlich in das Gespräch einmischte, verwirrte die Witwe ganz offensichtlich. Sie starrte Tom ausdruckslos an. »Sie haben Fenjas Rucksack genommen und zugeschlagen, um Ihren Argumenten Nachdruck zu verleihen.«

»Was?«, flüsterte sie.

»Ja, den Rucksack Ihrer Tochter. Mit der Feder und der Perle am Namensschild.«

Jonna bemühte sich sichtlich um einen neutralen Gesichtsausdruck, aber er ahnte, dass sie sich ebenfalls fragte, woher er diese Information hatte.

»Vielleicht habe ich mit dem Rucksack ausgeholt«, flüsterte Isabell. »Er hatte sich runtergebeugt, nur deshalb habe ich am Kopf getroffen! Ich weiß nicht mal, wonach er sich gebückt hat. Und dann lag er plötzlich da. Er hat sich nicht mehr gerührt!«

Sie verbarg ihr Gesicht in den Händen und schluchzte.

»Was war in dem Rucksack?«

»Wie bitte?«

»Etwas Schweres?«

»Unser Champagner. Ich wollte ihn überraschen.«

Isabell Lutteroth liefen die Tränen übers Gesicht, ohne dass sie sie abwischte. Sie wirkte selbst entsetzt über die Tat und ihre unfassbare Banalität.

Vermutlich hatte sie tausendmal nach ihm geschlagen, und nie war etwas passiert. Aber diesmal war er schwer verletzt zu Boden gegangen. Und sie war mit dem Kind geflüchtet.

»Hat Fenja alles mit angesehen?«

Sie schüttelte den Kopf. »Für wen halten Sie mich? Natürlich nicht. Sie hat im Gastraum gespielt.«

»Warum sind Sie zu Kruger gelaufen? Sollte Ihr Liebhaber die Spuren verwischen?« Tom bemühte sich trotz seiner Abneigung gegen die Frau um einen neutralen Ton.

Die Luft in der Halle setzte ihm plötzlich zu. Es roch nach verbranntem Gummi. Ekel stieg in ihm auf. Wie konnte sie so ruhig dastehen und fragen, für wen er sie hielt?

»Haben Sie ihn überredet, für Sie ein Geständnis abzulegen? Tun alle Männer, was Sie sagen?«

»Mein Liebhaber?«

Isabell Lutteroths hysterisches Lachen klang so ätzend wie saurer Regen.

In diesem Moment wünschte sich Tom, er hätte nicht gefragt. Er wollte die Antwort gar nicht mehr hören.

»Hans ist doch nicht mein Liebhaber!«, schrie sie. »Hans ist mein Vater.«

Zwei Wörter, die alles veränderten und ihm die Magensäure in die Speiseröhre trieben.

Ihr Vater!

KAPITEL 48

Nach den letzten grauen regnerischen Tagen strahlte endlich wieder die Sonne und ließ den Hafen glänzen. Lichtreflexionen tanzten auf der Elbe und versprühten gute Laune.

Tom, Jonna, Charlotte und Daan saßen auf der Terrasse des Cafés Peuteblick in der Billwerder Bucht und genossen Kaffee und Käsekuchen. Die Betreiber hatten ausrangierte Container liebevoll umgebaut. Heute bekam man darin Kaffeespezialitäten kredenzt.

Tom nippte an seinem Milchkaffee und ließ im Stillen die letzten Tage Revue passieren. Eine Achterbahnfahrt der Gefühle, der Ermittlungen, der Verdächtigungen, falschen Spuren, Unwahrheiten und dreisten Lügen.

Der tote Kapitän an Bord seiner Barkasse.

Brennende Autos bei Blume & Lorrenzen.

Christian Graf, der gelogen hatte.

Hans Kruger, der gelogen hatte.

Noah, der unschuldig ins Koma geprügelt wurde.

Die Spur zu einem Waffenhandel im Hafen.

Militaria und Liebhaberstücke.

Kriegswaffenkontrollgesetz und reiche Amerikaner.

Klövensteen und seine Hintermänner.

Der obdachlose Besim und seine Beobachtung.

Die Verfolgungsfahrt auf der Elbe.

Die Witwe und ihre häusliche Gewalt. Banal und furchtbar.

Kruger, ihr leiblicher Vater, der hilflos versuchte, durch Lügen alles wiedergutzumachen, was er jahrzehntelang versäumt hatte.

Lügen über Lügen, die ihnen um die Ohren geflogen waren wie Tennisbälle aus einer Ballmaschine.

Tom atmete die klare Luft tief ein und sah einer Gruppe Zwergsäger hinterher. Die kleinen Entenvögel dümpelten so entspannt auf dem Wasser, wie Tom sich fühlte. Um sie herum herrschte friedliche Stille, und gegenüber sah er über die Elbe ins dichte Grün des Peute-Ufers. Er schaute zu Jonna, Charlotte und Daan Van der Waal hinüber. Sie hatten sich für eine Abschlussbesprechung der besonderen Art verabredet.

Tom seufzte.

»So schlimm?«, fragte Jonna und schnäuzte sich die Nase. Sie hatte sich während der Verfolgungsfahrt auf der Elbe erkältet. Sie verstaute ihr Taschentuch und lehnte sich mit ihrem Kaffeebecher im Stuhl zurück.

»Es ist viel passiert. Wenn ich mir überlege, dass ich euch vor zwei Wochen noch nicht kannte …«, sagte Tom nachdenklich.

»Dein Leben muss trist und leer gewesen sein.« Charlotte lachte.

Tom grinste zurück. »Ich liebe Veränderungen. Die halten mich lebendig. Ich stelle mir manchmal vor, wir hätten Isabell Lutteroth gleich verdächtigt, weil sie … weil sie … keine Ahnung, wir wären dem Waffenhandel nie auf die Spur gekommen«, sagte er. »Was wird aus der kleinen Tochter der Lutteroths? Der Vater ist tot und die Mutter im Gefängnis.« Er drehte sich zu Charlotte um, die unbewegt auf das Wasser sah.

»Sie bleibt zunächst bei der Nachbarin«, antwortete sie. »Janetta will die Pflegschaft übernehmen, aber das Jugendamt wird sich erst ausführlich mit dem Fall beschäftigen.«

Über ihnen segelten zwei Möwen, die aus vollem Hals schrien. Ehekrach? Hunger? Nestbewachung?

»Es ist verdammt traurig, dass sich das Schicksal von Isabell Lutteroth bei ihrer eigenen Tochter wiederholt«, fuhr Charlotte fort. »Sie ist ohne ihren leiblichen Vater aufgewachsen. Später gab es einen Stiefvater, aber zu dem hatte sie keine gute Beziehung.

Egal, wie schwierig die Eltern waren, sie starben viel zu früh, und sie machte sich auf die Suche nach ihrem leiblichen Vater. Den fand sie in Hamburg, verliebte sich in seinen Kollegen Dominic, heiratete, bekam ein Kind. Es hätte alles gut werden können. Lutteroth baut ihr das Nest, nach dem sie sich so gesehnt hatte, aber ihr Temperament und ihre Kränkbarkeit standen ihr immer wieder im Weg. Er war ihr hörig, aber er war ihr nicht genug. Sie hat ihn gedemütigt und geschlagen. Ihr Mann hat das alles hingenommen und geglaubt, mit Liebe könnte er alles heilen.«

»Liebe allein reicht nie«, warf Jonna ein.

»Dominic Lutteroth wollte seine Tochter nicht verlieren und seine Frau nicht ihre Einkommensquelle. Corona hat alles zur Eskalation gebracht. Je verzweifelter er sich abgestrampelt hat, desto tiefer ist er in dem Strudel versunken. Er wollte nicht mehr. Er hat ihr gesagt, dass er den Waffendeal aufgeben würde. Sie musste sich entscheiden: Liebte sie ihn oder sein Geld? Bei dem Streit ist sie ausgerastet und hat ihm den Rucksack über den Schädel gezogen. Wenn er sich nicht gerade gebückt hätte … Wenn in dem Rucksack nicht die Champagnerflasche gewesen wäre …. Wenn sie Hilfe geholt hätte. So viele *Wenns* …«, Charlotte holte tief Luft. »Sie sagte, sie hätte erst so richtig verstanden, was passiert ist, als wir ihr die Todesnachricht überbracht haben. Sie habe so oft versucht, eine bessere Ehefrau zu werden. Eine bessere Version von sich selbst. Es ist ihr nicht geglückt.« Sie zögerte. »Ich glaube ihr. Aber leider zählen am Ende nur unsere Taten und nicht das, was wir uns gewünscht haben.«

Daan nickte. Er stimmte Charlotte zu.

»In einem habe ich mich getäuscht«, sagte Jonna. »Ich dachte wirklich, der alte Knabe hätte sich in Isabell Lutteroth verliebt. Er hat immer so schnippisch reagiert, wenn ihr Name ins Spiel kam.«

»Ging mir genauso!« Charlotte steckte sich das letzte Stück Käsekuchen in den Mund und stellte den Teller beiseite. »Kruger wollte wiedergutmachen, was er seit ihrer Geburt versäumt hatte. Vielleicht war er sogar der Auslöser für die Tragödie, denn er hat seinen Schwiegersohn bekniet, mit dem Waffenhandel aufzuhören und seine Tochter nicht in Gefahr zu bringen. Lutteroth hat auf ihn gehört.«

»Ich habe mich ebenfalls geirrt«, warf Tom ein. »Ich hab gesagt, dass Kruger ein alter Skipper ist, der Verantwortung übernimmt. Aber damit meine ich nicht seine falsch verstandene Loyalität zu seiner Tochter.«

»Er hat versucht, es aufzuhalten. Wollte nach Dominics Tod nichts mehr mit dem Waffenhandel zu tun haben. Aber sie brauchte das Geld, und er hat sich von ihr breitschlagen lassen, den letzten Deal durchzuziehen. Er hat es aus Liebe getan. Aus väterlicher Liebe.« Jonna drehte ihren Becher in der Hand.

»Also *meine* väterliche Liebe treibt nicht solche Blüten.« Daan grinste in die Runde. »Mich interessiert viel mehr, was das LKA zu dem Waffenhändler von Ingelsson gesagt hat.«

»Kurios, oder?« Tom wandte sich zu Daan. »Da begegnet mir der Typ vor seinem brennenden Auto, ich schalte sogar den Staatsschutz ein, und dann haben die Flammen gar nichts mit unserem Fall zu tun, und trotzdem hat der Westenkamp Dreck am Stecken.«

»Westenkamp?«, fragte Charlotte.

»Das ist ein Manager von Ingelsson Militärexporte, der seine Kontakte in den Osten genutzt hat, um für Schweinegeld verbotene Militaria in die USA zu verticken. Jonna, erinnerst du dich an den Lkw-Verkehrsunfall auf dem Ingelsson-Gelände, von dem ich dir erzählt habe? Der Staatsschutz hat inzwischen Westenkamps Handydaten ausgewertet und ist dabei auf eine Telefonnummer gestoßen, die wir in unserem Unfallbericht aufgenommen hatten. Ein Lkw hat auf dem Ingelsson-Parkplatz ein Verkehrsschild umgefahren. Wir haben einem Kontaktmann von

Westenkamp gegenübergestanden, ohne es zu wissen. Der Rumäne ist natürlich längst wieder verschwunden.« Er sah Jonna an, die ebenso erstaunt zuhörte wie Charlotte. »Westenkamp war es, der Isabell Lutteroth eine gedonnert hat, als die Kisten nicht da waren, wo sie hätten sein sollen. Er konnte es nicht fassen, dass Quetsche ihn verhaftet hat und er nicht an die beiden Bücher aus den Kisten rangekommen ist. Es waren irgendwelche wertvollen Bauzeichnungen, die er sammelte.« Tom zuckte mit den Schultern. »Er dachte, er wäre unantastbar und stünde über den Dingen.« Er wandte sich wieder direkt an Jonna. »Was hat eure Chefin gesagt, nachdem ihr den Fall aufgeklärt habt? War sie zufrieden?«

Daan stöhnte und schüttelte den Kopf.

»Na ja, sie hat auf Emma rumgehackt, die das Alibi von Isabell Lutteroth nicht doppelt gecheckt hat«, antwortete Jonna. »Natürlich hat sie sich vor der Presse aufgeblasen.« Sie lachte. »Stell dir vor, sie meinte, die Wasserschutzpolizei sei leidlich hilfreich gewesen, und ich solle mir …«, sie malte Anführungszeichen in die Luft, »… die Jungs im Hafen warmhalten. Weißt du Bescheid!«

»Also, ich finde den Hafen echt geil und dich auch, Tom, aber arbeiten möchte ich nie wieder mit dir.« Daans Stimme klang ernst.

»Geht's noch? Warum nicht?«

»Ehrlich … mir war noch nie im Leben so kotzübel wie auf deinem Boot. Du hast einen lausigen Fahrstil.«

»Holländer! Nennen sich Wasserland und dann so was.«

Alle lachten, und die Anspannung der letzten zwei Wochen ließ langsam nach. Vielleicht käme noch die eine oder andere Frage auf, die es zu klären galt, aber das belastete sie nicht mehr.

In diesem Moment zirpte Daans Handy.

»Was ist denn das für ein abartiger Klingelton?«, Tom verschluckte sich und hustete. »Geh nicht ran, dein Chef ist dran?«

Daan grinste und nahm den Anruf trotz der Warnung entgegen. Er antwortete einsilbig mit Ja und Nein und legte kurze Zeit später wieder auf.

»Führst du immer so eloquente Unterhaltungen?«, fragte Charlotte.

Daan nickte. »Mein Motto: keine Angriffsfläche bieten. Das war Heide Meyfahrt. Das Krankenhaus hat sie wegen Noah Bonnichsen angerufen. Er ist aufgewacht!«

»Wieso ruft die Chefin dich an und nicht Jonna?«, fragte Charlotte.

Tom drehte sich zu Jonna. Eine berechtigte Frage. Jonna lächelte vor sich hin, als ginge sie das alles gar nichts an. Was war denn da los?

»Weil ich so sympathisch bin und pflegeleicht?«, antwortete Daan. »Charismatisch, unkompliziert und … ein Mann …«

»Pff! Was ist mit Bonnichsen? Red schon.«

»Er ist aufgewacht, es geht ihm den Umständen entsprechend. Er ist sehr schwach. Immerhin wusste er noch, dass er auf dem Weg von den Landungsbrücken angesprochen wurde, bevor er einen Filmriss hatte.«

Charlotte griff nach seinem Arm. »*Wer* hat ihn angesprochen?«

»Klövensteens Bruder. Sicher identifiziert.«

Jonna nickte bedächtig. »Die beiden Brüder …«

Wieder kreischten die Möwen direkt über ihnen. Als ob sie sie auslachten.

Tom verstand nicht genau, was hier vorging, aber offenbar nahm Jonna die Eskapaden ihrer Chefin mit einer neuen Gelassenheit. Irgendetwas schien sich in dem Machtgefüge zu ihren Gunsten verändert zu haben.

Macht … ein anderer Gedanke streifte ihn, und er beugte sich dicht zu Charlotte und flüsterte: »Hast du ihn gefunden?«

Charlotte drehte sich zu ihm.

»Daniel«, raunte Tom.

Sie nickte.

Tom wartete auf eine Antwort und spürte, dass sich etwas in Charlottes Haltung veränderte. Sie schwieg. Er hielt es nicht länger aus. »Wo ist er?«

»Er heiratet heute in München eine Deutsche.«

Tom brauchte eine Sekunde, bis er die Konsequenzen dieser Nachricht verstanden hatte. »Ach du Scheiße! Damit bekommt er ein unbeschränktes Aufenthaltsrecht.«

Charlotte griff in ihre Jackentasche und holte einen Briefumschlag hervor. Darin lag ein Notizzettel, den sie Tom reichte.

Tom zögerte eine Sekunde, dann nahm er das Blatt.

Hast du gedacht, wir wären fertig miteinander?
Du hast mir meine Tochter genommen.
Ich hole sie mir zurück.
Dann kommst du Schlampe dran!

Tom hob den Kopf und fing Charlottes Blick auf. Er sah die Panik darin lodern.

Neben dem Ärger durchflutete ihn plötzlich ein anderes Gefühl.

Angst.

DANK

Wir möchten uns bei denjenigen bedanken, die mit uns das Wagnis eingegangen sind, eine neue Krimi-Serie aus dem Hamburger Hafen zu erfinden!

Unser Literaturagent *Klaus Kluge* hat uns ermutigt und motiviert, neue Wege zu gehen. Mit seiner Begeisterung hat er glücklicherweise auch Droemer Knaur angesteckt. Klaus, du bist unser Leuchtturm auf hoher See.

Das gilt auch für das Team des Droemer Knaur Verlags, allen voran unserer Lektorin *Carolin Graehl*. Sie hat wichtige Fragen zu unserem Text gestellt und uns so auf die Sprünge geholfen. Dafür hat sie unser Projekt mit in ihr Sabbatical genommen. Wo gibt es denn so etwas? Das werden wir nicht vergessen!

Ein riesengroßer Dank gebührt *Ulrike Brandt-Schwarze*. Sie hat die Redaktion unserer Texte übernommen und gibt ihnen den letzten Schliff – erst dadurch werden sie zu guten Büchern.

Dank auch unseren Unterstützern für seelischen Beistand. Sie gaben uns Mut und Zuversicht, dass der Hamburger Hafen ein gutes Pflaster ist: *Romy Fölck, Kathrin Gehlhaar, Tibor Rode*.

Zu diesen Unterstützern gehört auch *Bernhard Aichner*, der in seiner Begeisterungsfähigkeit nicht nur applaudiert hat, als wir ihm erzählten, dass wir als Ehepaar das gemeinsame Projekt »Tatort Hafen« starten, sondern auch noch einen wunderbaren Leseeindruck beigesteuert hat. Danke, danke, danke!

Dank möchten wir auch *Kerstin Petermann* sagen, die es in ihrer einfühlsamen Art geschafft hat, hervorragende Autorenfotos von uns zu schießen.

Dann sind da die wundervollen *Kollegen von der Hamburger Wasserschutzpolizei.* Andreas hat in den letzten dreißig Jahren hier nicht nur tolle Kollegen, sondern auch Freunde fürs Leben gefunden. Wahrscheinlich reichen die nächsten Bände gar nicht aus, um alle Geschichten unterzubringen, die diese Männer erlebt haben. Aber wir möchten sie hören. Alle!

Besonders unterstützt haben uns in diesem ersten Band *Manfred Ross,* der mit uns eine Radtour durch den Hafen gemacht hat, um unsere Wissenslücken zu schließen, und uns dabei mit amüsanten Anekdoten unterhalten hat. Und *Ralph Nachbar,* der uns zum illegalen Waffenhandel beraten hat und die Kontakte zu den Fachdienststellen organisierte.

DANKE!

LESEPROBE

TATORT HAFEN

Band 2

TOD IM SCHATTEN DER ELBFLUT

KNAUR

An Bord der Global Endeavour *– 01.23 Uhr*

Der Sturm nahm keine Rücksicht auf ihr Leben. Tarik hangelte sich mit dem Mut der Verzweiflung hinter Ebo die Ankerkette hinauf.

Der Westwind hatte seit Tagen stetig zugenommen und sich zu einem heftigen Sturm mit beachtlichem Seegang ausgewachsen. Der Bug des wuchtigen Frachters schraubte sich mit jeder Welle unbarmherzig in die Höhe, bevor er danach tief hinunter in das Wellental krachte. Tarik krallte sich, so fest er konnte, an die Metallschäkel der Kette und versuchte, seine steifen Kniegelenke zu ignorieren.

Ebo, der über ihm hing, hob vorsichtig den Deckel der Luke an und spähte auf das Oberdeck. Offensichtlich war niemand zu sehen, denn Ebo kletterte aus dem Kettenkasten in die Dunkelheit. Der Wind schlug Tarik durch die Öffnung hart ins Gesicht, und er beschleunigte seine Bemühungen, aufs Deck zu gelangen. Als er endlich den Boden des Frachters unter seinen Füßen spürte, stieß er einen Seufzer aus.

Seit zehn Tagen hatten sie auf der aufgerollten Trosse gehockt, waren abwechselnd aufgestanden und hatten ein paar lächerliche Beinbewegungen gemacht. Sie hielten aus. Sie hatten alle Qualen erduldet, weil ihnen keine andere Wahl blieb. Auch wenn Tarik sich jetzt an der Ankerwinde festklammern musste, um nicht über das Deck geschleudert zu werden, atmete er in tiefen Zügen die frische Luft ein.

Sturm. Und was für ein Ungetüm.

Das Wetter hatte Tariks Berechnungen über den Haufen geworfen. Reflexhaft blickte er auf seine Uhr, doch in der Dunkelheit war das Ziffernblatt nicht zu erkennen. Die Nacht tauchte den Himmel und die Nordsee in undurchdringliche Schwärze. Der Wind fauchte ihn laut und gefährlich an, und krachend schlugen die hohen Wellen gegen die Bordwand, um ihn daran zu erinnern, dass sie schnellstmöglich ins Schiffsinnere gelangen mussten. Er wusste, dass es hier draußen im Vorderdeckbereich für sie lebensgefährlich war. Die Reling war niedrig, und jede große Dünung hatte das Potenzial, sie über Bord zu spülen.

Ebo schloss die Luke und taumelte ein paar Schritte zur Seite, als eine Windböe ihn erfasste. In der tiefen Finsternis erkannte Tarik ihn vor allem an seinen blendend weißen Zähnen. Ebo lachte lautlos. Für ihn war die Flucht ein einziges Abenteuer.

Tarik griff nach ihm, um ihn am Schanzkleid entlang vor sich herzuschieben. Sie stemmten sich gegen den Wind und setzten langsam einen Fuß vor den anderen. Die Gischt der Wellen hatte sie in wenigen Sekunden durchnässt, und Tarik spürte, wie die Erschöpfung ihn in die Knie zwang. Er krabbelte auf allen vieren weiter mittschiffs, was sich nicht nur sicherer anfühlte, sondern auch schneller ging als im aufrechten Gang. Bis zu den Aufbauten war es ein ganzes Stück. Sie robbten keuchend voran. Gleich das erste Schott führte in das Innere des Containerriesen. Tarik hatte sich mit dem Grundriss des Frachters beschäftigt, bevor sie ihre Flucht gewagt hatten. Er hatte alle Informationen gelesen, die er bekommen konnte, und für Essen, Trinken und Medikamente gesorgt. Er hatte das Risiko eingehen müssen. Es gab keinen Plan B, er hatte keine andere Wahl mehr gehabt, als sein Land zu verlassen, wenn er nicht sterben wollte.

Dann kam Ebo.

Und dann auch noch der Sturm.

Es war nur zu wahr: Wer Wind sät, wird Sturm ernten. Warum nur hatte er …

Sie erreichten das Schott. Sie schafften es nur zu zweit, den langen Stahlriegel nach oben zu drücken, um die Eisentür so leise wie möglich aufzuziehen. Drinnen blendete sie das Neonlicht, doch die Wärme und Ruhe erleichterte sie. Wieder atmete Tarik tief ein. Es roch nicht mehr nur nach salziger Meeresluft, sondern nach Diesel und Rost. Er versuchte ein Lächeln. Bis hierher hatten sie es geschafft. Er sah auf die Uhr. Ein Uhr sechsundzwanzig. Weiter. Wenn jemand von der Crew in diesem Moment um eine Ecke biegen würde, stünden sie im Rampenlicht wie bei einer Oscarverleihung. Und ganz sicher kämen sie zu trauriger Berühmtheit. Aber sie mussten das Wagnis eingehen, um Wasser und Nahrung aufzutreiben. Ebo und er hatten entschieden, ihr Versteck heute Nacht zu verlassen. Er hatte noch nie in seinem Leben einen solchen Durst verspürt. Sie brauchten dringend etwas zu trinken!

Der Sturm ließ das Schiff durch schwere See stampfen, und die Seekrankheit hatte dazu geführt, dass sie sich erbrachen und zu viel Flüssigkeit verloren. Tarik hätte es nie zugegeben, aber er hielt auch die Kälte nicht mehr aus. Er fror erbärmlich und wünschte sich eine heiße Dusche … etwas, das noch vor wenigen Tagen normal für ihn gewesen war. Er sehnte sich so sehr nach einer Flasche Wasser und einer warmen Decke, dass er kurz davor war, dafür seine Freiheit aufs Spiel zu setzen. Das verdammte Wetter … das Schiff hätte längst in Hamburg sein sollen.

Ebo stoppte so plötzlich ab, dass Tarik auf ihn auflief und erschrocken aufkeuchte. Er hielt sich die Hand vor den Mund. Das durfte nicht noch einmal passieren, sie mussten leise sein. Rechts stand eine Tür offen. Das Schild warnte: *Restricted Area – Authorized Personal Only*. Ebo wagte einen Blick. Er drehte sich um und hob den Daumen. Niemand da. Glück gehabt. Tarik schob Ebo vorwärts, und zwei Schritte später standen sie in einer Art Depot für Werkzeug, Farben und Kisten. An den Wänden hingen alle möglichen Zangen, Schraubenschlüssel und anderes Material. In den Regalen lagen Seile, Taue und Kästen mit Schrauben. An einem Haken an der kurzen Seite entdeckte Tarik mehrere dunkelblaue Overalls. Er drängte sich an Ebo vorbei, riss zwei an sich und reichte Ebo einen. Schweigend zogen sie ihre nasse Kleidung aus und streiften die Arbeitsoveralls mit dem Logo der Reederei über. Wärme und Schutz zugleich. Jetzt konnten sie so tun, als gehörten sie zur Crew. Vorsichtshalber steckte Tarik noch einen schweren Schraubenschlüssel ein. So könnte er sich verteidigen, sollte ihnen jemand von der Crew begegnen und sie festhalten wollen. Zumindest versuchte er, sich das einzureden, denn er war viel zu gutmütig, um irgendwen zu schlagen. Er hatte den hippokratischen Eid geleistet, rettete Menschenleben, statt sie zu verletzen.

Er sah sich um und knüllte ihre Kleidung hinter eine dicht an der Wand stehende Kiste. Da würde sie so schnell niemand finden.

Leider gab es weit und breit nichts Essbares und auch keine Getränke oder einen Wasserhahn. Ebo setzte sich einen Helm auf, der im Regal lag, und lächelte. So war sein Schwager. Immer den Schalk im Nacken. Er reichte Tarik ebenfalls einen Helm. Ihre Verkleidung wurde immer besser. Bedauerlicherweise fanden sie keine Sicherheitsschuhe, aber Ebo angelte nach Arbeitshandschuhen. Leider nur ein Paar. Tarik winkte ab, sollte Ebo sie nehmen, er drängte weiter.

Hier drinnen ächzte und zitterte der Containerfrachter in der schweren See. Das Vibrieren des Schiffsrumpfs war deutlich zu spüren. Für einen Moment streifte Tarik der Gedanke, was für ein Hohn es nach all den Strapazen wäre, wenn der Kahn auseinanderbräche und sie alle in der Nordsee untergingen.

Er warf einen Blick in den Gang und winkte Ebo heraus. Ab und zu passierten sie einen Feuerlöscher oder eine Pinnwand mit verschiedenen englischsprachigen Zetteln. Tarik hatte sein ganzes Studium auf Englisch absolviert und hätte alles lesen können, aber sie hatten nicht die Zeit, sich damit aufzuhalten. Linker Hand trafen sie auf eine Tür, die mit dem Symbol einer Treppe markiert war. Sollten sie es ein Deck höher probieren? Je näher sie den Aufenthaltsräumen kamen, desto eher mussten sie mit Crewmitgliedern rechnen. Auch nach Mitternacht lebte das riesige Schiff, dessen Maschine niemals schlief. Andererseits wuchs ihre Chance, auf Nahrung und Wasser zu stoßen.

Ebo hatte Tariks Gedanken erraten, er öffnete vorsichtig die Tür und schlüpfte ins Treppenhaus. Die Wände waren gelb gestrichen, der steile Niedergang nach oben und unten hatte an jeder Seite runde Handläufe aus Stahl. Ebo hob seine Hand. Über ihnen waren Stimmen zu hören.

Tarik hielt die Luft an. Ebo stand da wie erstarrt. Sah er bereits jemanden auf der Treppe?

Tarik hörte eine weibliche und eine männliche Stimme, die in Englisch miteinander stritten. Was machte eine Frau auf einem Containerriesen? Die beiden versuchten, ihre Erregung zu unterdrücken, denn sie pressten ihre Argumente zwischen den Zähnen hervor.

Sie wollte es auf keinen Fall auf sich beruhen lassen. *Er* würde das zu verhindern wissen.

Was warf sie ihm vor? Sie klangen nicht nach einem Liebespaar, eher so, als wären sie sich fremd und doch aufeinander angewiesen.

Er drohte, dass ihre Karriere beendet sei, bevor sie überhaupt mit ihrem Studium angefangen hätte. Ob es das sei, was sie wolle? Es sei gängige Praxis, und sie würde sich schon daran gewöhnen.

Es ginge schließlich um Geld, viel Geld. Apropos Geld, er brauche seinen Job, dringender, als sie es jemals verstehen könne. Sie sei ja so verdammt naiv.

Wenn es ums Geld geht, hört Freundschaft auf, dachte Tarik. Das war überall auf der Welt so. Und diese beiden Streithähne waren gerade zu erbitterten Feinden geworden, denn die Frau hatte für seinen Appell kein Verständnis. Sie wollte Gerechtigkeit.

Das ist wirklich naiv, dachte er und atmete leise durch den Mund ein und aus. Gerechtigkeit war auf dieser Welt nicht zu haben. Davon konnte er ein Lied singen, aber das war nicht der geeignete Zeitpunkt. Er stand zu weit entfernt, um Ebo am Overall zu ziehen. Es blieb ihm nichts anderes übrig, als in der Tür zu warten, bis Ebo endlich die wenigen Schritte rückwärts machte. Warum kam der Idiot nicht? Der Ärger, der sie ihre Freiheit kosten konnte, entlud sich nur ein paar Stufen über ihnen.

Die Stimmen der Streitenden wurden immer unbeherrschter und giftiger. Sie sprach von der Presse. Er nannte sie eine Bitch.

Ebo, komm! Tarik versuchte es mit der Kraft seiner Gedanken.

Ein Schrei ertönte. Dann erzitterte das Treppengeländer unter der Last eines Körpers. Die Frau schrie.

Zu unvorstellbar war das, was Tarik hörte. Er musste etwas tun. Er wagte einen Blick – ein Fehler.

Er sah, wie die Fausthiebe des Mannes auf die Frau einprasselten. Sie versuchte, sich zu wehren, aber es war zu wenig Platz, sie knickte ein, duckte sich unter den Schlägen.

Tarik griff nach dem Schraubenschlüssel in seiner Tasche. Schwer lag er in seiner Hand.

Die Frau war wieder auf den Beinen, stand aber eine Stufe unter dem Mann. Sie rammte ihm ihren Kopf in den Bauch, aber er schien es kaum zu spüren. Er hielt sich mit der rechten Hand am Geländer fest und holte mit der linken Hand aus, und wie das

Schlagholz eines Baseballspielers krachte seine Faust in ihr Gesicht. Tarik hörte den Wangenknochen brechen. Der Schwinger schleuderte die Frau mit dem Kopf gegen die Wand. Wieder ein knackendes Geräusch.

Tarik stieg Magensäure in die Kehle, und das entschied es. Er schob sich an Ebo vorbei, sprang auf die Stufen, den Schraubenschlüssel hoch über seinen Kopf, bereit zu drohen, um die Frau zu schützen.

In diesem Moment stieß der Mann mit dem Ellbogen gegen das Gesicht der Frau. Ihr Körper schlug gegen das Geländer, ihre Arme hingen nutzlos herunter, sie stürzte die Treppe hinab … ihm vor die Füße. Tarik sah direkt in das tote Antlitz der Frau, die mit seltsam verkrümmtem Hals auf den Stufen lag.

Der Mann polterte die Treppenstufen hinab … und starrte Tarik mit schreckgeweiteten Augen an.

Für eine Sekunde hielten beide die Luft an.

»Lauf!«, schrie Ebo. »Lauf!«

Acht Freunde, ein Verräter
und die letzten Jahre der DDR

A. A. KÄSTNER

DIE FREIHEIT SO NAH

ROMAN NACH EINER WAHREN GESCHICHTE

Eine Beerdigung führt den Rostocker Kay und seine Clique aus Schulzeiten im Jahr 2016 wieder zusammen. Erinnerungen werden wach: an die unbeschwerte Jugend Anfang der 80er-Jahre, aber auch an geplatzte Träume und die Enge des DDR-Systems.

Die acht Freunde gelten als unzertrennlich, vertrauen einander zutiefst – bis der erste aus der Clique wegen versuchter Republikflucht verhaftet wird. Weitere Festnahmen folgen, und bald taucht der Verdacht auf, dass der Verräter in den eigenen Reihen zu suchen ist. Kay, für den die DDR keine Perspektive mehr bietet, beschließt, mit den zwei verbliebenen Freunden über die Ostsee zu entkommen. Doch dann geschieht das Unfassbare …

»Eine berührende Reise in die deutsch-deutsche Vergangenheit«
Romy Fölck

DROEMER